PUDIM

# JULIE MURPHY

# PUDIM

## NÃO QUEBRE AS REGRAS. MUDE AS REGRAS!

*Tradução*
Heloísa Leal

Rio de Janeiro, 2021
1ª Edição

*Copyright* © 2018 *by* Julie Murphy
Publicado mediante contrato com Folio Literary
Management, LLC e Agência Riff

TÍTULO ORIGINAL
*Puddin'*

CAPA
Raul Fernandes

ILUSTRAÇÃO DE CAPA
Daniel Stolle

DIAGRAMAÇÃO
Fatima Agra | FA studio

Impresso no Brasil
*Printed in Brazil*
2021

CIP-BRASIL. CATALOGAÇÃO NA PUBLICAÇÃO
SINDICATO NACIONAL DOS EDITORES DE LIVROS, RJ
CAMILA DONIS HARTMANN — BIBLIOTECÁRIA — CRB-7/6472

M96p

Murphy, Julie, 1985-
    Pudim / Julie Murphy; [tradução Heloísa Leal]. — 1. ed. — Rio de Janeiro: Valentina, 2021.
    368 p. ; 23 cm.

Tradução de: Puddin'
Sequência de: Dumplin'
ISBN 978-85-5889-084-7

1. Romance americano. I. Leal, Heloísa. II. Título.

21-73191

CDD: 813
CDU: 82-31(73)

Todos os livros da Editora Valentina estão em conformidade com
o novo Acordo Ortográfico da Língua Portuguesa.

*Todos os direitos desta edição reservados à*

EDITORA VALENTINA
Rua Santa Clara 50/1107 – Copacabana
Rio de Janeiro – 22041-012
Tel/Fax: (21) 3208-8777
www.editoravalentina.com.br

*Para Ashley.*
*Nossa amizade é minha comédia romântica favorita.*

"Se não gosta da estrada por onde está caminhando,
comece a pavimentar outra."
Dolly Parton

"Ela é minha amiga porque nós duas sabemos o que é ser alvo
da inveja das pessoas."
Cher Horowitz, *As Patricinhas de Beverly Hills*

# MILLIE

## um

Eu sou uma pessoa que faz listas. Anoto. (Com minhas canetas de gel e um esquema de cores predeterminado, é claro.) Assim que termino, risco. Não existe nada que dê maior satisfação do que um caderno cheio de listas executadas à perfeição.

Há muito tempo, decidi fazer uma lista de todas as coisas que eu podia controlar, e elas se resumiam a uma só: minha atitude. E essa provavelmente é a razão por que consegui me convencer de que programar um despertador para me acordar às 4:45 da manhã é algo desumano. Veja, eu sou do tipo que gosta das manhãs, mas, se quer mesmo saber minha opinião, 4:45 nem conta como manhã, e olha que eu sou uma pessoa otimista.

Depois de desligar o último alarme do celular, desço da cama e visto meu roupão rosa-bebê felpudo com um *M* gótico bordado na gola. Por um momento, espreguiço o corpo inteiro e bocejo uma última vez antes de me sentar diante da escrivaninha e tirar da gaveta o caderno floral. Na capa dura, em letras douradas, está escrito FAÇA PLANOS, e abaixo, em cursivas, *MILLIE MICHALCHUK*.

Pressiono os lábios para me livrar do gosto de sono. Normalmente, faço questão de escovar os dentes, mas outro dia Amanda leu na internet que se a pessoa anda sem inspiração deve tentar escrever assim que acordar, antes que o cérebro tenha chance de ligar. Acho que não custa experimentar. Com o lápis PODEROSA CHEFONA verde-menta equilibrado na mão, examino todas as tentativas fracassadas que risquei ao longo da semana.

~~Acredito no poder do pensamento positivo.~~
~~A maioria das pessoas não sabe o que quer, e essa é a verdadeira razão pela qual ficam empacadas. Quanto a mim, sei exatamente o que quero.~~
~~O dicionário Webster define jornalismo como atividade ou ofício de coletar, escrever e editar notícias para jornais, revistas, tevê ou rádio.~~
~~Eu defino jornalismo como~~

Passo para uma nova página, sento e espero. Fico encarando o espaço em branco, na esperança de que as linhas se transformem em palavras, mas elas permanecem totalmente estáticas.

Sou uma boa aluna. Não ótima como o Malik ou a Leslie Fischer, que estava destinada a ser a oradora da turma quando venceu o concurso de soletração do terceiro ano, embora ainda estivesse no primeiro, mas estou em todas as aulas do AP* e me saindo melhor do que a maioria dos meus colegas. Raramente me sinto intimidada por uma prova discursiva, ou mesmo um teste de trigonometria cronometrado. Mas essa carta de motivação está começando a se tornar um monstro completamente diferente. Na verdade, está fazendo com que eu me sinta mais como a Fracassada Bobona do que a Poderosa Chefona.

Depois de dez minutos sem nenhum resultado, além de algumas palavras riscadas e dois bonequinhos rabiscados que eu imagino estarem tendo um

---

* Advanced Placement, programa que oferece aos alunos do ensino médio aulas de nível universitário. (N.T.)

encontro e que até poderiam ser eu e um certo alguém... enfio de volta o caderno na gaveta da escrivaninha.

*Amanhã*. Amanhã será o dia em que as palavras certas me ocorrerão. Abro o notebook e vou passando os arquivos da minha pasta de vídeos até escolher *Harry & Sally*. Esse é um dos filmes que minha mãe e eu mais curtimos – o tipo de comédia romântica cujas falas a gente sabe de cor e salteado –, embora ela dê um *fast forward* na cena do orgasmo e a gente até hoje assista ao VHS que ela gravou anos atrás. (Minha mãe ainda não descobriu que eu posso assistir à versão integral na internet.)

Acima do computador, há um bordado em ponto de cruz que copiei do Pinterest. Um padrão floral intrincado que faz mil curvas em volta da frase O SEU DIA TEM TANTAS HORAS QUANTO O DA BEYONCÉ. (Fiz um para Willowdean, que trocou Beyoncé por Dolly Parton – duas deusas, na minha humilde opinião.)

Ao lado, há uma placa de madeira decupada onde se lê QUANDO OLHO PARA O FUTURO, É TÃO BRILHANTE QUE MEUS OLHOS ARDEM – OPRAH WINFREY. E, acima, outro bordado em ponto de cruz com a frase A VIDA É COMPLICADA DEMAIS PARA VOCÊ NÃO SER DESCOMPLICADA – MARTHA STEWART. E essas são apenas algumas das minhas obras-primas.

Foi da minha mãe que herdei o amor pelas frases inspiradoras, os bordados em ponto de cruz e os trabalhos manuais. Toda a nossa casa é decorada com almofadas bordadas à mão com frases encorajadoras e impressões em aquarela de versículos da Bíblia cuja qualidade é quase boa o bastante para serem vendidas na O Bom Livro, a livraria cristã local.

É como se minha mãe e eu fôssemos um casal de passarinhos, sempre acrescentando algum detalhe ao ninho, e o projeto nunca é concluído, mas a cada acréscimo nos sentimos mais em casa. Pelo menos, é assim que tem sido até agora. Mas, nos últimos meses, minhas esperanças e sonhos têm crescido na direção oposta do que a minha mãe quer para mim. Pouco a pouco, venho redecorando o meu ninho.

Os bordados em ponto de cruz e as peças em madeira decupada pendurados na minha parede destoam bastante das frases inspiradoras sobre dietas que espalhei ao meu redor no verão passado e nos oito verões anteriores ao

Spa de Verão Fazenda Margarida. VOCÊ NÃO TEM NADA A PERDER ALÉM DE PESO sempre foi uma das minhas favoritas.

Spa. Sim, eu fui para um spa. Mas isso já é passado, porque, pela primeira vez em nove anos, não vou voltar para ver minhas amigas ou a Srta. Georgia, minha orientadora, na Fazenda Margarida. Entrar no concurso de misses Jovem Flor do Texas e conquistar o segundo lugar virou o jogo para mim. Fiz coisas que nunca acreditei que fossem possíveis. Toquei ukulele para um teatro lotado e caminhei pelo palco num lindo vestido – para não falar na parte dos trajes de banho do concurso! Até mesmo fui a um baile com um garoto. E fiz tudo isso neste corpo. Essa é a razão pela qual eu não posso me dar ao luxo de perder outro verão me pesando todas as manhãs e comendo comida de coelho na esperança de que no primeiro dia de aula alguém note que perdi dois quilos e meio.

Agora: se eu conseguisse encontrar um jeito de explicar isso à minha mãe... E, então, prepare-se, mundo! Millicent Michalchuk, sua âncora de confiança, vai aparecer numa telinha perto de você.

Mas primeiro tenho que terminar essa porcaria de carta de motivação para o Curso Intensivo de Telejornalismo na Universidade do Texas, em Austin.

Sei que vai ser preciso bem mais do que um curso de verão ou mesmo um diploma. Estamos falando de estágios e de anos de trabalho duro. Mas estou disposta a encarar tudo isso, porque quero ser o rosto que as pessoas veem todas as noites ao chegarem em casa – uma voz em que possam confiar. Uma voz que inspire. E talvez até mude o mundo. Acho que é uma coisa boba para se esperar de uma âncora de telejornal, mas a atitude dos meus avós em relação ao noticiário local é tão religiosa quanto a atitude deles em relação, bem, à própria religião!

Ouço os dois falando sobre coisas que as pessoas disseram nos canais de notícias a que assistem, e em algumas ocasiões chego a achar que não estamos vivendo no mesmo mundo. O que me faz pensar que às vezes não são apenas os fatos que importam, e sim quais e como são apresentados. Por exemplo, quando o casamento entre pessoas do mesmo sexo foi legalizado, todas as fontes de notícias que acompanho na internet trataram a situação como uma celebração, porque de fato merecia ser comemorada! Fui para a casa dos meus avós, e, quando lá cheguei, pelo som da tevê deles, qualquer um imaginaria que tínhamos sido invadidos por um inimigo mortal.

Talvez seja diferente para cada um, mas a opinião que pessoas como os meus avós têm do mundo é moldada por quem anuncia as notícias. Essa é uma tremenda responsabilidade, que eu levo muito a sério.

Eu sei. Garotas gordas não aparecerem nos noticiários. Bem, também não permitiam que garotas gordas ficassem em segundo lugar no concurso de misses Jovem Flor do Texas. Mas, a certa altura, tudo acaba tendo a sua primeira vez, portanto, por que não pode ser a minha?

Depois de tirar os bobs, pego a legging preta e o casaco de moletom verde-menta que deixei separados na noite passada. O casaco é o resultado de um Sábado de Arte para Mães e Filhas, o qual apelidamos de "Sabadarte" – uma tradição mensal que vem perdendo força, agora que estou trabalhando para o tio Vernon –, e tem um transfer pintado em tecido de um cachorrinho com uma borboleta pousada no focinho. (É tão fofo quanto parece.)

Passo uma leve camada de gloss cor-de-rosa e fecho o notebook, deixando Harry e Sally para trás. Por fim, ligo a cafeteira para os meus pais antes de entrar no carro e ir para o trabalho.

Às 5:45 da manhã, Clover City mal acabou de acordar. O único sinal de vida é a luz piscando da Aurora Donuts e Café, que se derrama na rua, e uma meia dúzia de corredores treinando que vejo antes de entrar no estacionamento da Jogando a Toalha, a academia de boxe do tio Vernon e da tia Inga.

Papai tentou dizer a eles que o nome da academia soava meio derrotista, mas eles não deram a mínima. Tio Vernon e tia Inga se conheceram no fórum de um fã-clube do Rocky. Inga era uma recém-chegada da Rússia que vivia na Filadélfia, e eles se encontraram pela primeira vez nos infames degraus do Rocky no Museu de Arte da Filadélfia. (Ignorando os protestos de todos os parentes, porque ninguém na família além de mim consegue entender como é possível se apaixonar via internet.)

Nunca estive na Filadélfia, mas Inga me prometeu que iremos quando eu me formar – uma verdadeira viagem de meninas. Espero apenas não precisar subir todos os setenta e dois degraus do Rocky para que a minha história de amor tenha um final feliz.

Estaciono na vaga bem em frente à academia. Embora Inga sempre pegue no meu pé e no de Vernon por estacionarmos nas vagas da frente, gosto de pensar que eu a mereci por ser a funcionária do mês. Mesmo sendo a única funcionária que eles têm. Poxa, o salário é uma merreca. Tenho que aproveitar as mordomias que puder descolar.

Estendendo-se acima da fachada de vidro no nosso canto do shopping fica o letreiro luminoso exibindo o nome JOGANDO A TOALHA e um par de luvas de boxe penduradas ao lado. Abaixo dele ainda dá para ver a sombra das letras do nome anterior, LIFE CLUB FITNESS.

Sininhos tilintam acima da minha cabeça quando abro a porta. Corro para trás do balcão e desligo o alarme.

Começo a cuidar dos afazeres iniciais: contar o dinheiro no caixa, apontar lápis, imprimir novos formulários de inscrição, ver se os vestiários estão com toalhas e papel higiênico, e dar uma volta rápida pelo local para inspecionar os equipamentos. Sempre brinco com os sacos de pancada, passando por entre eles e socando cada um para ver se ainda apresentam a mesma robustez da manhã anterior. Pulando na ponta dos pés, acerto no último saco uma rápida sequência de socos, *um-dois*.

Os sininhos tornam a tilintar acima da porta, me avisando que alguém entrou.

— Está com uma cara boa, Millie!

Encabulada, dou uma olhada para trás.

— Bom dia, Vernon. — No passado, meu tio foi aquele tipo de cara de quem os pais imploram às filhas para ficarem longe. Músculos volumosos e cachos louro-escuros. Mas hoje em dia ele mais parece um pai exausto do que um bad boy de cidade do interior. A barba de um louro-arruivado já apresenta áreas grisalhas, e as rugas em volta do sorriso estão mais fundas, mas ainda é tão robusto como sempre me lembro dele.

— Sua postura está ficando bastante firme — diz ele. — Acho que eu não teria coragem de mexer com você num beco escuro.

Agito as mãos.

— Só estou me divertindo um pouco — respondo, indo até o balcão e pegando as chaves do carro. Aprender a lutar boxe pra valer está na minha lista de objetivos a longo prazo, depois de entrar no curso de telejornalismo e dar uns amassos num garoto. (Afinal, Oprah diz que a gente deve falar os objetivos com todas as letras, e ela nunca me desamparou.)

Ele dá de ombros. As olheiras e a camiseta de ontem entregam que passou a noite inteira acordado com os gêmeos. Não só isso. É que, no momento, a academia está quase na lona. (O duplo sentido foi voluntário.) Até o mês passado, esse lugar era franqueado da Life Club Fitness, que tem academias especializadas (clubes de tênis, CrossFit, futebol americano de salão) em todo o país. Isso significava que tínhamos verba extra para o marketing, equipamentos e até mesmo grana para fazer coisas como patrocinar as equipes locais de esportes.

Mas a LCF decretou falência da noite para o dia, por isso agora tio Vernon e tia Inga estão por conta própria com este lugar, e sem rede de proteção. Com todos os investimentos que já fizeram aqui e os gêmeos recém-nascidos, o sucesso da academia se tornou mais importante do que nunca. Da última vez que estive na casa deles, vi uma pilha de cartas de cobrança das companhias de água e de luz, e não consigo esquecer aquilo. Este lugar é a última esperança dos dois, e não estou disposta a deixar que fracasse.

Aponto para uma mancha de vômito no ombro de Vernon.

— Tem camisas limpas no escritório.

Ele dá uma olhada na mancha.

— Tem não. Essa foi a última. — Ele encosta a cabeça no balcão. — Nada jamais vai ficar limpo. Luka e Nikolai tiveram uma diarreia causada por intoxicação alimentar ontem à noite. A casa toda poderia ser condenada. Está tudo perdido, Millie. O *merdocalipse* reivindicou até a última alma.

Eu tento não cair na risada, mas não posso deixar de sorrir. Vernon é a única pessoa na família que fala palavrão, e algo no fato de usá-los na minha frente faz com que eu me sinta mais velha e mais descolada do que sou.

— Lavei as camisas junto com as toalhas no escritório ontem à noite. — Ele levanta a cabeça, e o seu cheiro invade as minhas narinas. *Intoxicante* é a palavra certa. — Que tal também tomar uma chuveirada rápida? Ainda faltam uns vinte minutos para o pessoal começar a chegar.

Vernon levanta o braço e dá uma cheirada.

— Bem, acho que não quero espantar novos alunos em potencial.

Consigo abrir o meu sorriso mais encorajador.

— É isso aí! Agora, você sabe onde estão os novos formulários de matrícula, e vamos começar a promoção com as vitaminas da Green's, lembra? Aqueles folhetos estão na sua mesa. E...

— Nunca aceite não como resposta — diz ele, completando o mantra de negócios de Inga. (Bem, na verdade é o mantra dela, em geral.)

– Sim. Exatamente.

– Inga tem metido a faca no nosso orçamento feito uma doida ultimamente. Poderia estrelar um filme de terror. Ou, de repente, fazer carreira na luta livre. Invencível Inga, a Assassina de Orçamentos. – Ele se vira e sai se arrastando até os chuveiros, os ombros caídos. Decido não lhe contar sobre a misteriosa mancha marrom nas suas costas.

– Joga a camisa no cesto de toalhas sujas – peço em voz alta, saindo pela porta da frente.

Entro na minivan e dou uma olhada no letreiro *Jogando a Toalha* piscando acima, com o *D* de "Jogando" faltando – algo que não posso me esquecer de incluir na nossa longa lista de reparos necessários.

Enquanto manobro para a rua, aperto o botão de chamada no volante.

– Ligar para Amanda! – berro.

– Ligando para Panda – responde a voz de robô do carro.

– Não. Encerrar chamada. Não ligar para Panda. Ligar para Amanda.

– Buscando Panda Express.

– Não! – digo num gemido, desligando e tornando a ligar o rádio antes de tentar novamente. – Ligar para Amanda!

Há uma longa pausa antes que a voz do robô responda:

– Ligando para Amanda.

– Finalmente – resmungo.

A linha toca por um momento antes de eu ouvir a voz de Amanda gemendo nos alto-falantes.

– Bom dia, linda! – exclamo. – Você é inteligente. Você é talentosa. Você é um anjo.

– Não há nada de bom nas manhãs – diz ela, a voz abafada pelo que parece ser um travesseiro. – Mas pelo menos você acertou em relação a linda. Inteligente? Talentosa? Um anjo? Vou trabalhar nisso.

– Todas as manhãs são boas – digo a ela. – São as tardes que estragam tudo. – Rio baixinho comigo mesma, mas o silêncio de Amanda é sinal de que ela não achou o meu humor fofo. – Afirmações diárias. Li sobre isso na semana passada. Você diz as coisas que quer ser. Imaginei que seria mais fácil se a gente fizesse as afirmações uma para a outra. Pra ficar mais interessante!

– Posso entrar nesse jogo – diz ela. – Só digo coisas boas pra você ser?

– Basicamente.

— Você é um prato de batata rosti. Você é um waffle. Você é um rolinho de canela.

— Amanda! — Reviro os olhos. — Leva a sério.

— Por quê? Estou com fome e ninguém está levando isso a sério. — Ela dá uma bufada no fone. — Já vai sair? — pergunta. — Cai fora do meu quarto, Tommy! — rosna. — Desculpe. Meu irmão.

— Espere por mim na frente da escola. Tenho que fazer os comunicados matinais. — Abro um sorriso. — Esteja lá em dez minutos. E, de repente, a gente até dá uma paradinha pra tomar café da manhã.

— Já acordei, mãe! — torna ela a gritar. — Por favor, vem logo — sussurra ao telefone.

— Você me deve três afirmações! — lembro a ela, pisando mais fundo no acelerador. É nas horas difíceis que se conhece os amigos.

# CALLIE

# DOIS

Melissa e eu nos sentamos no chão do ginásio, de frente uma para a outra, com as pernas estendidas e os pés se tocando. Seguramos as mãos durante o alongamento, nos puxando para a frente e para trás. Ela se endireita, e o rabo de cavalo acaju-escuro no alto da cabeça balança enquanto ela me puxa. E estou me esforçando ao máximo para não inspirar, porque o chão do ginásio está com um fedor brabo.

– Os ensaios que vamos começar a ter depois das aulas a partir da semana que vem foram transferidos pra sala da banda – conto a Melissa.

Ela levanta a cabeça do alongamento.

– Tá me zoando?

– Não. O técnico Spencer está na maior correria, porque a quadra coberta do time de futebol americano ainda não ficou pronta, por isso vão transferir os ensaios de todo mundo, para o time poder ficar com o ginásio e os aparelhos de musculação.

– Mas a sala da banda não tem espaço! O que eles fizeram pra merecer uma quadra coberta só pra eles? E ainda nem começou a temporada de jogos.

Dou de ombros.

– Em Clover City, a temporada dura o ano todo.

Ela sopra os cachos do rosto.

– Cara, eu quero mais é que o departamento esportivo se foda.

– Finalmente, alguma coisa sobre a qual podemos concordar.

Melissa me puxa tanto para si que todo o meu tronco se achata contra o chão. Os músculos da parte interna da coxa queimam, mas não faço nenhum gesto que indique que ela está me alongando demais, porque Melissa sabe exatamente o que está fazendo. Ela está me testando, e eu não vou dar a ela nenhum sinal de fraqueza.

Não é que eu não goste da Melissa. Já a conheço há metade da minha vida, e, embora nenhuma de nós jamais tenha se destacado na arte da amizade – principalmente eu –, sempre conseguimos desempenhar bastante bem o papel de amigas uma para a outra. Mas o que Melissa não entende é que, para que eu seja bem-sucedida, ela tem que fracassar. Pelo menos em relação à equipe de dança da escola, a Clover City High School Shamrocks. Somos *ini-amigas* declaradas, e nem quero dizer no mau sentido. Mas, no ano que vem, só uma de nós poderá ser a capitã.

Giro o pescoço, o rosto pairando acima do chão. É, *ainda está fedendo pra burro*. Há vários banners de esportes pendurados sobre nós, alardeando campeonatos municipais e até duas vitórias estaduais.

Mas o maior de todos é praticamente uma relíquia de família. O título de Campeã Nacional das Equipes de Dança de 1992 pertence a ninguém menos do que à CCHS Shamrocks. Não só foi a única vez que vencemos um campeonato nacional em qualquer modalidade esportiva, como também a única em que a CCHS chegou a uma competição nacional. E sabe qual é a parte mais extraordinária? A equipe foi liderada pela minha mãe. Por acaso, também foi o ano em que um escândalo enorme envolvendo os jurados estourou no mundo da dança, em todos os níveis, do distrital ao nacional. Muitas equipes foram temporariamente suspensas, mas já assisti aos vídeos. A Shamrocks de 1992 simplesmente arrasou.

O Rams, nosso time de futebol americano, tem um dos piores recordes do Texas, e ainda assim vai ganhar uma quadra coberta novinha e supermoderna, enquanto a Shamrocks, a equipe mais vitoriosa da história da CCHS, é relegada a praticar na sala da banda. Como diz minha mãe, se cheira à sacanagem, provavelmente é.

– Sam está atrasada de novo – diz Melissa, erguendo a voz acima da cacofonia feminina que ecoa pelo ginásio.

– Quer ir chamá-la? – pergunto.

Melissa revira os olhos e faz que não com a cabeça. Sam está no último ano e é a capitã da equipe. O que Melissa não entende é que Sam está atrasada de propósito. Para nos testar. Melissa e eu somos as segundas em comando em relação a Sam, como capitãs coassistentes, o que significa que somos as próximas na linha de sucessão ao trono, mas só uma ascenderá. E eu nunca perco.

Até lá, vamos ter que tentar trabalhar em equipe da melhor maneira possível, pelo menos até que Sam esteja pronta para nomear a sucessora.

Mas nem tudo é competição. Muitos momentos da minha amizade com Melissa foram sinceros. Como a ocasião em que seus pais se divorciaram, quando estávamos no nono ano, e ela passou três semanas na minha casa, porque a situação na dela estava dramática. Ou o dia em que a Sra. Gutierrez, mãe da Melissa, descobriu que sou filha de mexicano e começou a falar comigo em espanhol. Fiquei meio constrangida, porque só entendo algumas palavras aqui e ali, e não me sinto nem um pouco segura para manter uma conversa. Melissa, por sua vez, vem de uma tradicional família mexicana. Na verdade, eles já viviam aqui antes que Clover City pudesse ser considerada parte do Texas. Juro, ela conseguia falar em espanhol e ler em inglês ao mesmo tempo enquanto ensaiava uma coreografia da Shamrocks. Mas, quando viu o meu rosto ficar vermelho, Melissa interveio, traduzindo com a maior naturalidade tudo que a mãe tinha acabado de dizer. E nunca mais sequer tocou no assunto depois disso. Apenas fez de conta que nada tinha acontecido.

Melissa me puxa ainda mais no alongamento.

– A gente vai ter que levar um papo com a Sra. Driskil depois do treino. – Solto as mãos e, num pulo, fico de pé.

– Que seja – diz ela. – Aquela mulher só está representando. Ela não tem o menor interesse em investir um centavo na equipe. A única coisa que interessa a ela é o salário extra.

— E seria muuuito pior se ela de fato se interessasse – digo a Melissa. – Lembra quando ela decidiu de uma hora pra outra que o nosso número de biquíni no lava-rápido era inapropriado e obrigou a gente a fazer o troço usando ponchos impermeáveis?

Melissa ri.

— Tá, aquilo foi totalmente trágico. Mas foi hilário quando você recortou aqueles buracos em volta dos peitos e da bunda. Ela não fazia ideia do que dizer. – Torna a rir, apontando o dedo para mim e imitando a Sra. Driskil. – Minha jovem, seu patrimônio está à mostra.

Bato o quadril no dela.

— Pelo menos... o meu patrimônio é digno de ser visto – comento. – Eleito Bumbum Bombom por três anos consecutivos e O Símbolo Sexual da CCHS este ano. Não se esqueça.

Ela revira os olhos.

— Sim, nós sabemos. Você nunca deixaria alguma de nós se esquecer. Saúdem Sua Majestade, a bunda de Callie Reyes!

Dou um sorriso malicioso e bato as mãos uma única vez, silenciando as outras conversas da equipe.

— Pessoal! Hora de entrar em ação. Sam está um pouco atrasada, por isso vamos começar. Melissa – chamo –, bota aí a música.

Começo a girar os quadris para me aquecer.

— Tudo bem, meninas, o campeonato estadual é daqui a três semanas, e ainda temos muito trabalho pela frente. Nós bombamos no intercolegial, mas, sejamos realistas: nossa competição não foi tão acirrada como sabemos que será no estadual. Por isso, vamos repetir a coreografia duas ou três vezes, e em seguida vou sair e diagnosticar as áreas problemáticas.

A música começa. É uma perfeita combinação de sucessos pop que todo mundo adora e eletrônica de que ninguém jamais ouviu falar. Sam tem bom gosto. O primeiro verso de "Bad Girls" da M.I.A. nos faz entrar em ação.

Fecho os olhos durante os primeiros compassos. Quase posso sentir a brisa de São Francisco. Nunca fui a São Francisco. Na verdade, a única pessoa da minha família que já chegou mais longe no Oeste do que o Novo México foi a minha irmã Claudia, que foi a San Diego para um concurso de canto operístico quando ainda estava no ensino médio. Mas, como este ano o campeonato nacional vai ser em São Francisco, falta pouco para riscar a cidade da minha lista. No ano passado, tivemos a decepção de ficar em segundo lugar no estadual, mas a Copper Hill, a equipe que ficou em primeiro, está no bagaço desde que flagraram metade das integrantes praticando trotes violentos nas calouras.

Meu plano é pelo menos nos classificarmos para o nacional, para podermos entrar no embalo para o ano que vem. Talvez a gente até consiga uma colocação. E aí, vamos estar em Miami no meu último ano do ensino médio e eu vou liderar o time rumo à vitória na finalíssima, ser aceita na universidade da minha escolha e cair fora de Clover City antes mesmo que a tinta no diploma tenha chance de secar. Esse é o plano.

Piso no palco – quer dizer, no chão do ginásio – na segunda leva de dançarinas. Nosso primeiro ensaio é meio desajeitado, mas é só a primeira tentativa, e ontem foi dia de preparação física. Sinto a frustração da Melissa aumentando. Se dependesse da vontade dela, já teria dado um esporro homérico nas garotas. Mas essa é a razão pela qual ela seria uma capitã de merda.

– Muito bem! – grito no momento em que a música para. – Foi um aquecimento razoável, mas temos que acelerar o ritmo. Acho que algumas de vocês ainda estão tendo problemas com aquela pirueta tripla. Jess, quer vir até aqui e nos mostrar como se faz?

Jess, uma aluna negra e alta do primeiro ano e a capitã que pretendo escolher quando estiver vazando deste fim de mundo, dá um passo à frente. Ela gira e faz *spotting*\* com facilidade, provavelmente porque veio de Dallas, onde frequentava uma escola de balé superbadalada. O restante de nós cresceu frequentando o velho Dance Locomotive, um estúdio que não é conhecido por revelar dançarinos de alto nível.

Jess diminui o ritmo e responde a algumas perguntas sobre impulso, posicionamento das mãos e *spotting* antes de repetirmos a coreografia mais duas vezes. Depois disso, Melissa e eu nos sentamos e observamos, tomando notas.

– Ainda tenho minhas dúvidas sobre aquele combo de *jetés* – diz Melissa. – Não acho que vamos conseguir nivelar a altura de todos os saltos. O que

---

\* Técnica que consiste em fixar os olhos num único ponto focal durante os giros para se evitar a vertigem. (N.T.)

estou dizendo é que o da Jess é alto demais. Ela tem que diminuir a altura pra gente poder acompanhar.

Essa coreografia é meu xodó, e Melissa sabe disso.

– Talvez não seja o caso de mudar a coreografia – digo. – Talvez só precisemos melhorar o nosso desempenho como um todo. Como a Jess. – Viro-me para ela. – E quer ser você a desafiar a Sam?

Melissa faz que não com a cabeça.

– Tem razão.

Depois de darmos as nossas notas, a equipe inteira forma um círculo e se abraça antes de partir para o vestiário.

– Olha só esses bumbuns durinhos! – grita Sam enquanto entra correndo no ginásio, vindo ao nosso encontro. Sam é o tipo de garota que, ao contrário de mim, poderia ser parente da minha mãe loura e da minha irmã ainda mais loura, e uma pontinha de mim a odeia por isso. Branca, alta, cabelos louro-arruivados e uma ossatura angulosa que é perfeita para o balé e para aqueles vestidos que só pinicam.

Sam se espreme no círculo.

– Desculpem pelo atraso, meninas. Tive alguns assuntos administrativos pra resolver como capitã da equipe.

Chego para o lado, dando-lhe espaço. O segredo para uma transição de poder bem-sucedida? Sempre se lembre do seu lugar.

Ela sorri.

– Pode encerrar, Cal. Manda ver!

Ao meu lado, Melissa se encrespa, mas eu permaneço imperturbável.

Fecho o abraço coletivo e digo:

– Não se esqueçam. Na semana que vem, vamos nos apresentar na prefeitura durante a cerimônia dos Heróis Americanos. E lembrem-se de tirar boas notas, todas vocês. Não quero ouvir depois que algumas das mocreias estão correndo o risco de ser reprovadas logo antes de irmos para o estadual. Não me importo se tiverem que colar. Dane-se. Semana passada, Jill escreveu a cola da prova de gramática na coxa.

Todas as garotas riem, mas Jill, uma branquela baixinha do primeiro ano com cachos castanho-claros, apenas dá de ombros.

– Borrou um pouco, mas mesmo assim passei. Pelo visto, *balizar* é sinônimo de *limitar*. Não de imitar.

—Você sacou o espírito da coisa! – digo. – Muito bem, vamos lá, pessoal. No três. Um, dois, três!

— SAN FRAN OU NADA! – gritamos em uníssono.

Dou uma olhada no banner de um vermelho vibrante que lança sombra sobre nós. *Nos aguarde, 92. Vamos te alcançar.*

Enquanto a equipe vai para o vestiário, eu, Melissa e Sam nos sentamos na arquibancada.

— Obrigada por assumirem hoje, meninas – agradece Sam.

Melissa e eu fazemos que sim.

— Olha só – digo –, talvez a gente deva dar uma repensada no *jeté*. Jess consegue atingir uma altura estratosférica e faz com que nós fiquemos parecendo iniciantes desajeitadas, entende?

Melissa se vira para mim com um sorriso amargo.

— Concordo – diz, curta e grossa.

Sam franze os olhos, como se estivesse repassando o combo mentalmente. Ela balança a cabeça.

— Tem toda razão, Callie. Vamos dar uma olhada nisso amanhã.

O que eu posso fazer se alguns nasceram para ser líderes?

Sam continua:

— Ouçam, a Driskil está pra chegar aqui, e eu já sei por que ela quer conversar.

— Qual é a parada? – pergunta Melissa.

Sam revira os olhos.

— Sabem aquela academia fuleira que patrocinou a nossa equipe esse ano?

Fazemos que sim.

— Cortaram a verba.

— Ah, meu Deus! – exclamo. – O que isso quer dizer?

A expressão normalmente bem-humorada da Sam se torna sombria.

— Bom, a Driskil vai tentar nos convencer de que está tudo bem.

A porta do ginásio se abre, e a Sra. Driskil entra em passinhos arrastados.

— Mas, pra resumir a ópera, estamos fodidas – sussurra Sam antes que a Sra. Driskil possa nos ouvir.

— Bom dia, meninas – cumprimenta a Sra. Driskil. – Isso só vai levar um minuto.

A Sra. Driskil é uma mulher tímida, daquelas que usam saias compridas com bainhas que juntam poeira do chão e pesados cardigãs do vovô cobertos de pelos de gato e enfeitados por broches temáticos. Com as rugas ao redor dos lábios parecendo bigodes felinos, nem precisa dizer que é gateira, tá na cara. É bem simpática, mas sempre se mantém a distância, que é exatamente do que precisamos numa conselheira da equipe. O nome dela até pode estar em todos os documentos, mas somos nós que damos as cartas.

– Olá, Sra. D – cumprimento-a. – Bonito suéter.

– Ah – diz ela com uma voz adocicada. – Era da minha tia Dolores. Quase a enterramos com ele, mas consegui encontrar o favorito dela bem a tempo para o velório.

Melissa pigarreia.

– Que... história memorável.

– E então, o que traz a ilustre conselheira ao ginásio? – pergunto.

A Sra. Driskil tosse no punho.

– Bem. É que, hã, um dos seus patrocinadores... Ele teve que se afastar, e parece que era justamente o principal. Aquela academiazinha de boxe encantadora, a Jogando a Toalha.

– Peraí. – Prendo a respiração, fingindo surpresa. – O que a senhora disse?

– Bem, acho que o dono está passando por uma fase ruim, e resolveu cortar gastos. – Ela fala com uma voz lenta e alta, como se eu realmente não a tivesse ouvido.

– Tá – digo. – Mas nós não podemos, tipo assim, conseguir outro patrocinador? O pai do meu namorado é dono de duas agências de automóveis. Tenho certeza de que ele poderia nos ajudar.

Sam concorda.

Driskil aperta as mãos.

– Bem, não é tão simples assim. Segundo o regulamento municipal, os patrocinadores precisam ser aprovados antes do início do ano letivo, e o aluno fica responsável por qualquer necessidade de verba adicional. Portanto, infelizmente, isso significa que quem teria de arcar com o custo da viagem e das acomodações para os campeonatos estadual e nacional seriam vocês, meninas.

O pânico cresce no meu peito, mas me recuso a parecer menos do que calma.

– E quem poderia bancar isso? – pergunto.
– Eu, nem em mil anos – diz Melissa.
A Sra. Driskil continua:
– Parece que temos quase metade do que precisamos para o estadual, mas, se conseguirmos ir mais longe, teremos que angariar fundos.
Gaguejo por um momento:
– Mas... mas quanto custa ir ao nacional? – O custo de uma megaviagem dessas é tão absurdo para mim quanto o de uma universidade.
– Barato é que não é. Não mesmo – diz Sam. – Afinal, uma única apresentação num lava-rápido mal pagou por um dos nossos uniformes. O preço de uma passagem para a Califórnia é astronômico. Talvez desse pra fretar um ônibus, mas teríamos que ser liberadas por um tempão.
Ficamos em silêncio enquanto assimilo a notícia.
A Sra. D pigarreia.
– Não acho que devam se preocupar demais, meninas. Todas vocês são muito talentosas, e no mais... o Texas é um estado enorme.
Estou quase impressionada. Não achava que a Sra. D fosse capaz de dar um show desses. Mas, principalmente, estou furiosa, para ser bem honesta.
– Já conseguimos antes – diz Melissa. – E passamos raspando no ano passado. Não deveríamos ter que nos limitar só porque uma porcaria de uma academia nos deixou na mão.
Concordo.
– Este é o nosso ano. Eu sinto isso. E é o último da Sam. – Balanço a cabeça. – Nem pensar. Não aceito uma coisa dessas. Vejam, ninguém fala de orçamento quando o time de futebol americano joga uma partida em outro estado. Se aqueles garotos chegassem de novo às semifinais, a cidade inteira jogaria dinheiro *e* calcinhas em cima deles.
Esperamos que a Sra. Driskil diga alguma coisa, mas ela se limita a nos lançar um olhar de compaixão. Eu estou tão zangada que os meus dedos chegam a tremer. Talvez, se a Sra. Driskil não estivesse tão habituada a ser tratada pelas pessoas como se fosse um zero à esquerda, ela não deixasse a equipe de dança ser tratada da mesma forma.
Sam se levanta e começa a caminhar em direção ao vestiário sem esperar ser dispensada, e Melissa e eu a seguimos.
– Meninas – chama a Sra. Driskil. – Meninas! Acho que é melhor não contarmos à equipe por enquanto. Pode nem mesmo ser um problema!

E acho que causaria um sofrimento desnecessário. Devíamos discutir os próximos passos.

Nós três apenas continuamos caminhando.

Passo o segundo tempo trabalhando como auxiliar de escritório. Não porque tenha pedido por esse emprego, mas porque a minha mãe me obrigou a aceitar. Na verdade, ela é mais uma *mãedona* do que uma mãezona, mas, ainda assim, é *a minha* mãedona.

Quando tento passar de fininho por ela ao entrar na sala da copiadora, o som de um forte e fanhoso sotaque sulista me corta os passos.

— Meu docinho de coco. Callie, filhota, venha cá. Faz um carinho na sua mãezinha, faz.

Volto até onde ela está e enfio a mochila debaixo da sua mesa antes de despencar no banquinho que ela deixa ali atrás para arquivar papéis. Ela puxa o meu rosto para o seu com as duas mãos e me sapeca um beijo na bochecha, deixando a sua marca: Certainly Red 740, da Revlon, a cor que usa todos os dias desde que a minha avó a levou a uma drogaria no seu aniversário de treze anos para comprar seus primeiros itens de maquiagem de adulta.

— Sua irmã te mandou um e-mail? — pergunta. — Tentei falar com ela no chat FaceTime, mas não sei qual é a diferença de fuso horário para a Alemanha.

— Mãe, é só FaceTime que se diz. Não "chat FaceTime". E não, a Claudia não me mandou nenhum e-mail. — Não digo que também não mandei nenhum e-mail para ela. Não é que eu não ame a minha irmã, mas estamos ocupadas, e, se ela não está atendendo aos telefonemas da nossa mãe, tenho certeza de que a culpa não é só da diferença de fuso horário. Claudia estuda na Universidade da Carolina do Sul, mas está passando o semestre na Ópera de Dresden. Fico feliz por ela, mas sinto falta de ter alguém em casa com o mesmo tipo físico que eu. Quando ela foi para a faculdade, não imaginei como seria duro ser a única mestiça numa casa em que todos são brancos.

Mamãe suspira.

— Como foram as garotas hoje de manhã? — pergunta.

Meneio a cabeça.

– Razoáveis. Vamos começar a nos encontrar depois da aula a partir da semana que vem para nos prepararmos para o estadual.

Ela bate com o lápis nos lábios.

– Isso vai interferir com o seu horário de trabalho?

Apoio os cotovelos na mesa e pouso o queixo nas mãos.

–Vai ficar meio apertado, mas é só por duas semanas. E o pessoal aqui no trabalho é bastante compreensivo em relação às exigências da dança.

Ela lambe a polpa do indicador antes de folhear as chamadas.

– E os seus deveres de casa? Você também não vai ter muito tempo para o Bryce.

– Eu me viro com os deveres de casa, e o Bryce vai me ver quando der. Ele não se estressa para me encaixar na agenda dele durante a temporada dos jogos.

– Essa é a minha garota. – Ela me entrega uma pilha de passes de atraso para carimbar. – Vou falar com alguns pais e com a diretora Armstrong sobre a possibilidade de fretarmos um ônibus para ir tietar vocês no estadual. E também não podemos deixar de enfeitar o ônibus de vocês com graxa de sapato e tudo a que têm direito.

Minha *mãedona* seria a candidata ideal ao cargo de conselheira da equipe, mas, sendo ela uma secretária da escola e não propriamente uma professora, seu nível de envolvimento se limita ao de mãe entusiasmada. E acho que é melhor assim. Tendo que lidar com o meu padrasto, a minha irmã Kyla, a vigilância sobre a Claudia do outro lado do mundo e mais o emprego, a coitada mal tem tempo de tomar banho. Já dá para ver os primeiros sinais da idade começando a aparecer, mas talvez isso seja apenas porque eu me lembro da sua aparência no tempo em que éramos só eu, o meu pai, a Claudia e ela.

Quando penso em minha mãe naquela época, eu me lembro do black jeans de cós alto, do cinto preto grosso com a fivela prateada brilhante e das regatas justinhas de renda. Ela era a versão do Oeste do Texas da Bad Sandy que a Olivia Newton-John interpretou em *Grease*. Ela rebolava os quadris pela cozinha – que sempre cheirava mais a permanente caseiro do que a qualquer comida que comíamos –, ao som de velhas músicas da Selena, enquanto meu pai preparava pratos horríveis de homem solteiro, tipo tortilhas de salsicha, o cachorro-quente mexicano.

Agora, as únicas exigências que a minha mãe faz a qualquer peça do seu guarda-roupa é que tenha "um bom caimento" e cubra quaisquer pelancas ou pneus que ela tenha descoberto nos últimos anos. Mas o batom ainda é o mesmo.

Ela pressiona minha testa com os dedos, tentando desfazer o cenho franzido com uma massagem.

– Você vai precisar começar a usar o meu creme anti-idade se continuar franzindo a testa desse jeito. Agora me diz o que está te preocupando tanto.

Lanço um olhar para além dela, até onde os alunos esperam para falar com a diretora, o vice-diretor ou a orientadora.

– Olha só – digo em voz baixa –, a merda está quase batendo no ventilador. Parece que a equipe de dança perdeu o maior patrocinador, e agora estamos totalmente ferradas. Vamos ter que organizar alguns eventos de emergência para angariar fundos antes do campeonato estadual, mas não temos um centavo para o nacional.

Ela prende uma mecha de cabelo solta atrás da minha orelha.

– Ó céus. Bem, isso não pode ficar assim. O que disse a Sra. Driskil?

Reviro os olhos.

Ela balança a cabeça energicamente.

– Aquela mulher é mais inútil do que feriado no domingo – sussurra, batendo no queixo com a unha vermelha do indicador. – Mamãe vai conseguir uma reunião pra você com o vice-diretor Benavidez. Vocês trabalharam duríssimo pra que uma quantiazinha besta dessas seja um empecilho. E Deus sabe que a maioria de nós não tem como bancar uma viagem para São Francisco.

Mordo o lábio inferior para me impedir de sorrir. Até já posso vê-la entrando totalmente no modo Mamãe Ursa ao se referir a si mesma na terceira pessoa. Sei que não há muito que ela possa fazer além de descolar uma conversa para mim com o vice-diretor, mas, por algum motivo, só o fato de ver um adulto realmente *tentar* já me faz bem. Mesmo que seja momentaneamente. E, se eu conseguir resolver o problema por conta própria, Sam não vai ter escolha senão me nomear capitã.

– Obrigada, mãe. – Antes de começar a recolher as listas de presença, procuro na gaveta da sua mesa um lenço umedecido para limpar a marca de batom no rosto. Ela pode meter o bedelho em cada canto da minha vida, mas às vezes ter uma *mãedona* não é tão mau assim.

# MILLIE

# TRÊS

Durante o almoço, Amanda e eu nos sentamos no pátio à mesa de sempre, enquanto ela devora a autobiografia da Amy Poehler que eu lhe emprestei – ou, para ser mais precisa, que eu realoquei para a casa dela, já que minha mãe não ficou lá muito satisfeita quando a abriu e deu uma espiada no linguajar da Srta. Poehler. Amanda ri baixinho de tantos em tantos minutos, e eu tenho que me esforçar muito para não perguntar em qual parte ela está.

Enquanto meus olhos vagueiam pelo pátio, espiono Willowdean, que enfiou a cabeça pela porta e está acenando freneticamente. Seguindo seu olhar, encontro Bo, o namorado. O namorado muito gato, que tem – como diz Amanda – bundinha de pêssego. Basta eu pensar no traseiro de um garoto para ficar vermelha.

Os olhos de Will percorrem o resto do pátio, e ela acena para mim e Amanda antes de se esconder novamente no prédio. Retribuo o aceno e penso que eu não devo me esquecer de conversar com Willowdean sobre a minha atual... situação. Estou ansiosa por qualquer tipo de conselho que me ajude a mudar do Beco do Crush para a Avenida do Namorado. (Certamente não sou a única pessoa que imagina a vida em termos de jogos de tabuleiro, como Banco Imobiliário ou Candy Land.)

Está vendo? É por isso que eu preciso conversar com Willowdean. Estou começando a entrar em parafuso.

Mas nossas oportunidades de conversar andam tristemente limitadas. Eu gostaria que pelo menos Willowdean, Ellen e Hannah almoçassem no mesmo horário que eu e Amanda. Seria uma boa desculpa para estar com elas.

Não sei o que eu esperava depois do concurso. Para ser franca, isso é mentira. Sei exatamente o que esperava. Achei que todas nós seríamos amigas. Eu, Amanda, Willowdean, Ellen e Hannah. Seríamos esse grupo heterogêneo e rebelde de amigas que nem sempre faz sentido, mas, de algum modo, funciona. Nossa experiência compartilhada teria nos unido como em *Clube dos Cinco*, ou algum outro filme com um elenco genial. Só que não foi exatamente isso que aconteceu. E, para ser honesta, passei muito tempo me perguntando se o Clube dos Cinco tornou a se reunir depois que os créditos subiram.

Abro a garrafa térmica e despejo um pouco de canja na tampa, me resignando a almoçar com uma Amanda distraída.

— Estou com saudades do concurso.

Em resposta recebo silêncio, salvo pelo som da mesa balançando de um lado para o outro, enquanto Amanda bate com os pés no chão.

— Você viu aquela matéria no jornal da escola denunciando que as almôndegas da cantina não contêm um grama de carne?

Negativo. Nada.

— Andei pensando se a gente poderia se matricular num curso de dança do ventre.

Silêncio.

Estendo a mão sobre a mesa e puxo o livro educadamente.

— Mas... mas eu estava lendo.

– E eu tentando puxar conversa com você. E você está absorta nesse livro desde que eu fui te buscar em casa hoje de manhã. E! – acrescento: – O livro é meu!

Ela suspira e dobra o canto da página em que parou.

– Pra começo de conversa, foi você quem me fez ler esse troço.

Tento não estremecer. Dobrar o canto da página de um livro parece uma grave violação de uma regra tácita sagrada.

– O que eu estava dizendo é que sinto uma certa saudade do concurso, você não?

Ela ri.

– Nem um pouquinho. Aquela gente nunca apreciou mesmo as minhas habilidades e o meu charme.

Tento não sorrir. A parte do concurso em que Amanda exibiu embaixadinhas foi inspiradora, mas os jurados não souberam bem o que pensar do que viram. Acho que os comentários de um dos seus cartões de notas diziam algo como "Não se adequou cem por cento ao espírito do concurso. Talvez experimentar o malabarismo da próxima vez? Ou tentar entrar para o time de futebol americano?"

O time de futebol americano. Um assunto doloroso para Amanda. Ela, os pais e a coordenação da escola já falaram mil vezes com a técnica do time, a Srta. Shelby, que não consegue ver além da assimetria física de Amanda e perceber o talento que ela tem.

Amanda vem sendo ridicularizada há anos por causa da DCP (discrepância no comprimento das pernas) e do salto ortopédico que é obrigada a usar. Mas, se ela ouve ou vê as pessoas debochando dela, ninguém jamais ficaria sabendo. Sua teoria é a de que o exemplo dado por ela própria define como o mundo a trata. E, nas suas próprias palavras, se ela quer ser tratada como a f*derosa, então deve agir como uma f*derosa. Ainda assim, eu sei que às vezes ela deve ficar magoada.

– Você tem toda razão – digo, por fim. – Mas eu nem me refiro ao concurso em si. Estou falando só de nos reunirmos, sabe como é?

Ela dá de ombros, o corpo se arriando todo.

– Sim, acho que sei. Mas eu prefiro quando somos só nós duas.

Por um momento, suas palavras fazem o meu coração explodir. Amanda e eu não somos amigas há uma vida inteira como Will e Ellen, mas o fato de termos sido objeto das piadas de mau gosto de todo mundo durante boa parte do ensino médio nos uniu de um jeito que é mais forte do que o tempo.

– Eu também. Você sabe disso. Mas gostaria que todas nós tivéssemos uma razão para nos reunirmos de vez em quando.

Ela franze um pouco os olhos, olhando para além de mim, para alguma lembrança dos últimos meses.

– É, acho que nós formávamos o nosso próprio tipo de clube. Tipo, a gangue das fuderosas que elevou o fator descolado daquele concurso à enésima potência.

Sorrio com a ideia, e então me ocorre:

– Um clube! Ah, meu Deus! Amanda, você é uma gênia!

– Bem, isso não é novidade para absolutamente ninguém, mas explique-se – exige ela com sotaque britânico e brandindo o lápis como uma espada.

– Peraí. – Tiro o celular da mochila, que foi enfeitada com tudo quanto é tipo de bordado, inclusive flores, nuvens, estrelas, alguns emojis que eu mesma criei e até uma miniatura gorducha de mim na base do bolso frontal. Mando na mesma hora uma mensagem para Amanda, El, Will e Hannah.

O celular da Amanda apita imediatamente.

– Não precisava mandar uma mensagem pra mim também. Estou sentada bem aqui. – Ela revira os olhos antes de lê-la em voz alta. – "MAYDAY! MAYDAY! ENCONTRO NO PÁTIO DEPOIS DA AULA ÀS 15:15!"

A campainha anunciando o próximo tempo toca pela primeira vez. Meu celular imediatamente recebe respostas das meninas:

**ELLEN: Estarei lá.**

**WILLOWDEAN: IDEM! Além disso, El e Tim vão me dar carona pra casa.** 🚗

**HANNAH: Bora, mas só porque eu não tenho mais nada pra fazer.** 💩

Jogo o celular dentro da mochila e despejo o que restou da canja de volta na garrafa.

– Vai pelo menos me dizer qual é a sua ideia? – pergunta Amanda.

– Você vai ver às três e quinze. – A campainha toca pela segunda vez. – Ah, que droga. Eu tenho que ir.

Amanda me despacha com um aceno, e eu corro para a próxima aula. Todo mundo que tem pernas curtas conhece o valor da marcha acelerada, e, com a minha aula de psicologia do AP do outro lado da escola no prédio temporário, mal consigo chegar antes de o Sr. Prater trancar a porta.

O Sr. Prater não brinca em serviço quando o assunto é frequência, e atrasos não são tolerados. Ele é um cara muito sério, mas também é responsável por fazer piadas seriamente infames.

— Ok, a última — diz o Sr. Prater ao fechar a porta atrás de mim. — Por que os cabelos de Pavlov eram tão macios?

A única resposta que ele recebe enquanto caminho até minha carteira são alguns gemidos.

— Ora, por favor, gente! — exclama ele. — Condicionamento clássico!

Rio baixinho enquanto me sento no fundo da sala perto do Malik, que está na mesa dos gordos. (Bem, não é só para os gordos. Alguns cadeirantes também a usam, mas gosto de pensar nela carinhosamente como a mesa dos gordos. Amanda prefere "mesa dos descolados". Não está errada.) Todos os outros ocupam essas carteiras onde a pessoa tem que se encaixar, mas eu não caibo totalmente nelas — pelo menos, não confortavelmente. Acho que no passado ser excluída me incomodava, mas o tamanho único não é para os que são únicos. (Ah, meu Deus. Esse vai ser, com toda a certeza, o meu próximo bordado.)

Malik não é gordo, mas eu sou, e ele é o meu parceiro de sempre nos trabalhos de grupo. E também é o meu crush. Na verdade, acho que ele pode vir a ser O CRUSH QUE PÔS TODOS OS OUTROS CRUSHES NO CHINELO. Pois é, eu gosto dele. Mas a melhor notícia é que talvez ele goste de mim — acho eu. Amanda diz que sim, sem a menor sombra de dúvida. Ele foi comigo ao Baile da Maria Cebola no outono passado. Até demos as mãos. Mas não rolou beijo. Dizer que o comportamento dele tem se mostrado contraditório seria o eufemismo do ano.

Todas as minhas esperanças se evaporaram, até que ele se ofereceu para ser meu acompanhante no concurso. Achei que talvez então, depois de me ver conquistar o segundo lugar, essa poderia ser a noite em que nossos lábios se encontrariam. Mas, em vez disso, recebi um abraço, um tapinha nas costas e uma rosa amarela. Não existe sinal mais claro de "apenas amigos" do que uma rosa amarela. (E não há nada de errado em sermos amigos, mas o que eu sinto por ele é diferente de amizade.) O lance é que toda noite temos conversas maravilhosas, durante horas a fio, por chat ou, às vezes, mensagem. Mas aí eu apareço na escola, e tenho sorte quando ele me dirige mais de quinze palavras.

– Oi – digo, recuperando o fôlego por um momento antes de acrescentar: – Por pouco não chego a tempo.

Malik assente.

– Me explica como Clover City tem verba para construir uma quadra coberta para os treinos de um time medíocre de futebol americano, mas a turma de psicologia do AP é obrigada a se encontrar num prédio temporário que mal aguenta um vendaval, que dirá um tornado, e nem janela tem.

Meu rosto fica quente. O estômago começa a dar voltas. Foi uma avalanche de palavras. Da boca do Malik. Usando seus lábios de falar, que também são lábios de beijar.

– Juro que você poderia se candidatar a um cargo no Conselho Municipal.

Malik se vira para mim, o rosto um pouco corado, como se tivesse acabado de perceber que o desabafo foi em voz alta e não somente mental. Ou on-line.

Acho que minhas entranhas estão brilhando, e, se eu não tomar cuidado, vão brilhar com tanta intensidade que todo mundo vai ver.

Pode ou não haver no meu quarto um caderno com capa verde-água de pelúcia que é dedicado a todas as razões pelas quais acho Malik digno de ser o meu crush. (Eu gosto de organizar as coisas, tá? Inclusive os meus sentimentos.) Há muitos itens que eu poderia colocar nessas páginas sob a forma de listas.

1. As sobrancelhas grossas, imponentes, que combinam à perfeição com os cabelos pretos e reluzentes, parecidos com os do Fonzie, do seriado *Happy Days*.
2. Os óculos com armação quadrada de tartaruga que complementam à perfeição a pele morena e o fato de ele guardar um paninho dobrado na carteira para limpá-los duas vezes por dia.
3. O jeito como ele usa mocassins e coloca moedinhas brilhantes, de verdade, dentro da fenda da tira.
4. Como ele dobra a bainha do jeans e sempre usa meias discretas, mas apropriadas à estação.

5. O jeito como ele passa a ferro as camisas e sempre as usa para dentro da calça com um cardigã no outono e uma jaqueta de couro no inverno, um motoqueiro sul-asiático sexy com um toque de sensibilidade paternal.

Mas o que realmente deixa os meus joelhos bambos talvez seja o ímpeto do Malik. Estaria mentindo se dissesse que não passei boa parte das aulas de psicologia do AP devaneando sobre como nós formaríamos um perfeito casal de famosos. Eu no noticiário das seis e ele se candidatando a vereador. Ou talvez até senador, ou trabalhando como uma espécie de documentarista/filantropo.

Sua perna roça na minha quando ele estende o braço atrás da carteira para pegar seu livro.

— Acho que vamos fazer aquela prova com consulta hoje.

— Droga — sussurro, antes mesmo de me virar para vasculhar a bolsa. — Eu sabia que devia ter dado uma passada no meu armário. Você até mencionou isso ontem à noite.

Ele desliza o livro para mim.

— Podemos compartilhar.

Sorrio. Lá vem o sobe e desce no estômago de novo.

— Tá. Obrigada.

Rasgo um pedaço de papel do caderno, enquanto o Sr. Prater liga o projetor, apaga a luz e põe na tomada uma fita de LED que está presa no teto. Foi ele mesmo que a pendurou, devido à falta de janelas aqui no prédio temporário, o que significa que não temos luz natural para tomar notas enquanto o projetor está ligado.

Entendo que não foi essa a intenção do Sr. Prater, mas o clima acaba ficando meio romântico. Compartilhar um livro com Malik na penumbra, enquanto nossas coxas se tocam várias vezes... isso não deve ser por acaso.

Tenho que fazer um esforço danado para me concentrar nas perguntas da prova exibidas nos slides, mas é difícil não deixar que a sensação de estar sem fôlego tome conta de mim completamente.

Será que é assim que a gente se sente ao gostar de alguém? Porque, se isso é só um crush, não sei se posso aguentar a intensidade de realmente *amar* alguém. Ou talvez *seja* amor. Não sei. O que sei é que, seja o que for que eu sinto pelo Malik, vai muito além de uma simples amizade.

———— • ★ • ————

À tarde, Will e El estão esperando no pátio com Tim e Bo. Amanda me segue rente nos calcanhares enquanto nos dirigimos à mesa deles.

— Não quero pisar nos calos de ninguém — já vou avisando de longe. — Mas esse encontro é só para garotas.

Tim dá de ombros, Ellen sapeca um beijo rápido na sua bochecha, e com o rosto colado ao celular ele se afasta em direção ao estacionamento.

— Vou estar no carro.

— A nova obsessão dele é aquele app de geocaching com trollzinhos e gnominhos — explica Ellen.

Bo me cumprimenta com um discreto aceno de cabeça.

— Oi, Millie. — Ele se vira para Willowdean. — Posso te levar para o trabalho, se você quiser.

— Acho que El e Tim já vão me deixar lá, mas aceito uma carona de volta pra casa à noite — diz ela, os cachos louros se desgrenhando ao vento.

Ele faz que sim antes de lhe dar um beijo nos lábios, e em seguida corre para alcançar Tim.

— A vista não é das piores — diz Amanda, vendo-o se afastar.

El cai na risada, e o rosto inteiro de Willowdean parece prestes a pegar fogo.

— Não posso dizer que discordo — comenta ela, por fim.

Sorrio.

— Alguém viu a Hannah? — pergunto.

— Estou aqui — geme uma voz.

Quando me viro, dou de cara com a Hannah usando um sling atravessado na frente do corpo com um bebê anatomicamente real dentro dele. Os cachos, outrora longos demais, estão mais escorridos, de modo que agora dá para ver o rosto. O traço do delineador cinza-escuro está irregular e meio borrado, mas o visual cai bem nela. Baseando-se apenas no seu tom de pele bem moreno, a maioria na escola se refere a Hannah como negra ou afro--americana, mas ela prefere ser chamada de afro-latina. Quando usou a palavra no seu perfil do concurso, uma das diretoras alegou que era difícil de pronunciar, mas Hannah rebateu que ela é que devia se esforçar mais. Eu me inclino a concordar.

De todas que participaram do concurso, Hannah é a que eu vejo menos. Não porque não queira, mas porque ela faz o possível e o impossível para não ser vista. Além disso, ela tem um monte de amigos um pouco mais velhos que nem vivem em Clover City. E esse jeito arredio dela faz com que eu queira me esforçar ainda mais para ser sua amiga.

— Que diabos aconteceu? — pergunta Will.

Hannah vira a cabeça para trás, avançando a passos pesados para a mesa à qual nos sentamos.

— Eu me inscrevi na aula de habilidades básicas, pensando que seriam só coisas banais, tipo, como fazer transações bancárias pela internet e preparar currículos, mas não. Basicamente, é uma aula de economia doméstica. — Ela se senta e chapa o boneco na mesa, fazendo disparar um berreiro da caixa de som na parte de trás da cabeça. — Nossa prova final — arremata, como se estivéssemos reunidas em volta de uma fogueira num acampamento contando histórias de terror — vai ser um empadão de frango.

Ellen, Amanda e Will quase despencam das cadeiras, às gargalhadas, e eu mordo o lábio, tentando não rir junto com elas.

Hannah lança um olhar zangado mas não muito sincero para elas, e é o melhor que consegue fazer para não cair na risada também.

— Eu posso dar uma olhada no livro de receitas da minha mãe, se isso ajudar — me ofereço.

Ela se vira para mim.

— Se quer mesmo ajudar, você vai é preparar a porcaria do troço pra mim.

Willowdean me dá uma cotovelada.

— E aí, qual é o babado? Você reuniu a gente aqui pra corromper mais uma honrada e secular tradição de Clover City?

Elas se calam no ato, olhos fixos em mim. De repente, eu me sinto super hiper mega estúpida. Me bate uma insegurança enorme, e na mesma hora tenho certeza de que gosto muito mais dessas garotas do que qualquer uma delas gosta de mim. E é a pior sensação do mundo. É como aparecer numa festa à fantasia onde você é a única que se produziu toda.

Mas então olho para Amanda, e ela faz que sim, e eu sei que, pelo menos, posso sempre contar com ela.

— Sinto saudade de todas vocês — digo finalmente. — Muita saudade. Que é a razão desse encontro de emergência. Sei que estamos todas ocupadas com coisas diferentes e que o concurso foi há um tempão.

— Graças a Deus — diz Hannah, enfiando o bebê e o sling na sua bolsa de carteiro.

— Mas eu estou detestando isso, entendem? Porque não vejo mais vocês, e, enfim, muitas coisas boas aconteceram por causa do concurso. Mas a melhor parte foi o fato de termos ficado amigas.

Willowdean sorri.

— Bem, sem querer ser egocêntrica, eu acho que a melhor parte foi quando usei um Cadillac de papelão no palco.

— Tá — concordo. — Sim, aquilo foi ótimo. Mas na época a gente se via o tempo todo — argumento. — Afinal, nós tínhamos uma razão para isso. Então, se precisamos de outra para nos reunir, estou criando uma.

Ellen franze os olhos para mim, desconfiada.

— Eu não sou muito fã de atividades organizadas, caso você ainda não tenha percebido isso em mim — diz Hannah.

— Qual é a sua ideia? — pergunta Amanda.

Respiro fundo.

— Festas do pijama. Todos os sábados, até o fim do ano letivo. E nós nos revezando como anfitriãs.

O silêncio que se faz é tão completo, que dá para ouvir as cheerleaders ensaiando no ginásio.

Ellen é a primeira a falar.

— Todos. Os. Sábados. À. Noite?

— É isso mesmo — digo, a resposta saindo mais como uma pergunta. — Mas com festas do pijama. Podemos aplicar máscaras faciais. Fazer trabalhos manuais. Jogar. E trocar ideias.

— Trocar ideias? — questiona Hannah. — Como assim? Uma espécie de ONU das Festas do Pijama?

— Tem que ser todo sábado à noite? — indaga Willowdean. — Essa é a *noitíssima* clássica dos encontros.

Amanda dá de ombros.

— O único encontro que eu tenho é com a minha tevê e o meu gato. Tô dentro.

Uma centelha de alívio se acende no meu peito, mas ninguém se apressa a concordar com Amanda. Balanço a cabeça.

– Tá. E se for sábado sim, sábado não?

Hannah se ocupa diligentemente em descascar o esmalte roxo-escuro.

– E todas nós temos que nos revezar como anfitriãs?

Ellen se vira para Will, e, numa voz mais baixa, comenta:

– É como a gente estava falando na noite passada. Mais tempo só pra nós. Sem os caras, entende?

Posso ver Will matutando sobre a ideia. Ela é do tipo que economiza tempo e amor, e eu entendo isso. Compartilhar Ellen é difícil para ela.

Will olha para mim.

– Vamos experimentar por algumas semanas. Mas sem ressentimentos se a coisa ficar pesada demais, tá? Com o trabalho, e mais a escola, e o... – ela suspira – ... Bo, e tentar ser uma boa amiga, tudo isso sem enlouquecer. É coisa demais.

– Eu entendo – digo.

Ellen abre um sorriso.

– Vocês conhecem o trato. Somos do tipo pague-uma-e-leve-duas. Eu topo.

E, sem surpreender absolutamente ninguém, Hannah não tem a menor pressa para responder. Ela descasca o esmalte do polegar inteiro antes de falar.

– Nós não vamos, tipo assim, fazer guerra de travesseiro ou qualquer coisa do gênero, combinado? E, se alguém tentar mudar o meu look, eu corto o cabelo da incauta de madrugada.

Engulo em seco.

– Entendido. – Forço uma gargalhada para levantar um pouco o astral. Dar uma risada na minha deixa, por acaso, é o meu talento número um, e uma das coisas que farão de mim uma grande âncora de telejornal um dia.

Ofereço-me para sediar a primeira festa e prometo mandar mensagens para todas com mais detalhes antes do fim de semana. Uma parte de mim está nervosa, com medo de que todas decidam que não gostam mais de mim, ou que a festa seja um grande e constrangedor fiasco. A questão é que só temos mais um ano no ensino médio, e a minha ansiedade me diz que, se nós cinco não consolidarmos a nossa amizade agora, vamos acabar por nos afastar.

Mas, principalmente, estou transbordando de euforia.

# CALLIE

# QUATRO

Fico mais um pouco depois da aula para tentar falar com o vice-diretor Benavidez sobre o dilema do patrocínio da equipe de dança, mas ele não me ajuda. Acho que só *finge* ajudar. Faz mil promessas que eu sei que não vai cumprir, como a de consultar o superintendente ou perguntar à diretora Armstrong se sobrou espaço no orçamento. Quando peço para falar eu mesma com a diretora, ele se sai com a desculpa esfarrapada de que ela é uma mulher muito ocupada. Do jeito que ele fala, nossa diretora parece uma agenda mais lotada do que o presidente da República.

Meu bolso traseiro vibra, e, quando dou uma olhada no celular, encontro uma mensagem do Bryce.

**BRYCE:** gata tô aqui fora onde cê tá?

Quando estou prestes a digitar a resposta, dou um esbarrão no que parece ser uma bola gigante de massa em tom pastel. Meu corpo inteiro é arremessado para trás, o celular me escapole das mãos e desliza pelo chão.

– Ah, meu Deus! – grita uma voz.

Dou uma olhada e vejo Millie Michalchuk, que conheço bem demais. Para ser honesta, é impossível ela passar despercebida. No primeiro ano, sua bunda foi coroada O Símbolo Brochal da CCHS, segundo a Lista Símbolo Sexual e Brochal. Para sorte de Millie, seu nome só apareceu na lista daquele ano. Se não me engano, este ano a honra coube a Hannah Perez.

Solto um gemido.

– Acho bom esse celular não estar quebrado.

– Ai, Jesus, tomara que não – diz ela, recolhendo-o do chão. – Perfeitinho! Estendo a mão.

– Sorte a sua.

Ela abre um sorriso.

– Com certeza! – O celular vibra na sua mão quando ela o devolve. – Desculpe – pede. – Eu estava aqui para entregar à sua mãe os comunicados matinais de amanhã para ela revisar, mas acho que me desencontrei, né?

Dou de ombros.

– Sim, mas... eu não me mantenho informada sobre a agenda dela. – Mentira. Ela foi buscar Kyla e levá-la à aula de dança. Dou uma olhada no celular e vejo outra mensagem do Bryce. – Bem, tá na minha hora.

Millie dá um passo à frente, bloqueando o meu caminho como se não tivesse me ouvido.

– Lindo colar – diz ela, tocando de leve no presente que ganhei do meu pai no meu aniversário de treze anos.

O pingente redondo em ouro com um *C* gravado pende de uma fina corrente de ouro. É algo que só tiro em campeonatos de dança. Além dos brinquinhos de brilhantes que o Bryce me deu no Natal, é a única joia autêntica que possuo. Pigarreio.

– Hum, valeu.

– Avisa sua mãe que eu estive aqui?

Espremo o corpo para passar por ela.

– Vou tentar me lembrar.

Millie me deixa desconfortável. Mas nem sempre foi assim. Antes do concurso, no outono passado, ela era apenas uma gorda qualquer que sempre ficava na dela e... tá, sim, eu e minhas amigas às vezes zoávamos. Mas, pelo menos, não era na cara. No concurso, principalmente durante a parte dos trajes de banho... Sei lá. Foi, tipo assim, difícil olhar para ela. Mas não como no tempo em que eu fazia piadas idiotas sobre a garota. Dessa vez, minha única vontade foi protegê-la e poupá-la do constrangimento. Só que Millie não parecia constrangida. Enfim, acho que os jurados também sentiram pena dela, porque, no final, ela acabou ficando em segundo lugar.

Mando uma resposta rápida para o meu namorado saber que já estou a caminho. Solto um suspiro de alívio momentâneo.

Eu amo o Bryce. Com minha mãe, meu padrasto, minha irmã caçula e, às vezes, a Claudia, minha casa está sempre movimentada. E tem o meu pai, também, e todos os meus medos de que ele conheça alguém e de que a minha abuela envelheça. E mais o drama infindável da Shamrocks.

Mas o Bryce... Eu nunca tenho que me preocupar com ele. Estamos juntos desde o nono ano. Bryce é O Cara. Tivemos os nossos desentendimentos, mas que casal que esteja junto há muito tempo não os tem?

Ao empurrar as portas que dão para o estacionamento, eu o vejo encostado no seu reluzente Dodge Charger azul-cobalto com placas novas e brilhantes da concessionária. A despeito do que todos possam pensar, não sou materialista, mas tenho que admitir: há algo de sexy em ter um namorado com um carrão ostentoso. E o Bryce ganha um carro novo de tantos em tantos meses – uma das vantagens de ser filho de ninguém menos do que Clay Dooley, dono não de uma, mas de quatro das nossas concessionárias. Clover City não tem sequer uma porcaria de Target, mas tem quase tantas concessionárias quantos postos de gasolina. Enfim, com o sobrenome Dooley, ele pertence à realeza de Clover City. E, se ele é um príncipe, eu sou a princesa.

Ele me cumprimenta com um beijo – um beijo de boca aberta, para todo mundo ver. Suas mãos seguram com força cada lado da minha cintura, e ele literalmente me arrebata do chão.

Não conseguimos tirar as mãos um do outro. Sei que pode parecer algo nojento e vulgar. Mas eu passo o dia inteiro cem por cento no controle da minha vida. Quando estou com o Bryce, o zum-zum na minha cabeça se interrompe e eu posso funcionar no piloto automático.

Ele enrola a mão no meu rabo de cavalo e dá uma puxadinha, brincalhão.

– Senti saudades de você, sabia?

— Muito bem — digo a ele —, você me tem por duas horas inteiras antes da minha família voltar pra casa.

— Não precisa dizer mais nada — responde ele, dando um tapa no meu traseiro.

Solto um gemido alto, tentando forçar um risinho. Até poderia aprovar demonstrações de afeto em público, só que essa não é exatamente a minha praia. Mas vamos deixar pra lá. Não é algo tão importante assim para se transformar num problema. E amanhã eu me vingo dele e faço o garoto passar vexame na frente dos amigos falando com ele num tatibitate meloso ou algo assim.

— Psiu — ele me chama, quando estamos entrando no carro. — Ó a Ellen ali.

Meu olhar dá uma geral no estacionamento, e lá está ela. Por um breve momento, o remorso me cutuca a boca do estômago.

— Me dá um segundo — peço a ele.

Ellen foi a minha tentativa frustrada de fazer mais amigas enquanto o Bryce estava ocupado com a temporada de futebol americano. Ela participou do concurso, e nós trabalhamos juntas na Sweet 16. É o tipo de garota de quem todo mundo quer ficar amigo. Sou totalmente diferente dela. Mas sou aquela que consegue o que quer, e eu quis que a El fosse minha amiga.

Só que o concurso acabou. Eu não venci — embora o pai do Bryce, que foi chamado para ser parte do júri, tenha jurado que votou em mim. Eu tinha certeza absoluta de que, no mínimo, seria a segunda colocada, como a Claudia anos antes. E então, duas semanas depois, Ellen deixou a Sweet 16 por um emprego que pagava melhor na Doce Canelinha, o quiosque de rolinhos de canela na praça de alimentação. E aí eu decidi que não precisava mais de amigas. Nem tenho tempo para elas, sinceramente. Mas há algo na Ellen que ainda faz com que eu me sinta um fiasco, e isso me deixa pau da vida.

— El-bell! — chamo, mas ela nem se abala. Provavelmente não consegue me ouvir, por causa do motor do carro. — El! Ellen!

Ela não se vira, andando de braços dados com a amiga Willowdean — que, por sinal, me odeia por nenhuma outra razão além de eu ter sido uma boa amiga para Ellen quando ela não foi — em direção ao outro lado do estacionamento, onde o Jeep do Tim está estacionado.

— Ellen! – grito um pouco mais alto, mas logo me arrependo da decisão. Parece desespero, e, na lista das coisas que eu odeio, essa é quase a número um.

Ela fica imóvel, mas Willowdean não me ouve e em vez disso tropeça no cascalho quando Ellen inadvertidamente a puxa para trás. Ellen ri, e Willowdean também, as duas dando uma cabeçada.

Por um breve momento, algo semelhante a ciúme rasteja pela minha coluna.

Finalmente, Ellen se vira e esquadrinha o estacionamento vazio por um segundo antes de me ver. Dou um breve aceno e, mesmo ela estando do outro lado, vejo que parece surpresa por ser eu, e não necessariamente no bom sentido da palavra.

— E aí! – grita ela também. – Como vai a Sweet 16?

— Vai bem – respondo. – A mesma de sempre. Não tenho trabalhado muito, já que começou a temporada dos campeonatos de dança.

— Legal!

Se é possível compartilhar um silêncio constrangedor estando em lados opostos de um estacionamento, é o que fazemos. Na mesma hora me sinto uma idiota por ter pensado que ela e eu poderíamos ser amigas. Ou, para começo de conversa, que eu preciso de amigas.

— Amor! – meu namorado me chama de dentro do carro, dando uma leve acelerada no motor.

Willowdean puxa a mão da Ellen e cochicha algo no seu ouvido. Uma sensação que me é apenas vagamente familiar arrepia a minha nuca. É o tipo de sensação que experimento quando as pessoas presumem que eu sou burra porque estou na equipe de dança, ou porque sou bonita. Ou quando o Bryce me levou à sua casa pela primeira vez, e o pai dele me chamou de *señoritacita*. (Aliás, passei muitas noites em claro imaginando a resposta perfeita para esse insulto.) É aquela sensação que a gente tem quando é alvo de uma piada.

Não me despeço, nem aceno. Só me viro e sento no banco do carona, batendo a porta.

— Eita – reage Bryce. – Cuidado aí, gata. – Ele dá uns tapinhas no painel, acalmando o carro.

Fecho os olhos e sacudo a cabeça.

— Desculpe. Vamos logo, antes que a minha família chegue.

Os pneus cantam enquanto saímos do estacionamento e avançamos um sinal de *Pare*. Bryce pousa a mão na minha coxa, e infringimos tantos limites de velocidade que essa cidade idiota se torna um borrão.

---

Bryce está esparramado no chão do meu quarto e eu sentada de pernas cruzadas na cama, com meu notebook equilibrado nos joelhos. Ele passou a última meia hora me acariciando e me beijando, tentando me distrair da minha tarefa: descobrir como diabos custear o restante da temporada da equipe de dança. Bryce, branco, alto, de ombros largos e olhos verde-esmeralda, é uma distração pra lá de tentadora, mas a minha concentração é inabalável.

Ele suspira, rolando de um lado para o outro no meu felpudo tapete cor de malva.

– Já está acabando?

– Não sei. – Mordo os lábios, contendo um sorriso.

Ele está sendo chato, mas há algo que amo em vê-lo no meu quarto, na minha velha casa com carpete desbotado e os tetos chapiscados com glitter. Seria de esperar que ele não suportasse a cafonice desse lugar ou que preferisse estar na sua mansão luxuosa, que mais parece o Parthenon do que qualquer coisa que se possa encontrar em Clover City. Mas ele está aqui. Comigo.

Ele se senta, tentando dar uma olhada na tela do meu notebook.

– O que você tanto faz aí, hein?

Abro a boca para responder, mas me perco num post de um blog sobre uma banda formada numa escola que conseguiu grana para ir a um campeonato nacional fazendo uma roda de percussão e tocando por vinte e quatro horas sem parar. Não, obrigada.

– Amor – diz Bryce. – Amor, seu celular tá tocando.

– Ah. – Pisco depressa.

Ele pega o celular jogado no chão e o atira para mim, e eu o apanho como se fosse uma batata quente.

– Alô? – Por que sempre digo "alô" como se fosse uma pergunta?

– O que um pai precisa fazer para que a filha atenda ao telefone? Eu já paguei a conta, que diabo.

Dou uma risada, mas meus ombros se curvam. Tenho um pai maravilhoso; no entanto, nem sempre sou a melhor filha do mundo.

— Desculpe, pai. Tenho andado superocupada com os ensaios, e...

— Eu sei, eu sei. Você tem a sua vida. Eu entendo. Mas de repente poderia nos fazer uma visitinha num dos próximos fins de semana, não? Sua abuela tem me azucrinado a paciência para você vir passar seu aniversário aqui.

No momento, sequer consigo pensar tão além dos meus problemas imediatos, mas, em vez disso, apenas respondo:

— Diz a ela que estou com saudades.

— Você pode ligar para ela e dizer você mesma. Acho que recebo mais notícias da Claudia do que de você.

Suspiro no fone.

— Não está exagerando muito, não?

Ele boceja e geme, como se estivesse se espreguiçando após um longo dia de trabalho.

— Ficar assistindo à vida de uma filha se desenrolar no Facebook não é o bastante, se entende o que eu quero dizer. Mas e aí, como vai o Brian, ou Reese, ou seja lá qual for o nome dele?

Dou uma risadinha, e Bryce levanta os olhos do celular, como se tivesse intuído que o meu pai está falando dele. Papai não é do tipo que pensa que a filha vai arrumar um namorado até ela ter quarenta e três anos, ou que eu sou totalmente desprovida de hormônios. Mas o Bryce, com aqueles carrões luxuosos e um pai que adora aparecer (e é casualmente racista), não é alguém com quem meu pai — que valoriza coisas como uma caixa de ferramentas bem organizada e quase qualquer filme do Nicolas Cage, principalmente *A Lenda do Tesouro Perdido* — teria paciência.

— Por acaso, o Bryce — digo, pronunciando o nome com ênfase — está aqui.

— Então vocês devem estar numa biblioteca ou algum outro lugar público, não? Porque eu sei que sua mãe e Keith ainda nem voltaram do trabalho.

— Na verdade, nós estamos no meu quarto, fazendo dever de casa.

— Com a porta aberta, espero.

— Pai, não tem ninguém em casa. Se eu quiser transar com o meu namorado, você acha que vai fazer diferença se a porta está aberta ou fechada?

Bryce fica com o rosto branco feito um fantasma.

Papai solta um bufo.

– Por que sempre tem que argumentar com uma lógica tão implacável?
– Te amo, pai.
– Só... – ele pigarreia – ... não deixe de tomar cuidado, e... todo o resto.
– Eu tomo pílula desde que tinha...
– Tá. Ok. Eu ouvi. Em alto e bom som. Mensagem recebida. Bom trabalho.
– A equipe de dança perdeu o patrocínio – disparo, antes de me dar conta de que ainda nem tinha contado para o meu namorado.
– Você não me contou isso – diz Bryce.
Lanço um olhar de desculpas para ele antes de continuar a pôr os dois a par simultaneamente.
– O campeonato estadual começa daqui a duas semanas, e mal podemos cobrir os custos, e o nacional em seguida, que nem é uma opção no momento. E justamente este ano que nós temos uma chance real de ir até o fim.
– Ah, filha – diz ele. – De repente eu poderia falar com o meu chefe e ver se ele aceita patrocinar vocês com uma parte da quantia, ou eu mesmo poderia fazer um cheque para dar uma ajudinha.
Sorrio.
– Obrigada, pai. Vou discutir algumas opções com a equipe e ver o que a gente pode fazer.
– O que aconteceu para vocês perderem um patrocinador? Andam se metendo em encrencas? – brinca ele.
– Uma porcaria de uma academiazinha de quinta categoria se ofereceu pra patrocinar a equipe pela primeira vez este ano, e resolveu deixar a gente na mão logo no meio da temporada.
– E eles podem tirar o corpo fora assim? – pergunta ele.
– E o que que a gente vai fazer? Intimidar os caras pra liberarem a grana?
Ele solta um resmungo.
– Isso é mais ou menos o que você e a sua irmã fazem comigo e a sua mãe.
– Não teve graça – digo a ele.
– Teve um pouco sim.
– Talvez um tiquinho de graça.
– Bem, me avise se eu puder ajudar, tá? – diz ele. – E sobre o seu aniversário também. Preciso de ideias. A menos que você queira outro rádio transístor com uma lanterna de manivela na ponta.

– Não precisa se incomodar.

– Foi um ótimo presente – diz ele, se defendendo. – Uma boa coisa para você guardar no porta-malas, em caso de emergência.

Meu pai ama as coisas simples e utilitárias. E por falar nisso, acho que dei a ele o mesmo pente de bigode em três Natais seguidos, mas ele não se importa, porque é menos uma coisa para ter que substituir.

– Pai, eu nem tenho carro.

Ele ri baixinho.

– Prepare-se para a vida que quer ter, *mija*, não para a que tem, certo?

Reviro os olhos, embora ele não possa me ver.

– Vou te mandar uma lista – digo a ele. – E ligar pra abuela. Te amo.

– E eu mil vezes mais – diz ele antes de desligar.

Bryce pigarreia.

– O que o seu pai estava dizendo sobre mim? Acho que esse cara me odeia. – É um fugaz momento de fraqueza do Bryce, que está muito habituado a receber aprovação masculina.

– Ele não *odeia* você – respondo. – Apenas não te conhece.

– Tem razão. Todo mundo ama O Bryce. – Ele ri consigo mesmo. – Aliás, você disse que a equipe de dança tá dura?

– Pois é. A gente tá meio ferrada. – Engatinho até o seu lado no chão, e ele praticamente me puxa para o colo. Conto a ele sobre o meu dia de merda, como o vice-diretor Benavidez não me ajudou e a Jogando a Toalha puxou o nosso tapete. Quando dou por mim estou chorando um pouco, o que só me deixa ainda mais zangada.

– Eu não queria mesmo ter que perguntar isso, mas você acha que a concessionária do seu pai consideraria a possibilidade de patrocinar a gente?

O cenho de Bryce se franze.

– Meu pai é da velha guarda, entende? Ele ainda acha que as cheerleaders e as equipes de dança só existem pra se exibir no intervalo dos jogos. Ele não entende o propósito de um campeonato que não envolva um time marcando pontos contra o outro. Ele patrocina o futebol americano e é cem por cento fiel ao esporte.

Meus ombros se curvam e eu faço que sim. Detesto ser comparada às cheerleaders. A nossa equipe não compete, o que significa que vive para os jogos de basquete e futebol americano. Não me importo de me apresentar no intervalo dos jogos, mas, na prática, essas ocasiões são apenas uma oportunidade de praticar com certa frequência. Enquanto algumas equipes de cheerleaders botam pra quebrar, a nossa parece só existir para ficar sorrindo e cantando para garotos fazendo gracinhas com uma bola. As Shamrocks existem para vencer.

– Mas não custa nada perguntar se ele aceita patrocinar outra equipe – diz Bryce. Não parece confiante, mas fico grata pelo esforço.

– Sério que... você faria isso? – pergunto. Se alguém tem dinheiro para nos patrocinar, é Clay Dooley. Apesar da meia dúzia de carros na sua garagem, ele tem um chofer para levá-lo a tudo quanto é canto, da manhã à noite. Quando estávamos no ensino fundamental, antes que o chofer começasse a dirigir um enorme e luxuoso SUV, Dooley entrava na fila de carros dos pais na escola com uma limusine.

Ele dá de ombros.

– Vou ter que escorar o velho na hora certa. Ele tem andado meio esquisito ultimamente. Quer que eu comece a passar mais tempo nas concessionárias, aprendendo como as coisas funcionam. Ei – diz Bryce, aninhando meu queixo na mão. – Eu sei o que pode fazer você se sentir melhor. Ou, pelo menos, te distrair por um tempo.

– É? – Sinto um friozinho no estômago enquanto ele distribui beijos pelo contorno do meu queixo e nós dois nos deitamos no chão. Em vez de voltar à minha pesquisa, aproveitamos o raro silêncio que reina na casa.

---

Depois que Bryce vai embora, pego no sono na ponta da cama com o livro que tenho que ler para a aula de literatura abraçado ao peito. Quando finalmente acordo, estou me sentindo grogue e pesada. A voz da minha irmã gritando com Shipley, nossa mestiça de pitbull, e o cheiro do jantar da minha mãe invadem meus sentidos.

– Callie! – chama Kyla do outro lado da porta. – Mamãe disse que você me ajudaria com o livro que eu tenho que ler pra escola!

– Depois do jantar! – Minha porta começa a se abrir devagarinho, e eu atiro um travesseiro nela. – Depois do jantar! – torno a gritar.

Kyla abre a porta mesmo assim e enfia a cabeça. Os longos cabelos louros estão repartidos em duas tranças francesas. Na época do Natal, ela deu uma súbita espichada, e, embora só tenha onze anos, já está quase me ultrapassando.

– Isso aí no seu pescoço é uma marca de chupão?

Atiro o meu segundo e último travesseiro, mas dessa vez acerto em cheio no seu rosto.

– Vou contar pra mamãe! – rosna ela antes de bater a porta.

Solto um gemido e torno a me jogar na cama, deixando que o cérebro lentamente volte à vida enquanto a névoa de sonolência se dissipa. Pego o celular e encontro um alerta avisando que tenho oitenta e sete mensagens não atendidas.

PU-TA MER-DA.

Abro as mensagens e encontro um grupo com, no mínimo, metade da equipe de dança. Enquanto vou passando uma por uma, vejo que a notícia do fiasco do patrocínio se espalhou para o resto da equipe. *Melissa*. Deve ter sido ela que deu com a língua nos dentes.

**HAYLEY: A gente ralou tanto pra isso. Não como pão há três meses.**

**ADDISON: Por que a gente deveria se dar ao trabalho de continuar ensaiando?**

**JILL: E de que adianta competir no estadual se não poderemos ir ao nacional? O GREG TERMINOU COMIGO PORQUE ACHOU QUE EU ESTAVA OCUPADA DEMAIS COM A SHAMROCKS.**

**GRETCHEN: O Greg era um escroto mesmo. MAS AINDA ASSIM ISSO É UMA SACANAGEM.**

**WHITNEY: Eu perdi o enterro da minha avó pra ir pro intercolegial!**

**BETHANY: O time de futebol americano ganha novas instalações pra treinar e a gente não arranja grana nem pra competir?!** 🔥

**ZARA: Isso quer dizer que eu posso voltar a comer carboidrato?** 🧠

**SAM: Zara, ninguém disse que você não podia comer carboidrato.**

Ler essas mensagens é como assistir aos cinco estágios do luto se desenrolando, e, quando chego ao fim, é óbvio que a equipe chegou ao da raiva e está a fim de sangue.

**Desculpem,** digito, **fiquei meio perdida lendo todas as mensagens. Talvez a gente devesse dar um tempo e se reunir pela manhã.**

**JILL: Não precisamos de um tempo. Precisamos de vingança.**

Meu celular zumbe sem parar, e o meu texto se perde em meio a um mar de novas mensagens.

**ADDISON: A gente não pode deixar aquela academiazinha de merda fazer isso com a gente!**

**BETHANY: Nós demos o sangue. Isso é uma cachorrada.**

**ZARA: Pois eu digo que a gente tem mais é que fazer os caras sentirem na pele exatamente o que a gente tá sentindo.**

**MELISSA: Meninas, é hora de sermos estratégicas. Uma vingança não vai nos levar a lugar nenhum.**

Quase me intrometo para tentar acalmar a situação, mas, para ser franca, também estou puta da vida. E não posso acreditar que essa academiazinha nojenta de quinta categoria seja a empata que ficou entre nós e a nossa chance de chegar ao campeonato nacional.

Então digito:

**Vocês têm razão. Isso é uma sacanagem.**

**SAM: Estamos tentando encontrar soluções. Mas esse pode ser o fim da linha nessa temporada, gente.**

**JILL: Hoje mesmo. À meia-noite. Todas de preto. A gente se encontra no beco atrás da academia. Levem papel higiênico molhado e ovos. E não precisam ser frescos.**

Crio um novo grupo, e desse só participamos eu, Sam e Melissa.

**EU: Vocês viram o plano da Jill?**

**MELISSA: Isso pode terminar mal.**

**SAM: Todo mundo está botando fumaça pelas orelhas. Acho que uma brincadeirinha inofensiva vai acalmar os nervos da galera.**

**EU: A gente deve ir? Quer dizer, é melhor ou pior que as líderes da equipe estejam lá?**

**MELISSA: Acho que deveríamos deixar as garotas agirem sozinhas.**

**EU: Não sei não. Será que elas não vão achar que a gente está abandonando elas?**

**SAM: Olha, pessoal, este é o meu último ano e a temporada já está mesmo indo pro saco. Por mim, a gente poderia fazer da ocasião algo memorável. Mas ou vamos as três, ou nenhuma. Já sabem qual é a minha posição.**

**EU: Eu topo.**

**MELISSA: Acho que eu também. Não gosto disso.**

# MILLIE

# CINCO

Depois de fechar a academia e chegar em casa, penduro as chaves no gancho que fica ao lado da porta. Reina no ambiente um misto de cheiro de pum com queijo light, o que significa que a minha mãe deve estar cozinhando um daqueles pratos que ela gosta de chamar de "harmoniosamente delicioso". E que geralmente se resumem a uma abobrinha gratinada com queijo parmesão ou um purê de couve-flor.

— Cheguei! — aviso, passando pela sala de jantar, onde papai já está sentado à mesa. — O que tem para o jantar? — sussurro.

Sua expressão se enche de horror, e ele balança a cabeça.

— Nem queira saber.

— Berinjela à parmegiana com um queijo light que encontrei na seção de laticínios da loja de produtos naturais – responde minha mãe, elevando a voz acima da barulheira da cozinha e da tevê.

Juro que essa mulher ouve tudo. É o seu superpoder.

Apesar do desdém do meu pai pela comida da sua cara-metade, tenho muita sorte. Meus pais se amam.

Eles se conheceram no verão quando ela voltou da Fazenda Margarida depois do último ano do ensino médio. Ela só foi uma vez, mas foi o bastante para que perdesse vinte quilos e seu manequim despencasse para 40 – às vezes até 38, dependendo da modelagem e do tecido. Para começo de conversa, ela nem era tão gorda assim, mas, pelo modo como fala, era uma baleia. Literalmente horas depois de voltar para casa do spa, ela conheceu meu pai no estacionamento do Harpy's Burgers & Dogs, numa noite de sexta. Ele era alguns anos mais velho e tinha acabado de se formar pela Universidade do Texas, em El Paso. Disse a ela que era a mais linda garota que ele já tinha visto. E a minha mãe não só se tornou subitamente linda, como passaram a reparar nela. A Fazenda Margarida, jura, mudou sua vida.

A grande farsa entre eles é que o meu pai secretamente odeia a comida da minha mãe. Que é bem ruinzinha – uma mistura de ensopados e pratos da culinária latina-norte-americana que ela comeu na infância e na adolescência, com todos os ingredientes gostosos substituídos por coisas como abobrinha e couve-flor. Alguns pratos até que não são maus, mas a maioria é abominável.

Sei que muita gente olha para nós gordos como se fôssemos lesos que vivem se entupindo de porcarias calóricas, mas provavelmente eu passaria em qualquer prova discursiva para o cargo de nutricionista ou personal trainer. Durante muito tempo consumi obsessivamente toda e qualquer informação em que pudesse pôr as mãos, na vã esperança de que talvez um novo caquinho de conhecimento fosse a verdade mágica que mudaria tudo.

Mas isso nunca aconteceu, nem acho que algum dia acontecerá. Minha verdade mágica – a que mudou tudo para mim – é esta: o corpo que eu tenho não deveria determinar o quanto sou digna dos meus sonhos. Parei de me obcecar com o fato de meu corpo ser muito redondo ou muito largo ou ter pelancas demais. Porque eu não sou muito de coisa alguma. Sou apenas o bastante. Mesmo quando não me sinto como se fosse.

Depois de deixar a mochila no quarto, volto à cozinha para ajudar minha mãe a preparar o jantar. O cheiro ainda é menos do que ótimo, mas aprecio o esforço que ela dedica a cada refeição, mesmo que as minhas papilas gustativas não apreciem.

Talvez seja cafona que ainda tenhamos jantares em família assim, todas as noites. Amanda diz que na casa dela a lei em vigência é a do *se vira*. Lamentei muito ouvir isso e a convidei para jantar aqui uma noite, mas bastou a lasanha de abobrinha com quinoa da minha mãe para mostrar a ela que às vezes a gente se engana ao crer que a grama do vizinho é mais verde do que a nossa.

Nós três damos as mãos durante uma breve oração. Hoje é a vez do meu pai, e ele sempre transforma a coisa em piada.

— Como não sou rude, agradeço pelo grude. Valeu, Deus! — reza ele.

Minha mãe solta um muxoxo, olhando vagamente em sua direção.

Ele sorri.

— O Senhor tem senso de humor, Kathy.

— Foi isso que o obstetra disse a sua mãe quando você nasceu? — pergunta ela.

Dou uma risada.

— Boa, mãe.

Ela me dá uma piscadinha.

— Como foi o seu dia, meu bem? — pergunta papai enquanto mamãe serve a cada um de nós uma porção da berinjela à parmegiana. — Fazendo trabalhos interessantes na escola?

— Foi bom. — Pigarreio. Toda vez que eu me sento para jantar, digo a mim mesma que essa será a noite em que vou contar aos meus pais que não pretendo voltar para a Fazenda Margarida, e que, em vez disso, espero ir para o curso de telejornalismo na UT.

Minha mãe não vai reagir nada bem. Disso eu tenho certeza absoluta. Há mães e filhas que se comunicam através da maquiagem, das manicures, dos hobbies em comum, como tênis ou equitação. Minha mãe e eu temos os trabalhos manuais, as comédias românticas e, acima de tudo, as dietas. As dietas são a linguagem do nosso amor. E não tem sido fácil nos livrarmos disso. A verdade é que eu passei a maior parte da minha vida pensando na comida em termos de sistemas de pontos e tabelas de calorias, e, para mim, o exercício só existia para me transformar em quem eu não sou, em vez de cuidar de quem eu sou.

Sei que não vou mudar de ideia, mas ainda não imagino como dar a notícia a eles. Em vez disso, opto por fazer um pedido pouco importante.

– Estava pensando se poderia receber umas amigas no fim de semana. Para passarem a noite aqui.

– É claro! – responde meu pai prematuramente.

– Bem – diz minha mãe –, quem você está pensando em convidar? Acho que meu irmão e Inga vêm aqui com os bebês na tarde de domingo. E provavelmente vovó e vovô também.

– Ah, as meninas iriam embora muito antes disso. E a gente não faria bagunça, juro. – Levo à boca uma garfada do meu jantar e a engulo com um golão de chá. – Bem, Amanda, obviamente. E aquela menina loura e alta que eu conheci no concurso, a Ellen. E também Hannah e Willowdean.

Minha mãe torce os lábios.

– Você sabe que Amanda é sempre bem-vinda. E aquela Ellen parece ser uma menina muito boazinha. Mas não sei se Hannah e Willowdean são boas influências. – Ela se cala por um minuto. Minha mãe faz isso sempre que tenta plantar uma ideia na cabeça da pessoa e fazer com que ela pense que foi dela, só que o único com quem isso funciona é meu pai. – Principalmente a tal da Hannah. Com toda aquela maquiagem escura que ela usa... Não a favorece nem um pouco. Você sabe, uma boa amiga diria isso a ela.

Abaixo o garfo e conto até dez. Muita gente nunca suspeitaria disso em mim. Mas eu tenho gênio forte. Quer dizer, ele aparece quando lido com a minha mãe.

– Elas são minhas amigas, mãe. E a Hannah é o máximo. Não importa como ela usa a maquiagem.

– Só quero que você se cerque de pessoas alto-astral, filhinha.

Minha mãe recuperou todo o peso e ainda ganhou mais alguns quilos extras depois que me teve, o que foi apenas um ano e meio depois de conhecer meu pai. Hoje em dia o seu manequim está mais próximo do meu do que do 40 pós Fazenda Margarida. Mas, desde então, ela tem tentado voltar a ser aquela garota – "a mais linda garota que eu já vi".

O irônico é que ela sempre foi essa garota para o meu pai.

Papai pigarreia e toca no meu joelho por baixo da mesa.

– Confiamos no seu julgamento, Millie – diz ele, os olhos fixos nos da minha mãe. – E teremos muito prazer em receber as suas amigas.

Minha mãe solta um suspiro no prato.

– Vou comprar mais uns lanches no mercado na sexta.

Quase me limito a balançar a cabeça e agradecer. Não quero abusar da minha sorte. Mas é o que acabo fazendo.

– De repente poderiam ser lanches normais, e não bolinhos de arroz e coisas do tipo.

Papai ri baixinho.

– Acho que podemos realizar esse sonho.

– Termine de jantar – ordena minha mãe. – Você deve ter muitos deveres de casa acumulados. – Após um momento, acrescenta: – Gravei *Noiva em Fuga* no DVR.

Mais tarde, no meu quarto, enquanto dou os últimos retoques no dever de trigonometria, uma mensagem do Malik no chat aparece no canto inferior da tela do computador.

**Malik.P99: Já deu uma olhada nas questões discursivas de psicologia? A última parece ter uma pegadinha.**

**aMillienBucks: Ainda não! Vou deixar para o fim de semana. :D :D**

Talvez o segundo smiley tenha sido um exagero. *Calma, Millie.*

**Malik.P99: Por falar nesse fim de semana...**

**Malik.P99: Bem, não esse fim de semana. Um fim de semana.**

**Malik.P99: Meu aniversário está chegando.**

**aMillienBucks: Ah é! Verdade!**

**Malik.P99: Minha mãe vai dar uma megafesta de aniversário e tem mil parentes que vão vir pra cidade e ela quer que eu convide amigos.**

**Malik.P99: Ela sabe que eu não tenho muitos amigos.**

**aMillienBucks: Eu sou sua amiga! E Amanda também.**

**Malik.P99: Não vai ser divertido. Nem um pouquinho.**

**aMillienBucks: Sem querer me gabar, minha capacidade de levantar o astral das pessoas desfruta de uma certa fama.**

**Malik.P99: Mils, sinceramente. Não vai ser divertido. Vai ter um monte de tias se intrometendo em cada centímetro da minha vida, portanto, se você não estiver a fim de um interrogatório implacável e um teste de detector de mentiras, eu vou entender.**

*Mils*. Ele só me chama de Mils on-line, quando nós conversamos assim, à noite, sem ninguém por perto. Parece tão... familiar.

**aMillienBucks: Tá, se isso é um convite, então eu adoraria ir à sua festa de aniversário e não me divertir nem um pouco e conhecer todas as suas tias. Até levo a Amanda, se você quiser.**

**Malik.P99: Muito obrigado. Pelo menos, podemos sofrer juntos.**

Fogos de artifício explodem no meu peito. Conversamos assim quase todas as noites, deixando as janelas do chat abertas desde depois do jantar até um dos dois pegar no sono. É quase como estar num desses relacionamentos estáveis, onde o silêncio não é desconfortável.

Mas então, no dia seguinte, na escola, a realidade sempre se impõe. E muitas vezes eu me pego pensando se as pessoas que somos on-line se materializarão algum dia na vida real.

---

Estou superapressada na manhã seguinte, tentando preparar alguma coisa que se pareça minimamente com um café da manhã, enquanto ainda me lembro de ligar a cafeteira para os meus pais. Dormi demais e nem tive tempo de trabalhar na minha carta de motivação para o curso de telejornalismo.

Depois que tiro a minivan do jardim e já estou quase na esquina de casa, sou obrigada a voltar porque me esqueci de fechar a porta da garagem. É só uma *daquelas* manhãs. Meu cabelo está com mais frizz do que o normal. Estou me sentindo ridícula nas minhas roupas – uma legging preta com poás brancos e um agasalho vermelho largão, como se eu estivesse canalizando minha fantasia caseira da Minnie Mouse para o Halloween do quarto ano. E olha que eu usei esse conjunto há três semanas e amei! Parece que tem dias que a gente acorda e o corpo não fica bem em roupa nenhuma.

Quando finalmente chego à academia, já estou no piloto automático. Destranco a porta e corro ao painel de segurança para desligar o alarme, sem notar o som de vidro triturado sob os pés ou o fato de que o alarme não estava nem bipando. Será que eu o liguei ontem à noite? De repente, não tenho qualquer lembrança dos botõezinhos se acendendo na última semana – talvez até nas duas últimas semanas!

Dou meia-volta e olho para cima. Ah, meu Deus. Se eu fosse desbocada, esse seria um bom momento para uma rajada de palavrões.

Toda a frente da academia era de vidro fumê, mas agora de manhã a fachada inteira desapareceu.

Bem, desapareceu, não. Está espalhada em cacos pelo chão. Alguém estilhaçou o vidro, e, quando meus olhos começam a vaguear, vejo que não apenas invadiram a academia, como também vandalizaram os equipamentos, os espelhos e as paredes. Com sprays de tinta, ovos, papel higiênico molhado e creme de barbear. Por toda parte. E esses ovos cheiram muito pior do que qualquer coisa que a minha mãe já tenha cozinhado.

Meu coração palpita. O suor frio brota no pescoço. Estou gelada. É um desses momentos que exigem ação, mas eu me sinto como se tudo fosse um pesadelo, e os meus membros subitamente foram soterrados por chumbo.

Penso em mil coisas ao mesmo tempo. E se o invasor ainda estiver aqui? Por que alguém faria algo assim? Como vamos limpar tudo isso?

A polícia. Preciso chamar a polícia. Pego o celular e, por pura força do hábito, digito os números dos meus pais, da Amanda e do Malik antes de me forçar a me concentrar.

— Nove um um — digo em voz alta a ninguém além de mim mesma, ou, pelo menos, assim espero.

Depois de dois toques, a telefonista atende.

— Nove um um. Qual é a sua emergência?

— O lugar onde eu trabalho... foi arrombado.

— A senhora está em segurança? O invasor ainda se encontra no local?

— Não. Acho que não — digo, afobada. — Quer dizer, não acho que eles ainda estejam aqui, portanto sim, estou em segurança. Eu trabalho numa academia. A Jogando a Toalha.

— Continue na linha. Vou providenciar para que uma viatura esteja aí em menos de dez minutos.

Enquanto aguardo na linha com ela, mando mensagens para meus pais, pedindo que liguem para tio Vernon e tia Inga. Isso vai deixá-los arrasados.

Meu pai chega antes da polícia, o que significa que deve ter metido o pé; se há duas coisas que ele respeita são *Jornada nas Estrelas* e limites de velocidade. Ele nem se dá ao trabalho de contornar na ponta dos pés o mar de vidro quebrado: avança reto na minha direção e me abraça bem forte.

— Você está bem? – pergunta.

Faço que sim, incapaz de pronunciar uma palavra.

— Já deu uma olhada no escritório ou nos armários?

Mas, antes que eu possa responder, o policial Barnes, por acaso o meu oficial de D.A.R.E.* da escola onde cursei o ensino fundamental, entra pelo enorme buraco na fachada da loja.

— Millie?

— Sim, senhor. E esse é o meu pai.

Confirmo com a telefonista que a polícia chegou e desligo.

— Fiquem aqui, vocês dois – diz o policial Barnes, dirigindo-se ao vestiário com a arma em punho.

Logo depois de inspecionar a academia inteira, aparecem mais alguns policiais, inclusive o xerife Bell, mas logo estão em menor número do que os meus parentes. Minha mãe já está no armário do faxineiro, pegando produtos de limpeza, enquanto vovô e vovó seguem o policial Barnes, vistoriando a inspeção. E o pobre Vernon está ao telefone com a companhia de seguros, o bebê Nikolai preso ao peito, enquanto Inga circula ao redor com Luka no quadril, gritando palavrões em russo para o perito de sinistros ao celular.

Um jovem policial se aproxima de mim e do meu pai, que estamos sentados atrás do balcão, desamparados.

— Hum, senhora? Foi a senhora que encontrou o lugar nesse estado hoje de manhã?

Balanço a cabeça.

— Sim, senhor. Fui eu.

— Vejo que há câmeras instaladas aqui. São de verdade ou apenas para prevenção?

Meus lábios se franzem.

— Um pouco dos dois. Elas só salvam o vídeo por vinte e quatro horas.

— Se importa de ir lá atrás comigo para podermos dar uma olhada?

Concordo, e, quando o policial começa a se afastar, eu me viro para meu pai.

---

* Drug Abuse Resistance Education, programa que visa a orientar os jovens contra as drogas. (N.T.)

– Estou me sentindo tão mal por Vernon e Inga.

Ele dá uma apertadinha no meu joelho.

– Você não fez nada de errado.

Sigo para o escritório acompanhada por ele, que gentilmente me conduz com a mão nas minhas costas.

– Parece que o vovô está trabalhando no caso – digo, enquanto ele interroga o policial Barnes sobre o motivo de não estarem procurando impressões digitais.

Papai solta um misto de resmungo e risada.

– Pelo menos, ele arranjou uma nova distração. Pode ser o maior barato do velho desde que o deixamos escolher a grama nova para o quintal.

O escritório é pequeno e mal cabem duas pessoas nele quando está arrumado, o que não descreve o seu estado atual. Sento à mesa, com o policial Barnes e o meu pai atrás de mim.

Procuro no sistema e salvo o vídeo desde o momento em que tranquei a porta na noite passada até agora. Quando avançamos pela noite afora, paro na parte pouco antes da meia-noite ao detectar vultos bloqueando a luz do estacionamento. É poucos minutos antes de a primeira vidraça ser estilhaçada. E depois a outra. E a outra. Logo, várias pessoas invadem a academia pelos buracos abertos. Todos os rostos estão cobertos por echarpes, máscaras de caça e algumas de Halloween.

O xerife Bell se inclina sobre o meu ombro.

– Isso aí... isso aí mais parece um bando de garotas. Você não reconhece nenhuma delas, reconhece? – pergunta.

– É difícil dizer. – Aparecem só algumas no vídeo propriamente dito, mas dá para ver que elas estão falando com várias outras do lado de fora. De repente, a luz do estacionamento bate num objeto brilhante. Dou um pause e um zoom na garota mais baixa de camiseta e short pretos. Seu rosto está coberto por uma máscara de Halloween, mas, por baixo, aparece um colarzinho pendurado.

Solto uma exclamação.

– O que é, Millie? – pergunta meu pai.

Olho para ele. O pavor toma conta do meu peito.

– Eu conheço aquele colar. E sei quem é aquela pessoa.

O xerife Bell tosse no punho.

– Precisamos tomar o seu depoimento.

Minha boca parece um deserto. Eu não quero criar problemas para ninguém. Mas alguém – muitas alguéns – destruiu totalmente a academia. E essa não é uma academia qualquer. É o sonho e o sustento de Inga e Vernon reunidos num só lugar.

Durante uma ou duas horas, respondo a infindáveis perguntas. É de entontecer. Fico ouvindo enquanto os policiais insistem com Vernon e Inga para que registrem queixa, explicando que seria melhor ir atrás da única pessoa que pode ser identificada do que do grupo inteiro.

– Bem, se Millie estiver certa – diz o xerife Bell –, eu diria que todas as garotas no vídeo são da equipe de dança da escola. – Ele pigarreia. – Ainda mais depois das, hum, dificuldades financeiras que você detalhou, Vernon.

Parece que Inga e Vernon não só não pagaram a conta do sistema de vigilância este mês, como foram obrigados a retirar o patrocínio da Shamrocks, o que constitui um motivo convincente.

Quando a polícia finalmente vai embora, sento atrás do balcão para me certificar de que nada foi levado da mesa. Eu me sinto como se estivesse acordada há dias. Toda a adrenalina que me manteve em ação durante as últimas horas está começando a se esvair.

Meu celular vibra na mochila, e encontro dezoito chamadas não atendidas e quarenta e duas mensagens de texto da Amanda. Vejo que ela deu asas à imaginação, pelas mensagens que vão da calma ao pânico num espaço de trinta minutos.

**AMANDA: Você dormiu demais?**

**AMANDA: Não quer mais saber de mim, é?** 🙄

**AMANDA: Devo pedir a minha mãe pra me levar à escola?**

**AMANDA: AH MEUS DEUS CÊ TÁ MORTA CÊ NUNCA FALTA AULA ONDE CÊ TÁ** ⚱️ 😱

– Droga! Esqueci totalmente que era dia de semana. Devia ter ido buscar Amanda. E lá se vai o meu recorde de frequência! Maravilha. Que maravilha. – Dou um gemido. – E não cheguei à escola a tempo de fazer os comunicados matinais. A Sra. Bradley deve estar me achando uma irresponsável completa.

Infelizmente, minha irresponsabilidade não será o pior choque que a Sra. Bradley terá hoje.

# CALLIE

## SEIS

Acordo com o que só pode ser descrito como uma ressaca braba. Cheguei tarde ao ensaio – como quase toda a nossa equipe. Até aí, estamos empatadas.

Meu estômago dá mil nós e o coração gagueja no peito. Sou boa em fazer coisas más. Já me safei de uma infinidade de atos indizíveis. E isso porque eu sou cuidadosa. Uma estrategista. Mas a noite passada não saiu conforme o planejado, e essa cidade é pequena demais para que o ocorrido fique em segredo por muito tempo.

Sinceramente, eu sinto como se minha vida fosse um filme do Lifetime: cometi um assassinato, estou saindo impune, mas a justiça me espreita em cada canto. (Tá, admito que tenho uma quedinha pelos filmes do Lifetime. Graças a minha mãe.) Mas agora, falando sério. Nada saiu como deveria na noite passada. Era para ser só umas bolas de papel higiênico molhado no letreiro da academia, de repente alguns ovos nas vidraças. Até que Jill atirou uma porcaria de uma pedra em uma delas. Jill é daquele tipo de pessoa que leva toda brincadeira longe demais, portanto até gostaria de dizer que estou surpresa, mas não é o caso.

Também gostaria de dizer que, quando vi as vidraças se estilhaçarem, meu primeiro instinto foi o de dar um basta naquilo tudo, ou, pelo menos, de fugir como a Melissa, mas a adrenalina se disfarçou em raiva e tomou conta de mim. Pode chamar de comportamento de manada ou do que quiser, mas nós vandalizamos o lugar. Cheguei a pegar a pedra usada por Jill e mandei ver num espelho que ocupava uma parede inteira. Foi até bonito o jeito como ele se estilhaçou, bem devagar no começo, como uma rachadura num lago congelado, e depois se despedaçou todo de uma vez. Detonamos os equipamentos, os banheiros, até o ringue. Acho que a única coisa que ficou intacta foi a caixa registradora.

Portanto, sim, a noite passada saiu totalmente do nosso controle. Ninguém quer se meter numa fria, obviamente, mas algumas daquelas escrotas dedurariam as outras numa boa se com isso pudessem salvar a própria pele. Confio na Sam, mas, como a Melissa sumiu do mapa depois que a coisa ficou feia, agora só me resta esperar que ela me dedure. Se ela está mesmo a fim de garantir o seu título de capitã no ano que vem, provavelmente essa é a melhor chance que vai ter de me tirar do caminho.

Passo minha hora como auxiliar de escritório olhando para o abismo sem fundo que é o arquivo com toda a papelada referente à frequência dos alunos, enquanto penso em mil cenários diferentes e no desfecho que cada um poderia ter.

O telefone grita, me fazendo pular quase meio metro.

— Meu bem, será que pode atender? — pede minha mãe do outro lado da sala.

Faço que sim e atendo.

— Secretaria da Clover City High, bom dia.

— Ah, sim, aqui é Todd Michalchuk. Preciso falar com alguém sobre a minha filha, Millie, que está doente hoje.

— Um momento, por favor. — Aperto o botão de espera. — Mãe, é um pai querendo justificar a ausência da filha.

– Opa, é melhor eu atender – diz ela, empurrando para o alto dos cachos os óculos de leitura com glitter vermelho que combinam à perfeição com suas unhas e lábios.

Entrego o telefone e encontro algo para pôr em ordem alfabética.

– Ah, eu sabia que devia ter acontecido alguma coisa muito grave para ela não ter aparecido para os comunicados hoje – diz minha mãe. – Bem, lamento muito ouvir isso, mas espero que encontrem os culpados para que possam arcar com as consequências.

Ah, meu Deus. O troço tá com toda pinta de que vai dar ruim. O suor brota na minha nuca. Será possível que a Millie tem alguma coisa a ver com a academia? Duvido que a garota já tenha sequer visto um aparelho de ginástica a não ser naqueles comerciais que passam de madrugada.

Reexamino longamente cada detalhe da noite passada. Estávamos todas de preto, algumas com máscaras de esqui, outras com aquelas de celebridades que se usam para zoar no Halloween. Prendi o cabelo num coque frouxo e coloquei uma do Richard Nixon que Jill tinha na caminhonete, entre as pilhas que afanara dos irmãos. Nenhuma de nós estava sequer ligeiramente reconhecível.

Vasculhei o celular atrás de mensagens que pudessem me incriminar, e deveria avisar a galera para fazer o mesmo. Mas será que encobrir provas não vai só piorar ainda mais as coisas? E a polícia não tem uma tecnologia que permite a recuperação de dados deletados dos celulares?

Balanço a cabeça. Não importa. Um sentimento assustador de resignação se instala na minha lombar. O que aconteceu na noite passada está feito. Não tem volta. Só me resta proteger minha equipe e qualquer chance que ainda nos tenha sobrado de participar dos campeonatos estadual e nacional.

– Nossa, que coisa horrível – diz minha mãe, ao desligar o telefone. – Você conhece aquela academiazinha, a Jogando a Toalha? A que abriu há pouco tempo, atrás do Chili Bowl?

Faço que sim, mas mantenho os olhos fixos no trabalho. Se alguém vai notar que há algo errado comigo, é a minha mãe.

– Eu acho que conheço. – As palavras parecem unhas arranhando um quadro-negro.

– Pois bem, era Todd Michalchuk, e ele disse que o irmão é dono da academia, e que a filha, a Millie... Você conhece a Millie. Aquela garota... fortinha que participou do concurso com você no ano passado. Ela é uma joia. Faz os comunicados para mim todas as manhãs. Eu estava preocupada com ela hoje mais cedo.

– Arrã.

– Enfim, ela estava abrindo a academia para o tio quando descobriu que o lugar tinha sido depredado. Eles não sabem se os marginais estavam atrás de dinheiro ou o quê, mas o lugar está em frangalhos. – Ela suspira. – Coisas assim não acontecem por aqui.

Eu esperava que de algum modo o incidente ficasse isolado numa bolha e nunca se voltasse contra mim, mas, de repente, ele está aqui. É simplesmente uma questão de tempo até se tornar o único assunto de que a cidade inteira estará falando.

A minha mãe tem razão. O departamento de polícia local se ocupa com coisas como motoristas chapados e brigas domésticas. Por mais brega que pareça, esse é o tipo de lugar onde você pode deixar as portas destrancadas. Em Clover City, um acontecimento desses é notícia de primeira página.

Eu sou notícia de primeira página.

Ela se senta diante do computador e abre o programa de frequência para marcar que Millie justificou a ausência.

– E digo mais – continua –, lugarejos como esse só conseguem se esconder dos crimes da cidade grande por mais tempo. É como assistir a um estilo de vida ser extinto como os pobres dos dinossauros. – Após um momento, ela acrescenta: – Espero que encontrem os responsáveis e os trancafiem por um bom tempo.

---

Horas mais tarde, peço licença na aula de história dos Estados Unidos para levar o passe de frequência à secretaria, principalmente como desculpa para ficar de ouvido ligado em qualquer possível fofoca relacionada ao incidente na academia. Mal consigo ficar sentada quieta ou mesmo assimilar o que acontece ao meu redor. As palavras se fundem até eu só ouvir um zum-zum baixo e monótono. Bocas se abrem, mas tudo que escuto é ruído branco.

Ao voltar para a sala, dou um pulo no banheiro, e, quando estou saindo do reservado, a porta se abre e lá está Melissa, ainda com as mesmas roupas pretas que usou na noite passada. Seus olhos arregalados têm um ar desvairado, como se ela tivesse passado as últimas doze horas vagando sem rumo.

– Precisamos conversar – diz ela, ainda emoldurada pela porta do reservado. Em seguida, me puxa pelo braço para o espaço apertado, trancando a porta. Dou um jeito de me espremer num dos cantos.

– Você desapareceu ontem à noite – falo em voz baixa.

Ela se agacha para ver se há pés nos outros reservados antes de sussurrar:

– Quando passou de uma brincadeira boba a um ato clássico de vandalismo, eu pensei com os meus botões que a equipe de dança não valia uma ficha criminal.

No instante em que a vidraça se quebrou, Melissa caiu fora. Tudo que se viu foram as luzes traseiras do seu carro saindo do estacionamento. Noto as olheiras escuras. Mas não consigo sentir uma gota de pena dela.

– Então, o que há para conversar? – pergunto. – Além de você ter deixado a gente totalmente na mão. Aliás, a Sam teve que espremer a Natalie e a Gretchen no banco traseiro com outras três meninas porque você não estava lá pra dar carona a elas depois de ter levado as duas de carro.

– Pelo visto então, teve gente andando sem cinto de segurança! – ironiza ela. – Que outras infrações foram cometidas, além de arrombamento e invasão?

Reviro os olhos, tentando manter a aparência calma e controlada pela qual sou conhecida.

– Ninguém vai descobrir que fomos nós. – Embora dizer isso em voz alta me faça perceber o quão insegura me sinto em relação ao prognóstico. – Aquele lugar nem tinha uma câmera de segurança que funcionasse.

– Você sabe que eu não posso me meter em mais nenhuma roubada – diz ela entre os dentes.

Ah, sim. No oitavo ano, antes de Melissa se transformar numa bela seguidorazinha de regras e aspirante a uma vaga na equipe de dança, ela foi flagrada roubando milhares de dólares em cosméticos, óculos de sol e roupas, tudo de grife, na loja de departamentos Levine's. Foi obrigada a prestar infindáveis horas de serviço comunitário, e até teve um agente de condicional.

– Como você pode afirmar que a câmera não estava funcionando? – pergunta ela.

— Não tinha nenhuma luzinha piscando — respondo. No momento em que as palavras saem da minha boca, eu me sinto uma perfeita idiota.

Ela joga as mãos para o alto.

— Desde quando uma coisa tem a ver com a outra?

— Você está fazendo tempestade em copo d'água — eu digo a Melissa. Mas a minha única vontade é dar uma coça nela, pois farejo uma dedo-duro.

— E também está cheirando a culpa... e a cecê.

— Eu vi o xerife na secretaria na hora do almoço.

Meu coração para. Engulo em seco e respiro fundo.

— Ele poderia estar na escola por N motivos.

Ela me lança um olhar penetrante.

— Você devia ter impedido as meninas.

— Não sou mãe de ninguém. E não vi você tentando ser a voz da razão.

— Elas te ouvem — Melissa me diz.

— Você e eu somos capitãs coassistentes — relembro a ela. — Elas ouvem a nós duas.

— Corta essa — rebate ela. — Você sabe muito bem que não me ouvem como ouvem você.

Meu mundinho está prestes a ser atingido por um asteroide, e uma parte de mim ainda se sente satisfeita por ouvi-la admitir esse fato. E eu me odeio por isso.

Dou de ombros, fingindo indiferença.

— Nossos rostos estavam cobertos. Não há provas. Desde que o pessoal consiga guardar segredo, somos todas inocentes. E você sabe guardar segredo, não sabe, Mel?

---

Já à tarde, temos um ensaio de emergência para compensar as faltas na parte da manhã. Nem todas as garotas estiveram lá na noite passada — foi mais a galera do segundo e terceiro ano —, mas a notícia se espalhou tão depressa que é como se a equipe em peso tivesse participado.

Resolvemos nos encontrar na arquibancada que fica diante da pista de corrida. Com tantas vozes falando ao mesmo tempo, é quase impossível conseguir a atenção de todo mundo.

— Ei! — grito. Ninguém sequer pisca.

— Gente!!! — berra Sam.

E todas ficam paralisadas, virando-se para ela. É um lembrete, até mesmo para mim, de que ela ainda é cem por cento a capitã da equipe.

Sam faz um gesto para que todas se aproximem.

Todos os nossos corpos se espremem para criar um círculo apertado e suado.

— Querem saber o que nos engrandece?

— As piruetas da Jess? — pergunta alguém.

Sam sorri, e esse pequeno ato de normalidade faz com que uma onda de relaxamento passe pelo nosso abraço, inclusive por mim.

— Bem, isso e o fato de que, antes de sermos uma equipe, somos uma irmandade. E irmãs protegem umas as outras. Em qualquer situação.

E é tudo que ela precisa dizer. Mentalmente, arquivo esse momento. É assim que uma capitã mostra a que veio.

Depois de um treino puxadíssimo, que inclui uma corrida de cinco quilômetros, despencamos no gramado que fica no centro do círculo da pista.

— Muito bem, meninas — diz Sam. — Já descolei um lava-rápido no setor de serviços e reparos do Clay Dooley, para o próximo sábado.

— Eita! — solto sem me conter.

Sam e Melissa me encaram.

— Desculpem — peço. — É novidade pra mim.

Sam sorri.

— O namorado da Callie, o Bryce, fez a gentileza de conseguir com o pai. — Ela dá uma olhada em mim. — Ele me contou agora antes do almoço. Certamente ele pretendia te contar até antes.

Faço que sim, me sentindo constrangida pelo fato de a equipe inteira ter assistido a esse diálogo. A admiração que estava sentindo ainda há pouco por Sam se transforma em suspeita.

— Certamente — digo, tentando me livrar da sensação.

É estranho que o Bryce tenha se esquecido de me contar, mas provavelmente deve ter esquecido. Acho que só quis ajudar, depois de ver como eu estava estressada ontem à noite, por isso não posso culpá-lo.

Sam bate as mãos.

— E, sem querer bancar a sentimental mas já bancando, o fim do ano está chegando, e é o meu último como Shamrock. Vou sentir muitas saudades de todas vocês. Uma vez Shamrock, sempre Shamrock, não é?

Toda a equipe solta vivas e gritos.

Eu me inclino para Melissa.

— E Shamrocks não deduram.

---

Depois do treino, o Bryce me leva para casa. Não contei a ele sobre a noite passada. Não é que eu não confie nele, mas, por ora, eu prefiro não me arriscar.

Ele pega o caminho mais longo, passando pelo Centro de Clover City. Algumas das lojas estão com tábuas pregadas nas portas, e, enquanto boa parte do Centro mantém o seu charme de pequenos negócios familiares, alguns lugares foram substituídos por filiais de grandes redes e cadeias de restaurantes.

Estendo a mão para fora, arrastando os dedos pela brisa quente, e esse é o primeiro momento de calma verdadeira que experimento o dia inteiro. Mas passa mais rápido do que eu gostaria.

— E aí – digo –, você arranjou um lava-rápido pra equipe de dança e se esqueceu de me dar a notícia?

Ele abre um sorriso.

— Só estava tentando fazer a minha parte pra que a minha namorada vá ao campeonato nacional.

— E você não podia contar à sua namorada, em vez de deixar que ela descobrisse na frente da equipe inteira?

Ele abana a cabeça.

— É sério que você está dando importância a uma besteira dessa? Eu só mandei uma mensagem pra Sam porque sabia que de um jeito ou de outro você teria que ver isso com ela.

Penso em discutir, mas em vez disso respiro fundo. Estou com os nervos à flor da pele hoje. Só isso.

No beco atrás da minha casa onde ele sempre me deixa, trocamos um longo beijo que logo começa a se transformar em algo mais, quando meu padrasto bate na janela do lado do carona.

Damos uma cabeçada ao nos separarmos.

Keith abre a porta, abaixando-se para falar com o Bryce, enquanto pego a mochila e a bolsa.

— Eu até te convidaria para entrar — diz Keith —, mas hoje o jantar é em família.

Bryce assente.

— Entendo, senhor.

Franzo os olhos para o Bryce por um momento, e quase me pego soltando um comentário sobre como ele nunca faz o menor esforço para chamar meu pai biológico de *senhor*. Tanto Keith quanto meu pai são operários — o tipo de trabalho que meu namorado nunca fará. A única diferença entre os dois é que um é branco e o outro não. Mas procuro não pensar nisso e decido que é só mais paranoia mesmo. Bryce não é racista.

Keith fecha a porta atrás de mim, e eu o sigo pelo portão dos fundos.

— De repente, você podia maneirar um pouco no papel de pai protetor — digo a ele.

— Aaah, por favor — responde ele enquanto tranca a caminhonete de trabalho. — Você não pode esperar que eu pegue um sujeito passando a mão na minha enteada sem me meter.

Dou uma risada. Keith e eu costumávamos ter os nossos atritos, mas chegamos a um entendimento nos últimos anos. No começo, ele não era nada além de um louro alto que tinha se casado com a minha mãe, uma loura alta, e os dois fizeram uma bebezinha loura e fofa chamada Kyla. Claudia e eu éramos os corpos estranhos — baixinhas, com curvas que se anunciaram assim que chegamos ao sexto ano, cabelos castanho-escuros e a pele um pouco mais morena que contrastava com a palidez sardenta do resto da família.

Durante muito tempo, olhava para os retratos de família e não via uma família. Tudo que via eram duas meninas meio mestiças invadindo a perfeita familiazinha de três pessoas. Isso nunca incomodou a Claudia tanto quanto a mim. Talvez porque ela fosse mais velha e se lembrasse de como as brigas dos nossos pais eram violentas. Acho que agora já praticamente superei isso. Mas às vezes ainda olho para os retratos que cobrem as nossas paredes e fico imaginando como seria ver algum em que estivéssemos eu, a mamãe, a Claudia e o papai, emoldurado como se fosse algo digno de lembrança.

Sigo Keith pela varanda em direção à cozinha. Ele para abruptamente, e eu quase o atropelo.

– Xerife – diz Keith.

Meu coração palpita quase a ponto de saltar do peito. *Merda. Merda. Merda. Merda. Merda.*

Dou uma olhada contornando o braço de Keith e vejo minha mãe servindo um copo de ice tea ao xerife Bell.

– Filhota – diz ela a Kyla –, vai fazer o seu dever de casa no quarto. – O tom é suave, mas os lábios estão apertados numa linha fina, e tudo na sua postura, dos ombros tensos aos braços cruzados, passando pelas unhas vermelhas tamborilando no antebraço, me dizem que estou fodida e mal paga.

– Callie tá encrencada? – pergunta minha irmãzinha.

É claro *que eu tô encrencada, sua anta.*

– Para o quarto – diz minha mãe, dessa vez com voz firme.

Ok, deixar o pânico para depois. Agora é hora de ser racional. Quais são as minhas opções? Posso dedurar a equipe inteira. Posso negar, negar, negar. Posso assumir a culpa. Ou jogá-la inteiramente em outra pessoa. Tudo vai depender do que o xerife Bell estiver sabendo.

Nós quatro ficamos vendo Kyla recolher seus papéis e lápis sem a menor pressa, e então sair com aqueles passos que vão dos calcanhares aos dedos, dos dedos aos calcanhares, como aprendeu nas aulas de dança, antes de subir a escada pisando duro, furiosa por ter sido despachada. Se minha mãe e Keith pensam que eu já dou muito trabalho, esperem até aquela lá chegar à puberdade.

Só depois de ouvir a porta do quarto de Kyla se fechar ela diz:

– Callie, senta aí. – Vira-se para Keith, a expressão se suavizando um pouco. – Você também.

Acho que, se a minha vida fosse um drama de tribunal, essa seria a parte em que nós chamaríamos um advogado. Mas minha mãe e Keith foram colegas do xerife Bell no ensino médio. O cara chegou a ser acompanhante dela no baile de reencontro de alunos, por isso, ninguém vai chamar um advogado para me defender tão cedo.

– Callie... – começa o xerife Bell.

Minha mãe dá tapinhas nos olhos. Ela ainda não chorou, mas vai. É uma tremenda de uma chorona. Já, eu, detesto. Detesto quando sou eu quem chora, e detesto quando são os outros. É uma coisa que me deixa pouco à vontade. Algum instinto primitivo em mim rotula o choro como fraqueza. Talvez isso soe cruel, mas para mim é algo a ser feito em privado. Mesmo quando as lágrimas da minha mãe são autênticas, parecem manipulação. Podemos estar pau a pau numa discussão, mas, assim que ela deixa cair uma lágrima, eu me curvo à sua vontade, porque, afinal, quem quer ser a escrota que faz a própria mãe chorar?

— Há algo que gostaria de me contar? — pergunta o xerife Bell. — Alguma coisa sobre onde esteve ontem à noite?

Olho para minha mãe. Ainda batendo nos olhos. *Fala sério.* Em seguida, olho para Keith. Seus lábios estão apertados.

— Não, senhor — respondo. Não há a menor possibilidade de ele ter provas. Recito isso para mim mesma uma vez atrás da outra. *Não há a menor possibilidade de ele ter provas. Não há a menor possibilidade de ele ter provas. Não há a menor possibilidade de ele ter provas.*

— Bem, os seus pais aqui...

— Minha mãe e meu padrasto — corrijo-o. — Keith é apenas meu padrasto. — Não chego a olhar, mas espero que isso tenha feito Keith estremecer. Estou me sentindo como um gato encurralado, e minhas unhas estão de fora. — Meu pai biológico não está aqui no momento.

— Pois saiba que eu liguei para ele — revela minha mãe, a voz ainda estridente e trêmula. — Ele está muito decepcionado com você, como eu também estou. Nunca tivemos problemas desse tipo com a Claudia.

Reviro os olhos. Claudia praticamente já saiu do útero com maturidade suficiente para administrar a própria vida financeira. Eis o nível do seu angelical senso de responsabilidade. Essa comparação que minha mãe faz entre nós duas não é nenhuma novidade, mas é um jogo que eu jamais vou vencer.

O xerife Bell cruza as mãos sobre a mesa.

— Escute — ele me diz. — A academia na avenida Jackson foi vandalizada ontem à noite. Cacos de vidro por toda parte. Ovos podres. Papel higiênico molhado. Equipamentos avariados. Tenho certeza de que sei quem fez isso, e tenho certeza de que você também sabe. E, se está pensando em brincar de gato e rato comigo, vou abrir logo o jogo e te dizer que há um vídeo mostrando a cena inteira.

Meu coração palpita, e a cozinha fica tão silenciosa que tenho medo de que os outros também possam ouvi-lo. Tento não reagir a essa notícia. Não quero fazer nada que me incrimine ainda mais.

– Não foi possível distinguir maiores detalhes – prossegue ele –, mas já sei quantas pessoas participaram. E, ao que parece, o grupo inteiro era de meninas. Por acaso também sei que a academia era o principal patrocinador da equipe de dança até bem recentemente. Está somando dois mais dois comigo, meu bem?

Abro a boca para... sei lá, cara. Negar?

Ele levanta a mão.

– Há quanto tempo você tem esse colar, Callie?

Inclino a cabeça de lado e pressiono o pingente com o *C*. Meu nervosismo passa por um momento.

– Há um tempão. Foi um presente do meu pai no meu aniversário de treze anos.

O xerife Bell balança a cabeça.

– E você nunca emprestou para ninguém?

– Não. Nunca – respondo, para logo me dar conta de que acabei de me entregar.

– Jared, diga logo a Callie que ela estava lá, para que ela possa te contar quem mais estava com ela – sugere Keith.

Sua cabeça se abaixa um pouco quando ele diz:

– Bem, o negócio é o seguinte. Sabemos que você estava lá, Callie. Mas você é a única que pudemos identificar, e você não deveria ter que pagar o pato sozinha.

Minha mãe diz:

– Ele tem razão, filha. – É o primeiro sinal de não decepção que recebo dela.

Isso é um navio afundando. Droga. *Eu* sou o navio afundando. Mas não vou derrubar o resto da equipe. Ainda me lembro da Sam e do que ela disse após o treino de hoje. Normalmente esse tipo de babaquice melosa não cola comigo, mas as Shamrocks são a minha vida. Se isso não é uma irmandade – embora altamente disfuncional –, então é o quê?

– Eu estava lá – digo com voz mansa. – Mas estava muito escuro, xerife. Não teria como saber quem mais estava comigo.

O xerife Bell sustenta o meu olhar por um longo momento, e posso ver que essa é a minha última chance.

O som da minha mãe rompendo em lágrimas perfura o silêncio da cozinha. Na hora certa.

Solto um gemido e cubro o rosto com as mãos, nem me dando ao trabalho de tomar cuidado com a maquiagem.

Todas as coisas que posso perder se acumulam numa pilha de roupa suja. A equipe. O campeonato estadual. O nacional. Meu Deus... e se eu for presa? Meu emprego de fim de semana na Sweet 16. Meu tempo com o Bryce. Minha posição na cadeia alimentar social. E se eu for fichada? Será que vou poder ir para a faculdade?

— O que o senhor precisa de mim? — pergunto finalmente.

O xerife Bell pigarreia.

— Bem, vou falar com o proprietário, para saber se ele vai querer prestar queixa. E é claro que vamos ter que falar com o procurador distrital.

— Precisamos de um advogado? — pergunta Keith.

Minha mãe solta outro gemido.

— Até parece que eu matei alguém — digo. — Foi só uma brincadeira que passou dos limites.

— Uma brincadeira que vai custar uma nota preta para consertar — diz o xerife Bell, severo. — E quanto a um advogado... bem, não morro de amores por essa gente, mas não custaria nada deixar um de sobreaviso.

Keith faz que sim.

— Nós, hum, agradecemos por ter vindo aqui em vez de pegá-la na escola e feito uma cena.

— Ó Senhor, sim — intromete-se minha mãe.

Talvez essa seja a única coisa que poderia ter piorado a situação. Eu sendo presa na escola e fazendo uma cena na secretaria.

O xerife Bell concorda e empurra a cadeira para trás, tornando a colocar o largo chapéu cáqui de xerife.

— Vou confiar que vocês ficarão de olho na Callie até eu ter mais informações.

— Pode deixar — diz mamãe, enquanto Keith aperta a mão do xerife. — A garota vai levar um cascudo tão forte, que vai ficar a meio caminho do centro da Terra.

Keith acompanha o xerife até a frente da casa, onde sua viatura está estacionada. A porta se fecha atrás dos dois, sugando todo o ar da casa.

Mamãe se vira para mim.

Posso senti-la se preparando para soltar o verbo.

— Que diabo deu em você? — pergunta, os olhos agora secos e a voz baixa e zangada. Nesse momento, nada nos seus lábios vermelhos é doce e familiar.

— Não fui eu que comecei — digo a ela com honestidade. — E era mesmo pra ser só papel higiênico molhado e ovos. Só uma brincadeira boba.

Mamãe sacode a cabeça, furiosa.

— Essa é exatamente a razão pela qual você não devia ter ido! Essas coisas sempre saem do controle. Jesus, filha. Você devia ter contado a alguém. Dado um jeito de impedir que isso acontecesse. Estou criando você e sua irmã para serem líderes, não seguidoras.

— Nós não tivemos a intenção de causar nenhum estrago real. Juro.

— Callie, não importa o que vocês tiveram a intenção de fazer. Só o que de fato fizeram. Você trabalhou tão duro para a equipe de dança chegar aonde chegou, e agora está tudo acabado. Isso não significa nada para você?

*Está tudo acabado.* Suas palavras vibram nos meus ouvidos. Minhas mãos começam a tremer, e eu sinto cada músculo no corpo se retesar enquanto tento conter as lágrimas.

A porta da rua range e Keith torna a entrar, me trazendo de volta ao momento.

— Se isso significa alguma coisa pra mim, mãe? — Agora estou gritando. Meus olhos começam a arder e pisco para refrear as lágrimas. Uso as laterais das mãos para secá-las. — Isso significa tudo pra mim! E sim, eu gostaria que não tivesse acontecido, mas se pensa que eu vou me acovardar e pôr o rabo entre as pernas feito um filhotinho mal adestrado, bom, então você não sabe que tipo de filha criou.

Ela cruza os braços, com Keith parado alguns passos às suas costas.

— Nada de celular. Nem de Bryce. Sou eu que vou te levar para a escola, e você vai sair comigo quando eu largar do trabalho. Vou ligar para a Sam, a Melissa e a Sra. Driskil para avisar que você vai faltar aos treinos.

Eu sabia que isso ia acontecer. Sabia que quando a criatura disse que eu estava de castigo, estava falando sério. E ainda assim cada palavra me atinge como um soco certeiro, perfeito, mas uma coisa específica é a que dói mais.

— Não posso faltar aos treinos — digo a ela.

— Ah, não pode? — Ela apoia os punhos com firmeza nos quadris. — Foi você que fez isso. Teve todas as oportunidades de chegar ao campeonato nacional. Não há nada que eu teria amado mais do que a ver a minha filha seguir os meus passos. Você poderia ter concretizado a continuação do meu sonho.

Para onde foi a mãe chorosa? De repente, isso não tem mais nada a ver comigo.

— Não sei quem você pensa que é — continua ela —, mas nesta casa nós não cometemos crimes, e esperamos que as coisas voltem ao normal. Haverá consequências, e uma delas é que você está de castigo e fora da equipe de dança até segunda ordem. Sempre vou ser uma Shamrock, mas, acima de tudo, sou mãe. — Ela ergue o dedo para me impedir de responder. — E vou fazer questão que você peça desculpas ao vice-diretor, à diretora e, mais tarde, à coordenação da escola. E também vamos nos desculpar com o dono da academia. Essa é a sua punição. Por ora. Até eu saber mais do xerife Bell. E, para o seu governo — acrescenta —, sei exatamente que tipo de filha eu criei, e, seja lá quem for você neste momento, não é essa pessoa.

Passo dando um esbarrão nos dois e subo as escadas pisando duro. Todas as lágrimas que tentei conter caem livremente. O rímel arde nos meus olhos e escorre pelo rosto.

Mamãe me segue, parando na base da escada.

— Celular — diz ela.

Viro no mezanino e atiro a porcaria escada abaixo.

# MILLIE

# SETE

Manhã de sábado. Eu, minha mãe, Inga e tio Vernon estamos sentados em volta da ilha da cozinha onde é servido o café da manhã, com os gêmeos nos bebês-conforto em cima da bancada. No instante em que um deles para de chorar, o outro começa, como se estivessem duelando dentro e fora do ringue.

Minha mãe tenta acalmar o uivante Luka num tatibitate carinhoso.

— O berreiro dele é igualzinho ao que você abria, Vernon. Manha pura. É de admirar que você nunca tenha desenvolvido um calo nas cordas vocais.

— Tá explicado — diz Inga —, então a culpa é dele. Eu fui uma boa bebê, sabem? Dormia e comia. Dormia e comia. Era um anjo. Mas, não, eles tinham que herdar o temperamento do pai.

— Tudo bem – digo. – Vocês comem enquanto eu distraio os gêmeos.

Nem Inga nem Vernon discutem comigo. Os dois comem sem muita vontade o mingau de aveia com uma cobertura escolhida pela minha mãe enquanto faço caretas ridículas para Nikolai e Luka, balançando os bebês-conforto para a frente e para trás.

A academia está fechada para o público desde quarta-feira, quando fui trabalhar e encontrei o local totalmente depredado. Desde então, tenho me sentido inexplicavelmente ansiosa. Não é que eu ache que não estou segura, mas ando me sentindo... estranha.

— Eles já decidiram o que vão fazer com a garota, a tal da Callie, que a Millie identificou no vídeo? – pergunta minha mãe.

— Nós já decidimos – diz Vernon, num tom de voz que usa muito com a minha mãe. É o tom de "você não vai gostar nada disso, mas não pode fazer nada a respeito".

— Nós, quem?! – exclama Inga. – *Ele*, isso sim! Eu não participei da decisão. – Nikolai e Luka choram em uníssono. Inga contorna a ilha e vai até eles, me aliviando da minha breve incumbência. – Eu sei, filhinhos. O pai de vocês é um bom samaritano bunda-mole.

— Obrigado – diz Vernon. – Tenho certeza de que agora eles vão me respeitar pelo resto da vida.

— Faça alguma coisa respeitável – diz ela. – Torne-se digno de respeito. Simples assim.

Ele suspira.

— Eu me propus a deixar que a garota pague pelos danos trabalhando na academia.

— O quê? – Minha voz surpreende até a mim. Pigarreio. – Desculpe, mas você acabou de dizer que a Callie Reyes vai trabalhar na academia?

Mamãe dá as costas à sua máquina de fazer waffles.

— Mas, Vernon, você nem precisa de ajuda na academia. Ela não vai representar nenhuma economia para você.

Ele dá de ombros.

— A garota não agiu sozinha, tá? Eu passei muitos anos me metendo em encrencas. Talvez se alguém tivesse me dado uma chance assim, eu tivesse deixado aquela vida para trás um pouco antes.

Mamãe e Inga abanam a cabeça. Eu também.

*Pensamentos positivos. Tenha pensamentos positivos.*
Mas isso vai ser...
*Pensamentos positivos*, relembro a mim mesma. *Pensamentos positivos.*
Negativo. Por mais que eu tente, não consigo imaginar um mundo em que os próximos meses trabalhando com a Callie não virem um tormento. Talvez ela nem seja a maior bully da escola, mas também não é o que eu chamaria de gente boa.
*Será tão ruim quanto você permitir que seja,* diz uma vozinha dentro de mim.
Mas a voz é pequena demais para afetar minha crescente sensação de calamidade à vista.

# CALLIE

# OITO

Não me dei conta do quanto meu mundo estava caótico até esse fim de semana. Keith trancou meu celular no cofre onde guarda os rifles de caça. Já achei isso uma tragédia, mas então minha mãe cortou o meu acesso à internet em todos os computadores da casa, trocou a senha do Wi-Fi e ainda ativou o controle parental para que eu só possa assistir ao History Channel. Por algum motivo, a última medida foi a que mais me enfureceu. E ainda era sexta-feira.

Passei a noite inteira de sexta zanzando de um lado para o outro no quarto, como se fosse o pátio de uma prisão. Sabia que o meu colar tinha me entregado, mas é só um colarzinho simples com um *C*. Alguém deve ter dado a dica ao xerife. Foi a Melissa. Em relação a isso, eu não tinha absolutamente nenhuma dúvida.

Na tarde de sábado, me pergunto o que o resto da equipe está sabendo e como as meninas reagiram. Certamente outras vão confessar, assim que souberem que eu fui pega. *Quer dizer, se todas confessarem, a equipe não pode ser desfeita.* A Sam não deixaria isso acontecer. Queria tanto poder mandar uma mensagem para ela. No mínimo, eu lhe diria para não confiar na Melissa.

Nessa tarde, minha mãe me comunica meu castigo oficial. Ela bate à porta do meu quarto, sem esperar que eu lhe diga para entrar.

Estou sentada na cama com o dever de álgebra II espalhado ao meu redor.

Mamãe só avança dois passos.

– Falei com o xerife Bell e o vice-diretor Benavidez. O proprietário teve a bondade de concordar em não prestar queixa, desde que você pague pelos danos ajudando na academia depois da aula e em alguns fins de semana.

Eu me levanto, cruzando os braços.

– Não vai dar certo. Não tenho como. Não com o campeonato nacional vindo aí. Não posso continuar faltando aos treinos.

Ela nem se dá ao trabalho de responder ao meu protesto.

– E o vice-diretor Benavidez falou com a diretora Armstrong. Os dois chegaram à conclusão de que seria totalmente inapropriado você continuar na Shamrocks.

O chão desaparece debaixo dos meus pés.

– O que... o que isso quer dizer? – gaguejo. – Tipo, como capitã coassistente? E no ano que vem?

Mamãe abana a cabeça.

– Não. – E, pela primeira vez, vejo um sinal ínfimo de compaixão no modo como seu cenho se franze. – Filha, você está fora da equipe para sempre.

Demoro um momento para assimilar a notícia. E me sinto boba por não ter deduzido que seria expulsa da equipe. Acho que apenas presumi que cumpriria o meu castigo e as coisas voltariam ao normal.

Mas não. Eu tenho que perder tudo. É como a Melissa disse. Alguém pagaria o pato.

Mamãe sai do quarto, fechando a porta. Despenco na cama com os braços caídos ao longo do corpo. Passei todos os dias da minha vida, desde que era criança, me preparando para chegar ao momento em que finalmente poderia me considerar uma Shamrock. E agora, tudo isso se perdeu num piscar de olhos.

É como se alguém tivesse sugado o ar do quarto inteiro. Lembro a mim mesma para respirar, mas, com tudo que ralei tanto para conseguir se evaporando bem na minha frente, até o simples ato de encher e esvaziar os pulmões parece impossível.

# MILLIE

# NOVE

Meu quarto é pequeno demais para acomodar tanta gente, mas parece cheio de um jeito gostoso, como um restaurante badalado numa noite de sexta.

Estou sentada na minha enorme poltrona de vime, que mais parece um trono. A Amanda e a Hannah se sentam na minha cama com as pernas cruzadas, enquanto a Ellen e a Will se enroscam no chão como dois gatos.

— Boa noite, meninas! — diz meu pai ao passar pelo corredor, e a luz que jorra debaixo da porta desaparece.

Começamos nossa noite com uma pizza — cortesia do meu pai — e um monte de testes on-line. (Sim, eu pesquisei no Google "atividades festa do pijama". Não, não esperava ser inundada com tanta pornografia.) Mas por ora o pessoal está meio devagar, curtindo os celulares. Acho que essa festa do pijama não chega a ser um fracasso, mas não é bem o que eu tinha em mente quando imaginei a gente se entrosando.

Hannah, de legging preta e uma camiseta largona de um duelo de bandas, boceja e se espreguiça com o corpo inteiro, e se deita de lado.

— Acho que eu sou uma mulher de quarenta anos presa num corpo de dezessete. Será que é cedo demais pra ir dormir?

Dou um gemido.

— Galera, assim tá brabo. Ninguém vai largar o celular? E sim, Hannah, é cedo demais, tá? Ainda são dez e meia.

Ela bufa para mim, mas se senta.

— Talvez a gente devesse ver um filme — sugere Amanda.

Ellen boceja.

— Eu pegaria no sono.

— Você diz *sono* como se fosse um palavrão — observa Hannah.

Willowdean se senta de repente. Seus cachos estão presos no alto da cabeça e vibram ao menor movimento.

— Que tal um joguinho?

— Você odeia jogos — rebate Ellen.

— Tá — diz Willowdean. — É verdade. Só estava tentando contribuir, sei lá. — Ela toca o pingo de pasta de dente no queixo. — Tem certeza de que isso aqui vai funcionar? — pergunta diretamente para mim.

— Segundo o Google, pasta de dente é o perfeito remédio tópico para uma espinha.

Willowdean solta um gemido.

— Essa é uma daquelas horríveis, que ficam debaixo da pele e latejam. Espinha pode dar dor de cabeça? Isso é possível?

— Não — afirma Hannah, mordendo o lábio que recentemente ganhou um piercing. — Mas ficar falando nela sem parar pode.

Amanda se inclina para um pouco mais perto da Hannah.

— Numa escala de 1 a AI MEU DEUS ISSO DÓI ATÉ NA MINHA ALMA, o quanto doeu esse piercing no lábio?

Hannah torna a morder a argola.

— A dor não foi nem de perto tão ruim quanto o sermão que eu levei da minha mãe quando ela viu. Trocar as argolas é meio desconfortável, mas a Courtney fez um curso básico de piercing, e ela precisava praticar em alguém que não fosse de silicone. Podia ter usado a orelha de um porco, mas ela é vegana.

Ellen estremece.

— Nossa, isso é que é confiar em alguém!

Hannah tenta esconder um sorriso, mas as faces rosadas a entregam.

— Ei, que tal aquele jogo de Duas Verdades e Uma Mentira? — pergunta Amanda.

— Boa! — digo um pouco alto demais. — Para o chão, pessoal. Vamos! — Contorno a Ellen e a Will na ponta dos pés e apago o lustre, que é forte demais, para que as únicas fontes de luz sejam os dois abajures que ladeiam a cama. Na mesma hora, o quarto ganha um clima intimista e acolhedor, perfeito para a revelação de segredos. Pego as máscaras faciais que comprei na drogaria pela manhã e as distribuo.

— O que é isso? — pergunta Amanda.

— Máscaras faciais — responde Ellen.

Amanda e Hannah vão logo garantindo seus lugares no tapete e eu me sento recostada à cama. Desembrulhamos as máscaras e cuidadosamente tentamos colocá-las no rosto, encaixando os olhos, o nariz e a boca nos buracos.

Willowdean dá um gritinho.

— Esse troço é gelado.

Ellen estende o braço e a ajuda a alisar a máscara.

— Não seja criança.

— Eu devia ter lavado a pasta de dente do queixo — diz Willowdean por entre os dentes, para impedir que a máscara escorregue do rosto.

Hannah corre os olhos por todas nós e depois dá uma olhada na imagem da câmera traseira do seu celular.

— Estamos parecendo serial killers.

Amanda se inclina sobre o seu ombro para poder se ver também.

— É mesmo. Como se a gente estivesse usando a pele das vítimas.

— Eu ouvi dizer que essas máscaras são super-hidratantes — digo. — E é melhor parecer uma serial killer do que de fato ser, não é?

Hannah olha para mim, um leve sorriso provocando seus lábios.

— Acho que talvez aquele lance de excesso de otimismo exista.

— Ok, ok! — exclama Ellen. — Chega desse papo de serial killers. Hora de Duas Verdades e Uma Mentira! Quem vai ser a primeira?

Hannah dá de ombros.

– Pode ser você mesma.

– Tá – replica Ellen, com um leve toque de desafio na voz.

– É melhor mandar bem – avisa Will. – Eu conheço todos os seus segredos.

Ellen franze os olhos, estudando o teto por um momento, a língua se projetando um pouco dos lábios. Deve ser a expressão que ela faz quando está pensativa.

– Ok! Ok! Já sei. A primeira: eu tenho os pés maiores que os do meu namorado. A segunda: semanas atrás, depois que a gente, vocês sabem, fez aquilo e estava aconchegado, eu soltei um pum.

Caímos na gargalhada.

– Ah, cara – diz Amanda. – Isso só pode ser verdade. Por que outro motivo você admitiria?

El agita as mãos, tentando nos silenciar.

– Espera aí! Ainda não acabei. A terceira: eu comecei a menstruar na minha festa de aniversário de doze anos.

– Hum, isso não foi lá muito interessante – diz Hannah.

Ellen dá de ombros.

– Assim fica mais difícil dizer se é uma verdade ou uma mentira.

Will abre a boca para falar, mas El chapa a mão nos lábios da amiga antes que ela possa dar uma palavra.

– Mão é busto – reclama Will, a boca ainda coberta.

– O que você disse? – pergunto.

Will afasta a mão de Ellen.

– Não é justo.

– Deferido! – anuncio, imitando os dramas de tribunal a que meu pai assiste nas noites de quinta. – Tá, vamos ver. – Dou uma olhada nos pés dela. – Você é alta pra caramba.

– Portanto, ter pés maiores que os do seu namorado não seria muito estranho – diz Hannah. – Só que os seus pés não parecem *tão* grandes assim.

Tento esconder minha inquietação ao ver a ligeira avidez da Hannah. Ela é como um gato de rua – quando desdenha é porque quer comprar.

– São bem grandes, sim – afirma Willowdean para todas nós.

– Ei! – exclamo. – Você não pode participar dessa rodada.

Ela faz o gesto de puxar um zíper sobre os lábios.

— Ou talvez ele tenha pés anormalmente pequenos! — diz Amanda, pescando num saco de ursinhos de gelatina os que têm seu sabor favorito, abacaxi.

— E, como a Amanda disse, por que você inventaria essa história de... soltar gases? — pergunto, preferindo a expressão mais educada. — Mas talvez seja só uma isca!

Willowdean balança o corpo, as sobrancelhas para cima e para baixo.

— Ok, ok — diz Ellen. — O tempo acabou.

Amanda umedece os lábios.

— Uhhh... hummm. Tá, a menstruação no seu aniversário de doze anos é a mentira!

— Pra mim, foi o incidente gastrointestinal — arrisco, após um breve momento de reflexão.

— Acho... — começa Hannah. — Acho... que concordo com a Millie.

— Então, qual delas?

— A menstruação é que é a mentira! — grita Will. Em seguida, abafa um gritinho. — Ai, meu Deus. Esqueci que os seus pais estão dormindo.

— Relaxa — digo, sabendo que o mais provável é que a minha mãe esteja bem acordada na cama, pensando em todas as maneiras como a Hannah e a Willowdean podem estar me corrompendo.

Ellen dá um tapa no braço da Willowdean.

— Não acredito que você lembrou. Eu fiquei menstruada no meu aniversário de *treze* anos. Não no de doze!

— Ah, por favor! — diz Amanda. — Isso é só um detalhezinho técnico.

Hannah levanta o dedo.

— Espera aí. Isso quer dizer que você peidou no seu namorado depois de vocês darem uma bimbada?

Uma onda de vergonha alheia inunda o meu peito.

— Como é que é?

— Fala sério — murmura Willowdean. — Não posso acreditar que você não me contou!

Ellen dá de ombros.

— Eu fingi que estava dormindo. E, ora, se ele quer *tuuuuuuudo isso* — ela faz um gesto indicando o próprio corpo —, então não pode ficar escolhendo o que recebe. As pessoas peidam! As garotas peidam!

Amanda estende o punho para bater no da Ellen.

— É isso aí! Vocês acharam estranho que eu estivesse torcendo pra que o peido fosse a verdade?

Ellen ri.

— Só se você tiver ficado chocada por ter acontecido, acho eu.

— Por que o corpo humano é tão bizarro e nojento? — pergunta Willowdean. — Tipo, a frase *fluidos corporais* deveria ser ilegal. Isso vale também para úmido.

Ellen encosta a cabeça no ombro da melhor amiga.

— Você anda com um complexo estranho, só porque... bem, você sabe...

Willowdean coloca as mãos sobre o rosto.

— Bo e eu começamos a falar em fazer aquilo.

— E o que exatamente você quer dizer com "aquilo"? — pergunta Amanda. — Afinal, se vai fazer, pelo menos tenha a coragem de dizer.

— Sexo! Tá legal? — diz Willowdean. — Estamos falando de fazer sexo em breve em vez de esperar, mas enfim, tem um monte de coisas constrangedoras pra pensar. E eu nem estou falando do Bo me ver nua, porque, bom, a gente já quase chegou a esse ponto. — Ela suspira. — Não é a vez de outra pessoa?

Tento me recompor. Mas sei que o meu rosto está vermelho como um pimentão. Sexo. Uau. Eu só... a ideia de ficar pelada na frente de outra pessoa. Quero estar pronta para esse dia, mas esse dia não é hoje.

— Muito bem — digo. — Amanda é a próxima.

Amanda se contorce no próprio traseiro.

— Não sei se sou interessante o bastante pra esse jogo.

— Ah, vai. Todo mundo tem podres — diz El.

Amanda concorda e abaixa a cabeça, e acho que nunca a vi ficar tão séria.

— Tá. A primeira. Puxei o alarme de incêndio pra sabotar uma prova surpresa durante uma aula de Geografia no sexto ano e joguei a culpa no Patrick Thomas. E nunca fui pega.

— Ah, meu Deus — diz Willowdean. — Por favor, que isso seja verdade.

— Falando sério — Hannah se intromete. — Isso te daria um legítimo status de heroína.

Detesto a ideia de alguém levar a culpa pelo que não fez, mas Patrick Thomas é uma exceção. Ele é do tipo de pessoa que provavelmente entra na internet só para ser perverso com gente que nem conhece. Não há um dia em que eu passe na frente dele sem que ele imite o grunhido de um porco. Agora eu apenas o ignoro, o que seria o bastante se eu não tivesse que suportar os olhares de pena que as pessoas me lançam toda vez que acontece.

Amanda pigarreia.

– E a terceira...

– Ah, espera! Eu perdi a segunda – digo. – Me distraí.

– Tudo bem – diz Amanda, enquanto abre uma caixa de Runts e procura os que têm seu sabor favorito, banana. – A segunda foi que eu sou adotada.

*A mentira.* Tento não sorrir. Amanda não é adotada, mas o irmão caçula, Tommy, é.

– E a terceira! – exclama ela com a boca cheia de Runts de banana. – Eu... nunca me senti sexualmente atraída por ninguém.

Will se endireita, a postura reta como uma estaca de cerca.

– Como assim? Você fala da bundinha de pêssego do Bo o tempo todo. Não me leve a mal, mas... Que bunda maravilhosa, né não?

Meu cenho se franze, porque eu sei que essa é uma das verdades da Amanda, mas tenho que admitir que não é algo que faça muito sentido para mim. Já conversamos sobre isso, e ambas concluímos que ela apenas ainda não conheceu a pessoa certa. Ou talvez tenha sido só eu que achei isso, e Amanda me deixou acreditar.

– Eu sei apreciar um bumbum bem-feitinho. – Amanda dá de ombros. – E quem sabe? Talvez seja essa a mentira.

Os olhos franzidos de Hannah se fixam na Amanda.

– Você não é adotada.

– O quê! – exclama El. – Como você sabe?

Hannah inclina a cabeça para o lado, como se estivesse vendo algo completamente novo ao olhar para Amanda.

– Não sei.

– Estou me retirando do caso – anuncio.

– Tá – diz Will. – Acho que a última é que é a mentira.

O rosto inteiro da Ellen se contorce num nó enquanto ela estuda Amanda.

– Eu ia dizer a primeira, mas acho você megacorajosa, portanto aposto que fez mesmo aquilo. E a segunda... sinto que você não guardaria segredo disso. Quer dizer, algumas pessoas sim, mas você é do tipo que trata o mundo como se não tivesse nada a esconder. Mas a terceira... é específica demais pra ser inventada. – Ela se cala antes de anunciar seu diagnóstico. – A segunda é a mentira!

– Você daria uma grande investigadora – digo a Ellen.

Ela se vira para mim.

– Você acha? Andei pensando em cursar direito criminal quando for pra faculdade.

Will enfia os dedos nos ouvidos.

– Lá-lá-lá-lá-lá-lá-lá-lá nós não estamos falando de faculdade e como vamos viver a um porrilhão de quilômetros uma da outra lá-lá-lá-lá-lá-lá.

Ellen revira os olhos, e então os fixa em mim.

– Podemos conversar mais tarde – sussurra antes de arrancar as mãos de Will dos ouvidos. – Ok, Amanda. Dá os detalhes aí pra gente.

Amanda respira fundo.

– A segunda é a mentira.

Ellen dá um soco no ar.

– Yes! Eu estava certa.

– Ok, ok. Vamos voltar – diz Willowdean. – Você nunca sentiu tesão por ninguém?

Amanda puxa os joelhos para o peito, fazendo o possível para se encolher.

– Ah... eu tive mil crushes. – Ela pousa o queixo entre os joelhos. – Ainda posso olhar pras pessoas, como Bo ou até garotas, e me sentir atraída por elas. Mas existem muitos tipos diferentes de atração. E eu acho que quero ter um relacionamento algum dia. Só não sei ainda como ele vai ser pra mim. Eu diria que tudo se resume ao fato de que não sinto atração sexual, nem tenho interesse por sexo. Pelo menos, não no momento. Acho que se conhecesse alguém muito bem e me sentisse atraída pela pessoa em outros aspectos, isso poderia mudar.

Sinto que estou piscando demais, como se tentasse assimilar a informação, mas meu corpo está em pane. Sei que a Amanda nunca teve namorado. Ou namorada. E nunca achei nada de mais disso. Eu já ouvi falar em garotas que não conheceram ninguém até irem para a faculdade, ou mesmo depois. Só pensava que não era uma prioridade para ela.

Formo as palavras com cuidado, como se contornasse a beira de um precipício na ponta dos pés.

– Você... você acha que vai se sentir assim sempre?

Amanda sorri.

– Você acha que vai ser sempre apaixonada pelo Malik?

Meu rosto irrompe em chamas.

– Desculpe – pede ela. – Só quis dizer que não sei, mas, por ora, parece ser uma coisa permanente.

Hannah solta um longo gemido.

– Vocês precisam dar uma olhada na droga da internet, ou seja lá onde for. Amanda é assexual. Não é, Amanda?

O olhar da Amanda se conecta com o de Hannah, e eu sinto um vazio dentro de mim. Amanda é minha melhor amiga, e eu quero entendê-la tão bem quanto Hannah a entende no momento, mas me sinto como se estivesse alguns passos atrás.

– Bem, tecnicamente, uma assexual birromântica, acho eu.

– Sem querer bancar uma anta de pai e mãe – diz Will –, será que alguém poderia traduzir pra mim, por favor?

Hannah abre a boca para falar, mas Amanda diz:

– Deixa comigo.

Hannah sorri – um sorriso de verdade! – e faz que sim.

– O que isso quer dizer – explica Amanda – é que eu posso experimentar tipos diferentes de atração, mas, pessoalmente, não tenho sentimentos sexuais por ninguém. – Ela se vira para Will. – Talvez pareça complicado. Mas é muito simples pra mim. E acho que é só isso que importa.

– Mas você falou que talvez queira fazer sexo um dia – diz Will –, e como isso pode acontecer sem atração sexual?

Hannah torna a abrir a boca, mas primeiro olha para Amanda, que balança a cabeça, dando permissão.

– É como não sentir fome, mas mesmo assim topar comer uma pizza e até mesmo curtir o sabor. E tem também aquelas pessoas que não gostam de pizza em nenhuma ocasião.

Amanda abre um sorriso, fazendo que sim.

– Exatamente.

Will balança a cabeça.

– Tudo bem. Acho que entendi.

Hannah dá um sorrisinho.

– Parabéns!

Ellen dá de ombros.

– Acho que parece legal.

E então Amanda olha para mim, esperando que eu diga alguma coisa. E a verdade é que Amanda poderia se sentir sexualmente atraída por pessoas que têm lóbulos da orelha soltos, que eu não me importaria. Meus pais… têm muita dificuldade para entender qualquer equação que não seja garoto + garota = casamento, casa e bebê, mas ela nunca funcionou para mim. Por isso não estou triste por Amanda ser assexual. Mas estou triste por ela nunca ter me contado. Ou talvez eu não estivesse prestando muita atenção quando ela tentou me contar.

– Isso é ótimo! – digo finalmente, a voz saindo estridente e alta demais. – O que te faz feliz me faz feliz.

Amanda sorri, mas é de um jeito meio forçado.

De repente, Ellen solta uma exclamação.

– Ah, meu Deus! Esqueci totalmente de perguntar sobre a academia do seu tio, Millie!

Balanço a cabeça, aliviada com a mudança de assunto.

– Foi bem feia a coisa. Mas a polícia acha que pegou a pessoa que organizou o vandalismo. – *Bem, eu sei que eles pegaram, no duro, e fui eu que resolvi o caso.* Mas não quero que isso se espalhe pela escola. Não me importo de receber atenção, mas desse tipo eu dispenso.

– Tá falando sério? – pergunta Will. – Nosso departamento de polícia consegue resolver crimes de verdade?

Hannah ri baixinho.

Sorrio e faço que sim.

– E aí, quem foi? – pergunta Ellen, ávida.

Como eu acho que todo mundo vai descobrir muito em breve…

– Callie Reyes – respondo. – Uma das capitãs assistentes da equipe de dança.

– Aquela escrota! – exclama Willowdean e se vira para a Ellen. – Não te disse que ela era nojenta?

Ellen revira os olhos.

– E é mesmo – diz Amanda.

– Não vou discutir com você quanto a isso – diz Hannah. – Eu ouvi dizer que a melhor amiga da mocreia teve um caso com o namorado dela, e ela ficou com ele e deu um fora na melhor amiga.

Ellen suspira.

– Não é bem verdade. Principalmente porque ela não tem amigos. Mas o garoto é um playboy meio idiota. Adora esfregar na cara dos outros que é cheio da grana, passa voando de carro por áreas escolares, e isso me deixa pau da vida.

Abano a cabeça.

– Tô fora – digo.

– Bom – começa Ellen –, ela também não é exatamente flor que se cheire.

Torno a abanar a cabeça.

– E agora ela é minha nova colega de trabalho.

– Não sacaneia?! – Os olhos de Willowdean se arregalam de horror.

Faço que sim.

– Esse é o acordo. Ela não quis dedurar ninguém com quem estava e...

– Jura? – pergunta Hannah. – Não achava que ela fizesse o tipo leal.

– É claro que foi a equipe de dança – diz Amanda.

Cruzo os braços.

– É o que faz mais sentido, depois que a academia retirou o patrocínio, mas Callie foi a única que nós conseguimos identificar no vídeo, e ela não quis entregar mais ninguém. Por isso o xerife Bell, meu tio Vernon e os pais dela concordaram que ela sairia da equipe e trabalharia lá pra pagar pelo prejuízo que causou à academia. E serei eu a responsável por treinar a garota. O tio Vernon concordou em não prestar queixa, mas com essa condição.

Willowdean abana a cabeça.

– Se tem alguém aqui de quem eu sinta pena, é você. Aquela garota é um ouriço enfeitado com um laço de fita.

Dou um sorriso desanimado. Já prometi a mim mesma que concederia a Callie o benefício da dúvida, mas a verdade é que eu estou furiosa. Estou muito, muito zangada. Eu me sinto violada, como se esse pequeno espaço que eu tinha para chamar de meu – essa academia suja, fedorenta – não fosse mais segura. Não me pertencesse mais. E é difícil não me ofender com o fato de que trabalhar comigo é parte do seu castigo. Dou de ombros, tentando superar a negatividade.

– Bem, no mínimo ela tem sorte por meu tio ter sido generoso o bastante para não prestar queixa.

Amanda balança a cabeça.

– E bota generoso nisso.

Faz-se um breve silêncio. Essa festa do pijama está precisando de uma boa dose de adrenalina.

– Sundaes! – digo, as palavras saindo mais como um *Eureca!* – Acho que está na hora de uma pausa pra gente tomar um belo sundae.

Hannah ri, afastando os cachos dos olhos.

– Bem, eis aí uma coisa que eu não odeio.

Willowdean concorda.

– Uma festa do pijama nota mil, Millicent Michalchuk!

Confeitos açucarados tornam tudo melhor, e não é que eu até me esqueci da Fazenda Margarida e de como vou conseguir a proeza de entrar no curso intensivo de telejornalismo?

# CALLIE

# DEZ

Mal as rodas do Chevrolet Tahoe da minha mãe param diante da academia, já estou abrindo a porta e saltando.

— Não acredito que você concordou com isso sem me consultar — digo a ela. Essa é uma briga que já tivemos mil vezes nos últimos dias que passei em casa, desde que comecei a cumprir minha suspensão. Toda vez que ela se apaga, uma de nós a acende de novo, como duas velinhas mágicas de bolo de aniversário.

— E eu... — ela grita assim que bato a porta do carro. O vidro elétrico range enquanto desce, para que minha mãe tenha certeza de que será ouvida — que ainda não consigo acreditar que você *vandalizou* um estabelecimento comercial feito um hooligan.

— Você não acha que eu já fui bastante castigada? Tudo que eu passei os últimos anos lutando pra conseguir praticamente se evaporou. — Minha voz se eleva a cada palavra, e algumas pessoas, inclusive dois homens saindo da academia, param para assistir à discussão.

Minha mãe, agora plenamente consciente da nossa plateia, decide mudar o tom.

— Pego você às seis, viu? — avisa ela. — Te amo, querida.

Giro nos calcanhares e grito:

— Quem ouve até acredita. — Dou o melhor de mim para fazer contato visual com absolutamente cada pessoa por quem passo no estacionamento. Tenho que recorrer a toda a minha força de vontade para não meter a mão na cara de cada uma delas. *Continuem admirando o show,* penso. Assistam à vida da beldade aqui passando bem diante dos seus olhos. E essa é realmente uma das partes mais odiosas da humanidade: o povo adora ver cair quem está no topo.

Os sininhos acima da porta tilintam quando entro na academia, e Millie é a primeira pessoa que vejo. *Perfeito,* penso.

Descendo do banquinho atrás do balcão, ela acena e diz:

— Oiê! Callie, né?

— Obrigada por me lembrar — respondo, irônica. — Oi, Millie.

Seria de esperar que uma garota feito a Millie fizesse o possível para ficar longe dos refletores, mas juro por Deus que ela faz tudo ao seu alcance para não passar despercebida. Como hoje. De legging lilás e túnica rosa-choque, além de um par de tênis estampados com flores e gatinhos que parecem ter sido pintados à mão.

Ela junta as mãos.

— Bem-vinda à Jogando a Toalha! Não sei se você se lembra de mim, mas sou eu que redijo os comunicados matinais pra sua mãe na escola.

— Bem, nós nos esbarramos na secretaria na semana passada — digo a ela. — Você participou do concurso. — Por sinal, um fato inesquecível. — E nós frequentamos a mesma escola desde o ensino fundamental. Portanto, sim. Eu sei quem você é.

Ela sorri, mas com os lábios mais rígidos do que um momento atrás.

— Bem, eu faço o possível para não tirar conclusões precipitadas, e não queria te deixar constrangida, caso tivesse se esquecido de mim.

Ah, já vi que essa garota é boa. Esse joguinho de morde-assopra é o que há. É tão bom que a maioria das pessoas o confundiria com educação.

— Certo — digo. — Bem, vamos acabar logo com isso, não é mesmo?

Eu não tinha visto esse lugar à luz do dia. O vidro fumê novinho em folha que se estende na fachada da academia está brilhando. Boa parte dos equipamentos exibe cartazes com os dizeres EM MANUTENÇÃO, e no momento o vestiário das mulheres está em obras... provavelmente, por causa dos danos causados na semana passada. Sei que deveria me sentir mal, mas estou furiosa demais para me importar.

Millie me leva para trás do balcão e retira uma impressora de etiquetas e uma plaquinha de plástico em branco.

– Comecemos pelo começo! Um crachá com o seu nome. C-A-L-L-I-E? – pergunta ela.

– Pode ser.

– Callie e Millie – diz ela, testando nossos nomes juntos. – Mais parece uma dupla de combate ao crime.

– Só que nessa dupla a criminosa sou eu – lembro a ela.

Suas bochechas ficam ainda mais rosadas do que já são enquanto ela torna a se acomodar no banquinho.

– Tem outro banco debaixo da mesa pra você.

Fico observando enquanto ela digita cuidadosamente o meu nome, e, enquanto está sendo impresso, pega uma mochila embaixo do balcão. Suas mãos saem cheias de adesivos.

– Pra decorar o seu crachá!

Enquanto ela aplica a etiqueta na plaquinha, folheio as cartelas de miniadesivos holográficos e escolho um smiley, que colo de cabeça para baixo, significando que estou de luto pela vida que perdi. R.I.P. eu.

– Sabe de uma coisa? – diz Millie. – Você e a minha amiga Hannah se dariam superbem.

– Será?

Ela sorri.

– Enfim, as tardes de sexta têm pouco movimento. Bem, para ser honesta, quase todas as horas do dia estão com pouco movimento agora. Meu tio Vernon e minha tia Inga são os donos da academia. Tio Vernon é bastante tranquilo e segurou a onda... sobre o que aconteceu, mas tia Inga... bem, pode-se dizer que ela fica remoendo as coisas por mais tempo.

– Inga? – pergunto. – Que tipo de nome é esse?

– Ela é russa.

— Certo — digo. — Evitar a russa azeda.

— Bem, eu não disse azeda. — Millie sorri, cerimoniosa. — Mas é bem por aí.

— Tá, e o que mais?

— Bem, quando os alunos chegam, eles nos entregam o cartão e nós o arquivamos nesta caixinha, enquanto eles assinam na prancheta. — Millie levanta o que parece ser uma pequena caixa de receitas. — E, quando vão embora, nós devolvemos o cartão. — Em seguida, ela explica o procedimento a ser adotado quando alguém se esquece de trazer o cartão, e como fazer a inscrição dos novos alunos.

— Vocês são só uma academia de boxe? — pergunto.

— Bem, quando éramos uma franquia, sim, mas estamos tentando diversificar mais e nos tornar uma academia... como as outras.

Dou uma olhada ao redor. Não que a equipe de dança tenha feito algum favor a este lugar, mas, para começo de conversa, não era grande coisa mesmo. Temos outra academia na cidade, a Rick's Total Body Fitness, que, sem sombra de dúvida, é a melhor das duas. Bryce e o pai malham lá, e Bryce me colocou como convidada permanente.

— Talvez vocês devessem comprar umas camas de bronzeamento artificial como as que tem lá no vestiário da Rick's. E que tal aulas de spinning ou Pilates? — Já sinto meus olhos crescerem. Poderia reformar totalmente essa espelunca. Seria o tipo da boa ação que deixaria minha mãe feliz e talvez até valesse o meu reingresso na equipe de dança. Merda, seria capaz até de reformar a Millie. Ela poderia ser a minha *pièce de résistance*, sei lá.

— Não queremos ser esse tipo de academia — discorda Millie, sem rodeios. — Tio Vernon quer que seja um lugar sem frescuras, onde o aluno entra do jeito que está. — Seu olhar passeia pelos aparelhos vagos e as fileiras de sacos de pancada atrás do ringue. — Não que haja algo de errado em se bronzear e fazer Pilates. — Ela dá de ombros. — Mas não é a nossa praia. — Pega um balde cheio de produtos de limpeza. — Agora é uma boa hora para higienizar os aparelhos de musculação.

Desanimada, tiro o desinfetante multiuso do balde e enfio um rolo de papel-toalha debaixo do braço. É isso que eu ganho por tentar ver o lado positivo das coisas. Lembrete: o único lado positivo que ainda resta na minha vida é o Bryce.

À tardinha, quando estou seguindo Millie até a sala dos fundos, sinto meus braços pesarem com as toalhas ensopadas de suor. Pergunto a ela:

– E aí, vou ter direito a, tipo assim, um intervalo, qualquer hora dessas?

– Ah! – grita Millie. – É que geralmente sou só eu, então não tinha chegado a pensar nisso, mas sim, acho que você deveria ter. Que tal, digamos, uns quinze minutos, ou...

– Minha ideia era uma hora.

Ela levanta a tampa da máquina de lavar, e eu quase tenho ânsias de vômito ao sentir mais uma vez o fedor brabo quando solto as toalhas dos braços.

– Que tal fazermos um acordo e fecharmos em trinta? – Ela dá uma olhada no celular. – Vamos encerrar as atividades daqui a uma hora mesmo, por isso te dar um intervalo de uma hora seria bobagem, não acha?

– Acho – digo. – Seria uma grande... bobagem. Será que você me emprestaria o seu celular?

Ela não demora nem um segundo para pensar antes de entregá-lo, e me deixa sozinha na sala dos fundos.

Só sei dois números de cor: 911 e o do Bryce. Digito o dele o mais rápido possível.

Toca, toca, toca...

– Anda – sussurro. – Atende.

No oitavo toque, ele atende.

– Alô? – Sua voz está arrastada e sonolenta.

– Amor! – quase grito. – Amor! Sou eu. Só tenho trinta minutos, você tem que vir até aqui.

– Alô? – repete ele.

– Sou eu, Callie. Estava dormindo? Desculpe por te acordar, mas estou de castigo há dias.

Ele pigarreia.

– Perdão. Passei a noite fora e não fui à escola hoje. A noitada foi intensa.

– Você foi pra balada em plena quinta? – pergunto. – Quer saber? Esquece. Pode vir me buscar? Mas você precisa correr. Só tenho pouquíssimo tempo.

– Sim, claro – diz ele. – E de quem é esse número?

– Você não acreditaria se eu te dissesse.

– Estou tentando te ligar há dias. Até dei um pulo na sua casa, mas o seu padrasto me despachou. Você detonou mesmo a academia? Por que não me contou? O Patrick anda espalhando pra geral que você devia é estar doidona.

– Vem até aqui, tá? Eu te explico tudo.

Chegar a qualquer lugar em Clover City não leva mais de dez minutos, e é por isso que fico uma fera quando os dez minutos do percurso do Bryce se transformam em vinte. Quando seus pneus param cantando no estacionamento, já perdi a maior parte do intervalo sentada no meio-fio.

Ao entrar no carro, bato a porta.

– Oi, amor. Cuidado com a porta, ok? Essa belezura acabou de sair da fábrica. – Ele se inclina e beija o meu pescoço de baixo até em cima. – Quer ir comprar uns tacos, ou alguma outra coisa?

– Só tenho dez minutos – respondo, ríspida, afastando bruscamente o corpo.

– Que tipo de intervalo é esse?

– Bom, eu tinha trinta minutos. Mas você demorou pra cacete.

– Olha, esse não é o reencontro que eu tinha imaginado. – Ele manobra até os fundos do estacionamento. – Mas a gente pode fazer muita coisa em dez minutos.

– Não vai rolar – digo a ele. – Você saiu ontem à noite? Alguém deu uma festa? Quem foi? – Estou me sentindo totalmente excluída do mundo, sem poder sequer espionar a vida alheia nas redes sociais. – O Patrick está mesmo espalhando por aí que eu estava drogada? O que a galera anda falando?

– É. A Kirsten. Você sabe, a Kirsten do vôlei. Ela e a Sam deram uma reuniãozinha porque os pais da Kirsten viajaram.

– Você quer dizer aquela Kirsten do vôlei com a bunda saindo do short? Sim, é claro que eu conheço a Kirsten do vôlei. – Cruzo os braços.

– Qual é? – pergunta ele. – Tá zangada comigo porque eu saí? Não recebo uma notícia sua há dias, tá? Silêncio total. Sua mãe só informava que você estava pagando sua dívida com a sociedade. Mas eu ouvi dizer que o xerife Bell tentou te convencer a dar uma de dedo-duro, mas você não abriu o bico. Essa é a minha garota.

– Pois ficar de boca fechada não me levou a lugar algum. – Abano a cabeça, porque, nesse momento de fraqueza, tenho certeza de que arrastaria a equipe inteira comigo para o fundo do poço se pudesse. – Bryce, eu perdi tudo. A equipe, minha vida social, meu emprego. Seria legal se não tivesse que me preocupar com você e a Kirsten do vôlei, tá?

Ele passa os dedos ao longo da minha coxa.

– Amor, você não tem que se preocupar comigo. Eu sei afastar as mulheres quando você não está presente pra marcar o seu território.

Por algum motivo, isso não faz com que eu me sinta melhor.

– E a Sam? – indago. – Ela perguntou por mim?

Ele observa o couro do volante antes de fazer que não com a cabeça.

Dou uma olhada no relógio do painel.

– Só tenho mais quatro minutos.

– Afinal, por que diabos você está trabalhando aqui?

Mordo o lábio.

– Eu posso explicar, ou a gente pode namorar por quatro minutos.

Ele ri.

– Opção dois, por favor.

# MILLIE

# ONZE

*Não julgueis, para que não sejais julgados. Não julgueis, para que não sejais julgados. Não julgueis, para que não sejais julgados.* Fico repetindo mentalmente uma vez atrás da outra o primeiro versículo do Capítulo 7 de Mateus. É um dos meus favoritos, e sempre achei que as pessoas o usam de maneira equivocada, isso quando não o ignoram por completo.

Eu sabia que trabalhar com Callie testaria a minha paciência. Ela é uma daquelas garotas. Do tipo que eu tenho certeza que é inteligente, mas consegue as coisas por ser bonita; não tem que se esforçar para ser educada ou simpática com ninguém, porque não está tentando compensar a falta de alguma outra coisa. Sei que as pessoas acham que eu esbanjo bom humor, e é verdade. Às vezes. Mas não chego exatamente a ficar emburrada ou me comportar de maneira ríspida quando não estou com vontade de exibir uma cara alegre, porque, quando a maioria das pessoas me conhece, eu já começo com um déficit. As gordas não podem se dar a esse luxo.

Respiro fundo quando a porta se abre e Callie volta do intervalo. *Não julgueis, para que não sejais julgados. Não julgueis, para que não sejais julgados.*

Cada músculo do meu corpo está tenso desde hoje à tarde. Até o meu maxilar está começando a latejar. Ai! Levo a mão ao rosto.

– Como foi seu intervalo? – pergunto.

Callie puxa a blusa ao redor da cintura e dá uma conferida na maquiagem diante do espelho atrás do balcão da recepção.

– Foi... sei lá.

O que isso quer dizer?

– Aquele era o seu namorado?

– É, o Bryce. – Alguma coisa na voz dela parece distante, e de repente me pergunto se, afinal, falamos línguas tão diferentes assim. – Nós não nos víamos há dias – acrescenta.

– Estavam brigados? – pergunto um pouco depressa demais.

Ela levanta os olhos.

– Não. Eu estou de castigo. Em relação a absolutamente tudo. Nem posso voltar à escola até segunda.

– Por que você está de cas...

Ela dá um sorrisinho amarelo e faz um gesto indicando ao redor.

– Você acha que foi por quê?

– Desculpe – peço automaticamente, embora eu não tenha nada pelo que me desculpar.

– A culpa não é sua. – Ela arria o corpo no banquinho ao meu lado, como se já estivesse resignada.

Inspiro por entre os dentes. E fico imaginando se ela sabe que fui eu que a identifiquei.

– E você? – pergunta. – Tem namorado?

O jeito como ela interroga isso quase lembra aquela vozinha cantada de deboche que ouvi a maior parte da vida sempre que o assunto surgia. Observo-a com o canto do olho por um segundo antes de virar o rosto para ela.

– É complicado.

Ela faz que sim.

– Sempre é.

– Fomos juntos ao Baile da Maria Cebola no outono. – Na mesma hora me sinto ridícula por revelar detalhes que ela nem pediu. Mas, quando começo a pensar no Malik, meu cérebro vira um hidrante que eu não consigo fechar. E, tendo que limpar a academia e pôr em dia os deveres da escola, mal pude falar com ele na semana passada. – E rolou um beijo. Bom, um selinho. Mas... nada desde então. Vácuo total!

Ela cruza as pernas, pousando o queixo na mão com o cotovelo apoiado no joelho. É como se fosse uma médica prestes a dar seu prognóstico.

– Então, se começou no Baile da Maria Cebola... deduzo que foi você que convidou o garoto. Agora, é a vez dele.

– Exato. E nós conversamos. Mas não rolou mais nenhum beijo. E eu adoro os nossos papos. Mas preferiria os beijos.

Ela dá de ombros.

– Quando é bom, é bom.

Balanço a cabeça, nostálgica, relembrando o momento com o Malik no estacionamento da escola, as luzes acima criando pequenas poças cintilantes, e nós parados à beira de uma delas.

– Hoje à noite vai rolar a festa de aniversário que a família vai dar pra ele, e eu e a minha amiga Amanda fomos convidadas. Então, talvez aconteça alguma coisa, não acha?

– Hummm. – Ela reflete por um momento. – Esse lance de convidar a sua amiga também é um sinal importante de "apenas amigos". Mas o baile já foi há algum tempo, e você não pode ficar eternamente esperando por ele.

Ah, meu Deus! Ela entende!

– Não é? – Talvez ela não seja uma escrota, como a Willowdean falou.

– Dá mais uma chance a ele – aconselha. – Mas você tem que agir de um jeito tranquilo e seguro de si. Toma a iniciativa mais uma vez, e, se não der em nada, pelo menos vai saber que fez tudo que podia. – Ela revira os olhos. – É uma babaquice o jeito como a gente é levada a pensar que só os garotos podem ir atrás das garotas. E o que *nós* queremos?

– Sim! Por que eu deveria ficar sentada esperando que ele tome coragem? Talvez eu seja corajosa o bastante por nós dois.

Callie recua um pouco, como se alguma coisa que eu disse ou a minha voz tenha acabado de lembrar a ela com quem está falando. Millie, a gorda.

E não a gorda fofa. Não como Willowdean. Já quase posso ouvir o Patrick Thomas e seus grunhidos de porco.

Meu maxilar volta a latejar, e dessa vez estremeço.

— Você está bem? — pergunta Callie.

Torno a levar a mão ao rosto.

— Estou. É só uma dor de dente. Você acha que fica bem sozinha aqui por um minuto?

— Qual é a pior coisa que poderia acontecer? — pergunta ela.

Observo-a por um momento, e ela revira os olhos.

— Prometo não depredar o lugar na sua ausência, combinado?

Faço que sim, secretamente agradecida por ela ter dito com todas as letras antes de eu ser obrigada a fazer. Vou me arrastando até o escritório do tio Vernon, segurando o rosto. Agora estou sentindo a dor até os dedos dos pés. Já tive dor de dente antes, mas essa é totalmente diferente. Sento à mesa e fecho os olhos por alguns segundos, enquanto o latejar percorre o meu corpo como um diapasão.

Por fim, pego um estojo de primeiros socorros, mas descubro que o vidro de ibuprofeno está vazio. Então, vou para o telefone do escritório e faço o que sempre fiz quando sinto alguma dor que não posso suportar: ligo para a minha mãe.

Ela atende depois de meio toque.

— Millie? — pergunta, reconhecendo o número da academia no celular. — Está tudo bem aí, querida?

Normalmente não telefono quando estou trabalhando, e ela tem andado meio nervosa desde que o local foi vandalizado.

— Não, pra dizer a verdade, *eu* é que não estou. Minha boca não para de latejar, mãe.

— É dor de dente? — pergunta ela. — Você não quebrou um dente, quebrou? Isso aconteceu uma vez com a sua avó quando ela mordeu um pé de moleque.

— Não, é pior do que uma dor de dente normal. Essa é mais na parte de trás da boca. E dói que é um horror, mãe. Mal consigo ficar de olho aberto.

— Oh, Deus — diz ela. — Devem ser os sisos.

Não sei exatamente o que isso quer dizer, mas não parece boa coisa.

—Vou ligar para o Dr. Shepherd. — Antes de eu nascer, minha mãe trabalhou como técnica em saúde bucal com o Dr. Shepherd, e ela nunca teve o menor pudor de lhe pedir favores.

— Mãe, já são quase seis horas de uma tarde de sexta.

— Bem — ela solta um bufo —, não posso esperar que os seus sisos saibam ou se importem com o dia ou a hora.

— Mas eu tenho que ir com a Amanda à festa de aniversário do Malik.

— Desculpe por te dar a má notícia, mas não creio que você irá a parte alguma hoje além do dentista. Fique quietinha no escritório, que eu vou estar aí em dois tempos com o Vernon para ele poder fechar a academia.

No instante em que desligo, jogo o corpo para a frente, encostando a cabeça na mesa, e, quando dou por mim, minha mãe está me levando para o carro e eu murmurando ao tio Vernon para ensinar a Callie a fechar a academia, e de repente estou no consultório do Dr. Shepherd.

A última coisa que me lembro de ouvir são as palavras "extração de emergência dos sisos" enquanto continuo deitada, totalmente sem forças, com os dedos do Dr. Shepherd na minha boca e um babador em volta do pescoço.

Depois disso, tudo fica embaçado, como imagino que seria viver num lugar onde a neve caísse tão infindavelmente que fosse impossível enxergar dois palmos adiante do nariz. Neve no cabelo. Neve se derretendo nas faces. Neve nos cílios. Neve por toda parte.

# CALLIE

# DOZE

Se eu não tivesse que suportar o pior da ira da tal da tia Inga, seria até capaz de aturar a criatura. Quando ela e Vernon apareceram com os dois bebês gritalhões, a mulher nem se dignou a reconhecer minha existência. Suas maiores preocupações foram ajudar Millie a ir para o carro e contar o dinheiro do caixa para ter certeza de que eu não tinha roubado um centavo.

Enquanto fazia isso, Vernon ficou ninando os gêmeos pra lá e pra cá no enorme carrinho duplo. Uso a palavra *gêmeos* por pura generosidade. Esses garotos são dois demoniozinhos que não param de urrar. Não sei que tipo de pacto com o diabo Vernon e Inga fizeram para merecerem esses dois terrores uivantes com cara de pimentão.

— Callie — diz Vernon —, será que pode contar de novo o dinheiro do caixa enquanto Inga prepara o comprovante de depósitos?

– Hum, não senhor – diz Inga. – Essa criminosa não vai tocar no nosso dinheiro. – E me afasta com uma cotovelada.

– Como quiser – resmungo. Embora não goste de ser chamada de "criminosa", não deixa de ser bom encontrar alguém que diz exatamente o que pensa.

Inga estala os dedos, e, erguendo a voz acima do berreiro, declara:

– Estou vendo impressões digitais por todo o vidro. O que passou o dia inteiro fazendo? – Ela lambe o polegar para contar as notas no caixa e se inclina um pouco mais para mim. Numa voz baixa demais para Vernon não ouvir, diz: – Se o seu destino tivesse dependido de mim, eu teria jogado a sua bunda mimada na cadeia.

Borrifo uma quantidade generosa do desinfetante por todo o balcão e olho para ela. Com meu tom mais indiferente, observo:

–Você não pode me demitir. Eu trabalho de graça.

Inga rosna e fecha a caixa registradora. Ela anuncia em voz alta cada uma das tarefas finais e usa o cronômetro do escritório de Vernon para me cronometrar. Sem nenhuma razão para isso. Só porque pode. Odeio essa mulher, mas também estou tomando notas no meu "caderninho".

Depois de trancarmos a academia, encontro minha mãe esperando por mim no Tahoe. Fico olhando enquanto ela desce. Passo o dedo pela base do pescoço numa tentativa de fazer com que ela fique no carro, mas ela já se aproxima apressada de Vernon e Inga.

– Sou a mãe da Callie – apresenta-se, as palavras se derramando como uma confissão.

– Ah – diz Inga.

Vernon dirige à esposa um olhar de cumplicidade.

– Amor, quer ir acomodando os meninos nos bebês-conforto?

Inga balança a cabeça com firmeza e se afasta, mas não antes de me fuzilar com os olhos por cima do ombro da minha mãe.

O rosto de mamãe adquire um cenho profundamente franzido.

– Só quero que vocês saibam o quanto eu lamento. E o pai da Callie também, e o padrasto dela, Keith. Nós... nós não criamos esse tipo de garota.

Vernon dá uma olhada para trás na direção de onde os pestinhas se esgoelam, enquanto Inga os coloca nas cadeirinhas.

— Sou marinheiro de primeira viagem — explica ele —, mas algo me diz que, quanto mais cedo a gente descobre que nem todos os erros dos filhos são nossos, melhor.

O cenho de mamãe se suaviza.

— Sábias palavras de alguém que se tornou pai tão recentemente.

Vernon ri. E agora vejo que a sua idade pode estar mais próxima da de meus pais do que eu tinha pensado.

— Bem, se os meus pais tivessem assumido a culpa por todas as minhas burradas, ainda hoje estariam soterrados por pilhas de multas por excesso de velocidade, danos materiais de tudo quanto é tipo, e já teriam conhecido todos os P.S.s deste país.

— Eu também tenho que lhe agradecer — diz mamãe. — Se não fosse pela sua compaixão, só Deus sabe que tipo de problemas legais Callie estaria enfrentando agora.

— Uma coisa eu lhe digo — arremata ele. — A garota é passional. Lamentei muito ter que suspender o patrocínio da academia.

— Bem, nós agradecemos por sua compreensão e bondade. Não agradecemos, Callie?

Sem celular. Sem a equipe de dança. Sem o Bryce. As únicas pessoas com quem posso passar mais tempo são Millie e Inga. Talvez estivesse mais bem servida se tivesse sido julgada e condenada a fazer serviço comunitário ou coisa que o valha. Sou menor de idade. Esses arquivos não são confidenciais? Ninguém fora dessa cidade horrorosa jamais teria tomado conhecimento da minha ficha corrida.

Mamãe pigarreia.

— Não agradecemos, Callie?

— Sim, senhora — respondo, a voz mais parecendo a de um papagaio que a de uma humana.

Mamãe passa todo o trajeto para casa em silêncio. Só quando paramos na entrada da casa é que ela diz:

— Filhota, Vernon tem razão. Você é passional. Passional até demais. Como sua mãe aqui. Só precisa aprender a direcionar essa paixão.

— Isso significa que você não quer que a minha paixão na vida seja estilhaçar vidraças e vandalizar estabelecimentos comerciais?

Ela solta um muxoxo, desligando o motor, e caminhamos para casa.

À noite, passo horas acordada na cama, na esperança de pegar no sono. Estou tão habituada a dormir olhando o meu feed ou vendo vídeos, que ainda não me acostumei ao silêncio. A quietude da noite me deixa sozinha com os meus pensamentos. É como a gente se ver nua num espelho iluminado por potentes lâmpadas fluorescentes.

Quando tudo que me resta é o que está na minha cabeça, os pensamentos começam a dar mil voltas. Bryce me chifrando em sei lá que megafesta que vai rolar neste fim de semana. Sam confessando a Melissa que o posto de capitã sempre foi dela e que só me manteve na competição para ser boazinha. Sussurros quando atravesso o corredor dizendo que nunca fui de fato tão talentosa ou bonita assim.

Mas o pior de tudo é a conscientização de ter passado tempo demais construindo minha vida em cima da dança. Desde o momento em que encontrei o anuário da minha mãe na ocasião em que eu, ela e a Claudia nos mudamos para aquele apartamentinho depois que ela e o papai se separaram. A foto dela no campo de futebol americano com o uniforme de saia branca combinando com o casaco debruado de azul e vermelho e as botas brancas. Eu soube que queria aquela vida. Queria usar aquele uniforme. Dei tudo de mim para chegar ao momento no nono ano em que fiz o teste para entrar na equipe. E minha mãe também. Mesmo sem a ajuda do meu pai, ela se sacrificou para que Claudia tivesse aulas de canto e eu de dança. Comprava sapatilhas novas para mim, porque estavam sempre ficando pequenas.

E agora o meu armário tem muito mais uniformes da equipe de dança do que roupas normais. Tudo, desde os nossos trajes de cowgirl em vermelho, branco e azul, que são a nossa marca registrada, até collants cintilantes com *Shamrocks* escrito em lantejoulas douradas. Porque, até algumas semanas atrás, duas coisas me definiam: a equipe de dança e o Bryce. E agora só me resta uma delas.

Sento na cama. De repente, se eu pudesse falar com a Sam... Talvez haja algum grande plano de que nem estou sabendo para eu voltar à equipe no ano que vem. É uma esperança pequena, estúpida. Mas irmandade é irmandade. E ela chamou a gente de irmandade. Na ocasião, eu mal acreditei, mas agora já não me resta muito mais para acreditar.

Desço a escada na ponta dos pés e vou até a gaveta da cozinha onde Keith deixa o celular do trabalho. Ele costumava receber chamadas a qualquer hora da noite. Só que um dia minha mãe bateu o pé e disse que o quarto dos dois não era grande o bastante para ela, ele e o celular. Por isso, das onze da noite às sete da manhã, essa é a residência do dito-cujo. Guardei a oportunidade de fazer uma ligação clandestinamente com ele para alguma coisa importante, e isso é importante. Keith não vai notar um número discado aleatoriamente.

Entro na sala e jogo um cobertor em cima da cabeça para abafar a voz. A linha toca umas seis ou sete vezes antes de uma voz atender.

– Alô?

– Não é a Sam – vou logo dizendo.

– Callie? – pergunta Melissa. – É você?

– O que está fazendo com o celular da Sam? Está espionando ela? Não se preocupe. Agora, o seu posto de capitã está garantido.

– Nós temos tentado te ligar. Eu até fui à sua casa, mas o seu padrasto disse que você estava de castigo. E, embora não seja da sua conta, estou passando a noite na casa da Sam. Estamos discutindo o futuro da equipe.

– Ah, é mesmo?

– É, a coordenação está de olho na gente – diz ela. – Não podemos dar um espirro sem os caras notarem.

Bem, ser gentil foi divertido enquanto durou.

– De olho em vocês? Eu é que fui expulsa da droga da equipe.

– Sim, isso foi uma merda, mas você está surpresa?

– Estou surpresa que todo mundo tenha deixado eu me ferrar sozinha.

Ela fica em silêncio por um longo momento.

– Você não pode ligar pra nós, Callie – diz. – Não podemos deixar que você seja associada à equipe. Precisamos que a coordenação da escola pense que você era a única das Shamrocks que estava lá. Ainda mais agora, quando faltam poucas semanas para o campeonato estadual.

Mal posso assimilar o que ela acabou de dizer, mas o estadual? Como?

– Vocês vão para o estadual?

O tom dela muda. É a voz que usa para fazer com que a Sam pense que ela está com tudo sob controle.

– O lava-rápido foi um megassucesso, e o pai do Bryce concordou em triplicar a quantia que a gente levantou. Ele disse que a gente pode fazer mais lava-rápidos se chegar ao nacional, que ele triplica o que a gente conseguir todas as vezes.

Meus ombros se curvam.

– Ah.

– Tenho que desligar – diz ela. – A Sam tá voltando.

– Me passa pra ela.

– Vai sonhando – diz Melissa. – De jeito nenhum. A equipe de dança não pode ser associada a você. E quanto antes todo mundo esquecer que você não agiu sozinha, melhor.

– Mas... mas eu não agi sozinha. Você também estava lá, Melissa.

– Eu fui embora – relembra ela. – E ninguém se importa com quem estava lá, desde que alguém pague o pato.

– Eu sei que foi você que me dedurou. – Como é bom finalmente poder dizer isso em voz alta.

A ligação é cortada. Arranco o cobertor da cabeça e fecho as mãos em punhos apertados. Ah, eu sou passional, sim, até demais. E, nesse momento, a minha grande paixão é fazer da vida da Melissa um inferno. Até ela ser reduzida a cinzas.

# MILLIE

# TREZE

Por dias a fio, eu durmo. Acho eu. Tenho vagas lembranças dos meus pais entrando e saindo do quarto, chumaços de algodão na boca e baba ensanguentada. Um sonho recorrente me atormenta: uma experiência extracorpórea em que me vejo escrevendo a carta de motivação para o curso de telejornalismo. Só que, toda vez que eu termino, a página está em branco, como se eu tivesse escrito com tinta invisível. E outro em que apareço no meu vídeo de apresentação totalmente nua.

Quando consigo me livrar do pesadelo, acordo em pânico. O quarto está calorento com o sol da tarde. Pego o celular na mesa de cabeceira, mas ele não está no suporte do carregador em formato de abacaxi onde o deixo religiosamente todas as noites. Após um breve momento esfregando os olhos e me arrastando da cama, vou cambaleando até a cozinha, onde minha mãe está fatiando aipo e fervendo caldo de galinha para a canja com macarrão.

Abro a boca para falar, mas o maxilar me dá uma lição na mesma hora com uma dor lancinante. Com a mão na bochecha, solto um gemido.

Minha mãe gira nos calcanhares.

— Você acordou! Ah, florzinha, eu podia ter levado isso até o seu quarto. Precisa de alguma coisa?

Sento de frente para ela, em uma das banquetas do balcão da cozinha.

— Minha boca tá me matando. — A garganta quase racha de tão seca, e a língua parece pesada e inchada. — Que horas são?

Ela dá uma olhada no micro-ondas.

— Três e meia da tarde. Você dormiu desde que chegamos do Dr. Shepherd ontem à noite.

Faço que sim.

— Ele me deu alguma coisa para a dor?

— Ahhh, meu bem — diz minha mãe, carinhosa. — Deu, sim. E você tem que tomar outra dose daqui a trinta minutos. — Ela dá a volta no balcão para desembaraçar um pouco o meu cabelo. — Você dormiu feito uma pedra.

— Não vi meu celular na mesa de cabeceira. Será que eu deixei na academia ou em algum outro lugar? Podia jurar que trouxe para casa.

Ela enfia a mão no bolso do avental.

— Bem, aconteceu uma coisa muito estranha. A Amanda ligou para o nosso fixo ontem à noite e disse que eu tinha que tirar o seu celular de você. Imediatamente. Não disse por que, só que a sua vida dependia disso. Você sabe que eu gosto dela, mas a garota é um pouquinho dramática.

— Hum. — Passo os dedos pelos cabelos, tentando desemaranhar alguns nós. — E você fez isso? Tirou o meu celular?

— Bem, achei que ela só estava fazendo graça. Você sabe que eu nunca percebo quando a Amanda está brincando ou não, mas ela disse que a sua vida social dependia disso. — Ela ri baixinho consigo mesma. — Então eu o tirei do seu quarto, pensando: *Seguro morreu de velho*. — Ela dá uma piscadinha e se vira para pegar um pote de salsinha no porta-condimentos.

Aperto um botão na lateral do celular, acendendo a tela, e vejo que a bateria está quase descarregada.

— Vou escovar o cabelo e colocar isso aqui para carregar um pouquinho.

— Está certo, querida, a canja ainda vai ter que cozinhar em fogo brando por mais um tempo antes de ficar pronta. E eu comprei a pasta de dente e o enxaguante bucal da receita, para quando você estiver pronta para escovar os dentes.

Pressiono os lábios. Se o meu hálito estiver tão nojento quanto o gosto na boca, estou em péssimo estado.

— Depois da sopa — digo a ela.

Ela sorri, compreensiva.

— Devo ter perdido no mínimo uns três quilos quando extraí os sisos, então pode contar com isso.

Tudo sempre acaba voltando à perda de peso. Mas estou desconfortável e grogue demais para dar corda a isso no momento.

— Estarei no meu quarto.

Quando entro, procuro uma extensão para poder carregar o celular e usá-lo ao mesmo tempo. Dou uma passada rápida nas minhas mensagens. O que poderia ter sido tão horrível a ponto da Amanda ligar para minha mãe e dizer a ela para sequestrar meu celular?

A primeira troca de mensagens é entre mim e a Willowdean.

**EU: miga oiêêêêê**
**WILLOWDEAN: Millie? Oi**
**EU: e se existisse um app que te mandasse mensagens todo dia pra te dizer alguma coisa maravilhosa sobre você mas e se o app fosse como uma coisa de verdade que te conhecesse mas não de um jeito sinistro de robô**
**WILLOWDEAN: Parece fantástico, mas você está bem?**
**EU: TÔ ÓTIMA**
**EU: tipo se eu fosse o robô eu diria Willowqueen, você tem colhões de aço e é por isso que você é fantástica tenha um dia fantástico um abraço do seu fantástico app robô**
**EU: supergenial**
**WILLOWDEAN: Colhões de aço? Alguém tá me zoando? Alguém roubou o celular da Millie?**
**EU: boop boop beep boop**
**EU: isso quer dizer shhh boa noite em língua de robô**

— Ah, meu Deus! — Chapo a mão na boca. Meu rosto pega fogo de vergonha. *Colhões de aço?* Acho que eu nunca disse a palavra *colhões* em voz alta.

Eu já tinha ouvido falar nisso. Pessoas que tomam analgésicos e ficam doidonas, fazendo ou dizendo coisas ridículas. Mas eu estava podre de cansada. Mal me lembro de ter chegado em casa ontem à noite.

Ainda assim, tenho medo de encarar quaisquer outras frias em que possa ter me metido. Mas é um desastre. E eu não consigo deixar de olhar. Além disso, preciso, no mínimo, me preparar para tentar minimizar os estragos. E se eu tiver dito alguma coisa grosseira ou cruel? Ou revelado sem querer o segredo de alguém? Ou meus próprios segredos?

Passo para a mensagem seguinte. Amanda.

**EU: meus sentimentos doem**
**AMANDA: Hein?**
**EU: é como uma dor de estômago, mas com o coração e não o do corpo quer dizer o coração dos sentimentos. o coração em formato de coração e não o coração em formato de punho**
**AMANDA: Millie?**
**EU: quero que você sinta que a gente sempre pode conversar**
**AMANDA: Não posso acreditar que estou perguntando isso, mas você está bêbada?**
**EU: gosto de você pra sempre tá mas eu me senti uma péssima amiga por não saber que você é assexual**
**EU: tive que extrair os dentes sisudos mas só os mais ajuizados e foi por isso que eu perdi a festa do Malik, mas tudo bem eu disse a ele que não iria e que a gente devia se beijar só de zoeira**
**AMANDA: AI MEU DEUS MILLIE ONDE CÊ TÁ**
**AMANDA: Joga fora o celular. Faz isso. Agora mesmo. Joga o mais longe que puder. ISSO NÃO É UMA SIMULAÇÃO.**

Aperto o celular contra o peito. Ai, meu Jesusinho. Que foi que eu fiz? Preciso falar com a Amanda. Não posso acreditar que disse a ela que "meus sentimentos estavam doendo" – quando, para início de conversa, eu não tinha sequer o direito de ficar magoada com nada! E o Malik.

Respiro fundo e seguro o celular à minha frente enquanto clico no chat de mensagens trocadas com o Malik.

**EU:** não vou poder ir à festa :(
**MALIK: Ah tá. Aconteceu alguma coisa? Você parecia animada ontem à noite.**
**EU: eu estava animada mas e você essa é a questão**
**MALIK: Não entendi. Fiz alguma coisa errada?**
**EU: se ser fofo e usar aquelas moedinhas idiotas naqueles mocassins idiotas e sempre ter um rosto beijável é errado então sim você faz coisas erradas o tempo todo seu lindo**

Deito de lado e puxo as cobertas sobre a cabeça. Com o rosto enfiado no travesseiro, grito o mais alto que posso. O mundo é um lugar muito, muito cruel. E o pior é que essas foram apenas as primeiras de longas séries de mensagens. Depois de mais alguns gritos, saio de baixo das cobertas com o cabelo ainda mais desgrenhado do que estava.

Respiro fundo duas vezes, expirando pausadamente a cada vez. Meu hálito fede que nem esgoto.

**MALIK: Uau. Bem, essa festa ficaria muito melhor se você estivesse aqui. Isso é certo.**
**MALIK: E eu também te acho fofa. E bonita e basicamente todos os sinônimos de bonita.**

Solto uma suspiro, e o ar saindo da boca faz doerem os cortes nas gengivas, mas caramba! Ele disse mesmo isso? E olha que ele nem estava sob o efeito de analgésicos. Era o Malik normal, na sua festa de aniversário cheia de convidados, me dizendo que eu sou bonita.

**EU: bem se isso é verdade você podia ter me dado um beijo no rosto depois do baile em vez de fingir que aquilo nunca aconteceu seu doido**

Dou um soco no ar. "Boa, garota!", digo, a voz não muito mais alta do que um sussurro teatral. É como se eu estivesse lendo um livro muito bom – do tipo que faz a gente ter a sensação de que engoliu vagalumes –, só que dessa vez eu sou a protagonista. Sou o par romântico! A mocinha que fica com o galã! E você não vai encontrar garotas como eu nos contos de fadas ou nas capas dos livros de romance.

Pouco a pouco, começo a me livrar de qualquer vestígio de constrangimento e vergonha a que ainda estivesse me apegando.

**MALIK:** Você acreditaria se eu te dissesse que fiquei sem graça?
**EU:** você acreditaria se eu te dissesse que acredito em você mas que mesmo assim é um motivo bobo
**MALIK:** É melhor eu voltar pra festa. Gostaria que você estivesse aqui. Minhas irmãs estão me deixando doido e minha mãe não para de perguntar por você.
**EU:** bem se você mudar de ideia em relação a me dar um beijo no rosto, talvez a gente possa comemorar o seu aniversário juntos no ano que vem
**MALIK:** Gosto dessa possibilidade.
**EU:** quantas bolas de algodão você consegue enfiar na boca? Seja lá quantas forem, eu posso enfiar mais.
**MALIK:** Desafio aceito.

Aperto o celular contra o peito. Meus pulmões incham tanto que tenho medo de que eles explodam. Uma pontinha de mim se sente uma fraude. Uma impostora. Eu não sou essa garota. Não consigo nem criar coragem para contar à minha mãe sobre o curso de telejornalismo. Não sou do tipo que mandaria uma mensagem ao Malik dizendo para ele me beijar.

Mas eu fiz isso. Durante um curto lapso de tempo induzido por analgésicos, eu fui essa garota corajosa que sempre tinha desejado ser. E estou me sentindo constrangida – um pouco horrorizada, até –, mas aquela garota sabia o que queria e conseguiu. Relembro a conversa que tive com a Callie ontem à tarde. "Por que eu deveria ficar sentada esperando que ele tome coragem?" Fui eu que disse isso. Ainda ontem.

Portanto, a garota que mandou todas essas mensagens na noite passada – as boas e as ruins – talvez seja apenas eu mesma.

---

Sem mim para reunir as tropas na noite de sábado, nossa festa do pijama na casa da Ellen foi adiada para o próximo fim de semana. Secretamente, fiquei feliz, porque o meu medo de faltar é sincero e me faz sofrer no mais alto grau.

Na manhã de segunda, o tio Vernon chega bem cedo para abrir a academia, por isso posso dormir um pouco mais antes de voltar à escola. Se esse é o tipo de tratamento especial que a extração dos sisos me proporciona, vou aceitar.

Embora já tenha ferrado a minha frequência perfeita pelo resto do ano, consigo me levantar. Já tomei todos os analgésicos pesadões da receita e agora estou só com o Tylenol, mas mamãe ainda faz questão de me levar à escola de carro.

Quando ela me deu a sua minivan, meus pais concordaram que estava na hora de ela comprar o carro dos seus sonhos: um Volvo cor de champanhe. Eles tiveram que dirigir por cinco horas e meia até a concessionária da Volvo mais próxima, mas, com o valor do seguro e o interior em couro *supercomfort*, acho que é válido dizer que ela poderia deixar todos os seus bens terrenos para esse carro e não para mim.

Mamãe está usando um dos conjuntos esportivos de plush com um par de tênis Cloudwalker Deluxe, porque, depois de me deixar na escola, vai iniciar a sua rotina diária indo à Aperte a Cinta! – a academia de circuitos só para mulheres localizada no shopping, espremida entre as duas únicas lojas de tamanhos grandes de Clover City. (Cujos nomes deveriam ser Velha e Tão Velha Que Você Já Poderia Estar Morta. Ainda bem que a gente pode fazer compras on-line.) E depois da ida à academia ela vai caminhar em marcha acelerada com as amigas até a praça de alimentação, onde cada uma vai tomar o seu smoothie formulado individualmente no Juice Monster, com o perfeito coquetel de suplementos vitamínicos, fibras e proteína em pó.

Chegamos a uma área escolar e o Volvo diminui a marcha até praticamente rastejar.

– O Dr. Shepherd disse que o inchaço no seu rosto deve desaparecer nos próximos dias.

Dou uma risada.

– Meu rosto é eternamente inchado.

Minha mãe não responde.

– As garotas na Aperte a Cinta! têm perguntado por você – diz ela por fim. – Eu contei a elas sobre o seu emprego com o Vernon, e elas acharam ótimo que você tenha tomado a iniciativa de trabalhar numa academia.

Olho para ela, que mantém os olhos fixos na área escolar adiante, e fico agradecida por não poder me ver quando respondo:

– Mãe, você sabe que não é por isso que eu estou trabalhando lá, não sabe?

Um garotinho dispara a correr pela faixa dos pedestres, e ela pisa fundo no freio.

— O que é isso! Aquele guarda de trânsito não está prestando a menor atenção!

— É só para ajudar. O tio Vernon e Inga têm precisado de toda ajuda possível desde que os gêmeos nasceram. E eu gosto de boxe — digo a ela. — É divertido, sabia? O tio Vernon me dá umas dicas de vez em quando. Mas eu não pratico para fazer uma daquelas montagens de antes e depois. Pratico porque faz com que eu me sinta bem. Você sabe disso, não sabe?

Ela sorri e acelera quando saímos da área escolar.

E é só isso. Gostaria de encontrar um jeito de dizer com as palavras mais explícitas: MÃE, NÃO QUERO MAIS ME OBCECAR POR DIETAS COM VOCÊ. Mas, em vez disso, só tenho fugido dela e começado a evitar todas as coisas que antes nos uniam. Agora, o espaço entre a gente parece tão grande que muitas vezes eu me pergunto se o nosso vínculo ia além da obsessão por corpos que provavelmente jamais teremos.

Na frente da escola, trocamos um abraço e um beijo.

— Ah, eu imprimi o formulário de inscrição para a Fazenda Margarida esse verão — ela me diz. — Só vou precisar que você o preencha, para podermos fazer o depósito. Vou deixar em cima da sua cama pra você, tá? Este é o ano, filha. Eu sinto isso.

É o momento em que eu deveria arrancar de vez a porcaria do Band- -Aid. "Eu não vou mesmo pra esse spa." Sete palavras. É só o que custaria. Mas, em vez disso, balanço a cabeça e digo:

— Tá legal, mãe.

Uma nuvem de mágoa e raiva de ninguém além de mim mesma me segue pelo estacionamento em direção à escola. Morro de medo de estourar essa bolha de silêncio entre mim e minha mãe, quando, na realidade, seria o melhor para nós duas. Passei muito tempo me perguntando quem ela seria sem todas as dietas da moda, contagens de calorias e planos de ginástica absurdos. Sinceramente, já me perguntei a mesma coisa em relação a mim. Alguma parte de mim sente medo de que ela tenha passado tanto tempo levando essa vida que, se arrancasse tudo isso, não restaria nada, e certamente, em algum canto profundo do seu cérebro, ela também teme o mesmo.

Vou direto à secretaria para fazer os comunicados matinais, na esperança de encontrar a animação de sempre nos meus passos, mas não consigo.

Entre o primeiro e o segundo tempos, dou de cara com a Amanda esperando na frente do meu armário, puxando as alças da mochila e revirando o dedão no piso de linóleo. Um tsunami de constrangimento me atinge quando revivo o fiasco das mensagens depois da extração dos sisos. Eu podia estar dopada, mas fiz uma coisa que tinha cem por cento a ver com ela, comigo e com meus sentimentos. Devia tê-la procurado no fim de semana, mas não sabia por onde começar. Respiro fundo e afasto todos os pensamentos sobre mamãe e a Fazenda Margarida. Tentar consertar mais de uma coisa de cada vez geralmente faz com que eu só consiga dar metade da minha atenção a um problema inteiro. Portanto, primeiro vem a Amanda.

— Oi, você está bem? — pergunta ela imediatamente.

Faço que sim e levo a mão ao rosto.

— Um pouco dolorida. Mamãe disse que mal pode acreditar que eu tenha precisado arrancar os sisos. Ela e o tio Vernon nunca precisaram.

Ela balança a cabeça, mas algo no seu jeito parece meio estranho.

— A gente devia conversar — sugiro.

Ela faz um gesto e todo o seu corpo recua, como se quisesse evitar o assunto.

— Shhh! Não tem nada pra ser conversado. Quer dizer, entre nós. — Ela se inclina para baixo e sussurra: — Mas, minha nossa! O que você escreveu para o Malik?

Solto um suspiro com força, mas não consigo esconder o sorriso.

— Bom, agora vou ter que correr atrás do prejuízo, mas não deve dar trabalho demais. — Já fugi de uma conversa difícil agora de manhã; não vou fugir de outra. — Sabe aquelas mensagens que eu te mandei sobre os meus sentimentos?

Ela faz que sim em silêncio.

— Foi por querer que você sempre sinta que eu estou à sua disposição, e não por eu achar que haja algo de errado em você ser... assexual. — Testo a palavra, para ter certeza de que a estou usando da maneira certa. Dou mais um passo em sua direção e pouso a mão no seu braço. — Você é a minha melhor amiga. A única que está sempre disposta a participar de todos os meus planos ridículos e a única que tem uma fé inabalável em mim. Quero que você se sinta à vontade para me contar tudo. E, se for alguma coisa que eu não entenda, quero aprender. E sei que você não tem a obrigação de me ensinar.

Seus lábios se dividem num meio sorriso.

– Não é que eu não quisesse te contar. Só não sabia como fazer isso. E... – Ela balança a cabeça. – Quando nós estávamos jogando Duas Verdades e Uma Mentira, me pareceu uma boa hora pra me assumir. Tipo assim, não pareceria nada de mais. É só a minha orientação sexual, do mesmo modo como você é hétero e a Hannah é lésbica. Eu queria te contar, mas também sei que você está sempre procurando soluções. Por isso, também tive medo de que você achasse que era uma coisa que precisava ser consertada.

– Ah, não. De jeito nenhum. Não acho que você esteja quebrada – digo. Com toda a sinceridade. – Eu te amo porque você é a Amanda. E isso implica amar todas as coisinhas e coisonas que fazem com que você seja... você!

Amanda atira os braços ao meu redor e me aperta sem dó nem piedade. Nunca fomos daquele tipo de amigas que se abraçam muito. Não como a Ellen e a Willowdean. Mas, de um certo modo, acho isso legal. Porque esse abraço – um aperto sufocante que ela aperfeiçoou ao longo dos anos lutando com os irmãos – significa muito mais.

Depois do almoço, corro para a aula de psicologia do AP na esperança de encontrar o Malik mais cedo, e talvez termos a chance de conversar. Para ser honesta, eu supersonhei acordada com esse momento. Nós dois no escurinho da aula do Sr. Prater, com as luzes piscando. Só que, no meu devaneio, não haveria mais ninguém lá. A gente conversaria e o papo viraria beijos e os beijos virariam amor e o amor viraria para sempre.

Eu sei, eu sei. Mas os devaneios não têm mesmo que ser constrangedores?

Eu me acomodo na carteira e fico esperando pelo Malik. Pouco a pouco, os alunos vão entrando na sala, e o devaneio começa a se dissipar. A penúltima campainha toca, e o Sr. Prater entra em passos despreocupados, com uma mancha recente de mostarda na gravata. Ele espera pelos retardatários diante da porta, e, quando soa a última campainha, Malik passa todo espremido por ele.

Jogando-se ao meu lado, diz:

– Oi.

– Oi – ecoo. Nossos olhos se encontram por um... dois... três segundos antes de ele desviá-los e nós voltarmos à estaca zero.

Eu me viro e procuro o livro na mochila. Fecho os olhos o mais forte que consigo, porque, se não fizer isso, sou capaz de chorar.

Quando o Sr. Prater não está olhando, mando uma mensagem rápida para a única pessoa que sei que carregou o peso de um crush extremamente doloroso.

**EU: Estou tendo um CRUSH-911.**

Ela responde quase na mesma hora, o que me surpreende, mesmo depois de todo esse tempo, porque sempre achei que ela era descolada demais para mim.

**WILLOWDEAN: Telefonista. Qual é a sua emergência?**

# CALLIE

# QUATORZE

A vida sem um celular é um deserto sem água. Está me matando.

Eu literalmente pedi a Kyla para jogar Scrabble comigo ontem à noite. (Só para constar, eu venci. Obviamente.) O único vínculo que ainda tenho com o Bryce é a escola, e minha mãe tem vindo dar uma conferida no meu comportamento em cada aula. A mulher é uma águia.

Estou parada atrás do balcão da academia limpando sem parar o mesmo ponto no vidro para dar a impressão de que estou muito ocupada. A Millie e o tio estão fazendo a manutenção de rotina nos aparelhos de musculação. Hoje, terça, é o primeiro dia que ela veio trabalhar desde a extração de emergência dos sisos, e eu quase abracei a garota quando a vi.

Durante a sua ausência, fui obrigada a terminar o meu treinamento com a Inga. Ela tentou me mandar embora quatro vezes, apesar do fato de não estar me pagando, e até me obrigou a ficar parada na frente da academia usando a fantasia de músculo gigante e acenando com um cartaz enorme que dizia PROMOÇÕES PARA NOVOS ALUNOS. Quando perguntei o motivo daquilo, ela disse que eu estava respirando alto demais.

Os sininhos acima da porta tilintam, e, pasmem, entra um cliente. Quase dou um pulo do banquinho e recito o cumprimento que Inga me ensinou:

– Olá, bem-vindo à Jogando a Toalha. Você já é aluno ou é a sua primeira vez?

O cara – alto, largo e meio pesadão – pigarreia antes de responder:

– Hum, sim. Não sou aluno.

Com o canto do olho, vejo a Millie correr até o meu lado no balcão.

Minha testa se franze por um momento, enquanto tento identificar o rosto do garoto. Bochechas coradas, olhos azul-claros e algumas marcas de acne no queixo. Os cachos louros são de um tom arruivado, e o rosto tem um jeito meio de menino.

– Você tá no mesmo ano que eu, não?

– Mitch, não é? – pergunta Millie. – Acho que você conhece a minha amiga Willowdean.

As bochechas já coradas ficam de um tom mais escuro de vermelho.

– Hum, é.

*Mitch, Mitch, Mitch, Mitch.* Franzo os olhos. Lembrei!

– Você está no time de futebol americano! Com o meu namorado! O Bryce. Eu sabia que te conhecia de algum lugar.

Mitch sempre foi o cara grandão e bobo que anda com o Bryce, o Patrick e todos os outros do time. Não o conheço, mas agora, presa nessa academia e sem celular, estou me sentindo como a Ariel de *A Pequena Sereia*. Quase grito: "Eu quero estar onde o povo está!" Como se esse cara corpulento fosse algum tipo de ponte para a minha vida anterior.

Mas, em vez disso, apenas mordo o lábio inferior enquanto a Millie informa a ele o básico sobre os planos que a academia oferece aos alunos.

Pego seu dinheiro quando ele paga adiantado as três primeiras mensalidades.

Ele olha para as notas com um ar triste quando as guardo na caixa registradora.

— Agradecemos pela preferência — digo —, mas, pelo jeito com que você está olhando pra esse dinheiro, eu me sinto como se estivesse te forçando a pagar por um tíquete de estacionamento.

— Foi um presente de aniversário do meu pai — explica ele. — Pra eu poder treinar um pouco mais antes da próxima temporada, quando a sala de musculação da escola ficar fechada.

— Último ano — afirmo. — Na certa alguns olheiros se interessaram por você. — Ao contrário do Bryce.

Ele dá de ombros.

— É. Acho que sim.

— Bem — diz Millie —, vamos plastificar o seu cartão enquanto você malha e te devolver antes de ir embora. As toalhas estão no vestiário, na parede ao lado dos sacos de areia. Meu tio Vernon... Vernon, acena!

Vernon dá um aceno rápido, mas não tira os olhos dos seus afazeres.

Millie dá um sorriso encabulado.

— Ele é treinador diplomado e também oferece aulas individuais. Se precisar de ajuda para lidar com algum dos aparelhos, basta pedir ao Vernon ou a mim. Callie ainda é nova aqui.

Rio baixinho.

— Você é fera nos aparelhos de ginástica?

Fico esperando que Mitch também ria, mas os seus lábios se transformam numa linha fina.

A cor desaparece do rosto de Millie, mas a voz é desafiadora ao responder:

— Na real, sou sim.

— Ok. — Foi uma piada. A garota mal consegue terminar uma frase sem dar uma risadinha, mas de repente resolveu se levar a sério?

Mitch torna a pigarrear.

— Bom, acho melhor eu fazer jus à grana que o meu pai gastou.

Sem uma palavra, Millie leva o cartão dele até o escritório nos fundos para ser plastificado, enquanto Mitch ajusta um dos aparelhos para as pernas.

Sento no banquinho, e alguma coisa no meu corpo parece pesada. É a culpa. Ela se instala no estômago e se transforma em um bloco de concreto.

O que eu disse a Millie foi idiota, sei disso. Mas teve a sua graça! Quer dizer, qualquer outro cara na turma do Mitch teria chorado de rir.

Fico observando enquanto ela volta ao balcão da recepção.

Abro a boca para falar, mas não sei o que dizer.

Nem isso importa, porque, antes mesmo que eu tenha chance de dizer uma palavra, ela chapa o cartão em cima do balcão e diz:

— Não se esqueça de dar a ele um kit de boas-vindas.

— Pode deixar. – A voz sai meio esganiçada.

Eu devia ter pedido desculpas. Sei disso. Mas alguma coisa em mim dá pra trás, e eu acabo ficando meio irritada. Foi só uma piada idiota. E, provavelmente, muito mais leve do que as que ela está habituada a ouvir. Ela devia se acostumar. O mundo é um lugar difícil pra caramba. Principalmente para pessoas como ela. Podia pelo menos aprender a ter senso de humor.

Todo mundo se destaca de algum modo. Até eu me irrito quando algum estranho acha que não sou branca o bastante ou mexicana o bastante, ou quando alguém pensa que sou a babá da Kyla e não a sua irmã. A Millie precisa endurecer, e eu digo isso como alguém que foi obrigada a fazer o mesmo.

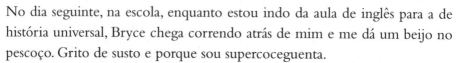

No dia seguinte, na escola, enquanto estou indo da aula de inglês para a de história universal, Bryce chega correndo atrás de mim e me dá um beijo no pescoço. Grito de susto e porque sou supercoceguenta.

— Bryce! – Puxo-o pelo braço até o meu lado. – Que diabos você tá fazendo? Minha mãe tem olhos em cada canto desse lugar.

— Tô com saudade. – Ele faz beicinho.

— Tô com saudade – repete o seu amigo Patrick, imitando-o, ao passar por nós no corredor, com Mitch logo atrás.

Bryce dá uma risada e levanta o dedo médio para ele.

— Vai se foder, Patrick! – digo.

Mitch esboça um sorriso, e eu faço um vago cumprimento na sua direção levantando o queixo. Ontem, fiquei supereufórica ao ver o cara, mas não nos conhecemos o bastante para chegarmos ao ponto de nos falar em público.

— Você podia ir me fazer uma visitinha no trabalho – digo ao Bryce.

– Aquele lugar fede – rebate ele. – E em que canto a gente poderia ter um mínimo de privacidade?

– Bem, talvez você pudesse aguentar o cheiro, e talvez, apenas talvez, a gente pudesse ficar juntos por um tempinho sem você enfiar a mão debaixo da minha blusa.

Ele solta um resmungo.

– Você nunca reclamou.

– É, mas isso foi antes de minha vida inteira se transformar numa gigantesca sentença de prisão. – Aperto sua mão. – Aliás, o que você tem feito sem mim?

Bryce solta a minha mão no instante em que o corredor está prestes a se dividir em duas direções. Ele morde o lábio, e, por um momento, vejo-o do jeito como vi no primeiro dia do nono ano. Meus joelhos tremem feito gelatina e eu tenho que me controlar para não arrastá-lo até o banheiro dos deficientes do outro lado do corredor.

– Eu dei meu jeito pra me manter ocupado – respondeu.

Sinto um breve pânico. Confio no Bryce, mas sei que cada dia do meu castigo é mais um em que o nosso namoro está perigando. É hora de ser criativa. Fico na ponta dos pés e lhe dou um beijo leve, de boca fechada. Minha mãe e suas habilidades detetivescas que se danem!

– Vou encontrar uma solução. Prometo. – Mais um beijo. – Juro!

# MILLIE

# QUINZE

Sigo a Willowdean pela escada que leva ao segundo andar da sua casa.

— Dumplin', acabei de fazer um chá doce fresquinho! — avisa sua mãe da cozinha. — Vem pegar!

Willowdean joga a cabeça para trás, revirando os olhos. E suspira.

— O chá doce dela é gostoso *mesmo*.

Ela se vira e me leva para a cozinha.

A Srta. Dickson está sentada à mesa usando um pijama cirúrgico branco e preto de bolinhas, as pernas cruzadas, enquanto recorta cupons de desconto. No momento em que me vê, seus olhos se iluminam.

— Millicent! Não sabia que você vinha! Achei que era a Ellen falando lá em cima.

— É um prazer revê-la, senhora. — Pelo que sei sobre Willowdean e a mãe, elas tiveram um relacionamento conturbado. A Srta. Dickson está longe de ser perfeita, mas acho que, quando tirei o segundo lugar no concurso, as únicas pessoas que gritaram mais alto do que ela foram Dale e Lee, da boate The Hideway. (Dale e Lee... Bem, Dale e Lee são uma longa história.)

— Como vai a sua mãe? — pergunta ela, segurando minha mão solta enquanto Willowdean nos serve dois copos grandes de chá doce.

— Ela vai bem, Srta. Dickson — respondo. — Um pouco superprotetora, mas bem.

— Querida, me chame de Srta. Rosie. — Ela me lança um olhar compreensivo. — Nós só queremos o melhor para os nossos filhos.

— Só que o melhor de vocês nem sempre é o nosso melhor — intromete-se Willowdean.

A Srta. Rosie revira os olhos.

— Por mais que me custe admitir isso, você não está errada.

Willowdean não se dá ao trabalho de esconder a satisfação.

— Nós vamos para o quarto — comunica ela, me entregando um copo com um canudinho curvo listrado e uma fatia de limão flutuando por cima.

— Millie, vê se não some, tá? — diz a Srta. Rosie. — E espero te ver de novo no concurso quando chegar o outono — acrescenta.

Abro um sorriso radiante.

— É bem possível. — Mas, comecemos pelo começo: o curso de telejornalismo. Bem, na verdade, Malik. Depois, o curso.

No andar de cima, enquanto sigo Willowdean até seu quarto, paro por um momento diante de um cômodo que seria mais bem descrito como o paraíso dos artesanatos. Uma máquina de costura lindamente restaurada fica num canto, com uma longa mesa de corte do outro lado. Há armários de acrílico encostados na outra parede. As gavetas são divididas por cores e cheias de tecidos, linhas e lãs. Há até uma cuja etiqueta diz GLITTER, que sem dúvida alguma está chamando o meu nome.

— O antigo quarto da tia Lucy virou um quarto de costura e de preparativos para o concurso — diz Willowdean, quando vê que ainda estou no outro extremo do corredor.

Meus olhos se erguem, e é quando vejo que cada centímetro das paredes está coberto por suvenires sortidos da Dolly Parton.

Willowdean torna a atravessar o corredor em minha direção. Seu olhar passeia pelo quarto, e a expressão é um misto de saudade e satisfação.

– Nosso santuário da Dolly Parton – explica. – Bem, na verdade era da Lucy, mas agora é nosso. Pusemos mãos à obra no feriadão de Natal. E tudo que não está pendurado aí foi morar no meu quarto.

– Ficou magnífico – digo a ela.

Já no seu quarto, Willowdean se debruça sobre uma vitrola e coloca uma música animada da Dolly Parton.

– Chama-se "I'm Sixteen" – informa, abaixando um pouco o volume. – Uma nova favorita, mas o mais importante é que vai dificultar a espionagem da minha mãe.

Sentamos em lados opostos da cama, beberricando nossos chás.

– Sua mãe é muito legal – digo a ela.

Will solta uma risada brusca.

– Você tá zoando, não tá?

– Ela é, tipo assim, tão legal que nem deve se importar que você namore o Bo.

– Honestamente, acho que o Bo é a coisa que ela mais gosta em mim no momento.

– Meus pais mal puderam aceitar que eu entrasse no concurso contra a vontade deles – digo a ela. – Um namorado? Isso certamente está no território do Não Até Você Ter Trinta e Cinco Anos. Nem consigo criar coragem para contar a eles que vou passar esse verão em outro lugar.

– Olha – diz Willowdean –, imagino que seja muito mais fácil ser a mãe ou o pai legal quando a pessoa que tem essa opinião não é o filho. Mas, e quanto ao rolo 911 com aquele garoto? O que está havendo?

– Ah, sim! – Já quase tinha esquecido por que estou ali e a mensagem que enviei. Coloco o chá na mesa de cabeceira e me jogo para trás. – É o Malik.

– Vocês são um casal muito gracinha. E você o convidou pro Baile da Maria Cebola com o seu ukulele! O que poderia haver de errado com os dois?

– Bem, esse é que é o problema – respondo. – Não tem nenhum "dois".

– Ahhhhhh. – Ela se deita do outro lado da cama, de modo que nossas cabeças ficam lado a lado, seus cachos dourados se derramando e fazendo cócegas nos meus ombros. Antes deste ano, passei muito tempo desejando ser a Willowdean. É como se ela nunca tivesse que quebrar a cabeça ou se esforçar demais.

— Malik e eu... nós conversamos quase todas as noites — conto a ela. — E durante o dia, na escola, é como... ele até me trata bem, mas é como se todas aquelas conversas profundas que a gente tem à noite nunca tivessem acontecido. — Eu me permito fazer beicinho. — E já estou pronta pra que alguma coisa aconteça. Falei isso com a Callie, e ela acha que eu devia tomar a iniciativa, mas... mas ela...

— Ela é magra? — pergunta Willowdean, tentando preencher a lacuna. — Bem, tenho a impressão de que garotos nunca foram um problema para a Callie. Não estou dizendo que tenham sido pra você, mas é diferente.

— Concordo. Em gênero, número e grau.

Ela olha para mim.

— Mas a Callie é uma escrota. Você sabe disso, não sabe? Ela não é digna de confiança. Você é boa demais com as pessoas, Millie. Você acredita demais em gente que não merece.

Reviro os olhos.

— Ela não é tão má assim.

Willowdean solta um bufo.

— Mas, nesse caso específico, ela pode até ter uma certa razão. Você sabe que o Malik gosta de você, não sabe? Todos os sinais estão aí.

Balanço a cabeça. Só que... tenho medo até de pensar no assunto: e se o Malik for diferente em pessoa por não querer admitir que gosta de uma garota gorda? Talvez ele só precise de um empurrãozinho.

— Você sabe, eu e o Bo... as coisas não começaram muito bem. Mas chegou um momento em que ele assumiu o que sentia. Não foi agressivo nem grosseiro, mas sabia o que queria e tinha certeza de que eu também queria. Mas, se tivesse dependido de mim tomar a iniciativa... bom, talvez a gente ainda estivesse se pegando loucamente atrás da caçamba de lixo.

Franzo o nariz.

— Vou te contar — diz ela. — Quando a gente está no calor do momento, o cheiro quase desaparece.

Dou uma risadinha.

— E aí, é verdade o que a Ellen disse aquela noite? Sobre você e o Bo? — Dou uma olhada na porta para ter certeza de que está trancada e verifico se o disco ainda está tocando. — Fazerem sexo?

Seu rosto fica de um tom alarmante de rosa-choque, e ela o esconde com as mãos bem rápido.

— Não. Sim. Sim, sim, sim!

Dou um gritinho para que ela saiba que estou supereufórica por ela, mas por dentro estou fazendo o possível para não me colocar no seu lugar, porque é simplesmente aterrorizante.

— Eu só... Millie, você não pode contar isso a ninguém... ah, meu Deus. Não posso acreditar que estou conversando sobre sexo com a Millie Michalchuk.

Meus olhos se arregalam.

— Sinceramente, nem eu posso.

Ela ri.

— O lance é que... eu nem sei como falar sobre isso com a Ellen. Demorei muito tempo pra me sentir à vontade quando o Bo me toca. Principalmente naqueles lugares que me lembram que eu sou indiscutivelmente gorda. Isso deve soar estranho.

— Não. — Minha voz sai como um suspiro. — Não é nem um pouco estranho. — Viro de lado e me apoio sobre o cotovelo. Ela tem cem por cento da minha atenção.

— Agora que eu já praticamente superei isso... mas, pra ser honesta, tem dias em que superei e dias em que não. Mas acho que o que estou dizendo é que eu quero que ele me toque, e, nas vezes em que não quero, é por minha causa e não por causa dele. Só que agora eu tenho que pensar nele me vendo nua e... — Ela torna a cobrir o rosto.

Reflito por um bom tempo. Penso nas exatas palavras que gostaria que alguém me dissesse nesse momento.

— Willowdean, eu sei que você é gorda. Todos nós sabemos. A Ellen sabe. A Amanda e a Hannah sabem. E o Bo também. Você é a mesma pessoa com roupas que é sem elas. Se quer fazer sexo, se está pronta pra isso e a única coisa que te segura é a ideia de ficar nua... bom, se eu tivesse que dar um palpite, diria que cada pessoa na história do sexo já pensou a mesma coisa.

Ela balança a cabeça.

— E fui eu que te convidei pra te dar conselhos sobre um garoto. Obviamente, você não precisa de mim.

Mas preciso, sim. Preciso muito da Willowdean. Porque, quando sinto que preciso de permissão para fazer uma coisa que as pessoas com o meu corpo não podem fazer, eu apenas olho para a Willowdean. Ela é o único lembrete de que eu preciso de que a única pessoa que pode te dar permissão para viver a vida e fazer isso em grande estilo é você mesma.

– Ah, eu preciso de você, sim – digo a ela. – Eu preciso de você como a Oprah precisa da Gayle.

# CALLIE

# DEZESSEIS

Talvez Deus exista. Tenho rezado para Ele (ou Ela?) sem muita fé, mas, na manhã de quinta durante a aula de anatomia, recebo nada menos do que um milagre quando a Srta. Santana me entrega um bilhete do escritório de frequência.

Desdobro o bilhete no colo.

*Tive que sair mais cedo hoje para levar Kyla ao médico. A febre dela voltou, e a enfermeira da escola não quer que ela fique outra vez na enfermaria. Você tem minha permissão para voltar para casa com o Bryce, mas é só isso. Uma carona! Escola e casa! E só! Juro, Callie, se eu souber que você saiu mais cedo ou aprontou alguma coisa, você verá minha ira. E, se pensa que essa é minha ira, esse é só o aquecimento, filha. Cuide-se. Use o cinto de segurança. Te amo.*

*Mamãe*

Dobro o papel do jeito como me foi entregue, e quase tenho que enfiar o troço na boca para me impedir de soltar um grito de euforia. Meu braço dispara para o alto, mas nem mesmo espero ser chamada.

— Professora! Preciso ir ao banheiro.

A Srta. Santana indica com um gesto os passes de corredor pendurados atrás da porta.

— Não demore.

Saio correndo pela porta, e, assim que ela se fecha, disparo até o armário do Bryce, onde escrevo às pressas um bilhete no seu quadro de recados:

Me encontre na sala das esteiras de luta livre ao meio-dia.
Venha sozinho. — C

Corro de volta para a sala, onde me abstraio totalmente do que está acontecendo na aula e fico fazendo mil planos românticos para a minha tarde romântica, escolhendo até mesmo os petiscos que vou pegar na máquina de venda automática para o banquete do nosso reencontro.

Uso o agasalho da equipe de dança que peguei no armário como toalha para colocar os itens da máquina: Flamin' Hot Cheetos, torresminhos, um pacote de Oreos, Skittles, Funyuns e duas latas de Dr Pepper. Hummm. Talvez a gente devesse se beijar antes de comer?

A sala do tatame de luta livre não é o ideal, já que os tatames em si são velhíssimos e têm aquele típico fedor de suor antigo, mas se há uma coisa que esse lugar garante é privacidade. Ainda mais depois que a temporada de luta livre terminou mais cedo, já que ninguém se classificou para o estadual.

Observo o relógio acima da porta quando soa a última campainha do almoço. Queria ter vestido alguma coisa mais sexy hoje, tipo um vestidinho e sandálias de tirinhas. Mas, em vez disso, vim com o short de cheerleader com que dormi ontem à noite, uma camiseta velha de Homecoming, meias de academia 5/8 e um par de tênis rosa-choque. Dou uma olhada no que tenho a oferecer. Vai ter que bastar.

Passados trinta minutos do almoço, o show ainda não começou. É quando resolvo abrir o pacote de Oreos. A coisa educada a fazer seria escovar os dentes antes do beijo — os Oreos têm o dom diabólico de se enfiar em cada cantinho dos dentes —, mas o Bryce já está superatrasado, e eu, começando a me irritar. A essa altura, ele teria sorte de beijar a minha boca inteira revestida de chocolate.

Quando toca a última campainha do que deve ser a minha aula de economia, começo a pensar em ir atrás dele. Talvez ele não tenha ido até o armário. Ou talvez tenha sido atrasado por um técnico ou algo assim. Mas estou sem celulaaaaaaar. E, se ele aparecer e eu não estiver aqui, a gente vai se desencontrar de novo.

Deito em um dos tatames e me esparramo como um anjo de neve* — não que eu tenha muita experiência em fazer isso.

Toca a campainha seguinte anunciando o último tempo, e o susto faz meu corpo voltar à vida. É então que a porta se entreabre e eu pulo de pé. Bryce está parado na soleira, com Patrick espiando sobre seu ombro.

— Era pra você vir sozinho — digo entre os dentes.

Bryce olha para os meus petiscos no chão. Ri da lata vazia de Dr Pepper tombada, perto de um pacote meio desfalcado de Oreos.

— E na hora do almoço — acrescento.

Ele se encurva enquanto dá de ombros.

— Estava a fim de ir ao Taco Bell com a galera. Achei que você esperaria.

Eu me levanto, sacudindo os farelos do short.

— E o que o Patrick está fazendo aqui?

Bryce olha para trás e dá de ombros de novo.

— Ei, os pombinhos vão comer esses torresmos? — pergunta Patrick.

Reviro os olhos e os atiro vagamente na sua direção.

— Some daqui.

Ele abre o saco e enfia um na boca.

— Boa sorte, cara — diz entre duas mordidas.

A porta se fecha e na mesma hora pergunto:

— Boa sorte com o quê?

Bryce dá um passo cauteloso na minha direção.

— Gata, a gente precisa conversar. — Ele solta a mochila no tatame, e, como o zíper não está totalmente fechado, algumas coisas caem de dentro, inclusive o celular.

---

\* Impressão em formato de anjo que se deixa na neve ao se deitar sobre ela e mover os braços e as pernas para cima e para baixo. (N.T.)

— É, né? Seria bom! Afinal, eu mal te vejo há duas semanas.

Ele assente.

— Viu só? Você entende. Eu sabia que entenderia.

— Entenderia o quê? — Pela primeira vez, a dúvida aperta o meu estômago. Dúvida em relação a nós. Namorados do ensino médio há um ano e meio. Quando as pessoas falam em viver o sonho, nós somos o sonho ao qual elas se referem!

— Eu tenho me sentido superdesconectado de você ultimamente.

— Bom, amor — digo, fazendo o possível para manter a voz pausada e calma. — Eu estou de castigo há três semanas. Essa coisa toda de ficar sem celular e presa em casa dificulta muito a comunicação, mas não vai durar pra sempre. — Dou um passo à frente e passo os dedos pelo seu braço. — E talvez eu possa te deixar com boas lembranças pra você segurar a onda até esse inferno acabar.

Ele cruza os braços.

— É que, com você fora da equipe de dança e trabalhando naquela academia fuleira... é como se a gente estivesse vivendo em mundos diferentes.

Meu ânimo despenca e a vista se embaça. Fecho os olhos, pisco com força e me afasto dele.

— O que foi que você disse?

— Eu só, tipo assim, acho que a gente devia terminar ou dar um tempo.

— O que isso quer dizer?

— É como se você não fosse mais uma de nós.

— Uma de nós quem?

Ele mantém os lábios apertados numa linha fina, recusando-se a se incriminar mais.

Eu me abaixo depressa e pego o seu celular. Ele tenta me impedir, mas sou muito rápida.

— Me devolve isso aí — ordena ele.

Enfio o celular no bolso traseiro.

— Ah, você vai receber de volta, sim — digo. Mas, antes de fazer qualquer outra coisa, pego a lata de Dr Pepper que ainda está cheia.

Bryce me observa, curioso.

Puxo o anel da lata, e o estalo que perfura o silêncio me enche de satisfação. Uma satisfação quase maior do que a de levantar o braço e despejar praticamente metade da lata em cima da cabeça dele.

Bryce fica paralisado de choque enquanto o refrigerante escorre pelos seus cabelos castanhos de garoto rico e pela camiseta, com o modelo mais novo de óculos da Oakley pendurado na gola.

De repente, ele parece se dar conta do que está acontecendo.

– Qual é o seu problema? – grita.

Agarro a mochila e saio correndo da sala.

Demoro um ou dois segundos até ouvir seus passos atrás de mim.

– Devolve o meu celular!

– Quem é ela? – grito, sem dar atenção ao fato de que as turmas ainda estão tendo aula. – Eu conheço cada piranha nessa escola! Quem é ela?

Correr e digitar a senha dele ao mesmo tempo não é exatamente fácil, mas consigo.

– Você nem trocou a sua senha? – pergunto sem me virar. E, por algum motivo, o que me enfurece mais é que ele tenha achado que não havia a menor possibilidade de ser pego. Só consigo pensar que ele tem outra. Tem que ser isso. Homem nenhum deixa uma garota como eu, a menos que já tenha alguma coisa em vista.

Paro bruscamente no corredor diante do escritório principal e passo as suas mensagens. Ele praticamente esbarra em mim – braços e pernas se agitando para tentar pegar o celular, mas eu tenho uma irmã, o que me dá uma grande vantagem. Se há uma coisa que a minha caçula me ensinou, foi como ser mestra em rodinha de bobo.

E é então que eu o vejo. Um nome que não reconheço. Escondido ali, bem à vista, sob um contato falso.

– Quem é Neil? – pergunto. – Garoto novo na escola? – Não entrou nenhum aluno novo na Clover City.

– Isso é propriedade privada! – exclama ele. – Esse telefone custa mais do que você ganha em um mês naquela espelunca.

– Tudo bem – respondo. – Cartas na mesa. Quem quer que seja esse tal de Neil, tenho certeza de que tem peitos grandes e uma bunda bem arrebitada. – Sinto algo ferver no meu peito. Algo que se parece com lágrimas. Mas, em vez de ceder, trato de contê-las. Continuo passando as mensagens, mas tudo que vejo é uma troca de memes bobos e alguns textos curtos sobre como a reunião de família na certa vai "dar ruim".

O peito dele está ofegante e a testa úmida de suor.

– Neil é um primo da Carolina do Sul, sua puta psicopática.

Furiosa, passo mais algumas mensagens, e até encontro flertes entre ele e outras garotas da escola – inclusive Sam –, mas a maior parte... é inofensiva. Nada.

– Não tem outra garota – afirma ele, categórico. – Mas acredite no que quiser.

Eu giro nos calcanhares. Só que agora o fogo nas entranhas está se acalmando e se desintegrando em dor. Ele está dizendo a verdade. Não há outra garota. Ele prefere ficar sozinho a ficar comigo. Tento me controlar e usar a raiva como escudo, porque a única coisa que ainda tenho para salvar são as aparências.

– Pode ser – digo. – Talvez eu me lembre disso ao deletar da minha nuvem todas as fotos nojentas do seu pau. Ou posso compartilhá-las por acidente. Aqueles botõezinhos são tão pequenos e confusos... – Agora temos uma plateia. Alunos e professores pouco a pouco saem das salas de aula. Ótimo. Minha mãe vai me matar. Mas, sinceramente, o que mais eu tenho a perder? – Ah, e aqui vai uma dica pra futuras fotos do seu pau. Todo mundo sabe que quando a foto é tirada de baixo, o cara está tentando fazer com que pareça maior.

Alguém atrás de mim solta um assovio, e ouço um professor dizer:

– Voltem para a sala, todos vocês.

A diretora Armstrong se aproxima atrás do Bryce.

– Os dois no meu escritório.

– Não até essa piranha me devolver o meu celular.

– Quer o seu celular de volta? – pergunto. – O seu celular supercaro? – Agora estou gritando. – O que eu nunca tive grana pra comprar? Pois eu já te devolvo a porcaria do seu celular.

E então eu bato com o celular, a tela para baixo, no armário mais próximo. Menti quando disse que puxar o anel da lata de Dr Pepper me deu satisfação. *Isso* é que é satisfação. A tela se racha e eu bato de novo.

– Que bom que você tem tanto dinheiro que pode comprar um novo! – Atiro o celular por cima da sua cabeça e ele desliza pelo chão do corredor, fazendo barulho enquanto se arrebenta mais no caminho.

Passo pela diretora Armstrong e me forço a entrar no seu escritório. Ela me segue, conduzindo Bryce, que está de cara amarrada.

No instante em que estou entrando, dou meia-volta.

– Não vou ficar no mesmo lugar que ele – digo à diretora.

Armstrong revira os olhos, e então concorda, mandando o Bryce para o escritório do vice-diretor Benavidez.

Sento numa cadeira diante da sua mesa, e, no momento em que Armstrong fecha a porta, começo a soluçar.

– Preciso... preciso ligar pra minha mãe – digo.

Ela dá um tapinha no meu ombro.

– Eu é que deveria fazer essa sugestão.

A diretora Armstrong dá a maior parte das explicações, e eu fico grata por isso. Quase começo a tremer quando ela me passa o celular, mas minha mãe... está calma. Diz que conversaremos a respeito quando eu chegar em casa e que vai ligar para Keith e meu pai para ver qual dos dois pode chegar à escola mais depressa.

Desligo, e Armstrong me entrega uma caixa de lenços de papel. Ela apoia o queixo na mão e aumenta um pouquinho o volume da música no computador. Canções acústicas da década de noventa com vozes femininas fluidas dançando a cada nota.

– O que é isso? Baladinhas do tempo da minha vó?

– Tori Amos – responde ela. – Você está tendo um péssimo dia, por isso vou tentar não levar a mal o que disse.

Ficamos sentadas em silêncio por um tempo.

– Podemos conversar, se quiser – diz ela, por fim. – Posso te mandar para a orientadora. Ou posso jogar mah-jongg enquanto esperamos pela sua carona.

Dou uma fungada.

– Prefiro a última opção.

Quando já se passou meia hora, batem de leve à porta. Uma aluna assistente do nono ano enfia a cabeça pela porta. Ela fixa os olhos em mim, meu rosto lavado de lágrimas, as roupas sujas e os farelos de Oreos presos nos dentes.

– Hmm, o pai dela está aqui.

A assistente se afasta e meu pai entra. Não Keith. Por algum motivo, eu tinha presumido que a assistente anunciaria Keith. Mas não. É o meu pai quem está aqui.

– Eu estava fazendo um trabalho na periferia da cidade – diz ele.

Mal escuto o que diz, porque só consigo desabar nos seus braços. Ele me abraça com força. A barba preta e grossa que desponta em seu queixo espeta meu pescoço, e eu deixo todo o peso do meu corpo relaxar contra ele. É como cair na cama depois de um longo dia. Ele está usando o seu uniforme cotidiano, aquele que usa por pura e espontânea vontade e que consiste numa camisa xadrez e o mesmo estilo de jeans Levi's que tem usado desde que começou a namorar minha mãe.

– Devemos conversar? – pergunta ele à diretora Armstrong.

– Amanhã. Vou falar com ela e a mãe logo cedo. E com o senhor também, se o seu trabalho permitir. Mas acho que talvez seja melhor saírem daqui antes que toque a última campainha.

Ele assente uma vez e segura minha mão. Com o outro braço, coloca minha mochila no ombro.

Não diz nada até já estarmos ao ar livre.

– Fizeste uma bela cena, hein? – Tenta conter um risinho ao colocar os óculos aviadores Ray-Ban, que são a sua marca registrada. – Sua mãe também gostava de ter uma plateia para as nossas brigas.

– Pai.

– Brian fez por onde. – Ele abre a porta direita da caminhonete para mim e coloca a mochila aos meus pés antes de bater a porta.

– O nome dele era Bryce! – digo alto o bastante para ele ouvir enquanto caminha até o outro lado.

Ele entra e liga o motor.

– Acho que isso não tem mais tanta importância assim.

Suspiro.

– Eu preciso tentar te animar com a velha lenga-lenga sobre como ele nunca te mereceu?

– Não – respondo. – Ele nunca esteve no mesmo nível que eu. – Mas, pela primeira vez, a autoconfiança que sempre exibi para o mundo parece uma fraude completa.

– Você sabe que vai encontrar coisa melhor por aí.

– Mas talvez não – digo num fio de voz.

Ele entra no drive-thru do Harpy's, sem dar nem uma paradinha para perguntar se eu quero alguma coisa.

O alto-falante chia quando nos aproximamos do drive-thru.

– Bem-vindos ao Harpy's – diz a voz inexpressiva. – O que desejam?

– Você nunca encontrou alguém melhor do que mamãe – digo.

– Duas casquinhas de baunilha – pede ele. – Uma com calda de morango e a outra com calda de chocolate. – Ele avança um pouco, mas sem chegar à janela, e fixa o olhar em mim. – Em relação à sua mãe e a mim, a questão não era precisar de alguém melhor. Para nenhum dos dois. Era encontrar alguém com quem déssemos certo. Nós nos amávamos, mas não dávamos certo juntos. Isso não era justo com você e com Claudia. E, além disso, ela roncava demais.

– Bem, você nunca encontrou alguém com quem desse certo. – Bufo e cruzo os braços. – E, por sinal, ela ainda ronca. – Um sorrisinho faz cócegas nos meus lábios.

Ele não diz nada enquanto se aproxima da janela e entrega algumas notas à mulher rabugenta em cuja plaquinha se lê o nome LYDIA, antes de me passar a casquinha com calda de morango e enfiar a pazinha na sua com calda de chocolate.

Mas eu deixo o sorvete pingar nos meus dedos por um momento. Em parte porque não deveria tomá-lo, ainda mais depois de todas aquelas porcarias que comi no almoço. Não tenho malhado como quando estava na equipe, e pensar na quantidade de calorias e açúcar que esse troço tem me faz tremer nas bases.

Mas a verdadeira razão por que estou sentada aqui com essa casquinha de sorvete ainda intacta é que...

– Ah meu Deus! Pai, você anda saindo com alguém. – Prendo a respiração. – A Claudia sabe?

Ele fica imóvel em pleno ato de comer, e em seguida limpa a boca com a curva do braço.

– Eu não ando saindo com ninguém em particular – diz. – Ainda não. Mas estou começando a ver mais pessoas.

Abro um sorriso e dou uma palmada no painel.

– Finalmente!

Ele retira o papel da sua casquinha e enfia o resto na boca.

– Bem, agora que a sua abuela se aposentou da universidade, ela começou a viajar mais.

– Então você não tem passado praticamente todas as noites com a sua mãe em casa? – pergunto.

Ele estremece.

– Caramba, você sabe ir direto no ponto fraco.

– Bem, se eu ainda estiver vivendo com a mamãe quando chegar à sua idade, não deixe de debochar de mim também. – Sorrio. Embora eu implique com ele, na verdade, papai vive com a abuela para ajudá-la a cuidar da terra, que é o seu segundo maior amor depois do abuelo. Ela sempre foi extremamente independente. Meu pai nunca disse isso, mas sei que ele jamais suportaria privá-la dessa independência, ainda mais depois de ter perdido o abuelo. – Você precisa baixar uns apps de encontros – digo a ele.

– Tá. Não, obrigado. Prefiro experimentar o método à moda antiga.

– Eu poderia escrever a sua bio e te ajudar a tirar uma boa selfie – me ofereço. – Meu nome é Marco Reyes. Gosto de ver tevê com a minha mãe. Tenho duas filhas. A mais nova é a minha favorita. Sou obcecado por comprar geringonças que vejo nos comerciais e encher os troços de pontapés quando não funcionam.

Ele ri baixinho.

– E estou procurando uma mulher bacana, da minha idade, que não queira me obrigar a comprar roupas que possam de algum modo ser consideradas estilosas ou atuais.

– Ei — protesta ele –, o meu estilo é clássico.

– Se clássico é sinônimo de chato, com certeza. Você parece um personagem de desenho animado que sempre usa a mesma roupa. Tipo, por acaso o Bart Simpson abre o armário e tem um milhão de camisas vermelhas e shorts azuis?

Ele dá de ombros.

– Nunca tenho que me preocupar com o que vestir.

– Chato – repito, aumentando o volume da música. Meu pai tem playlists diferentes para cada atividade. Tomar banho, cozinhar, aparar a grama do quintal, trabalhar. Mas todas são exatamente a mesma mistura eclética de Rod Stewart, Maná, Bruno Mars, Selena, Bee Gees, Beastie Boys e Jay-Z. Se eu conseguisse convencê-lo a adicionar um pouco de Drake e Kesha, talvez não ficasse tão ruim.

Quando já estamos na minha rua, ele entra no beco que fica atrás da casa. Em questão de segundos, minha mãe sai pela porta dos fundos com o batom vermelho vibrante que é sua marca registrada – e que ela reaplicou generosamente, e eu sei que é porque sabia que veria papai. Não tenho grandes ilusões de que eles voltarão um dia, mas detalhes como o batom dela ainda me enchem de nostalgia do que poderia ter sido.

– Cal, espera por mim lá dentro enquanto eu falo com seu pai, tá?

Faço que sim e o abraço com um braço só para não respingar sorvete nele. Ele dá um beijo no meu rosto, e a barba rala me faz cócegas.

– Obrigada, pai – digo a ele.

– *Siempre, mija.*

Sinto aquelas lágrimas ardendo nos olhos de novo. Mas não me rendo. Em vez disso, salto da caminhonete com a mochila e começo a devorar o sorvete enquanto subo correndo a escada e espero minha mãe.

– Mãe? – Kyla chama do seu quarto, enquanto Shipley desce a escada para vir me receber.

– Sou eu. Mamãe volta num minuto.

– Tá. – A voz dela murcha.

Após alguns minutos, a porta de vidro é deslizada e mamãe faz um gesto para que eu me sente à mesa da cozinha.

Todo o seu corpo estremece com um suspiro.

– Você matou aula.

Faço que sim.

– Invadiu a sala do tatame de luta livre. Causou danos materiais a uma pessoa. E perturbou todas as salas de aula de um corredor. Tudo isso no meu local de trabalho.

– Que também é onde eu estudo – lembro a ela. – O mínimo que se pode dizer é que a linha entre as duas coisas não é lá muito nítida.

Ela fica em silêncio, e essa é a deixa para eu me explicar. Fecho os olhos com força e engulo em seco. Não posso chorar de novo hoje. Não posso.

– Ele terminou comigo – conto a ela. – É como se o último ano e meio não tivesse acontecido. E nem mesmo é por causa de outra garota. Ele só não me quer mais.

Ela estende o braço sobre a mesa e segura minha mão.

– Ah, filhota. Filhota, filhota, filhota.

– Desculpe, mãe. Eu não devia ter feito nada disso. Eu sei. Mas... eu não tenho mais amigos, nem vida. – Minha voz falha um pouco nas duas últimas sílabas.

– E a culpa é toda sua – ela me lembra, implacável. Então, seu corpo se estende em minha direção e, com o pé, ela puxa a perna da minha cadeira para mais perto. – Mas você está sofrendo, e, quando você sofre, eu também sofro.

Ficamos sentadas no silêncio da casa onde passei quase toda a minha vida.

– Eu gosto do seu batom. É bonito, e parece que você acabou de aplicar – digo, por fim.

Ela cora ligeiramente.

– É preciso sempre lembrar aos homens o que estão perdendo.

Ela tem razão. Mal posso esperar por esse momento – porque sei que algum dia ele chegará – em que o Bryce vai olhar para mim e ver tudo que perdeu. Ou, pelo menos, espero que chegue, porque estou me agarrando a essa expectativa. Mas, no momento, só consigo me sentir uma porcalhona que passou o dia se empanturrando de refrigerante, Oreos e sorvete e fez uma tremenda cena na escola. Amanhã a galera não vai ter outro assunto, todo mundo dizendo que a Callie é *louca* e que eu *exagerei*. Uma histérica. "Aquela garota pirou de vez", dirão. "Primeiro, a equipe de dança. Agora, isso."

– Pode me dar licença? – peço.

Ela faz que sim.

– Desça para me ajudar com o jantar às cinco e meia.

– Sim, senhora.

Ela se levanta e abre o armário acima da geladeira onde guarda as flûtes de champanhe do seu casamento com Keith.

– Estenda a mão.

Ela coloca meu celular, com a cintilante capa dourada, na minha palma.

– Isso é alguma pegadinha? – pergunto.

Ela faz que não.

– Acho que as coisas poderiam ter sido mais tranquilas hoje se você tivesse um telefone. E também andei pensando no caso de haver uma emergência ou coisa parecida.

Balanço a cabeça fervorosamente.

– Você ainda está de castigo – ela me lembra. – Ainda está totalmente, completamente, cem por cento de castigo.

– Sim, senhora. Eu entendo. – Aperto o celular contra o peito e subo a escada para o quarto, com Shipley alguns passos atrás. Sinto como se finalmente tivesse recuperado algum tipo de vínculo.

Mas, então, a ficha cai. Vínculo com quem? Com o quê? Não há ninguém lá fora esperando que eu volte ao mundo social. Estou de castigo para sempre, e nem isso importa, porque não restou nada para o castigo cortar.

Essa ideia é tragicamente libertadora.

# MILLIE

# DEZESSETE

Uma tigela de melão em bolinhas misturado com uma porção de queijo cottage (a ideia deprimente de sobremesa da minha mãe), uma máscara facial de vinagre e cidra que eu achei na internet, meu caderno peludinho de sentimentos dolorosos e a dissertação não escrita para a inscrição no curso de verão. Sou o retrato da animação de uma noite de sexta.

Callie ligou para o trabalho hoje dizendo que estava doente, por isso eu mesma tive que fechar a academia. Acho que não é nenhum drama. Poderia fazer isso até dormindo, mas sei que ela não estava doente, a menos que seja possível adoecer fisicamente de um drama autoinduzido.

Estou me sentindo crítica demais. E tentando não ser assim. Mas que tipo de pessoa arrebenta o celular de alguém e faz um senhor escândalo no meio da escola?

Eu não estava lá para testemunhar isso, mas Amanda estava, e me deu todos os detalhes chocantes. Terminar com alguém já é bastante ruim... assim imagino, pelo menos, já que nunca tive namorado fora da Fazenda Margarida. (Tradução: dois verões constrangedores de mãos dadas com Scotty Pifflin e depois com James Ganns no verão seguinte e um meio beijo quando Greg Kassab não acertou meus lábios e o beijo saiu no canto da boca.) Mas por que alguém quereria piorar as coisas com um término em público? Por que quereria chamar ainda mais atenção para si?

Talvez garotas como Callie não pensem no preço de chamar mais atenção para si mesmas. É uma coisa sobre a qual reflito todos os dias. É como uma análise custo-benefício. Essa túnica floral é chamativa demais? Meu prazer de usá-la vale a atenção que vai chamar? Será que a minha mochila coberta de enfeites e bordados vai ser mais uma coisa para as pessoas debocharem? O quanto eu tenho que amá-la para que valha a pena usá-la?

Sinto a máscara facial endurecer, avisando que está na hora de ser enxaguada. Depois de uma rápida ida ao banheiro, volto ao computador, onde o documento em branco me aguarda. A dissertação precisa ser entregue em questão de semanas, e eu não sou do tipo que consegue improvisar alguma coisa na véspera, e ainda tenho que fazer o vídeo de apresentação. Já comprei o tailleur, e o roteiro que escrevi está praticamente pronto, mas ainda preciso de um cameraman, e a única pessoa que conheço que tem familiaridade com equipamentos de audiovisual é o Malik.

Dou uma olhada na biblioteca de vídeos e paro em *Legalmente Loira*, estrelado pela Reese Witherspoon. Na minha opinião, uma boa comédia romântica como ruído de fundo vale tanto quanto qualquer playlist, e *Legalmente Loira* parece especialmente relevante.

Empurro o notebook para trás, pego outra folha de papel e o lápis recém-apontado PODEROSA CHEFONA.

> Minha mãe parou de usar a filmadora para gravar minhas recordações de infância quando eu tinha dez anos de idade e já comprava roupas na parte plus-size da seção feminina da Russle's. Eu era daquele tipo de garota gorda que um vídeo não consegue esconder. Mas os retratos ainda eram seguros. Minha mãe era mestra em encontrar os ângulos mais favoráveis.

Fico olhando para as palavras. Eles vão assistir ao vídeo do teste. Não têm como não saberem que sou gorda. Mas será que também tenho que tocar no assunto? Dou de ombros. É só um rascunho, não é?

> Ainda sou gorda. Isso não mudou. A diferença é que agora estou pronta para aparecer em ângulos desfavoráveis de uma câmera e tudo mais. Passei anos sonhando em seguir os passos de mulheres como Barbara Walters, Lisa Ling, Diane Sawyer, Christiane Amanpour e até a minha âncora local, Samantha Wetherby. Acho que muitas de nós perdem tempo demais sonhando com coisas que acreditam não poderem ter. Mas já estou farta de sonhar. Estou pronta para tornar meus sonhos realidade.

O messenger no meu notebook toca. Solto o lápis e empurro os papéis para o lado, puxando-o para mais perto.

**Malik.P99: aquele trabalho de grupo de psicologia foi a derrota**

Fico imóvel por um momento, os dedos pairando sobre o teclado. Por que ele fala comigo com tanta liberdade quando estamos escondidos por trás de uma tela? Isso é justo, por acaso? Ainda mais depois de tudo que eu disse na semana passada. Sei que Amanda tinha contado a ele que eu arrancara os sisos e que estava sob o efeito de analgésicos, mas mesmo assim não fiz o menor esforço para me retratar.

Racionalmente, sei que ele deve ser apenas tímido e que todo mundo acha que devo tomar a iniciativa. Mas estou tendo muita dificuldade para pensar de maneira racional no momento. Talvez seja por causa daquele comentário idiota que Callie fez na frente do Mitch dias atrás. Eu devia tê-lo tirado da cabeça, mas não consegui. Ele me pegou de jeito.

Agora, com o cursor piscando na caixa de mensagem, parte de mim não pode deixar de se perguntar se o verdadeiro problema sou eu. Minha cabeça junta as peças com a maior facilidade. Ele foi ao Baile da Maria Cebola comigo por pena de mim, e agora se lembra disso toda vez que nos vemos na sala de aula. Ou talvez ele goste mesmo de mim. Pode ser que o que ele me diz quando está por trás da tela seja sincero, mas tem vergonha de transformar essas palavras em atos na vida real.

Sei que pensar assim não vai me levar à parte alguma. E é a exata razão por que não vou mais para o spa de verão e nem me obcecar por dietas com a minha mãe, mas todos esses pensamentos horríveis ainda existem. Só estou tentando descobrir como viver apesar deles.

Independentemente de todas as minhas dúvidas, escolho acreditar que sou a garota que pode dizer a um garoto que os seus sentimentos estão muito mais para o emoji dos corações rodopiantes do que para o emoji do aperto de mão. E Ellen Woods resolvendo ir para Harvard ao fundo também me dá forças. Respiro fundo e começo a digitar.

**aMillienBucks: tenho a sensação de que você é duas pessoas diferentes. Há o Malik que eu vejo na aula de segunda a sexta e o Malik que fala comigo à noite por detrás de uma tela. Não posso mais fazer isso. Ou você fala comigo em pessoa como faz através dessa tela, ou não fala mais.**

E clico em "enviar" antes mesmo de poder checar os erros de ortografia, o que é um espanto, porque eu acredito na ortografia correta tanto quanto acredito na vírgula de Oxford e na verdade de que Andie e Duckie deviam ter ficado juntos em *A Garota de Rosa Shocking*.

Passam-se alguns minutos excruciantes antes de ele responder, e tenho a sensação de que uma urticária está prestes a irromper na minha pele.

**Malik.P99: Posso ir aí te ver?**

Meu coração pula como um dos velhos discos da Dolly Parton da Willowdean.

**aMillienBucks: Agora?**
**Malik.P99: Eu sei que é tarde.**

Dou uma olhada no relógio no canto da tela. É supertarde. Se minha mãe me pegasse com um garoto a essa hora da noite, ela gritaria até ser reduzida a um montinho de cinzas diante dos meus olhos.

**aMillienBucks: esteja em frente à minha casa em uma hora.**
**Malik.P99: Tá**

Nunca saí de casa escondido, mas já está na hora de começar a fazer coisas que nunca fiz. E, se o Malik vai se arriscar, estou disposta a fazer o mesmo.

Estou nervosa demais para me esgueirar pela porta da sala, por isso planejo descer pela janela. Ainda bem que nossa casa só tem um andar.

Dou uma conferida rápida no espelho e cubro as piores imperfeições com corretivo antes de aplicar o meu ChapStick colorido favorito. Quando meus pais já estão no quarto e a luz do corredor apagada, escovo os dentes, sem me dar ao trabalho de tentar não fazer barulho. Afinal, faz parte da minha rotina noturna.

Sento diante do despertador, que parece um telefone antigo com um dial de girar, presente da minha mãe no meu aniversário de onze anos. Sempre me surpreendo com meu talento para fazer as coisas na moita. Eu mesma ainda fico chocada por ter conseguido esconder da minha mãe o concurso até uma semana antes. Mas sair de casa às escondidas? Esse é um nível de tramoia totalmente novo para mim. Tento me sentir culpada, mas não consigo. Nem um pouquinho.

O relógio bate meia-noite, e eu jogo o celular na bolsa. Depois de abrir a janela do quarto, levanto a tela com cuidado.

Vou ser totalmente honesta e dizer que passar por uma janelinha de quarto não estava no Manual da Garota Gorda. Mas, como diz o bordado em ponto de cruz pendurado acima da balança no banheiro da minha mãe: ONDE HÁ UM DESEJO, HÁ UM MEIO.

A cerca nos fundos da nossa casa range que nem porta de filme de terror, por isso tomo o máximo cuidado ao abri-la apenas o suficiente para eu passar.

E lá está o Malik, esperando por mim à luz de um poste diante da minha casa. Recostado num Toyota RAV4 verde-escuro, que, na verdade, é da irmã, mas ele tem permissão para usá-lo desde que ela o deixou aqui, quando foi estudar numa faculdade em Boston.

Posso dizer, sem uma gota de constrangimento, que sonhei com esse exato momento. O Malik esperando por mim na calçada em frente à da minha casa à luz tremeluzente de um poste, com os punhos enfiados nos bolsos e os pés calçados com mocassins e cruzados nos tornozelos.

Se fosse um dos meus filmes, eu atravessaria a rua até ele, nós nos beijaríamos e esse seria o fim. Viveríamos tão felizes para sempre depois que os créditos passassem, que ninguém precisaria saber de mais detalhes, porque o resto da nossa vida seria um êxtase chato de tão maravilhoso.

Mas é a vida real, o que significa que essa é a parte mais difícil de todas. E um de nós dois vai ter que romper o silêncio.

– Oi. – Minha voz sai estridente.

Seu pomo de adão rola para a frente quando ele engole em seco.

– Olá. – E então, um segundo depois, acrescenta: – Estava com medo de que você não conseguisse sair.

Por que a parte falada é tão difícil? Certamente a do beijo é muito mais fácil, para compensar a trabalheira de falar. Estendo os braços.

– Bem, eu consegui.

– Talvez a gente devesse ir a algum lugar.

– Tá. – Nem tinha pensado no local aonde poderíamos ir ou no que poderíamos fazer. – Você escolhe.

Assim que prendemos os cintos de segurança, Malik estende a mão para o rádio, mas então acho que pensa melhor, porque a afasta.

– Acho que eu vim aqui pra falar, não é?

Mordo os lábios, tentando diminuir o sorriso. Ele sai da minha rua como se soubesse para onde está indo.

– Eu sou tímido – diz finalmente. – E não no sentido positivo da palavra. Às vezes, é uma coisa que cria problemas sérios pra mim. – Ele faz uma pausa. – Eu vivo muito na minha cabeça e analiso demais até mesmo o menor detalhe. Mas não quero ser assim com você.

– Nem eu quero que seja – digo em voz baixa.

– É tão fácil falar com você. É como se eu não estivesse falando com ninguém. – Ele sacode a cabeça e solta um suspiro exasperado. – Me expressei mal. O que eu quis dizer foi que, quando conversamos online ou trocamos mensagens, eu me sinto exatamente do mesmo jeito como quando, tipo assim, falo com a minha irmã ou os meus primos. Não que eu pense em você como alguém da família ou coisa parecida! Mas no sentido de que essa agitação na minha cabeça dá uma trégua. Quando a gente conversa à noite, eu não penso se uma coisa vai parecer ou soar estúpida. Posso ser apenas eu mesmo.

– Eu entendo. – Sou econômica com as palavras. Não quero assustá-lo.

– Mas pessoalmente... bom, em primeiro lugar, nós estamos na escola. E todo mundo lá acha que eu sou... quando a gente não fala muito, as pessoas criam essa versão de nós que só existe na cabeça delas. E isso é ainda pior quando se é o único garoto indiano na escola. Tipo, eu estava indo para a sala outro dia quando um carinha perguntou se eu daria uma olhada no celular dele pra ver se estava com vírus. Só porque eu me pareço com todos os técnicos de informática que ele já viu nos filmes.

Alguma coisa nas suas palavras me conforta e me frustra ao mesmo tempo. Sei exatamente o que significa as pessoas criarem expectativas em relação a nós baseadas na aparência, mas, por outro lado, eu correspondo a essas expectativas de um jeito que o Malik não corresponde. Eu sou branca. Por isso, quando ele diminui a marcha até parar num sinal vermelho antes de sair de Clover City, não pergunto aonde estamos indo. Apenas digo:

– Lamento muito que você tenha que passar por isso. – Comparar minha situação à dele não ajuda muito, mas quero que ele saiba que não está sozinho. – As pessoas também têm certas ideias a meu respeito.

Ele se vira para mim, e nossos olhares se fixam em silenciosa compreensão. Prendo a respiração, com medo de que o menor som leve o momento a se dissolver.

– Enfim – diz ele finalmente quando o sinal fica verde. – Nunca fui bom em mostrar às pessoas o meu verdadeiro eu. Às vezes, é mais fácil deixá-las acreditarem na versão de mim que criaram nas suas cabeças. – Ele pigarreia. – Quer ouvir um pouco de música?

Faço que sim.

– É, seria legal.

Ele pega um CD com um mix, em cuja caixa está escrito com pilô preto: MÚSICA COUNTRY QUE NÃO É UM LIXO.

Ele mostra o CD.

– Não tenho plug-in para o celular no carro, por isso tenho que fazer os meus próprios mixes.

– Você ouve country? – pergunto, sem conseguir esconder totalmente a surpresa.

– Só o tipo que não é um lixo – responde ele, esboçando um sorriso.

A humanidade inteira deve achar que amar música country é um requisito para se viver no Texas, mas, para ser honesta, só comecei a ouvir a Dolly Parton depois de conhecer a Willowdean. Geralmente, eu ponho um filme ou uma conferência TED como ruído de fundo, mas às vezes a única coisa que me faz dormir é *Blue Smoke*, da Dolly.

Só que o gosto do Malik em termos de country tende mais para o folclórico e o moderno. Aquele tipo de canção de que você já sabe a letra como que por encanto antes mesmo de terminar. Em pouco tempo, estou cantando uma do Old Crow Medicine Song. Pelo menos, é o que Malik me diz.

Ele olha para mim e abre um sorriso.

Meu rosto arde quando viramos no único posto de gasolina que vimos desde que saímos da cidade.

Todas as luzes começam a piscar como se a eletricidade estivesse sendo bombeada feito gasolina. O letreiro acima da loja de conveniência diz JOGO RÁPIDO, mas o Malik dá a volta até os fundos, onde espero encontrar uma porta suja e um par de caçambas de lixo, mas em vez disso há um restaurante chamado Bee's Knees*. Os muros são pintados com listras pretas e brancas, e a enorme vitrine que se estende de uma ponta à outra do restaurante se derrama sobre o estacionamento nos fundos com uma luminosidade quente cor de mel.

– Nunca ouvi falar desse lugar – digo a Malik.

Ele desliga a música e desafivela o cinto de segurança.

– A maioria das pessoas nunca ouviu. Essa é a melhor parte.

Sigo-o até o interior, e a mulher mais velha atrás do balcão, com uma plaquinha onde se lê o nome LUPE, diz:

– Oi, benzinho, seu lugar de sempre está vago.

Malik me leva até a cabine mais distante da porta e pergunta:

– Tudo bem?

Dou uma olhada na cabine minúscula e rezo para conseguir encolher a barriga o bastante para caber ali. Balanço a cabeça.

Malik se senta e vai logo puxando a mesa na sua direção, para me dar um pouco mais de espaço.

– Obrigada – digo.

Nem tenho coragem de fazer contato visual. Não porque esteja constrangida, mas porque pela primeira vez é bom não ser a única pessoa presente que tem consciência do espaço que o meu corpo ocupa. Para mim, o gesto é tão carinhoso que sinto um nó se formar na garganta.

– De nada – responde ele.

O amor está nos detalhes.

– Como você encontrou esse lugar? – pergunto.

Ele pega um menu atrás da mini jukebox e me entrega.

---

* Da expressão idiomática *the bee's knees* (literalmente, "os joelhos da abelha"), que significa "o máximo, o que há". (N.T.)

— Priya. Minha irmã mais velha. Esse era o cantinho dela. Tudo em Clover City fecha por volta das dez, onze da noite, por isso os restaurantes abertos vinte e quatro horas ficam lotados de estudantes. Mas esse lugar é meio fora de mão.

— Nunca chego a ficar na rua até tão tarde, mas faz sentido.

— Os meus pais não podem ser exatamente classificados como rígidos – diz ele. – Minha irmã e os amigos passavam a noite inteira aqui estudando. Quando eu estava no nono ano e ela no último, ela começou a me trazer. Além disso, é um dos únicos lugares que ainda estão abertos quando eu saio do trabalho às sextas e sábados.

Malik trabalha no nosso único cinema, o Estrela Solitária, e essa é uma faceta dele que eu não conheço.

— Quando você começou a trabalhar no cinema? – pergunto.

— Na primavera passada. Como Priya ia deixar o carro comigo, eu tinha que encontrar um jeito de pagar pela gasolina. Adoro aquele lugar, mas as sessões que rolam nas madrugadas dos fins de semana me fazem chegar em casa tão tarde, que eu já estou louco pra tomar o café da manhã.

— Deve ser bom não ter pais muito rígidos. Minha mãe é mais que rígida. Ela nunca me deixaria ter um emprego onde eu trabalhasse até tão tarde assim.

Ele dá de ombros.

— É meio estranho. Com as minhas tias e tios... eles se metem na vida dos filhos o tempo todo. Priya disse que parecem pelos encravados.

Dou uma risada.

— É uma maneira interessante de ilustrar a coisa. O que torna os seus pais diferentes?

— Bem...

— Vou estar aí num segundo! – grita Lupe do outro lado do restaurante.

— Obrigado – agradece Malik antes de se virar para mim. – Enfim, não é tão estranho assim na minha família, nem na cultura hindu, na verdade. Principalmente nas gerações mais velhas. – Ele se cala por um momento. – Meus pais tiveram um casamento arranjado.

Isso decididamente não é o que eu esperava ouvir. Abro um sorriso, talvez largo demais.

— Uau!

– Mas eles se amam. De verdade.

Eu me inclino um pouco para ele.

– Você não tem que me convencer.

– Eu sei – diz ele –, mas é uma coisa meio doida, porque às vezes eu sinto que eles estavam predestinados. Tipo assim, que foram especificamente criados um para o outro.

– Deve ser bom – replico. – Então isso quer dizer que você também vai... se casar dessa maneira?

– Acho que não – responde ele. – Meus pais disseram a mim e a Priya que nós podemos decidir se queremos ou não a ajuda deles.

– Ah. Tá. – Levanto o menu, tentando esconder o alívio que se espalha nos meus lábios. Quer dizer, eu não vou me casar com o cara. Ou talvez vá, algum dia! Quem sabe? Mas a questão ainda está em aberto. *Isso é bom*, penso.

– Enfim, meus pais não puderam ter filhos durante muito tempo. Mas não que essa fosse a única coisa que eles queriam. Minha mãe foi professora de literatura até se aposentar há alguns anos e meu pai é engenheiro. Não ter filhos era chato, mas eles também gostavam de ser os tios corujas. Até que, quando minha mãe estava com quarenta e três anos e meu pai com quarenta e oito, eles tiveram Priya. Diz meu pai que ela foi o milagre deles. E então, dois anos depois, eu fui a surpresa. Minha mãe me deu o seu sobrenome de solteira, Malik. – Que ele pronuncia de maneira diferente da minha e dos nossos professores: "Má-lik" e não "Ma-lík". – Ela tem quatro irmãs e nenhum irmão, então foi o jeito que encontrou de passá-lo adiante.

– Que fantástico. – Estremeço um pouco. – Mas então eu tenho pronunciado o seu nome errado todo esse tempo?

Ele ri.

– Bem, eu atendo por ambas as pronúncias. Até minha irmã o pronuncia como você. A menos que esteja zangada, aí ela pronuncia como meus pais e tias.

– A história dos seus pais é muito interessante.

Seus dentes de uma brancura cintilante aparecem atrás dos lábios quando ele sorri.

– Sim. – Ele balança a cabeça. – Até que é. Eles estão um pouco mais calmos, creio eu. Priya acha que é porque já estão mais velhos e acompanharam o crescimento de todos os nossos primos.

– Em que posso servi-los? – pergunta Lupe, aproximando-se da nossa mesa. O uniforme é um vestido num tom vibrante de mostarda com bordados pretos e um cinto preto grosso. Na mesma hora gosto dela, e acho que é porque seu físico lembra um boneco de neve, o que não difere muito do meu corpo em formato de maçã.

Dou uma olhada no menu.

– Vou querer as panquecas sorridentes, uma porção de batatas fritas e uma cerveja sem álcool.

Malik pega o meu menu e o coloca junto ao seu atrás da mini jukebox.

– Waffles e grits, por favor.

Lupe estala a língua.

– Boa escolha, benzinho. E para beber?

– Dr Pepper.

– Tá na mão – diz Lupe, voltando para a cozinha.

Um grupo de caras sujos de graxa entra em peso no restaurante, e imagino que tenham acabado de sair do trabalho numa das plataformas petrolíferas na periferia da cidade.

– Sentem-se onde quiserem – diz Lupe. – O banheiro fica nos fundos, se preferirem se lavar primeiro.

Fico olhando enquanto eles passam enfileirados por nós em direção aos banheiros, e a maioria dá aquele aceno de cabeça típico dos cavalheiros sulistas que eu vi a vida inteira.

Deslizo até o fundo da cabine e observo a jukebox por um momento.

– A gente devia botar uma música – digo.

Pego a bolsa para tirar uma moeda de vinte e cinco centavos.

– É de graça – diz Malik.

– O quê? Sério?

Ele faz que sim.

– Eu te disse que valia a pena manter esse lugar em segredo.

Passo as músicas até chegar a "Under the Boardwalk".

– Ah, isso! – grita Lupe da cozinha. – Toca "Brown Eyes Girl" em seguida!

– Tá! – respondo, sem ter certeza se ela pode me ouvir. Continuo passando as músicas até encontrar a que ela pediu.

– Obrigado por sair comigo – agradece Malik.

— Gosto deste lugar — digo a ele. — E gosto de você.

Prendo a respiração, esperando, esperando, esperando. Acho que estou prendendo a respiração desde o Baile da Maria Cebola, quando ele me beijou no rosto.

Ele umedece os lábios e aspira por entre os dentes.

— Eu também gosto de você — diz, por fim. Em voz alta. Na minha cara. Sem uma única tela entre nós.

A mesa balança quando Lupe coloca nossos pratos sobre o tampo.

— Panquecas sorridentes — diz ela —, uma porção de batatas fritas, waffles com grits. Um Dr Pepper para o cavalheiro e uma cerveja sem álcool para a dama!

Olhamos para ela e agradecemos em uníssono.

Depois que Lupe se afasta, nenhum de nós diz mais nada. Apreciamos a comida, que está deliciosa, ou talvez seja esse momento que dá a tudo um gosto tão bom. Sorrio o tempo todo. Sorrio até mais do que as minhas panquecas sorridentes.

---

Quando saímos do restaurante, Malik me dá a mão enquanto desço a escada. Sua mão está pegajosa de suor. Isso me faz pensar na noite em que ele me acompanhou ao baile. Na ocasião, eu não soube de quem era a mão suada, porque estava mais ansiosa do que um beija-flor. Agora, entendendo como ele é tímido, vejo que grande desafio aquele momento representou para ele.

Depois de descer o último degrau, fico esperando que ele solte minha mão, mas ele não faz isso. Malik continua segurando-a enquanto caminhamos até o carro, banhados pela quente luminosidade do Bee's Knees. Seu carro está estacionado à margem da poça de luz, e, quando ele me acompanha até o lado do carona, dou uma olhada na planície escura como breu que nos cerca. O céu acima está cravejado de infindáveis estrelas, e eu penso que esse seria o momento perfeito para compartilharmos um beijo. Um beijo de verdade. Um beijo na boca.

Como ele foi extremamente corajoso esta noite em aspectos que são difíceis para ele, eu me viro para Malik e digo:

— Lembra... — Respiro fundo. — Lembra daquelas mensagens que escrevi quando estava doidona de analgésicos no fim de semana passado? — Tento não soar tão morta de vergonha quanto me sinto.

Ele ri baixinho.

— Como eu poderia me esquecer?

— Bem, eu ainda quero beijar o seu rosto. — Digo isso depressa demais, antes que possa me controlar.

Tenho a impressão de ouvi-lo engolir em seco.

— Quer? — pergunta ele.

Chego um pouquinho mais perto, meus Keds com poás verde-menta e pretos pintados à mão chutando a terra solta.

— Quero muito. — E eu o beijo. Encosto os lábios nos dele, que são macios e estão com sabor de xarope de bordo.

Seus lábios pressionam os meus e as mãos percorrem meus braços até os ombros e depois o pescoço, até por fim ele aninhar meu rosto entre as mãos como nos filmes que eu amo tanto. Eu me atrapalho com as minhas, sem saber o que deveriam fazer ou aonde ir, até que decido deixar os braços estendidos. Meu corpo inteiro fica dormente de um jeito maravilhosamente formigante, e por um momento chego a pensar que Malik está me mantendo imóvel só com os lábios.

Então me afasto, porque, se não fizer isso, vamos ficar aqui por dias a fio. Ele segura minhas mãos entre as suas, como se não desejasse interromper totalmente o nosso contato físico.

— Eu gostei disso — diz ele. — Muito.

— Quem sabe a gente não poderia fazer de novo qualquer hora dessas? — pergunto, antes de me inclinar para mais um beijo. E, dessa vez, até arrisco a pontinha da língua.

A caminho de casa, conversamos sobre coisas triviais, como nossa turma na escola, a academia do tio Vernon e como o Malik sempre passa o verão em Portland e San Diego, porque a maior parte da sua família vive nessas duas cidades. Ele me conta que o pai se mudou para cá por causa de um emprego de engenheiro, mas na verdade só o aceitou porque sempre foi obcecado por filmes de faroeste e queria viver nessa parte do Texas, no Arizona ou no Novo México. A mãe detesta, mas eles fizeram um acordo e vão se mudar para alguma cidade litorânea com um clima bem ameno quando o pai se aposentar e o Malik e a irmã se formarem na faculdade.

Ouvimos mais músicas, e, quando ainda faltam algumas que ele quer que eu escute, damos mais duas voltas pela vizinhança, com ele segurando minha mão.

Quando Malik para diante da minha casa, solto o longo bocejo que estou prendendo há algum tempo. Já são três da manhã. Não tenho que chegar à academia antes do meio-dia, mas sei que agora mal vou conseguir pregar o olho.

No carro dele, trocamos mais um beijo. E esse parece mais urgente, como se estivéssemos tentando nos apegar a alguma coisa que não temos certeza de sermos capazes de recriar.

Quando estou rastejando de volta pela janela, perco o equilíbrio e viro uma cambalhota para dentro do quarto, quase derrubando a mesa de cabeceira. O estrondo é de um elefante jogando boliche, a poucos metros do quarto de meus pais.

Fico sentada no escuro por um momento, esperando que um deles entre correndo. Mas nada acontece. Torno a vestir o pijama e me deito na cama. Não consigo me livrar da sensação de incredulidade. Malik e eu tivemos um encontro. Acho que é seguro chamá-lo de encontro. Ele disse que gostava de mim – com a própria boca! E então usou essa mesma boca para me beijar. Depois que eu o beijei primeiro, coisa que – AH MEU DEUS – só agora estou me dando conta de que foi algo que fiz. (A Willowdean – e talvez a Callie também! – ficaria superorgulhosa de mim, aposto.) E, ainda por cima, saí de casa escondido pela primeira vez na vida e nem fui apanhada.

Se por acaso cada pessoa no mundo só recebe uma dose limitada de boa sorte na vida, tenho medo de ter gastado a minha todinha esta noite.

# CALLIE

# DEZOITO

No sábado, chego à academia ao meio-dia para o meu turno com a Millie, e encontro a Inga batendo o pé atrás do balcão.

— Tenho que ir — diz ela no instante em que me vê.

— Ok. — A porta ainda nem se fechou atrás de mim. — Não quer me despedir primeiro?

Ela franze os olhos para mim, como se estivesse mesmo considerando a possibilidade.

— Não me provoque, porque eu estou com um humor do porco. Vernon ficou em casa com os bebês, os três estão doentes.

— Eu acho que a expressão é "um humor do cão" — observo.

Ela enfia o suéter na bolsa e a coloca no ombro.

— Bem, é óbvio que você nunca viu um porco mal-humorado.

Quase caio na risada.

— Tem razão. Não vi mesmo. — Dou uma olhada no relógio. A Millie já deveria ter chegado. — Nunca trabalhei sozinha.

Ela abre a porta da rua.

— Tente não quebrar nenhum vidro. — Ela aponta para a câmera atrás do balcão. — Vou ficar de olho.

— Ha, ha — solto, irônica, mas ela já está a meio caminho do carro.

As únicas pessoas na academia são dois caras mais velhos nos aparelhos de step e um de meia-idade nos sacos de pancada. Racionalmente, eu sei que nada vai dar errado, mas também detesto ser a única responsável por esse lugar, quando já causei estragos o suficiente e já suportei culpa demais.

Aquelas escrotas. Sei que é com o Bryce que eu devia estar mais zangada no momento. Entretanto, não consigo esquecer que tudo isso começou com as Shamrocks — mais especificamente, com a Melissa. Não tenho como provar que todas elas estiveram aqui comigo aquela noite. De todo modo, a oferta do xerife Bell para eu dedurar as minhas comparsas está totalmente fora de cogitação. Mas eu sei de muitos podres daquelas garotas e acho que está na hora de jogar a merda no ventilador.

Por força do hábito, pego o limpa-vidros e ponho mãos à obra. Pelo que sei, a Inga está me observando neste exato momento por algum aplicativo espião no celular. Não duvido nada que ela seja capaz disso.

Só vinte minutos depois é que a Millie passa afobada pela porta, os cabelos despenteados e os cadarços do tênis desamarrados.

— Ah, meu Deus — diz, ofegante. — Me perdoe. Eu dormi demais. — Mas não parece nem um pouco sonolenta. Pelo contrário, as bochechas estão coradas e o jeito de andar parece animado.

— Não tem problema — respondo.

— Fiquei fora até muito tarde ontem — sussurra ela, alto.

Dá para notar que está querendo que eu pergunte por que ficou fora até tão tarde. Posso sentir a energia irradiando dela. Mas não vou morder a isca. Não depois da semana que tive.

Quando eu não estava totalmente atolada em culpa pela besteira que disse a Millie na frente do Mitch, estava ocupada demais no papel da garota que levou um fora e fazendo a maior propaganda disso em público. Suportei ficar até a última aula na quinta, mas minha mãe não forçou a barra quando fingi estar doente na manhã de sexta.

Estremeço toda vez que penso em quanto tempo eu passei com o Bryce, e agora? Tudo não passou de uma colossal perda de tempo? E sim, estou me sentindo uma merda. O Bryce foi o meu primeiro namorado, mas por algum motivo eu sempre achei que se um dia a gente terminasse seria por minha decisão. E se o que eu tinha com ele era tão facilmente descartável, quem pode dizer o que é real e o que não é?

Mas, no momento, a única coisa em que quero me concentrar é a vingança.

Millie solta a bolsa atrás do balcão e vai dar suas voltas pela academia, desejando uma ótima tarde aos nossos três sócios enquanto verifica os equipamentos.

— Callie — chama ela enquanto apoia a perna num aparelho de musculação para amarrar os cadarços. — Pode ir pegar as toalhas?

Abafo um gemido.

— Claro. — Dou uma volta pela academia recolhendo todas as toalhas dos vários cestos e levo-as até o armário de serviço onde ficam a lavadora e a secadora.

— Eu o beijei — anuncia Millie, como se fosse capaz de explodir se não dissesse isso em voz alta.

Levo um susto tão grande que despejo o sabão em pó dentro da máquina com medidor e tudo. Para uma gorda, ela tem passos bem leves.

Pego o medidor dentro da máquina.

— Beijou quem? — pergunto, sem me dar ao trabalho de esconder minha confusão.

— O cara de quem eu gosto, lembra que te contei? O que não queria tomar a iniciativa?

— Ah, tá. — Lembro vagamente de uma conversa que tivemos enquanto ela esperava a mãe vir buscá-la para aquela consulta de emergência no dentista. A maioria das pessoas provavelmente diria a Millie que a melhor maneira de beijar um cara é perdendo peso. Mas, embora isso possa ser verdade em alguns casos, acho que com certeza há homens no mundo que curtem o que ela tem a oferecer.

— Bem, você disse que eu devia dar mais uma chance a ele. Pois eu dei! E ele retribuiu o meu beijo.

Dou meia-volta depois de jogar as toalhas dentro da máquina.

— Você não está zangada comigo? — pergunto, elevando a voz acima da água corrente.

— Por causa de quê? — pergunta ela. E então se lembra. Posso ver no seu rosto. — Ah, o comentário sobre os aparelhos da academia?

Faço que sim, tentando manter uma expressão neutra.

— Bem — diz ela, a palavra saindo como um suspiro. — Eu ouvi dizer que você teve uma semana ruim, por isso resolvi deixar pra lá.

Dá para ver pela maneira como os lábios estão franzidos que ela tem mais a dizer, e acho que o legal seria encorajá-la a falar. Mas eu não preciso de mais um sermão. Ainda mais sobre uma piada idiota.

Os sininhos na frente da academia tilintam.

— Quer atender? — pergunta Millie. — Tenho umas coisas pra fazer aqui atrás.

Balanço a cabeça e abaixo a tampa da máquina de lavar.

— Tudo bem. — Espero um momento. — Vou estar aí num segundo! — digo em voz alta. — Fico feliz por você que tenha dado certo. Aquele lance do beijo.

Millie sorri de orelha a orelha e flexiona os dedos dos pés.

— Eu também.

Vou para a frente da academia, onde encontro o Mitch esperando diante do balcão. De repente, eu me sinto constrangida de um jeito que me é difícil de processar. Não tenho como saber o que o Patrick e o Bryce devem ter dito a ele sobre mim.

— Oi — cumprimento.

Ele endireita um pouco os ombros e estende o cartão entre dois dedos.

— O "Ilmo" Mitch Lewis.

— Muito impressionante. — Não achei graça. Ou talvez sim. Não sei.

— Falando sério: não sei nem mesmo o que significa *ilmo* nas cartas.

Significa "ilustríssimo", mas, em vez de explicar, eu me limito a pegar o cartão.

— Pois é, não te vi na escola ontem. — Ele tosse no punho. — Eu não estava, tipo, te espionando nem nada. Mas, enfim, eu geralmente passo por você no corredor entre o quarto e o quinto tempos.

Faço que sim.

— Isso não se parece com espionagem — murmuro, sentando no banquinho atrás do balcão e puxando a caixa onde guardamos os cartões, para arquivar o dele. — Eu estava me sentindo meio de saco cheio. Tipo, do estado da minha vida.

— Hum, sei — diz ele. — Espero que a sua vida esteja se sentindo melhor.

— As coisas não estão com uma cara muito boa. Tivemos que cancelar a minha vida social. Minha reputação está respirando com auxílio de aparelhos.

Ele abre um sorriso, passando a mão pelos cachos.

— Vou pedir à minha família para mandar flores.

Bato com o pé no banquinho e sorrio com os lábios fechados.

— Finalmente. Uma perspectiva favorável. Adoro ver flores mortas murcharem.

Putz. Nada. Eu sou mesmo mestra em levar uma conversa longe demais.

Depois de um longo período de silêncio, ele bate com o punho no balcão e vistoria o equipamento atrás de mim.

— Legal, legal, legal.

Fico olhando enquanto o Mitch se dirige aos aparelhos de musculação. Ele coloca o peso no seu limite preferido no leg press e o observa por um momento. Sem aviso, volta até mim e torna a bater com o punho no balcão.

Ótimo. Mais uma razão para limpar o vidro. De novo.

— E aí, você está, tipo, bem? — pergunta.

Olho para ele com um ar de incompreensão.

— *Você* está bem? — devolvo, como se fosse uma grande resposta. Estou irracionalmente irritada com a preocupação dele. É como se presumisse que eu sou um pássaro ferido, depois do meu escandaloso rompimento em público com o Bryce.

— Sim — diz ele. — Estava falando de tudo que aconteceu essa semana.

— Foi só aquilo. Portanto, além do rompimento superpúblico com o meu namorado de longa data, eu estou muitíssimo bem.

— Legal. — Ele balança a cabeça de um jeito um pouco agressivo. — O Bryce é meio escroto.

Isso só pode ser uma armadilha. Franzo os olhos para ele, tentando decifrar como proceder.

— Você não é amigão dele?

Ele passa os dedos pelos cachos compridos demais.

– Bom, eu sou *amigão* de um monte de gente.

Putz, como eu entendo isso. Viver numa cidade do tamanho de Clover City é, em grande parte, sair com gente que talvez você não escolhesse por livre e espontânea vontade, se vivesse numa cidade maior ou frequentasse uma escola maior.

Levanto do banquinho e pego meu fiel limpa-vidros para, se tudo der certo, despachar esse cara de uma vez.

– É melhor eu te deixar voltar ao trabalho – diz ele.

– É, sim – concordo, a voz sem entonação. – Estou atolada.

Enquanto ele se afasta em direção aos aparelhos de musculação, eu me ocupo borrifando tudo quanto é superfície que encontro pela frente. Se esse emprego me deu uma habilidade, foi a de mostrar serviço. Devia incluir isso no meu currículo.

Meu celular apita, e eu o tiro da mochila. Estava com muitas saudades desse som.

**MAMÃE URSA: talvez chegue alguns minutos atrasada quando for te buscar.**

– Você conseguiu o celular de volta? – Millie contorna uma parede ao sair do escritório e se senta num dos banquinhos.

– Milagrosamente, sim. – Esfrego o restinho do limpa-vidros na porta da academia e volto para junto dela atrás do balcão. – Minha mãe estava se sentindo superculpada depois do que aconteceu essa semana.

– Quer conversar sobre isso? – A voz de Millie parece tão preocupada que chega a soar falsa.

– E o que há para conversar?

– Tipo, você é algum robô? – pergunta ela. Sinto uma ponta de irritação. – Afinal, como você digere as coisas sem ter amigos com quem conversar?

Viro a cabeça de estalo para encará-la. Ah, agora ela passou dos limites. E sabe disso.

– Como você sabe que eu não tenho amigos? – pergunto, a voz alta demais, doce demais.

– Bem... Eu só... – gagueja ela por um momento.

Esse é o problema das pessoas legais. Se você vai dizer alguma coisa, tem que ser exatamente o que pensa.

— E aí? – cobro. – Você só o quê?

Ela solta um pigarro no punho gorducho e apruma um pouco as costas.

— Eu só notei que, desde que você saiu da equipe de dança, e agora, com tudo que aconteceu essa semana, parece estar, bem, sentindo falta de algumas pessoas na sua vida.

*Irmandade*. A palavra debocha de mim quando me lembro do que a Sam disse à equipe inteira horas antes de a Melissa me dedurar e eu me sacrificar por todas elas.

— Aquelas escrotas nunca foram minhas amigas – respondo. – Nada nessa cidade é real. Não é. Nós só estamos presos aqui por falta de opções melhores, tentando fazer das tripas coração com o que temos. E alguns de nós somos melhores nisso do que outros.

Millie se vira, concentrando-se na (limpíssima, modéstia à parte) vidraça à sua frente.

Após um momento, ela diz:

— Callie, eu discordo.

— Do quê?

— Você está errada – diz ela simplesmente. – E eu vou te provar.

— Ah, é? Com o quê? Evidências cientificamente comprovadas?

— Não. Talvez. Você vai entrar para o meu clube da festa do pijama.

Solto uma risada, que tento disfarçar com tosse.

— Seu o quê?

— Meu clube da festa do pijama. Bem, não é um clube oficial. A Hannah me mataria se eu chamasse o nosso grupo assim – diz ela. – Você deixou aquele feixe de feno no armário dela no ano passado, porque as suas amigas decidiram que ela parecia um cavalo. Lembra?

Ah, que droga. Agora ela me encostou na parede. Sinto um aperto no estômago. Foi uma tremenda babaquice fazer aquilo. Na ocasião foi só uma piada, mas alguma coisa na lembrança me mata de vergonha.

— Não fui eu.

Ela nem se abala.

— A Amanda te viu.

— Quem é Amanda? – pergunto.

Ela abre um sorriso, mas é educado demais para ser autêntico.

— Ela vê muitas coisas. Mas você vai reconhecê-la quando a vir. Enfim, hoje à noite é a vez de Ellen nos receber. Acho que vocês duas já trabalharam juntas.

— Não — respondo. — Não, obrigada. Definitivamente, não. — Não tenho o menor interesse em ver a Ellen Dryver. Ninguém dá um fora na Callie Reyes. A não ser a Ellen Dryver, pelo visto.

— Você não pode dizer algo como o que disse sobre nada nessa cidade ser real sem me dar uma chance de provar que está errada.

— Estou de castigo — argumento. — Lembra?

— Por ora — diz ela.

Reviro os olhos, mas ela já está superocupada imprimindo formulários de matrícula.

---

Depois do trabalho, mamãe se atrasa como já tinha avisado, por isso arrio o corpo na calçada e espero.

— Cadê a sua carona? — pergunta Millie.

— Atrasada.

Ela se abaixa até o meu lado.

— Eu espero com você.

— Não é necessário.

— Ora, eu faço coisas desnecessárias o tempo todo.

Pego o celular e passo minhas várias contas em redes sociais. É em momentos como esse que me sinto mais feliz do que posso descrever por ter recuperado o celular. Não tenho que ficar jogando conversa fora com a Millie Michalchuk. Não, obrigada.

Mas a primeira coisa que vejo no feed é um balde de água fria.

> Melissa Gutierrez apareceu no Departamento de Serviços da Dodge de Clay Dooley com Bryce Dooley, Sam Crawford e Jill Royce. NÃO PERCAM O NOSSO LAVA-RÁPIDO, GALERA! AJUDE A SHAMROCKS A CHEGAR AO ESTADUAL!

Enfio o celular no bolso traseiro. Talvez eu estivesse melhor sem tecnologia. Tudo bem. Posso ficar sentada aqui em silêncio para sempre. Passei a tarde inteira com essa garota. Minha capacidade de ficar de tititi com ela se esgotou completamente.

Millie se inclina para trás, apoiando-se com as palmas apoiadas na calçada. Se está aborrecida com a minha decisão ostensiva de ignorá-la, não deixa transparecer.

Finalmente, minha mãe entra no estacionamento e eu salto da calçada o mais depressa possível, tentando evitar qualquer interação entre ela e a Millie. Porque a Millie é o tipo de garota que qualquer um sabe que vicia os pais que nem crack. Ela é bem-humorada, educada e gorda. A realização do sonho de todo pai e toda mãe do que seja a BFF ideal para a filha. Não há a menor possibilidade de alguém se meter numa encrenca com a Millie.

Mas é tarde demais. Minha mãe já abaixou o vidro.

— É a Millicent que está aí? — pergunta ela.

*Ah, que merda.*

— Sim, senhora — responde a Millie, levantando-se do meio-fio. — É a minha secretária favorita da escola?

— Callie — diz minha mãe —, acredita que, no outono passado, no Dia da Secretária, foram Millie e a mãe que levaram para mim aquele cactozinho adorável que fica na minha mesa? Elas até tricotaram para o vaso uns protetores fofos, aconchegantes, apropriados a cada estação.

Confirmo com a cabeça e me sento no banco da frente.

— Sim — respondo. — Acredito piamente.

Millie se debruça na minha janela aberta e declara:

— Sabe, minha mãe sempre diz que as suculentas e o chá doce são o caminho mais certeiro para o coração de uma verdadeira texana.

— Bem — responde mamãe —, se acrescentarmos às suculentas e ao chá doce o molho de churrasco perfeito, acho que a sua mãe tem razão.

Viro para minha mãe.

— Tenho mil deveres de casa. A gente devia ir andando.

— Filhota — responde ela —, é noite de sábado. E você está de castigo. Não pode ter a menor pressa para estar em lugar algum.

Millie suspira e estica o pescoço para o lado, como um perfeito filhotinho de golden retriever.

— Espero de coração que o castigo da Callie seja suspenso logo. Eu a convidei para uma festa do pijama hoje à noite com algumas das minhas melhores amigas.

Argh. Ela está mesmo pegando pesado. Juro, essa garota é mestra em manipulação.

— Ah — diz minha mãe com uma vozinha cantada. — É muita gentileza da sua parte.

Ela me dá uma olhada, e eu tento discretamente fazer que não com a cabeça. Tenho grandes planos para hoje à noite, e eles incluem despejar uma caixa inteira de pipocas de micro-ondas numa tigela cheia de calda de chocolate e assistir sozinha a todos os realities vulgares que eu encontrar, mas, de preferência, aqueles em que as pessoas têm que sobreviver no mato durante semanas sem matar umas às outras ou comer frutas venenosas.

— Foi uma semana puxada — diz ela. — Aposto que passar algum tempo em companhia de outras garotas te faria bem. — Mamãe se vira para a Millie com os olhos brilhando. — Acho que posso abrir uma exceção.

Millie bate palmas e gira num círculo como um pião de corda.

— Ah, que maravilha! — Ela se vira para mim. — São cinco e meia. Que tal você arrumar uma sacola e eu te pegar daqui a duas horas?

— Ótimo — respondo, a voz sem entonação. Viro o corpo inteiro de frente para ela, a fim de que minha mãe não possa ver minha mímica labial: *Você é um monstro.*

Se a Millie sabe ler lábios, não demonstra ao se despedir da minha fascinada mãe, e, de quebra, ainda me lança uma piscadinha perversa.

Uma coisa é certa: eu subestimei totalmente essa garota.

Quando a mãe da Ellen abre a porta para mim e para a Millie, somos recebidas por uma mulher baixinha com um vestido jeans estruturado e cabelos castanhos modelados.

— É melhor eu me escafeder antes que a diversão de vocês comece! — Ela passa espremida por nós com uma clutch debaixo do braço. — Bob, não se mete na festa das meninas! Vá pra cama mais cedo! Pretendo chegar tarde! — Ela se vira para nós. — Hora de sacudir o esqueleto!

Ellen dispara pelo corredor, freando os pés diante da porta.
– Tchau, mãe! – De repente, ela nos vê. Não, ela me vê. – Oi. Hmm, olá.
Millie sorri de orelha a orelha.
– Ellen! Essa é a Callie.
Ellen solta o suspiro que estava prendendo.
– Já nos conhecemos. – Ela se força a sorrir. – Entrem. Millie, posso dar uma palavrinha com você?

Millie concorda e as duas vão para a sala de jantar formal, enquanto eu fico parada no vestíbulo. Elas cochicham por um momento, até eu ouvir a Ellen murmurar: "Você é que sabe."

Uau. Isso é dez vezes pior do que entrar na sala quando os pais estão falando da gente. Não fiquei surpresa com a hesitação da Ellen, mas isso não quer dizer que não esteja me sentindo uma merda por causa disso.

As duas vêm ao meu encontro no vestíbulo, e a Millie se vira para mim.
– Que a diversão comece!

Seguimos a Ellen pela escada até uma sala de tevê, que é como uma segunda sala de estar, já que há outra em frente à de jantar.
– Millie chegou – diz Ellen, aparecendo na escada. – E ela trouxe uma pessoa.
– É o Malik? – pergunta alguém antes de soltar um assovio.
Todas riem, quando então avanço um passo, saindo de trás de Millie.
E silêncio.

Willowdean solta um grunhido antes de olhar para Ellen, as narinas dilatadas, como se a minha presença fosse a máxima traição.

Abano a cabeça e olho para a Millie. Sabia que isso aconteceria. E certamente ela também sabia. Ou talvez essa garota esteja apenas me pagando na mesma moeda depois de todos esses anos, e essa seja a sua maneira de me chutar quando estou caída – fazendo com que a sua gangue de perdedoras me dê um gelo enquanto estou presa na sua festa do pijama idiota.

– Gente – diz Millie, parecendo não ter consciência da muralha de silêncio e da fumegante e rechonchuda dublê da Dolly Parton no canto. – Essa é a Callie. – Ela toca no meu braço com gentileza, como se fosse uma adulta me apresentando a uma classe de hienas. – Callie, essa é a Ellen, que você já conhece.

Balanço a cabeça.

– E aquela é a Amanda. – Ela aponta para uma garota desengonçada, esparramada no chão com um potinho plástico cheio de vidros de esmalte de unhas. Em seguida, indica uma garota negra de pele clara com cachos alisados e duas longas tranças, como as da Wandinha da Família Addams. – Essa é a Hannah. – Ah, sim. Dentes de Cavalo. – E...

– Willowdean – digo, com doçura excessiva. Se é assim que vai ser, estou pronta. Ponho em ação o mais valioso mecanismo de autodefesa que desenvolvi ao longo dos anos: uma gentileza sulista tão doce que envenena.

– Olá, Callie – responde Willowdean do braço do sofá onde está empoleirada, enfatizando ao máximo cada sílaba, como se cuspisse letra por letra.

Juro, essa garota faz aflorar o melhor do pior em mim.

– Cuidado aí – digo, e me viro para Ellen. – Eu detestaria ver a mobília tão bonita da Sra. Dryver ser arruinada por alguém quebrando o braço do sofá. Móveis podem ser tão frágeis...

– O sofá – diz Ellen, ríspida – está perfeito.

Hannah solta um assovio baixo, abanando a cabeça, e se arrasta até perto de Amanda, para pedir um esmalte num tom escuro de roxo.

Abro um sorriso.

– Escolheu bem – digo a ela. – Reflete à perfeição esse arzinho angustiado que você encena.

Sinto os olhos de Millie em mim, mas agora é tarde.

Amanda, que parece ser a mais tranquila de todas, crava em mim os olhos entrefechados e rosna.

Willowdean joga as mãos para o alto.

– Mas afinal, o que é que você está fazendo aqui?

– A Callie é minha convidada – diz Millie, sem alterar a voz.

– Bem, talvez ela devesse aprender a ser mais educada – murmura Willowdean.

Ellen bate as mãos, numa tentativa de acalmar os ânimos.

– Vou mostrar a vocês onde podem deixar as sacolas.

Seguimos a Ellen até o seu quarto, de que ainda me lembro da nossa temporada de amigas. A cobra do milho está enrolada em cima de uma pedra no aquário, debaixo de uma lâmpada.

Sinto um calafrio. A única vez que eu passei a noite aqui com Ellen, na semana anterior ao concurso, não preguei o olho até de manhã, pensando naquela cobra deslizando entre as cobertas. Não, obrigada.

Millie solta a sacola e então segue a Ellen até o corredor.

— Já saio num minuto — digo, soltando a sacola na minha cama e fingindo procurar algo no seu interior.

— Volto já — escuto Millie dizer do outro quarto.

Levanto o rosto e a vejo parada na soleira. Ela abre a boca algumas vezes, como se fosse falar, mas então muda de ideia.

— Eu devia ir pra casa — digo, por fim.

Millie entra no quarto e fecha a porta. Ela respira fundo e apoia os punhos nos quadris, como se estivesse sintonizando a Mulher Maravilha — só que uma versão mais gorda e em tons pastéis.

— Você não tem que ser assim — diz ela.

Fico chocada demais até para falar. Não sabia que ela tinha essa coragem.

— Você não tem que ser assim — repete ela. — Toda vez que diz alguma coisa grosseira e ácida, é uma escolha que está fazendo. E não tem que fazer essa escolha. Vou ser honesta. Não entendo muito sobre você ou a vida que levava, mas o que eu entendo muito bem é o que você acabou de sentir. Chegar a uma festa cheia de garotas da escola e na mesma hora saber que você é uma intrusa.

Levanto a sacola até o ombro.

— Vou sair e ligar pra minha mãe.

— Não vai, não — diz Millie, as mãos ainda nos quadris. — Ser a garota gorda... sim, eu me chamo de gorda, e sei que você também me chama — diz ela. — E, para o seu governo, essa palavra não tem que ser cruel. Sem querer ofender, mas são pessoas como você e suas velhas amigas que tornam essa palavra maldosa. Enfim, ser a garota gorda durante toda a minha vida nunca foi fácil, mas me deu uma casca mais grossa do que você jamais vai ter. Por isso sei que a vida é uma droga, mas, basicamente, eu te dei um grupo de amigas no mundo, e você não fez outra coisa senão mostrar a elas por que não devem perder tempo com você.

Eu poderia fazer três coisas nesse exato momento. A primeira: entregar os pontos e começar a chorar. Poderia mesmo. Tive uma semana de merda, e levar uma bronca de Millie Michalchuk é a cereja de cocô nesse sundae de bosta. A segunda: sair voada dessa casa e ligar para minha mãe. Ou, que diabos, até mesmo ir a pé para casa, se não tivesse opção. Ou, a terceira: engolir o sapo. Poderia sair do quarto e encarar essa reunião de perdedoras como uma extensão do meu trabalho na academia – algo que eu simplesmente tenho que enfrentar. E talvez não seja tão ruim assim. No mínimo, vai garantir a boa vontade da minha mãe. Detesto admitir isso, mas acho que passar a noite de sábado fora de casa não chega a ser horrível, mesmo que a companhia não chegue a ser desejável.

Além disso, se esse é todo o veneno que Willowdean é capaz de usar, ela não sobreviveria um único dia como Shamrock. E Ellen... bem, eu poderia mostrar a ela o que anda perdendo.

Deixo a sacola deslizar do ombro, e ela bate no chão com um baque surdo.

– Tudo bem. Vamos nessa.

Millie abre um sorriso tão largo que mal se vê alguma coisa além dos dentes.

– Perfeito.

Tenho que dizer isso: conviver com outras garotas é como uma ciência para mim. Com as aulas na Dance Locomotive, a equipe de dança entre o sexto e o oitavo ano (nós éramos as Talismãs. Argh) e a Shamrocks a partir da nona, sempre estive no topo de toda lista de convidadas de uma festa do pijama. E, numa escala de um a dez – sendo dez o nível profissional –, essa festa não passa de quatro.

Na sala de tevê, sento no chão ao lado da Amanda. Imagino que seja uma aposta mais segura do que a Hannah, que parece viver num estado permanente de reflexão.

Millie se levanta, exibindo um filme para vermos.

– Muito bem, continuando a educação de vocês em comédias românticas, eu lhes dou... *As Patricinhas de Beverly Hills*! – exclama e se vira para mim. – Da última vez nós assistimos a *Driblando o Destino*.

Balanço a cabeça, impressionada.

– Boa escolha.

Ela faz uma reverência.

– Obrigada.

Ela coloca o filme no videocassete, e eu estendo a mão acima da Amanda para pegar um vidro de esmalte.

– Você não se importa, né?

– Nem um pouco – diz ela, jogando o corpo no fundo do sofá enquanto passam os créditos iniciais. – Nunca consigo fazer a mão direita. Você acha que a gente pode aprender a ser ambidestra, ou já nasce assim?

Dou de ombros.

– Quem sabe? Mas eu faço umas unhas iradas. Com licença.

– Ah. – Ela me estende a mão, um pouco hesitante, como se estivesse decidindo se deve ou não confiar em mim. – Legal. Obrigada.

Se eu vou me infiltrar nesse grupo por uma noite, não resta dúvida de que escolhi me sentar ao lado da garota certa.

Ellen passa por cima de mim com um saco de Doritos abraçado ao peito. Ela se esparrama no sofá atrás de nós e encosta a cabeça no colo da Willowdean, que está sentada na última almofada e solta um longo suspiro, mas não dá para dizer se é de contentamento por estar ao lado da BFF ou de exaspero pela minha presença. Provavelmente, as duas coisas.

Millie se instala numa poltrona estofada com um tecido que parece pelúcia, enquanto pego um guardanapo e um livro grandão como base para pintar as unhas da mão direita da Amanda com o esmalte amarelo-cítrico que ela já usou na esquerda.

Assistimos às cenas iniciais de *As Patricinhas de Beverly Hills*, rindo juntas das piadas que continuam atuais nos dias de hoje e, claro, da moda dos anos noventa que eu secretamente amo. Na verdade, meu pai foi a primeira pessoa com quem vi esse filme. Ele diz que levou minha mãe para vê-lo num dos primeiros encontros dos dois, e que depois ela saiu e comprou uma saia xadrez igual à da Cher e a usou durante duas semanas seguidas.

Lá fora, o sol afunda no horizonte e a sala fica mais escura, quase como um cinema. O esmalte de unhas que escolho para mim é um laranja fluorescente. Uma das minhas cores de esmalte favoritas, apesar da minha mãe insistir que eu pareço ter enfiado os dedos dos pés e das mãos num saco de Cheetos.

Quando chegamos à minha cena favorita, na qual Cher está fazendo uma apresentação para a turma, já estou soprando nas unhas, esperando que sequem. Nem mesmo me dou conta de repetir junto com a Millie a fala da Cher, com seus cabelos louros perfeitos e o chiclete enrolado em volta do indicador, quando ela diz: "E, para concluir, será que posso lembrar a vocês que não está impresso RSVP na Estátua da Liberdade?"

Na tela, a classe irrompe em aplausos, e Cher torna a pôr o chiclete na boca. Na sala de tevê, Millie solta um gritinho eufórico.

— Adoro essa parte. Quero um bordado em ponto de cruz com essa frase!

— Tá — diz a Hannah. — Foi bem fodona. Mas, só pra constar, aquela garota morena nem precisa mudar o visual.

Talvez, se a noite inteira for só de filmes e nenhum papo, eu sobreviva.

No meio do filme, noto que a Hannah está tendo dificuldade para aplicar o esmalte roxo-escuro nas unhas da mão direita. Ela mantém a mão levantada, como eu costumava fazer antes de minha mãe me ensinar a pintar as unhas direito.

Eu me inclino para a frente e digo:

— O truque é pôr a mão numa superfície plana, pintar uma faixa no meio da unha e depois uma mais fina de cada lado.

No começo, ela apenas me lança um olhar do tipo que diz "como se atreve a me dirigir a palavra?", o que talvez, depois do meu comentário anterior, seja justo. Mas ela não me dá um fora quando entrego os guardanapos e o livro grandão que usei para fazer as unhas da Amanda e as minhas.

Depois do filme, acendemos algumas luzes, e a Millie se desdobra para fazer com que as garotas iniciem um papo de amigas, mas nenhuma está interessada em divulgar segredos pessoais, e, para dizer a verdade, isso provavelmente se deve à minha presença.

Por isso, ela morde a própria isca e nos conta sobre aquele garoto, o tal do Malik, que todo mundo parece já conhecer. Ela fica vermelha ao recapitular a longa torrente de mensagens constrangedoras que eles trocaram quando ela estava chapada de analgésicos no fim de semana passado, e fica nas nuvens ao contar a história do primeiro beijo de verdade dos dois ontem à noite. É até caridosa o bastante para dizer que eu sou uma das pessoas que a encorajaram a tomar a iniciativa — e acho que está falando sério.

— Ele foi o seu primeiro beijo? — pergunta a Willowdean, a voz tão meiga que eu chego a achar que ela é capaz de ter esquecido que estou na sala.

Millie cora, mas nega com a cabeça.

— Não.

— O quê? – Willowdean parece sinceramente chocada, e eu também estou. – Millie Michalchuk, uma mulher do mundo!

— Eu beijei uns caras na Fazenda Margarida, aquele spa de verão pra onde a minha mãe me mandava.

Um spa? Se a Millie foi para um spa, por que ela ainda é... gorda?

— Uns? – pergunta Amanda. – Pensei que tinha sido só aquele.

— Bem, ele foi o único memorável – diz Millie. – Mas não foi nem um pouco como beijar o Malik. E a maioria dos caras lá no spa agia como se eu devesse me sentir muito sortuda por ganhar um beijo deles. Como se estivessem me fazendo um favor.

— Entendo isso totalmente. – Willowdean revira os olhos. – É como se as pessoas enfiassem na cabeça que gente gorda só pode namorar gente gorda, o que é um saco.

— Exatamente! A maioria dos caras me tratava como se eles fossem a minha única chance no amor. E também não ajudava o fato de que a proporção era de um garoto para cada dez garotas.

É superestranho ouvir a Millie e a Willowdean usarem a palavra "gorda" com tanta naturalidade. Não gosto de admitir isso, mas acho que faz um certo sentido que os gordos namorem entre si.

— Era essa a sensação que eu tinha com o Mitch às vezes – diz Willowdean.

Vou logo me endireitando à menção do nome dele, mas faço o possível para esconder meu interesse – um interesse que eu nem sabia que tinha. E do qual trato de me livrar rapidinho. Ele é a única pessoa semipopular que não está se esforçando ao máximo para me ignorar ou me dar um fora. É claro que o nome dele me interessaria.

— É tipo assim, se eu namorar um cara como ele – continua ela –, as pessoas vão pensar: "Ah, claro, dois gordinhos juntos. Pelo menos, não estão contaminando o patrimônio genético da humanidade com a sua gordura." E isso me deixa doida. Aí as pessoas me veem com o Bo, e fazem cara de que estão pensando: "Que favor será que ele deve à garota pra fingir que é namorado dela?"

Ellen solta um gemido, jogando as mãos para cima.

— Por que a gente não pode namorar quem quiser – ou ninguém! –, sem que as pessoas façam mil suposições?

Willowdean suspira.

– Não sei, mas agradeço pela sua indignação.

Ellen sapeca um beijo gordo na bochecha dela.

– Às ordens.

Sou até obrigada a desviar os olhos, porque não sei se elas me irritam ou se estou com inveja. Não consigo entender como esse tipo de afeto que faz as duas toda hora terminarem a frase uma da outra pode não ser falso. Ninguém tem esse tipo de sintonia com outra pessoa. Não de uma maneira autêntica.

Horas mais tarde, a Willowdean dorme com a Ellen no quarto da amiga, a Hannah e a Amanda ficam no quarto de hóspedes e eu fico no sofá de dois lugares, enquanto a Millie se acomoda no de três.

Deitadas no escuro, cochilando e acordando, ela diz:

– Você sobreviveu.

E ela tem razão. Sobrevivi mesmo.

Em vez de orgulhosa, só consigo me sentir dominada por um profundo sentimento de traição. Houve um tempo em que eu achava que o que tinha com a Sam, a Melissa e as outras Shamrocks era real. Disfuncional, mas real. E agora, a única coisa que sei é que estão todas vivendo o meu sonho sem mim, e nem uma única parece se importar.

# MILLIE

# DEZENOVE

Callie não falou muito sobre a noite de sábado desde que eu a deixei em casa na manhã de domingo, mas considero isso um bom sinal.

Na sua sala de trabalhos manuais, minha mãe tinha a seguinte frase bordada em ponto de cruz acima da máquina de costura: SE NÃO TEM NADA DE BOM PARA DIZER, É MELHOR NÃO DIZER NADA. E eu sei que é uma dessas frases que as pessoas usam o tempo todo, mas, quando eu era pequena, mamãe e vovó assistiam àquele filme, *Flores de Aço*, uma vez atrás da outra. E tinha essa fala que fazia vovó dar uma risadinha: "Se não tem nada de bom para dizer, venha sentar do meu lado."

Acho que a Callie deve ser daquele tipo de pessoa que só sabe dizer à gente o que está errado e nunca o que está certo. Portanto, eu bem posso interpretar o seu silêncio como uma coisa boa. E, mesmo que ela não tenha se divertido, eu não me importaria. Ainda estou curtindo a adrenalina da noite com o Malik. Ontem, na escola, não chegamos propriamente a conversar mais do que de costume, mas havia algo diferente. Talvez no jeito como ele sorria para mim ou como os seus dedos se demoraram nos meus quando ele me passou a folha de exercícios.

A manhã de terça é uma daquelas em que eu estou sempre dois minutos atrasada, não importa o que faça, mas, no mundo dos anúncios escolares do primeiro tempo, esses dois minutos fazem toda a diferença.

Amanda e eu nos separamos no estacionamento, e ela acena para mim dramaticamente.

— Vai com Deus!

Saio marchando apressada até o escritório, e chego bem na hora da campainha final. Tá certo, um pouco ofegante, mas aqui estou!

A mãe da Callie, a Sra. Bradley, abre um sorriso de orelha a orelha quando entro.

— Hoje a senhora está radiante! — digo a ela.

Ela leva uma das mãos ao rosto e rechaça o elogio com a outra.

— Deve ser o calor da menopausa.

Dou um risinho e lhe entrego a lista de anúncios para que ela a aprove. A sra. Bradley leva um dedo aos lábios e dá uma lida rápida.

— Parece tudo certo para mim — diz. — Ah! Menos os testes para o coral no próximo outono. O Sr. Turner teve que transferi-los para a semana que vem. — Ela abaixa os óculos de leitura e a voz. — Corre um boato de que o marido do Sr. Turner não está nada satisfeito com o modo como o coral compromete o tempo dele.

Dou um sorriso compreensivo, mas o relógio chama a minha atenção antes que eu possa responder.

— Ah, que droga! É melhor eu ir depressa para o microfone.

Ela abre a portinhola que separa o escritório de frequência do restante do escritório principal.

— É todo seu!

Sento-me atrás da mesa mais próxima da janela e puxo o microfone até a beirada.

Estico a boca durante um minuto, fazendo caretas ridículas, antes de iniciar uma série de exercícios de aquecimento vocal.

– Viu o vil covil do vilão. Viu o vil covil do vilão. Rede linda, viela linda. Rede linda, viela linda. – Pronuncio o mais detalhadamente possível cada palavra. – Cheira a ceia cheia de...

A Sra. Bradley pigarreia para me avisar que está na hora e levanta o polegar.

Aperto o botão vermelho.

– Bom dia, Rams auriverdes! Aqui fala Millie Michalchuk com os comunicados matinais. Os testes para o coral foram adiados para a semana que vem. Fiquem ligados ou de olho nas últimas atualizações no horário afixado na porta do Sr. Turner. O prato de hoje na cantina é o popularíssimo filé de frango com molho branco, purê de batata e feijão verde. As Shamrocks venderão bolos e tortas no pátio, portanto apareçam por lá e prestigiem o trabalho das garotas para que elas possam chegar ao campeonato nacional este ano!

Continuo com mais alguns itens da lista antes de passar o programa para Bobby Espinosa, do conselho estudantil, para que ele possa fazer o Juramento à Bandeira e o nosso momento diário de reflexão.

Depois, eu me sinto cheia de energia. Se alguma vez duvidei de que trocar a Fazenda Margarida pelo curso intensivo de telejornalismo no verão tenha sido uma boa ideia, basta essa manhã de anúncios para me lembrar da euforia revigorante que esses curtos momentos me dão. Comparada com eles, a transmissão de notícias ao vivo na tevê deve ser pura adrenalina.

Depois que Bobby volta para sua sala e a Sra. Bradley me dá alguns papéis que precisam ser arquivados para eu preencher o restante do meu tempo livre, ela rola a cadeira giratória até mim com as pernas cruzadas.

– Foi muito gentil da sua parte receber a Callie com as suas amigas no sábado à noite.

– Ah, nós nos divertimos muito! – E não é mentira. Não acho... A Sra. Bradley e eu não trocamos muito mais do que alguns comentários sobre o tempo e fofoquinhas sobre professores, mas, com a Callie trabalhando na academia, o terreno ainda é meio novo para nós.

– Não quero continuar justificando tudo que ela faz – diz –, mas tem sido difícil para ela ultimamente.

— Ela vai superar essa fase — prometo. — Não conheço a Callie muito bem. Ainda não. Mas a senhora criou uma guerreira, Sra. Bradley.

Ela esboça um vago sorriso.

— Que gosta de guerrear até demais.

— Desculpe por mudar de assunto, mas estou louca para saber. Qual é o tom desse batom que a senhora usa? — Sempre achei que havia algo meio hipnótico no batom da Sra. Bradley, e, agora que o prazo de inscrição para o curso de telejornalismo está se esgotando, tenho que pensar seriamente no vídeo de apresentação, o que significa dar os últimos retoques no visual que vou exibir diante da câmera.

— Ah, querida — diz ela, pousando a mão sobre a minha. — É o Certainly Red 740, da Revlon. Juro que se algum dia eu fizesse uma tatuagem, coisa que sou medrosa demais para fazer, seria desse tubinho de batom. — Ela o tira do bolso da saia. — Ele tem me acompanhado a todos os lugares. O ano em que a Shamrocks venceu o estadual, quando eu ainda era bem novinha. Todos os encontros que tive. O baile de formatura do segundo grau. Dois casamentos. Três partos de filhas de pais diferentes. Audiências de divórcio. Enterros demais.

Ela me estende o tubo para que eu examine, e eu o seguro. Um tubo preto com uma faixa dourada em volta do centro.

— Vou te dizer uma coisa, o amor vai e vem, mas um batom é para sempre — sentencia.

Algo nas suas palavras faz com que eu me derreta toda por dentro.

— É o tom perfeito — digo a ela. — Mas o que a senhora vai fazer se pararem de fabricar?

Ela ri, mas o riso sai mais como uma gargalhada.

— Morrer, é claro.

Dou uma risadinha.

Ela faz que não.

— Tenho minhas filhotas por quem viver. Eu sobreviveria.

Devolvo o batom após anotar o número, o nome e a marca num pedaço de papel. Voltamos a arquivar papéis e a falar do tempo e da politicagem na sala dos professores.

Quando estou de saída, ela torna a me puxar pela mão.

– Não interprete isso como um pedido para que você se torne amiga da minha Callie, porque, acredite em mim, não há nada que ela odiaria mais do que se eu interferisse na sua vida pessoal. Mas saiba que eu não me oporia se todas vocês voltassem a se reunir.

Balanço a cabeça, confiante.

– Nem eu, Sra. Bradley.

---

Quando estou indo para a aula do segundo tempo, sonhando com a de psicologia do AP e o Malik depois do almoço, vejo a Callie do outro lado do corredor e aceno. Ela está diante do seu armário com a mochila pendurada no ombro, usando uma legging e uma regata largona com os dizeres VÁ TREPAR NUM CACTO. Dizer que isso é a cara dela seria um eufemismo.

Callie abre um sorriso, retribuindo o aceno, e por um momento fico surpresa. Acho que no fundo eu pensava que, quando finalmente começasse a cumprimentá-la na escola, ela me ignoraria. Mas ela não faz isso, o que torna os meus passos mais leves.

E é então que eu escuto. Grunhidos. Baixos no começo, depois mais altos. Mais próximos.

Sinto um aperto no estômago e as pernas se tornam de concreto, como se eu estivesse tendo um pesadelo e o instinto me mandasse correr, mas o corpo ficasse paralisado. Inspiro depressa pela boca, esperando que alguma coisa me faça desaparecer.

– E aí, baleia – diz Patrick Thomas. Nem preciso me virar para saber que é ele. – Já pensou em arranjar um emprego de atendente de telessexo? Você faz aqueles comunicados matinais com uma voz tão sexy, que eu seria até capaz de esquecer a sua aparência por tempo bastante pra acreditar que você é gostosa.

Paro de andar. Sempre foram os grunhidos. A essa altura, é o que já aprendi a esperar. E os termos ofensivos... bem, são vulgares, mas até aí nada de novo. Mas o modo como ele acabou de... fazer com que eu me sinta como um pedaço de carne.

Meu olhar encontra o da Callie. Não estou esperando que ela venha me socorrer nem nada desse tipo, mas, por um breve momento de desespero, torço para que, mesmo sendo improvável, diga ou faça alguma coisa. Para que eu saiba que não é a mesma garota que fazia coro aos grunhidos e termos ofensivos desde o ensino fundamental.

Ela não desvia os olhos, e sua expressão é feroz. Mas não diz nada. Nem faz nada.

Assim sendo, faço eu.

Giro nos calcanhares. Eu me recuso a permitir que esse cara estrague o meu dia.

– Bom dia, Patrick – cumprimento com a voz mais esmeradamente educada. – Como está se sentindo hoje?

A expressão maldosa desaparece, e tudo o que resta em seu lugar é surpresa.

Os caras ao redor reviram os olhos e passam por ele, deixando Patrick Thomas parado à minha frente, sozinho. E completamente desarmado.

– Hmm, b-bem – gagueja ele.

Abro um sorriso.

– Que bom.

E, por um breve momento, Patrick Thomas e eu somos apenas dois seres humanos na verdejante Terra de Deus trocando amabilidades. Ele não é um monstro e nem eu sou a sua presa. E acho que Patrick Thomas também percebe isso.

Ele passa me dando uma ombrada, e eu me viro para a sala.

Torno a sorrir para Callie, mas ela fecha o armário e sai apressada para a próxima aula.

# CALLIE

# VINTE

Na quinta, durante meu tempo como auxiliar de escritório, mamãe me pede para ir a todas as salas recolher as chamadas, já que a sua assistente efetiva faltou.

No passado, uma chance dessas de vagar livremente pelos corredores durante um tempo de aula inteiro seria a perfeita desculpa para me encontrar com o Bryce em algum armário de serviço. Mas agora é como um desfile de tortura pela escola, para as pessoas poderem ver melhor a garota que depredou um estabelecimento comercial da região e gritou feito uma alma penada quando o namorado tentou terminar com ela.

Ontem fiquei menstruada três dias antes do esperado, e fui correndo da sala até o banheiro mais próximo. Enquanto estava no reservado, vi pelas frestas quando duas garotas do décimo ano entraram e pararam diante das pias, reaplicando o gloss.

— Eu vi que a Melissa postou cartazes do Acampamento Shamrock — disse a primeira.

O Acampamento Shamrock sempre foi uma das minhas épocas favoritas do ano. Acontece durante duas semanas no verão, e qualquer garota pode se inscrever. Temos longos dias de oito horas de exercícios e treinos superpuxados. No fim das duas semanas, oferecemos um período experimental, com vários testes. Mas, na realidade, esse período começa no primeiro dia do acampamento, de modo que o período regulamentar é uma mera formalidade. No acampamento, só leva alguns dias para a multidão começar a diminuir.

— Ela realmente fisgou o posto de capitã do ano que vem — disse a segunda.

Fiz que sim. Essas garotas podiam ser só alunas do décimo ano, mas sabiam do que estavam falando.

Pelas frestas, vi a primeira garota se aproximar da amiga.

— Pois eu ouvi dizer que a Callie Reyes estava chapada de analgésicos quando depredou aquela academia. Elas iam só jogar papel higiênico molhado no lugar, mas ela já chegou em pé de guerra, sob o efeito das pílulas, e ninguém conseguiu segurar a fera.

— Aquela garota era o máximo.

A primeira fez que não com a cabeça.

— Se "máximo" significa ser barraqueira e dar show em público, concordo.

As duas começaram a rir, mas pararam abruptamente quando dei descarga na privada e puxei o short antes de empurrar a porta do reservado. Lavei as mãos sem a menor pressa, e, em vez de pegar uma toalha, sacudi as mãos na direção das duas.

— Bu! — fiz eu.

As duas saíram correndo, e a segunda até deu um gritinho, como se eu fosse capaz de me transformar numa canibal viciada.

Depois de recolher a última chamada do corredor do nono ano, contorno uma parede em direção ao corredor de estudos sociais e encontro a Melissa e a Sam confabulando, com a Jill na outra ponta do corredor, pendurando cartazes.

— Oi — digo. A palavra cai morta no chão como se eu tivesse soltado uma única moeda. Meus olhos encontram os de Melissa, e não consigo pensar em outra coisa além daquele telefonema de madrugada quando ela atendeu o celular da Sam. As duas têm fugido de mim feito o diabo da cruz desde que paguei o pato pela equipe, mas essa é a primeira vez que elas não têm um corredor barulhento para se esconderem. Dessa vez, se quiserem me ignorar, vão ter que fazer isso na minha cara.

– Ah, oi, Callie – diz Sam. – Como tem passado? – pergunta, compassiva.

Não reajo bem a piedade, mas é até bom que, pela primeira vez, alguém reconheça como tudo isso é terrível para mim.

– Bem – respondo.

Melissa está com os braços cruzados, menos de meio metro atrás da Sam. Dou um sorriso de desprezo para ela, que não se move.

Sam segura minha mão.

– Nós só queremos que você se cuide – diz ela. – É tudo o que importa no momento.

Minha testa se franze. Me cuidar?

– Eu estou bem – digo. – Ótima, na verdade. Só esperando que haja um jeito de voltar à equipe no ano que vem. Afinal, tudo isso vai passar em breve. – Só preciso que aconteça outro dramalhão, para eu virar notícia velha.

Ela dá uma olhada para trás. Jill está estudando o rolo de durex como se fosse química.

Um pouco alto demais, Sam diz:

– Não se preocupe com a equipe, querida. Estamos todas torcendo pra que você aproveite essa chance de dar uma virada na sua vida. – Ela me puxa para um abraço, mas meu corpo inteiro fica rígido contra o dela.

– Como disse? – sussurro.

– Nós sentimos muito a sua falta – diz ela, a voz abafada. – Mas, tipo assim, precisamos que você se mantenha a distância. Pelo bem da equipe.

Dou um passo atrás, boquiaberta.

– Foi muito bom te ver – diz Melissa. – Você está com uma aparência muito melhor esses dias.

Meu olhar pula de uma para a outra. Não sei se foram elas que espalharam o boato que ouvi daquelas idiotas do décimo ano, ou se foi puro acaso. Mas, seja como for, Sam e Melissa estão fazendo todo o possível para que as pessoas pensem que eu agi sozinha.

Sacudo a cabeça furiosamente.

— Querem saber? Vocês são dois lixos — digo. — E aquela equipe não é nada sem mim. Toda vez que alguma de vocês cair, saibam que eu vou estar assistindo e dando pulos de alegria.

Nem me dou ao trabalho de recolher as chamadas que faltam. Levo as que peguei para o escritório e digo a minha mãe que estou com uma cólica monstra, para que ela me deixe ficar escondida atrás da sua mesa durante o resto do meu tempo como auxiliar.

Já estou farta de deixar que essa merda aconteça comigo. Estou farta de aceitar tudo isso de braços cruzados. A Melissa não só me dedurou, como agora ela e a Sam estão tentando arruinar o que restou da minha reputação. Mas eu sei como fazer o feitiço virar contra as feiticeiras.

---

O último sábado anterior ao começo do ano letivo é um dia sagrado na história da Shamrocks. É o dia em que a próxima capitã recebe a equipe inteira para dormir na sua casa. Superficialmente, parece uma festa boba — típico cenário de sonhos eróticos. Mas, na verdade, é a noite em que as integrantes da equipe assumem um compromisso com a Shamrocks e iniciam a transição de um bando de garotinhas usando uniformes iguais para uma irmandade de jovens que compartilham um objetivo: serem as melhores.

Como nada de bom acontece sem sacrifícios, é exigido de cada Shamrock que entra na equipe que confie um segredo jamais contado a ninguém à Bíblia Shamrock — um scrapbook verde e dourado, com quinze centímetros de grossura. A capa do troço é horrorosa. Lantejoulas descascadas, pedaços de cola velhíssimos, plumas avulsas e um excesso de tinta com glitter. Há anos paramos de tentar embelezá-la, e, atualmente, nos concentramos em manter a sua integridade.

A Bíblia Shamrock é o mais profundo de todos os segredos das Shamrocks. Ela existiu, de alguma forma, desde que a equipe se formou em 1979 e contém todas as regras, coreografias e um segredo de cada integrante da equipe. A Bíblia Shamrock atual data de 1995.

Quando fui passar a noite na casa de uma capitã da Shamrocks pela primeira vez, a anfitriã era Isabella Perez, uma aluna do último ano.

Depois que os pais foram dormir, Isabella nos levou até o sótão, onde ela e as outras garotas acenderam um círculo de velas. Lembro que me sentia como se o coração fosse saltar para fora do peito.

A equipe inteira se sentou num círculo. Foi a primeira vez que me lembro de ter percebido a Melissa. Ela se sentou ao meu lado. Horas antes, ela tinha ficado eufórica por tirar o aparelho dos dentes na véspera do início das aulas, mas agora estava quieta, até mesmo reverente. Todas nós estávamos. Para nós, era como estar na igreja.

Isabella falou do poder da irmandade e como a Shamrocks era a equipe cem por cento feminina mais antiga da Clover City High School.

— O talento individual não tem lugar aqui — começou ela. — De hoje em diante, cada uma de vocês será uma engrenagem em uma máquina muito maior, e a única maneira de essa máquina funcionar é através do poder da confiança e da irmandade.

Naquele momento, eu poderia estar entrando até para uma equipe de golfe sincronizado, que não faria a menor diferença. O que quer que ela estivesse vendendo, eu estava disposta a comprar. E talvez a dança fosse apenas o veículo que me levaria àquilo por que eu realmente ansiava: amigas. Durante toda a minha vida, mamãe tinha falado dos seus anos como Shamrock e das amizades que havia feito. Suas madrinhas de casamento? Shamrocks. Do lado de fora da sala de parto quando ela tivera as três filhas? Shamrocks. Segurando sua mão na audiência de divórcio? Shamrocks. Chorando lágrimas de alegria comigo ao seu lado durante o segundo casamento? Shamrocks.

Isabella levantou o véu da Bíblia Shamrock e fez com que ela circulasse entre nós.

— Segredos falsos e sentimentais não são permitidos — disse. — Fatos concretos. Queremos a verdade. Ser uma Shamrock tem muitos benefícios. Irmandade. Popularidade eterna. Uma tradição a transmitir para as filhas. Mas tudo isso tem um preço.

Sam estava sentada à minha frente, e, quando foi a minha vez de escrever o segredo, ela balançou a cabeça para me encorajar e sorriu.

— Pelo menos, o seu segredo não vai ficar sozinho. O meu está duas páginas atrás.

— Posso ver? — pedi.

— Mais tarde — prometeu ela.

– Sério? – perguntou Melissa.

– Sério – confirmou Sam. – Depois que confiar o seu segredo, o livro é todo seu para devorar.

Fiquei mistificada com esse fato bobo. Sim, todas veriam o meu segredo, mas eu também veria os delas.

Escrevi meu segredo. A Sam e a Melissa ficaram me observando. Depois, foi a vez da Melissa. Quando ela terminou, passou o livro adiante e perguntou:

– Você viu isso, não viu?

Fiz que sim.

– Acho que não é mais segredo – disse ela.

– É sim – afirmei. – É um segredo que eu vou guardar para sempre.

---

Demoro quase uma semana para arquitetar o meu plano. O jogo foi fazer só meia dúzia de cópias cada vez que ia ao escritório principal. O papel de impressão verde é o tipo de coisa que minha mãe notaria se de repente desaparecesse em grande quantidade. Mas tem que ser verde. Pensei em tirar umas folhas de cada cor de cima das pilhas na sala da copiadora, mas, do verde, faço questão absoluta.

Millie notou que estou aprontando alguma. Ontem, no trabalho, ela deu uma espiada na pilha volumosa de folhas verdes na minha mochila.

– Aaaaah! – fez ela. – Estou farejando um trabalhinho manual?

Sacudi a cabeça.

– Seus sentidos de aranha artesã se aguçaram?

Ela franziu os lábios e fingiu um ar de suspeita, brandindo o indicador para mim.

– De mim, você não pode esconder um vício em trabalhos manuais. Se você é uma artesã secreta, escreva o que estou lhe dizendo, Callie Reyes, eu hei de descobrir!

Soltei uma risada.

– Vai por mim – respondi. – Nenhum dos meus segredos tem coisa alguma a ver com trabalhos manuais.

# MILLIE

# VINTE E UM

Tenho um profundo e duradouro amor por rotinas. Ou talvez "rotina" não seja a palavra certa. Planos! Eu amo planos. Adoro abrir a minha agenda e saber o que esperar. Essa é a razão pela qual me encanta estar sentada atrás do balcão da academia, rabiscando no quadrado do sábado que vem.

☆☆ Festa do Pijama Número Três na Casa da Amanda ☺

Callie se joga no banco ao meu lado depois de colocar algumas toalhas na secadora.

— Isso é que é agenda cheia — comenta.

— Festa do pijama na casa da Amanda — digo a ela. — No sábado que vem! Você tem que ir.

Ela solta um gemido e encosta a cabeça no vidro.

Encosto a minha também, e nossos olhos ficam no mesmo nível.

– Isso é um sim?

– Isso é um "sou uma louca temperamental e só vou te avisar na última hora".

Levanto a cabeça.

– Vou interpretar como um provavelmente.

Callie solta outro gemido.

– Está tudo bem? – pergunto. Geralmente, a Callie é fresca mesmo. Mas hoje parece estar perturbada com alguma coisa.

Ela apoia o queixo nos nós dos dedos.

– O que isso quer dizer? – Mas a pergunta não é feita num tom grosseiro. – Eu não devia me queixar disso com você.

– É claro que devia – digo. – Tenta.

Ela tira o celular do bolso traseiro e, em silêncio, procura alguma coisa antes de estendê-lo para que eu veja.

– Garotas de biquíni lavando carros? – pergunto.

– Não é só isso – diz ela, passando para outra foto.

Algumas garotas bonitas sentadas atrás de uma mesa dobrável com um cartaz anunciando bolos e tortas à venda colado na frente.

– Uma feirinha de doces no pátio da escola?

Ela torna a guardar o celular no bolso.

– O campeonato estadual de dança é na semana que vem. E, na noite passada, elas levantaram o suficiente pra cobrir o déficit do patrocínio da academia. E...

– Você não vai – termino a frase por ela. Não posso deixar de pensar que, em parte, é por minha culpa.

Ela torna a encostar a cabeça no balcão de vidro e dá de ombros.

– Vou ter que limpar esse troço pela bilionésima vez. Podia imprimir meu rosto nele logo de uma vez.

Dou uma risada.

– Você se parece tanto com a Inga.

– O quê? Não! Não diga isso.

– Ela é minha tia, você sabe.

Callie se endireita.

– Isso não significa que a criatura não seja doida de pedra.

– Lamento que você vá perder o campeonato de dança – digo.

— Normalmente, eu diria que elas não têm a menor chance sem mim. Em geral, isso faria com que eu me sentisse melhor, mesmo que não fosse verdade. Mas... – Ela abana a cabeça. – Eu sei que elas vão ficar bem, e por algum motivo isso é ainda pior.

— Faz muito sentido – observo.

— Não é só isso – diz ela antes de abaixar a voz algumas oitavas. – Eu não agi sozinha. Entende o que quero dizer?

Faço que sim.

— Mas a equipe inteira está fazendo o possível e o impossível pra que pareça que sim. Tipo, eu ouvi duas alunas do décimo ano dizerem que eu estava doidona de analgésicos e que foi por isso que fiz o que fiz.

— Analgésicos? – pergunta ela. – E por que você fez?

Seu olhar fica distante, como se ela olhasse para além de mim. Através de mim.

— Foi uma idiotice. Desde o começo, eu achei que era uma idiotice. Mas a gente estava muito pau da vida. Era pra ser uma brincadeira inofensiva com papel higiênico molhado e ovos, mas... enfim, agora está feito.

— Sinto muito por isso. – Sei que o castigo dela é merecido, mas ainda detesto vê-la perder uma coisa pela qual se esforçou tanto.

Ela dá de ombros.

— A culpa não é sua – diz. – Certo?

Sinto o rosto ficar vermelho ao me lembrar do exato momento em que a identifiquei para o xerife Bell. Aquele bendito colar com um *C*.

— É, acho que não.

Nesse momento, Mitch sai do vestiário e eu me afasto um pouco, para dar a ele e a Callie uma chance de conversarem. Pode alegrar o dia dela. Quem sabe? Ainda lembro que ele e a Will andaram ficando durante um tempo, e é claro que me sinto feliz por vê-la com o Bo. Mas há alguma coisa no Mitch que me faz desejar que ele tenha o seu "felizes para sempre". E se por acaso o seu FPS for a Callie?

— Aonde vai? – sussurra Callie.

Sinto o nervosismo na sua voz e quase solto um gritinho. Ah, meu Deus! Os dois formariam o casal mais fofo do mundo.

— Já volto – digo numa vozinha cantada.

Ela se vira e quase cospe em mim.

– Você não tem literalmente nenhum lugar pra ir agora.

Levanto a mão e aceno com os dedos enquanto entro no escritório. Fico observando pela persiana atrás da porta enquanto ela devolve ao Mitch o cartão de aluno. Os dois trocam talvez umas três palavras antes de ele ir embora, e é só isso. O momento perfeito que entreguei a ela de bandeja foi desperdiçado.

Callie volta para o escritório em passos furiosos, e abro a porta para encontrá-la.

– Que diabos foi aquilo? – pergunta ela.

– Pensei em dar um momento pra vocês – respondo.

– Um momento pra quê?

– Pra vocês se conectarem, entende?

Ela revira os olhos.

– Só porque aquela festa do pijama não foi uma merda total, isso não te dá o direito de se intrometer em cada frestinha da minha vida, tá legal? E o Mitch? Não faz meeeesmo o meu tipo.

Não faz o tipo dela. Sei exatamente o que isso significa. Mas ainda quero ouvi-la dizer em voz alta.

– Não faz o seu tipo? – pergunto. – E qual exatamente é o seu tipo?

Seus lábios se esticam numa linha fina e apertada.

– Não é o Mitch.

– Tudo bem – digo, preferindo deixar pra lá.

Terminamos os últimos afazeres do dia em silêncio, e, quando estou trancando a porta depois de sairmos, seu celular apita. Callie dá uma olhada e solta um gemido. De novo.

Ela murmura alguma coisa que não consigo entender muito bem.

– O que foi? – pergunto.

– Minha mãe quer saber se você pode me dar uma carona pra casa.

Abro um sorriso.

– Com o maior prazer.

Quando já estamos na minivan, ligo a ignição, afivelo o cinto de segurança e verifico os espelhos. Olho para a Callie.

– Que é? – pergunta ela.

– Cintos de segurança salvam vidas – digo.

Ela solta um suspiro alto e estende a mão por cima do ombro para apertar o botão do seu cinto.

– Vamos nessa! – Olho para ambos os lados antes de manobrar para a rua.

Ela abafa um grito.

– Espera!

Piso no freio e olho em ambas as direções, frenética.

– Foi um gato? – Juro, eu vivo com medo de algum dia atropelar algum animal por acidente com a minivan.

– Não, não – diz ela. – Desculpe. Não quis te assustar. Só lembrei que esqueci uma coisa na escola. Você me deixaria dar um pulinho lá por uns minutos?

Dou uma olhada no relógio do painel.

– Claro – respondo.

Enquanto espero pela Callie na frente da escola, mando uma mensagem para meus pais avisando que vou me atrasar um pouco. Minha mãe responde com um emoji de cara amarrada e promete deixar um prato na geladeira para mim.

Fico observando o relógio enquanto dez minutos se passam. E depois, vinte. Quando nos aproximamos da marca dos trinta minutos e já estou prestes a desligar o motor e sair à procura da Callie, ela sai correndo da entrada principal e vem direto para a minivan.

Eu me inclino sobre o painel e abro a porta para ela.

– Oi! – diz ela, ofegante. – Desculpe. Não estava encontrando, hum, meu livro de geografia.

– Espero que tenha encontrado. – Não me dou ao trabalho de esconder o aborrecimento na minha voz.

Ela levanta os polegares.

– Com certeza.

Quando me aproximo do sinal no fim da rua, pego o desvio oposto ao que leva à minha casa e me dirijo à parte mais antiga de Clover City, onde a Callie mora. Estou meio irritada com o jeito como ela ficou procurando o livro sem a menor pressa, mas também determinada a ser sua amiga.

– E aí, agora que a equipe de dança não faz mais parte da sua vida... – digo – o que vai fazer quando terminar de pagar a dívida com a academia?

Ela se remexe um pouco no assento e observa no espelho lateral a rua vazia atrás de nós.

— Bom, acho que vou tentar conseguir de volta o meu emprego na Sweet 16. Eles me deixaram tirar uma licença nos últimos meses para a temporada dos campeonatos de dança. — Ela suspira. — Os descontos no preço das roupas para as funcionárias eram fantásticos.

Balanço a cabeça.

— Faz sentido.

— Mas sei lá. Acho que se poderia dizer que tudo na minha vida estava relacionado com a dança. Achei que de repente me ajudaria a entrar na faculdade, e... sei que é loucura, mas imaginei que poderia dançar pra algum time esportivo profissional. Tipo, pra NBA ou algo assim. — Ela revira os olhos. — Essas garotas não ganham quase nada, mas eu arrumaria um jeito de me dar bem. E às vezes a gente até viaja com o time.

— Isso teria sido incrível — digo.

— É, mas esse sonho foi meio que detonado. E eu nem mesmo posso terminar o ensino médio em outro lugar. A CCHS é a única escola pública que nós temos.

— Então, dançar é a sua paixão? Tipo, a coisa que você quer fazer custe o que custar?

Ela reflete por um longo minuto.

— Eu sou muito boa nisso. Era legal ter amigas na equipe... se é que ainda posso chamar aquelas garotas assim. E eu gostava de ser capitã coassistente e dizer à galera o que fazer. Gosto que olhem pra mim... sei que parece nojento, mas não é nesse sentido. Eu só...

— Você gosta de ficar sob os holofotes? — pergunto.

— Isso. — Ela balança a cabeça.

— Bem, se está aberta a outras opções, tenho certeza de que há muitas coisas em que você é boa e que incluiriam dar ordens às pessoas e ser o centro das atenções.

Ela bate com o indicador nos lábios.

— Putz, isso me faz parecer uma escrota.

Rio um pouco.

Ela dá de ombros.

— Mas eu também nunca cheguei a ser muito ruim em nada.

A maioria das pessoas confundiria a honestidade da Callie com ego. E, acredite em mim, ego é uma coisa que não falta nela. Mas há algo mais na sua atitude. Algo mais semelhante a autoconsciência. E eu gosto disso. Porque acho que provavelmente a Callie admitiria os seus defeitos do mesmo modo como reconhece as suas qualidades.

Ela agita os ombros, como se estivesse tentando se livrar dos pensamentos em que estava absorta.

— E você? Vai trabalhar a vida inteira naquela academia ou o quê?

Piso no freio quando chegamos a um sinal de *Pare*. Viro para ela enquanto o carro à frente espera para seguir em frente. Não tenho vergonha dos meus sonhos. Mas sempre tive a sensação de que, quanto maior é o número de pessoas a quem você confidencia as suas esperanças, mais frágeis elas se tornam. De repente, todo mundo está fazendo buracos no seu futuro, até não restar muito por que esperar.

— Eu tenho planos — digo finalmente.

— Ah, é mesmo?

— Sim. Eu tenho planos.

— E no que exatamente consistem os seus planos?

Paro na frente da casa da Callie e puxo o freio, estacionando a minivan. Depois de desafivelar o cinto de segurança, viro para ela.

— Tudo vai começar nesse verão. O primeiro dominó do meu plano.

E então, tudo se derrama da minha boca como uma torneira aberta até o limite. Conto a Callie sobre o curso de telejornalismo na UT em Austin no verão e como pretendo ir para lá depois de concluir o ensino médio. Conto sobre os objetivos que eu tenho para daqui a cinco anos, para daqui a dez anos, para a vida inteira. Conto a ela absolutamente tudo.

Então, me recosto no assento e espero pela sua reação.

— Uau — diz ela, mas o tom é difícil de decifrar, como se estivesse impressionada, mas tivesse suas dúvidas. — Você tem planos mesmo.

— E aí, o que você acha? — Sei que ela vai ser honesta comigo.

— O que *eu* acho? — dispara, nervosa. — Bem, eu não sou, tipo, uma analista profissional de planos futuros, mas parecem... bons?

— Só bons? — pergunto, tentando disfarçar a decepção.

— Bem. — Ela faz uma pausa. — Eu não sei muito sobre os âncoras da tevê ou nada do tipo, mas aposto que é uma indústria muito competitiva.

E você é... – Ela agita a mão como se pudesse magicamente encontrar a palavra certa.

– E eu sou o quê? – Minha voz carrega uma ponta de agressividade.

– Bem, você é filmada o tempo todo, não é? – Ela olha para os pés, e chego a ouvi-la engolindo em seco. – As pessoas são extremamente superficiais.

– Você acha que eu não posso ser filmada? – pergunto, a voz falhando. Sabia que tocar nesse assunto com a Callie era um risco. Mas a sua dúvida me fere. Sei que no mundo da tevê vou enfrentar essa mesma hesitação em cada canto, por isso faço o possível para me anestesiar. Mas, ainda assim, eu a sinto. Não posso evitar. Sinto uma onda de decepção se abater sobre mim até me submergir. Fecho os olhos e expiro, contando até cinco.

– Não foi o que eu disse. – A voz dela sai baixa.

Abro os olhos e me viro para ela, fazendo o possível para aquietar meus sentimentos.

– Às vezes, o importante é o que você não diz – observo. – Primeiro, você ficou surpresa ao ver que eu sabia lidar com todo o equipamento da academia. Talvez seja igualmente chocante descobrir que eu quero aparecer em noticiários.

Ela faz que não.

– Você deve fazer o que quiser, tá? – Puxa a mochila para o colo. – E o que importa o que eu penso? Nós nem somos amigas.

Prendo a respiração para conter as lágrimas que ardem nos cantos dos olhos. A quem estou tentando enganar? Não posso me anestesiar. Eu sinto tudo. Cada bendita coisa.

– É verdade – concordo. – Acho que não somos.

Ela salta do carro.

– Obrigada pela carona.

Fico esperando para vê-la entrar em casa, mas, quando ela está a meio caminho na calçada, dá meia-volta e bate com os nós dos dedos no vidro da janela para que eu o abaixe.

– Esqueceu alguma coisa? – pergunto, secando uma lágrima zangada.

– Escuta, Millie.

Ele chegou. O momento em que ela vai me dizer para enfrentar a realidade. Para engrossar a minha casca. Garotas gordas não anunciam as notícias.

Sacudo a cabeça. Já estou farta de ouvir pessoas como ela dizendo do que acham que eu sou capaz.

Ela solta a mochila no gramado e diz:

– O que eu acho, sinceramente, é que você é o máximo. E isso não é mesmo o que eu esperava achar de você. Minha vida inteira está um caos no momento, por isso talvez eu não seja a pessoa a quem você deveria estar ouvindo, mas o que eu acho é que você pode fazer tudo que quiser. Não digo as coisas para as pessoas se sentirem bem. Eu digo porque são verdade.

Estou atônita. É um desses raros momentos na minha vida em que realmente não tenho palavras.

– Obrigada... Acho.

– De nada – responde ela, com ar rabugento. Esfrega as mãos no rosto. – E me desculpe pelo que eu disse na academia há um tempo na frente do Mitch, e me desculpe se pareceu que eu duvidei de você há pouco. Mas as pessoas são escrotas, Millie. – Ela aponta para si. – Eu sou uma escrota! E... – Ela respira fundo. – Acho que o meu primeiro instinto foi te desencorajar, porque... bom, acho que eu queria te proteger de escrotos como eu. Mas isso só serviu pra me tornar uma ainda maior, porque eu não deveria estar te empatando. Deveria estar te dizendo pra fazer tudo que você quiser.

– O que significa que nós somos amigas? – A dúvida vibra na minha voz.

Ela balança a cabeça depressa e ri de um jeito meio frenético.

– Sim. Acho que somos.

Sorrio um pouco. Fico feliz por ela me considerar uma amiga, mas, por outro lado, passei a vida inteira dentro da bolha dos meus pais superprotetores, e, se os amigos são os parentes que a gente escolhe, eu escolho não ser amiga de pessoas que tentem me segurar.

– Não preciso que você me proteja – digo a ela.

– Ótimo. – E então, acrescenta: – Eu não acho que você seja fraca, Millie. Nem um pouco. Só estou... começando a perceber que sou o tipo de pessoa de quem você deveria ser protegida. Eu sou a escrota, a bully ou o que for.

– Você não tem que ser – pigarreio – essa palavra que você disse que começa com *e*.

Ela pega a mochila e abana a cabeça.

– É o que você vive me dizendo. Talvez algum dia entre na minha cabeça.

Quando chego em casa, paro na entrada por um minuto e mando uma mensagem para o Malik. Minha cabeça dá voltas e mais voltas, mas de algum modo ainda consigo me concentrar. Tenho tarefas a realizar. Preciso de ajuda, e o único jeito de consegui-la é pedindo.

**EU: Preciso da sua ajuda com uma coisa.**
**MALIK: É permitida por lei?**
**EU: Sou uma garota que segue estritamente o que manda o figurino.**
**MALIK: Droga. Estava esperando fazer minha estreia no mundo do crime.**
**EU: Você tem acesso ao equipamento de audiovisual na escola?**
**MALIK: Se eu tenho acesso? SE EU TENHO ACESSO? Eu sou o acesso.**
**EU: Você? Eu? Domingo à tarde? Uma sala cheia de equipamento de audiovisual?**
**MALIk: Parece que temos um encontro.**

Quando chego à escola na manhã de terça, demoro um momento para perceber que há algo diferente no corredor onde fica o escritório principal, como se meus olhos estivessem se acostumando a uma luz muito forte.

É verde. O corredor inteiro está verde.

– O que é isso? – pergunta a Amanda, arrancando uma folha de papel verde da parede.

– Não faço a menor ideia. – Mas meu estômago ronca de tensão.

Toca a primeira campainha, mas ninguém no corredor faz menção de ir para a aula. Amanda e eu ficamos lá paradas, enquanto leio sobre o seu ombro.

### A LISTA DAS SUJEIRAS SECRETAS DAS SHAMROCKS

1. Jill Royce é loucamente apaixonada pelo padrasto.
2. Hayley Walker fez cocô na piscina comunitária em Jefferson no verão depois do oitavo ano e jogou a culpa na Janelle Simpson.

3. Addison Caliro roubou a oxicodona da mãe e a vendeu para o Sr. Graham, o professor de tênis, que está numa clínica de reabilitação para tratar o vício em medicamentos de venda controlada.
4. Whitney Taylor criou a conta anônima no Twitter que difamou Chelsey Lewis até os pais a mandarem para uma escola particular.
5. Lara Trevino pegou o carro dos pais para dar uma volta e topou com um patrulheiro no caminho. Quando foi pega, fingiu que estava tendo uma crise de sonambulismo.
6. Jess Rowley guarda as unhas cortadas dos dedos dos pés e as cataloga por ano.
7. Bethany Howard é obcecada por comer a cera dos seus ouvidos e uma vez provou a do irmão num cotonete usado para ver se o gosto era diferente.
8. Gretchen McKinley deu uma portada na própria cara de propósito e quebrou o nariz para ganhar uma plástica antes do décimo ano.
9. Zara Espinosa jogou uma bombinha na privada do banheiro da biblioteca e deu descarga. Não só a privada explodiu, como a obra de arte de valor incalculável emprestada pelo Museu de Arte de Dallas, que estava instalada do outro lado da parede, também foi destruída.
10. Emma Benjamin queria impressionar os amigos mais velhos esburacando o campo do time de futebol americano rival, mas bebeu demais e acabou esburacando o nosso, o que resultou na derrota do Rams por w.o. durante a histórica temporada em que só faltava um jogo para o time se classificar para as semifinais distritais.
11. Natalie Forrester vende o Adderall do irmão caçula para membros seletos do corpo docente em troca de boas notas.

12. **Samantha Crawford atropelou por acidente a mascote anterior da escola, a cabra Penelope, com a caminhonete do pai, escondeu o corpo num campo de petróleo e culpou a equipe de cheerleaders da Marble Falls High School. Em retaliação, a equipe de cheerleaders da CCHS sequestrou a iguana premiada da MFHS, que nunca foi devolvida.**
13. **Melissa Gutierrez trocou as pílulas anticoncepcionais da irmã por aspirinas depois de uma briga das duas. Não só a irmã engravidou, como foi expulsa de casa.**

— Ah, meu Deus — exclamo. — A Penelope.

Amanda balança a cabeça.

— Apareceu em todos os noticiários locais. Ela ficava tão fofa com aqueles chifrinhos de bode e a camisa do time. Que loucura.

Tiro o papel da sua mão e arranco um punhado de outros da parede antes de jogá-los na lata de lixo mais próxima.

Meu coração martela contra o peito. A culpa é toda minha.

A Callie fez isso. Só pode ter sido. E se vingou porque pensa que foi alguma colega da equipe que a dedurou.

Devia ter lhe contado que fui eu. Eu devia ter posto as cartas na mesa. Mas agora ela e eu somos amigas — amigas de verdade. E todas essas garotas... os seus segredos. Se a Callie não era a vilã antes, agora, com certeza, ela é.

# CALLIE

# VINTE E DOIS

Quando as pessoas buscam vingança, elas quase sempre cometem um grande equívoco: complicam demais. Privilegiam os detalhes elaborados em detrimento da precisão. Não é o meu caso. Cobrir o corredor principal com folhetos verdes listando os segredos das garotas foi simples o bastante de fazer... mas também letal o suficiente para destruir.

Quando Keith me deixa na escola pela manhã, entro no corredor da frente e encontro o caos. Pela primeira vez em semanas, eu me sinto como a Callie de sempre. Talvez até melhor do que a Callie de sempre.

Melissa está arrancando folhetos de mão em mão o mais depressa possível. Toca a última campainha antes do primeiro tempo, e nem uma única pessoa no corredor arreda um centímetro de onde está. No momento, o local mais parece o último dia de aula. Por um breve momento, os alunos percebem que são mais numerosos do que o corpo docente, e nenhum grito ou ameaça por parte da diretora Armstrong e do vice-diretor Benavidez faz a menor diferença.

Vejo a Sam alguns passos atrás da Melissa, os braços cruzados, sacudindo a cabeça furiosamente.

Dou a ela meu sorriso mais deslumbrante e aceno. Ahhh. A sensação é uma delícia.

E então, porque hoje o universo resolveu jogar no meu time, vejo o Bryce a alguns metros. Está cabisbaixo, e, se ele tivesse um rabo, estaria entre as pernas. Seus olhos encontram os meus por um breve momento, e então ele acotovela alguns caras para entrar no banheiro. Essa exibição é um bom lembrete para ele. Seu nome pode não estar na lista, mas os podres que eu sei dele são mais do que suficientes para renderem uma lista por semana até o fim do ano letivo.

Alguém dá um puxão no meu braço e eu me viro, já pronta pra briga.

– Ah – digo. – Oi, mãe.

Minha mãe está usando um longo vestido de verão branco com um xale turquesa. Os lábios vermelhos são quase tão intensos quanto o olhar.

– Vem comigo. Agora.

Ela crava as unhas vermelhas no meu braço e me arrasta até o banheiro dos professores no escritório principal. Quando a porta está fechada e trancada, ela exibe um folheto verde para que eu veja.

Pela primeira vez, a dúvida me aperta as entranhas.

– Que é que tem? – pergunto.

– Não finja que não foi você quem fez isso.

Cruzo os braços e respiro fundo.

– Mãe, cada uma daquelas garotas me deixou pagar o pato sozinha pelo que nós fizemos. Todas são tão culpadas quanto eu.

Suas narinas se dilatam, mas não há muito que ela possa dizer para contestar isso.

– Eu me ferrei? – pergunto, a voz saindo meio gritada. Já tinha pegado uma suspensão pelo que aconteceu na academia. E agora, o que vai ser? Expulsão?

Seus lábios se esticam numa linha fina.

– Não há como provar quem fez isso – diz ela. – E dessa vez você não causou danos materiais. Acho que, a essa altura, Armstrong e Benavidez estão mais preocupados em minimizar os estragos.

– Ótimo! – digo. – Posso ir pra aula agora?

– Não! – exclama ela, ríspida, sacudindo a lista diante do meu rosto. – Não te criei para fazer esse tipo de merda, Callie. Não só você traiu a confiança dessas garotas, como violou o seu juramento de Shamrock. – Ela estende a mão para a maçaneta. – Que coisa ultrajante para fazer. Estou tão envergonhada.

Mamãe me deixa sozinha no banheiro dos professores, e a euforia que eu estava sentindo ao chegar à escola se evapora completamente. Quero tanto me apegar à raiva. Aquelas garotas me ferraram. Elas fizeram por onde. Mas o remorso que sobe pela minha garganta como bile é demais para ignorar.

Apoio as mãos na pia de porcelana e me olho por um bom tempo no espelho. *Elas mereceram*. É o que repito uma vez atrás da outra até quase acreditar.

---

Desde meu escandaloso rompimento em público com o Bryce e a minha expulsão da Shamrocks, tenho passado o horário de almoço nas últimas semanas no escritório da minha mãe. Mas hoje ela me pôs para fora, o que não deveria me surpreender. Ela jura que está sendo durona por amor. Tudo que eu vejo é uma grosseirona de mau humor.

Carrego meu almoço e meus sentimentos feridos para o pátio adjacente à cantina, e, pela primeira vez na vida, procuro um lugar para comer. Hoje foi… interessante. Embora tenham rolado papos sobre quem escreveu a lista e até alguns olhares incriminadores, todo mundo parece mais preocupado com o conteúdo da lista do que com a sua autoria. É claro que eu sei que existe uma chance do meu segredo vazar também, mas, a essa altura, não tenho muito a perder.

Faltando apenas um mês e meio para o ano letivo acabar, nossa curta primavera texana está dando lugar a um clima muito mais de verão. É aquela época do ano em que a galera começa a ficar inquieta e desordeira. Garotas (muitas das quais um dia chamei de amigas) se esparramam na grama, aproveitando o sol, enquanto vários caras fingem lutar e brincam com a comida mais do que comem. E, é claro, faltam algumas Shamrocks seletas, que devem estar fazendo um balanço dos seus prejuízos pessoais.

No momento em que a porta da cantina se fecha às minhas costas, eu me sinto como se todos os olhos tivessem se voltado para mim. Ninguém toma a iniciativa de me convidar para sentar à sua mesa. Em vez disso, todos esperam para ver onde vou ter a ousadia de me acomodar.

E então, a Millie – a maternal Millie! – se levanta da mesa onde está sentada com a Amanda num canto à sombra que geralmente fica vago, porque, com a árvore gigantesca, há sempre o risco de se levar uma titica de passarinho na cabeça. Ela me chama, acenando com ambas as mãos.

Dou mais uma geral rápida no pátio enquanto me lembro da conversa que tive com ela ontem à noite diante da minha casa depois que redecorei os corredores principais. E então me lembro de quando pintei as unhas da Amanda no fim de semana. Gosto das duas garotas. Muito. E esse sentimento provoca uma pontada de constrangimento, que me enfurece mais do que qualquer outra coisa.

Jogo os ombros para trás, aprumo um pouco a coluna e caminho direto para a mesa titicada da Millie e da Amanda.

Bloqueio todos os cochichos e olhares. Meu nome é Calista Alejandra Reyes e eu sou intocável, que droga.

– Se importam se eu me sentar com vocês? – pergunto às duas quando chego à sua mesa.

Millie abre um sorriso, enquanto a Amanda pousa o livro que estava lendo e responde:

– Nós a-do-ra-ría-mos.

Horas mais tarde, quando estou indo para a aula do sétimo tempo, Patrick Thomas me para no corredor. Mitch não está muito atrás dele.

– Eu tomaria cuidado com aquela mesa que você escolheu no almoço hoje.

Inclino a cabeça para o lado e decido fazer o seu jogo por um momento.
– Ah, é? E por quê?
Ele grunhe feito um porco.
– A Millie poderia confundir você com o prato principal.
Cruzo os braços e olho para ele por um momento.

— Patrick, algum dia, quando todos nós nos formarmos, você ainda vai estar aqui nessa cidade, contando as mesmas velhas piadas. A única diferença é que ninguém vai rir, porque em algum momento todo mundo vai perceber o que eu sempre soube.

— Tá legal – diz ele, mordendo a isca. – E o que é que você sempre soube, Dona Callie Fodona?

— Você é um bully, e ninguém gosta de bullies. Ninguém. Não vai sobrar um gato pingado pra rir das suas piadas grotescas e boçais. E outra coisa: a Millie vai conseguir mais com o dedinho do pé do que você com a sua vida inteira, portanto, trate de lavar a boca, porque você não é digno sequer de pronunciar o nome dela.

Escuto alguns *uuuuuuu* de outros alunos, e me afasto, dando uma ombrada no Mitch.

— Hora de procurar novos amigos – digo a ele, sem parar por um segundo.

———— • ★ • ————

Quando a semana chega ao fim, sentar com a Millie e a Amanda na hora do almoço não é mais algo digno de notícia. Claro, ainda recebo olhares de estranheza, e cada Shamrock só falta sibilar quando eu chego a dois metros de distância, mas, como nenhuma delas está ansiosa para me convidar à sua mesa, estou oficialmente pouco me lixando.

E, não sem razão, quanto mais a minha mãe nota que o meu novo círculo de amizades começa a se consolidar, mais ela vai relaxando o castigo. Ela nem ao menos tocou no assunto do incidente dos folhetos sobre as Shamrocks desde a noite de quarta, quando me disse pela última vez o quanto estava decepcionada. Na verdade, eu até comecei a ir para o trabalho com a Millie depois da aula. Nós paramos na Sonic (eu compro um slush de melancia com creme e ela um de cereja com lima), e depois a Millie me leva para casa quando fechamos às sete.

Naquela sexta depois da aula, quando nos sentamos para trabalhar com nossos slushes da Sonic, o Mitch entra usando um short de atletismo azul-marinho e a camiseta dourada da aula de educação física da Clover City High.

— Oi – cumprimento. – Seja bem-vindo.

— Estava me perguntando se você ainda trabalhava aqui – diz Mitch.

– Como assim? Eu estou aqui todas as tardes.

– Ahh, bem, agora sei disso. Eu tinha começado a vir pela manhã antes da aula, mas a Millie... oi, Millie!

Ela enfia a cabeça pela porta do escritório e dá uma piscadinha não muito discreta para mim.

– Olá, Mitch!

Ele abre um largo sorriso.

– Enfim, a Millie me disse que você só trabalha depois da aula, e uma vez ou outra nos sábados.

Lanço um olhar para escritório, desejando que meus olhos se transformem em raios laser.

– Ela disse, é?

– Bem, agora que eu sei qual é o seu horário, posso planejar a minha semana em função dele.

– Ah, é mesmo?

– É – diz ele. – A dor da malhação não é tão boa quando não te vejo revirando os olhos pra mim da mesa da recepção.

Aperto os olhos, mas não consigo conter o sorriso lento que se espalha pelo meu rosto.

– É, a minha habilidade de revirar os olhos vale mesmo a reprogramação da sua semana inteira. Afinal, ninguém rebola os globos oculares como eu. – Apoiando os punhos nos quadris, faço uma grande exibição de olhos revirados só para ele.

– Ah, agora sim – diz ele. – Deviam incluir isso no pacote de benefícios.

Dou uma risada e então comento, um pouco mais baixo:

– Não acho que vou ficar aqui tanto tempo assim.

Ele não me pressiona para obter mais informações, mas ainda não estou a fim de encerrar o papo.

– E aí – digo –, seguiu o meu conselho?

– Que conselho? – pergunta ele.

– O de procurar novos amigos.

Ele faz que sim lentamente.

– Bem, o Patrick pode ser um babaca, mas você sabe como é.

Levanto o rosto para ele, forçando-o a me olhar nos olhos.

– Na verdade, não. Não sei como é. Não mais.

— Certo – diz ele. – Sim, bem, o Patrick é... sei lá.

— É uma maneira de descrevê-lo.

— Enfim, você disse que não trabalha todo sábado, certo?

— Disse...

— Bom, e esse sábado? – pergunta ele.

— Quer dizer, amanhã?

— Ela vai estar de folga! – grita Millie.

Dou meia-volta.

— Não vou não.

Ela torna a enfiar a cabeça pela porta.

— Sim – diz ela. – Vai. Eu acabo de te dar o dia de folga. – Ela se vira para Mitch. – Mas ela já tem um compromisso no sábado à noite. – E torna a desaparecer no escritório.

Suspiro. Acho que me espera outra festa do pijama esse fim de semana, onde só dois em cinco seres humanos suportam respirar o mesmo ar que eu. Do jeito como minha mãe anda olhando para mim ultimamente, é melhor do que ficar em casa.

— Bem, acho que fui liberada, mas, em tese, ainda estou de castigo.

O cenho dele se franze.

— Eu sei captar uma indireta.

A culpa afunda no meu peito. Mas eu não queria realmente sair com ele. Ou queria?

— Estou mesmo de castigo – insisto.

— Ah, tudo bem – diz ele, e se dirige a seja lá qual for o aparelho que fica mais longe de mim.

*Ótimo. Continue afastando as pessoas, Callie. Gente é o que não falta na sua vida.*

Depois que ele vai embora, Millie sai correndo do escritório.

— Ah meu Deus! – grita ela. – Ele te convidou pra sair!

— Estou de castigo – lembro a ela.

Ela agita a mão, desdenhando o argumento.

— Por favor. A sua mãe está louca pra te tirar do castigo. Eu farejo isso. Ontem, quando eu estava no escritório pra fazer os comunicados matinais, ela me perguntou tudo sobre sábado à noite e disse que você tinha voltado pra casa com um... – Suas mãos desenham aspas no ar. – "Humor razoável."

Acho que ela está muito interessada na sua vida social e preocupada com você e quão bem você está se adaptando a tudo pós equipe de dança.

Solto uma gargalhada. A garota parece estar recapitulando o enredo de um filme.

– E você deduziu tudo isso de "humor razoável"?

– Eu falo *mamanhês* fluentemente.

# MILLIE

# VINTE E TRÊS

A casa da Amanda está um caos, mas é sempre assim. Ir a qualquer parte além do seu quarto exige que a pessoa se esquive dos irmãos que lutam de ponta a ponta da casa como plantas rolantes de um lado para o outro. Por isso é que nós seis nos trancamos no quarto da Amanda com duas caixas de pizza e uma cadeira encaixada debaixo da maçaneta para reforçar a segurança.

Há três semanas, quando a Callie participou pela primeira vez de uma das nossas festas do pijama, as coisas estavam um pouco tensas. Hoje, a Willowdean me encarou e suspirou quando a viu andando atrás de mim, mas, aos poucos, a situação está melhorando. Ela não pode odiar a Callie para sempre. (Mas, se existe alguém que seja capaz de guardar rancor eternamente, eu apostaria nela.)

Cada uma de nós pega uma fatia da pizza de pepperoni, e a Hannah vai para a caixa da pizza de mozzarela e champignons.

— Estou experimentando esse lance de veganismo — diz ela, com ar abatido. — Courtney me fez ver um documentário horrível sobre como a gente extermina os animais.

— Não, obrigada — replica Ellen. — Estou feliz vivendo em ignorância voluntária com o meu bacon e o meu churrasco.

— Nunca achei que você fizesse o tipo que deixa o sentimento de culpa prevalecer à sua vontade — diz Willowdean.

Hannah dá de ombros.

— Essa parada de não comer carne está emputecendo a minha mãe, o que é meio hilário. — Ela dá uma mordida enorme na pizza, e, com a boca cheia, acrescenta: — Vamos ver quanto tempo vai durar. Além disso, a Courtney diz que beijar alguém que come carne representa um dilema moral pra ela.

— Meu único dilema é entre pepperoni e salsicha — diz Amanda.

— Então, você e a Courtney são um casal? — pergunto. — Tipo assim, oficialmente.

Hannah continua comendo, mas não consegue esconder o rubor no rosto.

Dou um gritinho, e a Ellen também.

Hannah revira os olhos.

— Bom, eu não deixaria de comer carne por qualquer uma. E você? — pergunta, virando a mesa.

Pigarreio.

— Malik e eu vamos nos encontrar amanhã pra trabalhar num projeto.

Todo mundo solta um *uuuuuuuuuu*, e eu não conseguiria conter o sorriso nem que quisesse.

— E essa aí — digo, apontando para a Callie — recebeu um convite pra sair ainda ontem.

Callie, que ainda está mordiscando a primeira fatia de pizza, coloca-a sobre um prato de papel.

— Não foi nada de mais.

Todas se calam por um momento, e o clima é de extremo constrangimento. Preciso que alguém rompa o silêncio, e, por algum motivo, sinto que não posso ser eu mesma.

— Tudo bem – diz Ellen. – Não faz a indiferente. Desembucha.

Callie abana a cabeça, mordendo o lábio nervosamente.

— Foi só aquele cara, o Mitch, do time de futebol americano.

Ellen olha de esguelha para a Willowdean, que espaneja os farelos de pizza do jeans e diz:

— Ele é um cara muito legal. Tipo, muito mais legal do que você imagina. – Ela olha diretamente para Callie. – Não sacaneia ele, tá?

Callie solta um gemido.

— Eu já recusei o convite.

— O quê? – pergunta Willowdean. – Por quê?

Callie olha para o teto, como se a resposta pudesse estar escrita ali.

— Pra encurtar a história, eu estou de castigo pra sempre. – Ela cruza os braços. – E saindo de um término horrível.

— A propósito – diz Amanda –, eu vi aquele lance no corredor, e você mandou bem demais.

— Sim – diz Hannah. – Ouvi dizer que você arrasou com o cara. Impressionante.

Dou uma cotovelada na Callie, e ela olha para mim com um sorriso tímido. "Elas gostam de você", quase chego a sussurrar.

Willowdean se inclina um pouco mais para o círculo.

— Hmmm, eu vi o seu confronto com o Patrick Thomas outro dia. – Balança a cabeça. – Foi muito legal da sua parte.

— Que confronto com o Patrick Thomas? – pergunto. Só consigo pensar na tarde em que enfrentei o Patrick na semana passada e ela nem se coçou.

— Nada – respondem Callie e Willowdean em uníssono.

Reviro os olhos.

— Vocês sabem que eu sei que ele grunhe pra mim, não sabem? É isso que estão escondendo? Só porque eu não costumo dar trela pra ele, não quer dizer que não saiba.

Callie se vira para mim.

— Mas só porque você não dá trela pra ele, não quer dizer que eu não possa fazer isso.

Abro a boca para explicar educadamente por que isso não seria útil, mas a Willowdean exclama:

— Ah, gente, pode crer, se alguma de vocês precisar de uma defensora pra colocar o Patrick Thomas no lugar dele, é essa garota. Ela manda ver. — Willowdean estende a mão no círculo e dá um toca aqui em Callie.

Amanda me lança um olhar cúmplice. Nós duas passamos os últimos anos ignorando todos os olhares e piadas dos nossos colegas. Sim, nós vemos e ouvimos tudo, mas chegou um momento em que tivemos que decidir entre fingirmos que não rolava ou simplesmente deixarmos a maldade nos afogar.

Callie se vira para mim.

— Ele me disse uma coisa idiota entre uma aula e outra, e eu botei o palhaço no seu devido lugar.

Espero por um momento para ver se ela vai contar o resto, mas ela não faz isso. E, sinceramente, sei que pessoas como ele sempre vão existir. Não preciso dos detalhes. Não mudam nada para mim. Mas, ainda assim, sinto um calorzinho no peito ao pensar que a Callie me defendeu.

Naquela noite, a Amanda e a Hannah dormem viradas em direções opostas na cama de solteiro da Amanda, enquanto a Ellen e a Willowdean dividem um colchão inflável e a Callie e eu ficamos com os sacos de dormir no chão, ao lado das caixas de pizza vazias.

Não consigo dormir, porque sempre demoro séculos para pegar no sono quando não estou na minha cama, por isso ainda estou acordada quando vejo a Willowdean e a Ellen se levantarem e saírem com o máximo cuidado na ponta dos pés para pegar os sapatos e os celulares, ambas ainda de pijama.

— Aonde vão, suas cachorras? — sussurra a Callie ao meu lado, me assustando um pouco, porque eu nem sabia que ela ainda estava acordada.

Willowdean leva o dedo aos lábios para nos calarmos.

— Nossos namorados estão aí fora — diz ela, tão baixo que nem chega a ser um sussurro. — A gente ia só dar uma fugidinha até lá.

Sento na cama. Não quero que elas vão, sentindo uma pontinha de inveja; afinal, o Malik poderia estar aqui fazendo o mesmo, se fosse o meu namorado oficial. Mas também não quero que percam a oportunidade.

— Eu ajudo — digo a elas. — Conheço a casa melhor do que vocês.

Willowdean olha para a Ellen, que balança a cabeça, aprovando.

— Vou com você — diz Callie.

— Eu já volto — digo a ela.

– A gente passou a noite inteira presa dentro desse quarto, se escondendo dos irmãos da Amanda. Já até esqueci como é o mundo exterior.

– Tudo bem – digo. – Mas não faz barulho. O pai dela tem sono leve.

As três me seguem pela escada e pela cozinha até a porta dos fundos, que solta um longo rangido quando a abro para o céu nublado da noite. Seguro a porta enquanto elas se arrastam, e então a fecho com cuidado atrás de nós.

Willowdean e Ellen se dirigem ao portão na lateral da casa, contornando a piscina.

– Não fiquem fora até muito tarde – digo.

Willowdean dá uma palmada no traseiro da Ellen, enquanto as duas se arrastam pelo portão.

– Ah, meu Deus! – exclama Callie.

– Shhh! – digo, tentando fazer com que se cale.

– Amanda não disse que tem uma piscina!

Sorrio.

– Ainda nem está tão quente assim.

Ela suspira.

– Eu sei, mas... – Torna a suspirar. – Uma piscina privativa, só pra gente, no verão.

– Bem, ela tem que dividir com os irmãos.

– Será que gente pode só colocar os pés nela? – pede Callie. – Está bem quente hoje.

Dou uma olhada para trás, me certificando de que não há luzes acesas na casa.

– Claro.

Sentamos lado a lado, os pés pendurados na parte funda. A casa da Amanda é bem antiga e a piscina também, mas essa é a razão por que o pai a comprou. Os ladrilhos que a revestem são obviamente mais velhos do que Amanda e eu, mas o pai trata essa piscina como se fosse um quarto filho.

– O seu, hum, ex-namorado não tinha uma piscina?

Seus olhos se iluminam por um momento antes de toda a expressão se entristecer.

– Tinha, mas o pai dele não gostava que as visitas usassem. – Ela leva a mão ao peito. – *Eu* tinha permissão pra usar, mas, quando a gente queria receber amigos, tinha que ir pra piscina comunitária.

— Entendo.

— O que pra mim estava ok — acrescenta ela. — Menos pelas poucas espreguiçadeiras e crianças por toda parte. E, além disso, tiveram que fechar a piscina três vezes no verão passado depois do que encontraram boiando nela.

Abafo uma exclamação.

— Ah, meu Deus, tipo, cadáveres?

Ela ri.

— Não. Cocôs.

— Eca — digo. — Cara, que nojo.

Mas, mesmo assim, não deixa de ser interessante saber mais sobre o verão em Clover City. Geralmente, só fico aqui tempo o bastante para nadar com a Amanda algumas vezes antes de ir para a Fazenda Margarida.

— Acho que nunca cheguei a ir à piscina comunitária — digo. Apesar do que a minha participação no concurso Jovem Flor do Texas possa sugerir, ainda estou fazendo as pazes com a ideia de usar maiô na frente das pessoas. Além disso, acho que eu estava muito cheia de adrenalina aquele dia até para me lembrar do meu nome, que dirá me sentir constrangida.

— Bem, ela deixa um pouco a desejar. — Callie bate um pouco com os pés, levantando a água acima dos joelhos.

— Tipo, não acho que eu permitiria que isso me impedisse de ir, mas sei que a ideia de usar maiô numa piscina pública na frente de todo mundo da escola me deixa um pouco ansiosa. — Suspiro. — O que é uma bobagem, porque eu já estou habituada a chamar atenção.

— Eu te entendo.

Dou uma risada.

— Mas você chama atenção por coisas que as pessoas consideram qualidades. Você é magra. Bonita. Inteligente.

— Mexicana — diz ela.

— Sim, é verdade — admito, um pouco surpresa. — Mas ficar em evidência por causa disso não é ruim.

Ela suspira.

— Eu sei. É que... eu entendo que deve ser diferente, mas também sei como é passar por isso. Tenho o meu pai, a minha abuela e a minha irmã mais velha, Claudia. E tem milhões de outros latinos na escola, mas em casa, com a minha mãe, o Keith e a Kyla... bem, todos eles são superbrancos, e eu supernão. Principalmente com a Claudia fora de casa. Às vezes, as pessoas pensam que eu nem sou parte da família. Aí, quando descobrem que sou mexicana, presumem que minha mãe é faxineira ou que eu estou aqui ilegalmente. Ou que tenho um gênio fogoso, ou que sou uma... – Ela ergue os dedos, formando aspas. – "Señorita sexy."

– Uau. Isso é mesmo horrível. – Na minha cabeça, a Callie tinha levado uma vida perfeita até recentemente. O namorado dos sonhos. Uma beleza tradicional. Uma das mais talentosas atletas da escola. Posso ser gorda, mas ninguém jamais questiona se pertenço ou não à minha família. Sendo branca, é algo que eu nunca tive que enfrentar. – Sinto muito, Callie. Eu entendo o que significa as pessoas decidirem o tipo de pessoa que você é se baseando na sua aparência, mas ainda assim lamento.

Seus lábios se esticam num vago sorriso.

– Obrigada. E olha, acho que se a minha BFF tivesse essa belezinha nos fundos da casa, eu também ficaria longe da piscina comunitária.

– Não é só isso – explico. – Eu passo a maior parte do verão fora.

– Ah.

– Num spa. Pra emagrecer.

Sinto seu corpo se retesar um pouco ao meu lado.

– Oito verões – digo. – Dezesseis meses, se somar tudo. Eu até tinha um apelido de spa.

– Um apelido de spa? – pergunta ela.

– Pois é. Todo mundo no spa escolhe um apelido pra si. Ou, às vezes, é o apelido que te escolhe. Ajuda a separar a pessoa que você é no dia a dia da pessoa que é no spa de verão.

Ela sorri.

– Faz sentido. E aí, qual era o seu apelido?

– Não pode rir – digo a ela.

Ela assente solenemente.

– Pudim.

– Ah, meu Deus! – exclama. – Está falando sério? Não acredito!

– Você concordou que não riria. – Não posso deixar de me sentir um pouco magoada.

– Ah, não! É que a minha avó materna me chamava de Pudim. Ela se mudou para o Arizona, mas ainda escreve nos meus cartões de aniversário de vez em quando.

Solto altas gargalhadas.

– Não brinca!

Ela faz que sim.

– Tô falando sério.

É quase maravilhoso que, apesar de todas as diferenças entre nós, tenhamos esse pequeno detalhe em comum.

– E aí, Pudim? – pergunta ela. – Como foi que você bolou esse apelido?

– Eu fui pega roubando um daqueles potinhos de pudim, tipo flã, no meu primeiro ano – digo a ela. – O pior é que era diet! Não era nem mesmo junk food de verdade.

Ela ri.

– Você é mesmo o máximo. Tudo em você é genial.

Balanço a cabeça.

– Quebrar as regras sempre exige um grande esforço da minha parte. Mas, pra mim, já chega das regras do spa. Estou de saco cheio daquele lugar.

Ela fica em silêncio por um momento.

– Quer dizer então que você tentou perder peso? – Sua voz é hesitante.

Rio. Não consigo me controlar.

– Se eu *tentei* perder peso? Até o outono passado, minha vida foi dedicada a isso.

– Nossa.

– O que você achava, que eu ia pra casa à noite e me empanturrava de marshmallow e batata frita?

Ela faz uma pausa e se retrai um pouco.

– Agora não acho isso, mas antes achava, com certeza.

– Antes de quando? – pergunto.

Ela dá de ombros.

– Antes dessas últimas semanas... acho.

Isso não deveria me surpreender, e, na verdade, não surpreende. Mas é muito chato. Chato mesmo, e olha que eu não uso essa palavra levianamente.

– Provavelmente eu sei mais sobre contagem de calorias, como dar um boost na malhação e o último detox da moda do que qualquer outra pessoa que você já conheceu.

– Nunca pensei na coisa por esse lado. – Ela abana a cabeça. – Toda essa trabalheira e nenhum resultado.

Solto um misto de risinho e bufo.

— Sabe, eu e a minha mãe frequentávamos uma aula de aeróbica feminina na igreja nas noites de quinta, e a aula era toda coreografada ao som de músicas evangélicas. Elas diziam que o nosso corpo era o Templo do Senhor, por isso nós tínhamos que cuidar do templo e nos manter o mais magras e elegantes possível.

— Isso... isso é meio escroto — diz Callie.

— Bem, não sei se eu usaria exatamente essa palavra, mas sim. Sim, era mesmo. Porque, não só o mundo já tinha conseguido a proeza de me fazer sentir um fracasso como ser humano, como ainda por cima eu era uma má cristã.

— Você ainda vai à igreja? — pergunta Callie. — Minha família nunca foi de ir muito.

— Eu dei uma parada quando comecei a trabalhar na academia. Precisava de mais tempo para os deveres de casa, mas, sinceramente, as pessoas na minha igreja diziam um monte de coisas que eu não podia suportar. Tipo, o jeito como elas falam dos gays e aquele papo de amar o pecador, mas não o pecado. Afinal, se você não pode amar a pessoa inteira, será que você a ama realmente? Por isso, talvez eu passe a frequentar outra igreja depois do ensino médio assim que sair de casa, mas não preciso de uma igreja para ser cristã. E não preciso ser magra para ser uma boa pessoa. Ou uma pessoa bonita.

— Não. Não precisa mesmo.

— Tenho que te perguntar uma coisa — digo à queima-roupa. É uma coisa que passou a semana inteira me incomodando.

— Manda — diz ela.

— Aqueles folhetos verdes com todos aqueles segredos. Foi você?

Ela olha para mim por um longo momento, e então faz que sim.

— Desculpe por ter te pedido pra me levar lá.

Começo a abanar a cabeça.

— Não, não — ela me diz. — Eu não devia ter te arrastado pra isso sem te deixar por dentro antes. — Toca minha coxa. — Mas ninguém vai se dar mal por causa daquilo. Confia em mim.

Engulo em seco e faço que sim. Sinto a culpa apertar o estômago quando lembro que não fui honesta. Sou uma tremenda covarde.

— Tá.

– Estou falando sério. E, se alguém se der mal, você sabe que eu posso assumir a culpa – acrescenta, sarcástica. – Além disso, aquelas garotas receberam exatamente o que mereciam.

Em vez de abrir a droga da minha boca e contar que fui eu que a identifiquei no vídeo do sistema de vigilância, resolvo mudar de assunto.

– E aí, qual é o lance com o Mitch? Você não me parece ser do tipo que precisa de tempo pra se recuperar emocionalmente de um término.

Ela se vira para mim com os braços cruzados, fingindo-se insultada, mas eu já percebi o seu jogo.

– Eu já te disse. Ele não faz o meu tipo.

Inclino o corpo para trás, me apoiando nos braços estendidos às costas.

– Como assim? Vocês riem das piadas um do outro, e esse é um bom começo.

– Bom, meu namoro com o Bryce começou num armário de casacos numa festa, e esse também foi um bom começo.

– Você está fugindo da pergunta – observo.

– É que ele é...

– Gordo – concluo.

Ela faz uma careta.

– Ele é um cara corpulento. E eu gosto muito da personalidade dele, e ele até que é bonitinho. Tá, talvez muito bonitinho.

– A propósito, pode usar a palavra *gordo*. Não me incomoda.

– Parece grosseira.

Sorrio.

– Porque você sempre só a usou de uma forma grosseira.

Ela parece cética.

– Pode usar – digo. Seguro a minha barriga, e depois belisco uma gordurinha no braço dela. – Gordura. Nós duas temos. Só que eu tenho o bastante pra que seja a primeira coisa que você nota em mim.

Ela estremece, mas sua expressão relaxa.

– Gordo.

– Usa mesmo – digo. – Por exemplo, numa frase.

Seus olhos esquadrinham o céu por um momento.

– Eu me sinto gorda? – Ela diz isso como uma pergunta.

– Bem...

— Você não pode se sentir gorda — diz Willowdean do outro lado do portão. — Ou você é, ou não é.

Willowdean e Ellen dão risadinhas, mexendo no portão antes de entrarem no pátio.

Eu me viro para a Callie, e, em voz baixa, digo:

— Isso é verdade. *Gordo* não é mesmo um sentimento.

Callie balança a cabeça.

— Anotado.

Willowdean e Ellen trocam sussurros, o som de suas risadas crescendo enquanto se arrastam pelo portão dos fundos.

— Shhh! — Callie e eu repreendemos as duas em uníssono.

— Nós tomamos *uma cerveja* — diz Ellen.

Willowdean levanta um dedo no ar.

— No singular!

— Vamos levar as duas pra dentro — sussurra Callie.

Faço que sim e reconduzimos a Willowdean e a Ellen para o quarto da Amanda.

---

— O fato de eu estar impressionada por você ter as chaves da escola faz de mim uma *nerdona*? — pergunto ao Malik.

Quando questionei se ele tinha certeza de que conseguiríamos entrar no prédio da escola numa tarde de domingo, ele me garantiu que já tinha cuidado de tudo, e não me decepcionou.

— Só se o fato de eu ter as chaves da escola faz de mim um *nerdão* — responde ele, abrindo a porta da sala onde antigamente ficava a redação do telejornal da escola.

O Sr. Garvy, professor de jornalismo de Malik, tentou reviver o programa mais de uma vez, mas o distrito não se deixou convencer. O que significa que essa sala fica vazia, com uma bancada de telejornal sem uso, enquanto meus anúncios são o mais próximo de notícias reais que o corpo estudantil recebe, porque o jornal da escola é uma piada que só publica horários de jogos e testes tirados de páginas de revistas.

Coloco a sacola com as minhas roupas no balcão e dou uma olhada no roteiro. Pesquisei anúncios antigos da escola e combinei alguns para produzir notícias com boas histórias.

– Acho que é melhor eu ir trocar de roupa – digo.

– Tem um banheiro no corredor – diz Malik. – Não deve demorar muito pra montar isso aqui.

– Já volto! – Saio saltitando pelo corredor com a minha maquiagem e o meu tailleur. O tailleur que decidi usar é muito mais sério do que qualquer roupa que eu tenha. Eu o encontrei na internet e o comprei com o dinheiro que ganhei no meu aniversário. A Inga me ajudou a fazer os ajustes quando ainda estava grávida.

O tailleur é azul-rei debruado de bege, com mangas três quartos. Graças à Inga, a saia ficou do comprimento exato dos meus joelhos, e o paletó tem pences em todos os lugares certos. Puxar o zíper da saia e fechar o botão do paletó é tão prazeroso como saborear a cereja num sundae.

Calço os escarpins vermelhos de saltos gatinho, embora ninguém vá ver meus pés embaixo da bancada, e aplico uma camada de rímel e outra de batom vermelho, o mesmo que me foi recomendado pela mãe da Callie.

Já usei roupas que fizeram com que eu me sentisse de muitas maneiras diferentes. Como no concurso, quando usei o maiô xadrez com os acessórios combinando. Eu me senti como se nada pudesse me segurar, e, pela primeira vez, todos olharam para mim – de uma maneira positiva.

Nunca usei nada que me fizesse sentir exatamente como esse tailleur. Às vezes, ser gorda e encontrar roupas é como tentar andar com patins de gelo no deserto. Muita gente pode pensar que isso é bobagem. Afinal, são só roupas. Mas as roupas são a maneira perfeita de se comunicar com o mundo ao redor sem ter que dizer uma palavra. E muitas das peças disponíveis para gordas partem do pressuposto de que todas nós queremos a mesma coisa: floral, largão e pronto para embarcar num cruzeiro a qualquer momento. Sei que há mais opções agora do que quando mamãe tinha a minha idade, mas ainda fico imaginando como seria entrar num shopping e poder comprar em qualquer loja que eu queira, e não só naquelas que me querem.

Mas esse tailleur... Eu o visto, e sinto que, não importa onde esteja ou quem mais se encontre no aposento, eu estou no controle. É o tipo de traje que faz as pessoas sentirem que podem confiar em você. Não é por coincidência que um simples visual pode ser o primeiro passo a ser dado ao criar a vida que você quer.

Depois de alguns retoques no cabelo, volto para a sala do telejornal, onde o Malik está esperando.

– Uau – diz ele, a voz arfante.

A ansiedade aumenta no meu peito, e tenho que me lembrar de respirar.

– Uau bom ou uau ruim?

Ele balança a cabeça febrilmente.

– Uau bom. Uau superbom. Tipo, uau bom supersexy, mas também um uau que diz: "Sinto que eu deveria estar te pedindo para me contratar para um emprego importante."

Meu rosto chega a queimar com o rubor, e ainda nem posso culpar o calor das luzes.

– Está pronta? – pergunta ele.

Faço que sim.

– Nunca me sentei atrás de uma bancada de telejornal – admito. – E se eu for horrível nisso? – Porque a verdade é que, tirando a pouca experiência que ganhei fazendo os comunicados matinais, minha carreira como repórter de tevê sempre existiu só na minha cabeça.

– Eu queimo as provas – promete ele. – Mas duvido que exista alguma coisa em que você seja horrível.

– Espere e verá. – Sento atrás da bancada. – Você não testemunhou o desastre dos entalhes em madeira de 2014.

Ele cai na risada.

– Tenho certeza de que foi terrível. Eu tentei dar um jeito nas luzes, mas são velhíssimas. Mesmo assim, me avisa se estiverem muito fortes, e eu vejo o que posso fazer.

Balanço a cabeça. Minha garganta está seca e o corpo inteiro congelando, uma junta de cada vez. Não posso acreditar que achei que era uma boa ideia. Devia ter dado um jeito de fazer isso sozinha, sem qualquer ajuda externa. Mas esse foi o único modo que encontrei de dar uma aparência profissional ao teste. Ainda assim, mal consigo suportar a ideia de o Malik ficar me vendo anunciar notícias meio inventadas para uma escola que nem tem um canal de notícias.

— Eu acrescento os gráficos depois — diz ele. — Como aquele quadro atrás de você. Vou começar a filmar agora, e você pode começar quando quiser. Posso editar as piores mancadas, mas vai ficar mais limpo se você conseguir chegar até o fim sem gaguejar.

Faço que sim e pigarreio. Dou um gole na garrafa de água que deixei debaixo da bancada.

— Tudo bem. — Fecho os olhos e conto até dez enquanto solto um longo e profundo suspiro. *Eu posso fazer isso. Posso fazer isso com um pé nas costas.*

Abro os olhos.

— Bom dia, Clover City High. Aqui é Millie Michalchuk, direto do Lucky Seven News... Desculpe — peço. — Tive que inventar um nome para o canal de notícias. Ficou ruim? — pergunto.

— Nem um pouco — responde ele. — Mas é melhor começar de novo.

— Certo — digo. Todas as dúvidas do mundo passam pela minha cabeça nesse momento. Sorrio, mas sem exagerar. Só um sorriso natural e acolhedor. Espero. Não ouço nada além do som do coração palpitando e do sangue bombeando. Tudo mais é um zum-zum monótono. Torno a fechar os olhos e conto até dez. *Respire. Apenas respire.* O sangue bombeando. O coração batendo. Tudo silencia, e, por um momento, posso ouvir na minha cabeça a vinheta de abertura. Um cameraman fazendo a contagem regressiva até... três, dois, um. Abro os olhos. Estamos ao vivo.

— Bom dia, Clover City High. — Minha voz escorre como mel. — Aqui é Millie Michalchuk, direto dos estúdios do Lucky Seven News, no coração da Clover City High School. — *Posso fazer isso. Posso mesmo fazer isso.* — Abrindo as notícias de hoje, temos novas informações sobre a situação da carne misteriosa da cantina. Após vários testes realizados pelos clubes de biologia e de química, a presidente do clube de química, Jessica Banks, confirmou que a carne dos sanduíches, também servida como chili, entre outras coisas, é, na realidade, carne moída de peru e não de vaca. Além da carne, uma segunda substância encontrada na mistura parece ser um embutido de soja, com o intuito de poupar gastos, especulou Jessica quando indagada. Ao falar com o vice-diretor Benavidez, fui informada que a carne é segura para o consumo de todos, exceto vegetarianos. A construção das novas instalações internas para o time de futebol americano está quase completa e espera-se que tenha condições de receber os atletas a tempo para o acampamento de treinos no verão. Nesse ínterim, outras equipes da CCHS, inclusive a incrivelmente famosa Shamrocks, continuam vítimas da falta de patrocínio e dos cortes orçamentários distritais.

Continuo por mais dez minutos com notícias sobre o futebol americano dos garotos, os nomes escolhidos para o elenco da peça teatral da primavera e boatos de um sistema de cola em Álgebra I criado pelos alunos do nono ano.

Quando termino, fazemos mais duas tomadas, por via das dúvidas, e até filmamos uma externa comigo transmitindo do novo banco de reflexão em granito doado pela turma de 1995. Sinto que estou mandando bem. Tenho que recorrer a todo o meu autocontrole para não dar um gritinho e um soco no ar ao final da última tomada.

Quando terminamos, Malik torna a guardar o equipamento na sacola.

– Você arrasou, Millie!

– Você acha? – pergunto.

– Eles seriam loucos de não te aceitar esse verão.

Levanto a mão para um toca aqui, mas, em vez disso, ele me dá um beijo leve nos lábios.

– Passei o dia inteiro esperando para fazer isso – diz ele.

O calor se espalha no meu peito.

– Da próxima vez, não se dê ao trabalho de esperar – respondo.

Ele torna a me beijar, e, dessa vez, seus lábios se demoram.

– Não vou.

# CALLIE

# VINTE E QUATRO

Na terça, rola uma reunião motivacional obrigatória para a Shamrocks como uma grande despedida antes do campeonato estadual. Quase falto, mas, na última hora, decido não fazer isso. Minha mãe teve a bondade de ignorar o meu escandaloso término com o Bryce em público, mas ainda não me perdoou pela Lista das Sujeiras Secretas das Shamrocks, portanto não é um bom momento para abusar da minha sorte, ainda mais com o meu aniversário no próximo fim de semana. Há dias em que tenho certeza de que divulgar aquela lista foi totalmente merecido, mas, em outras ocasiões, a culpa rasteja pelos meus pensamentos como uma coceira impossível de alcançar.

Sento o mais longe possível da muvuca e até despacho a Millie com um gesto quando ela tenta me fazer sentar um pouco mais perto, com ela e a Amanda.

Nunca, nem em um milhão de anos, eu teria acreditado que a escola organizaria uma reunião dessas para a Shamrocks. Esse é o tipo de reconhecimento que sempre merecemos, mas nunca sonhamos ter. No passado, esses encontros eram estritamente reservados para os times masculinos de futebol americano, basquete e, às vezes, beisebol. Mas, com todo esse bochicho cada vez maior em torno da equipe, supostamente uma das mais fortes concorrentes do estadual, acho que foi difícil para a escola continuar fingindo que não passamos de um grupinho de cheerleaders do segundo escalão com um guarda-roupa maior. Esse estranho senso de orgulho por tudo que trabalhamos tão duro para conseguir faz meu peito inchar, e por um momento sinto vontade de me esvair em lágrimas.

O momento é interrompido pelas mesmas canções melosas que eles tocam antes das reuniões do futebol americano e do basquete. Começa quando o diretor de atletismo, o técnico Culver, anuncia as meninas uma a uma. Já tinha ouvido dizer que, depois que a lista das sujeiras se tornou pública, algumas foram chamadas ao escritório por atos questionáveis específicos, mas a maioria só levou um puxão de orelhas. Sem provas concretas, a lista não passa de disse me disse.

Hoje, as garotas estão usando o uniforme que chamamos de Estrela Solitária. Saia branca e casaco combinando, com debrum dourado. O visual é arrematado por botas de dança brancas. É o uniforme que usamos para todos os desfiles de feriados patrióticos em que marchamos, e também nas fotos do anuário. Minha mãe e eu temos retratos pendurados no corredor do segundo andar da casa em que fazemos espacate no campo de futebol americano, com vinte anos de diferença, trajando o mesmo uniforme.

– Eeeeeee é claro que não podemos nos esquecer da nossa capitã do ano que vem, Melissa Gutierrez!

Melissa acena para o público, fixando os olhos em mim.

Levanto o dedo médio, mas ela se mantém imperturbável.

É então que vejo o Bryce entrar com o seu sempre fiel séquito de babacas, e esse é um confronto que não estou nem um pouco a fim de encarar.

E me levanto. É isso aí. Não posso mesmo fazer isso. A boa vontade da minha mãe que se dane.

Em vez de abrir caminho pela multidão, dou um salto curto para a lateral da arquibancada. Minhas botas de caubói (já que tenho que participar desse troço, devia pelo menos poder usar calçados que me permitissem pisar duro) batem barulhentas no chão no momento em que o técnico Culver anuncia a Sam, mas eu mal noto, porque já assustei demais o cara grandão e corpulento que estava andando de um lado para o outro debaixo da arquibancada e que, por acaso, vem a ser o Mitch Lewis.

– Hum, você caiu do céu? – pergunta ele, meio atordoado.

– Com certeza – respondo, indo para baixo da arquibancada.

Começa a tocar uma música – uma música que eu reconheceria em qualquer lugar – e dou uma espiada por entre pés aleatórios para ter um vislumbre da equipe de dança fazendo a coreografia com que vai se apresentar no estadual. A coreografia em que trabalhei incansavelmente durante todo o verão com a Sam e a Melissa.

– Um absurdo a equipe de dança ter que se apresentar na sua própria reunião. Nós não temos cheerleaders pra isso? – Reviro os olhos. A equipe de cheerleaders. Pelo menos, é uma coisa que não tenho que enfrentar agora.

– Por favor, me diga que a Shamrocks e a equipe de cheerleaders são arquirrivais – diz Mitch.

Dou uma risada.

– Ah, rivalidade é o que não falta.

– É como os Sharks e os Jets? Vocês têm duelos de dança no estacionamento da escola à noite?

– Mitch Lewis! – exclamo, cutucando o seu peito. – Você acabou de fazer referência a um peça musical?

Ele dá um sorriso encabulado de quem foi apanhado em flagrante.

– Olha – diz, dando mais um passo em minha direção, porque dessa vez não há nenhuma mesa de recepção para nos separar. – É possível apreciar musicais e também jogar na zaga do time de futebol americano da escola.

– Isso é esclarecedor – replico.

– E, para ser sincero – acrescenta ele –, você não me passa a impressão de ser do tipo que curte *West Side Story*.

– Bom, não sou, mas a minha mãe é.

– Acho que as nossas mães se dariam superbem – diz ele.

Diante da arquibancada, a equipe de dança está terminando a coreografia, e agora uns caras de dois outros times de futebol americano, vestindo uns uniformes supermalfeitos, estão tentando imitar os passos da Shamrocks. Um espetáculo humilhante.

– E aí, do que está se escondendo aqui embaixo? – pergunto.

– Quem disse que eu estou me escondendo?

Dou um olhar consciente para ele.

– Ninguém fica de bobeira debaixo da arquibancada durante uma reunião dessas sem um motivo. Pode crer – digo a ele. – Eu saberia.

– Então, acho que nós dois estamos nos escondendo – responde ele.

– É o que parece.

– Digamos que eu e os meus amigos não estamos nos dando muito bem.

– Ah, é? – pergunto. – E por quê?

– Acho que se poderia dizer que eu segui o seu conselho.

Isso me agrada.

– É mesmo? Encontrou novos amigos?

– Bom, mais ou menos. Sei lá. O Patrick fez uma babaquice... nada diferente das que ele tem feito todos os dias desde que a gente se conheceu. Aí eu disse a ele que era uma babaquice, e que se comportar assim faz dele um babaca.

Dou um assovio.

– Não posso crer que a reação dele tenha sido muito boa.

Mitch balança a cabeça.

– Por isso é que eu estou aqui embaixo. Às vezes me sinto mal, entende, por ter demorado tanto a dizer ao cara que ele é um idiota. Conheço o Patrick desde que a gente usava fraldas.

– Você não pode esperar que o garoto que você foi soubesse quem os seus amigos seriam no futuro. As pessoas mudam. Olha só o Bryce. Ele nem sempre foi um idiota.

– Hummm. – Mitch faz uma careta. – Era um pouco, sim.

Cruzo os braços.

– É mesmo? – pergunto. – Você acha?

Mitch suspira.

– Callie Reyes, cega pelo amor.

– Bom, eu também era meio idiota. E acho que ainda sou.

Mitch não diz nada. Não estava esperando que ele me contestasse enfaticamente, mas poxa, cara.

– Quem sabe? – Ele dá de ombros. – Talvez o Patrick caia em si.

– Ou talvez não – digo.

– Bem, se for o caso, não se esqueça de que foi você quem me disse pra dar um fora nos meus únicos amigos nesta escola.

– Nossa, quanta pressão – ironizo. – Eu não diria que sou um exemplo perfeito de boa amiga. Acho que tenho que aperfeiçoar minhas habilidades nessa área.

Mitch faz que não, os dentes puxando o lábio inferior.

– Talvez. – Mas sua voz soa insegura.

– Olha, sobre a gente se encontrar... – As palavras saem da minha boca antes que eu possa me conter. – Você quer sair qualquer hora dessas ou algo assim? – Tento manter a voz normal, mas não estou habituada a me arriscar desse jeito, e começo a suar.

– Tipo, num encontro? Eu... eu pensei que você estava de castigo.

– Estava. Estou. Ainda. Mais ou menos. Mas não exatamente.

– Hummm...

Quase grito: "O QUE TEM PRA PENSAR?"

Então, ele diz:

– Acho que, hum... acho que não seria uma boa ideia no momento.

Faço que sim, mas me sinto murchar por dentro. Ninguém jamais me rejeitou desse jeito. Por que ele se deu ao trabalho de me convidar para sair há um tempo, se ia mudar de ideia?

– Tá legal. Bom, hum, boa sorte se escondendo.

– Pra você também – responde ele.

A reunião ainda não acabou, mas estou decidida a não ficar mais com ele debaixo dessa arquibancada.

Giro nos calcanhares e me dirijo à saída que fica diante da arquibancada e vai dar no corredor.

Talvez o Bryce tenha contado ao Mitch alguma mentira horrível sobre mim. Ou até pior, talvez tenha lhe contado alguma verdade horrível. Acho que o Mitch até pode ter mudado de ideia espontaneamente. Ele me convidou para sair na academia no calor do momento, e talvez tenha tido bastante tempo para cair em si desde então.

Acho que sou capaz de estar querendo uma coisa que não posso ter, e essa é uma sensação à qual não estou habituada.

Depois da aula, já do lado de fora, enquanto espero minha mãe terminar algumas coisas, sento na grama com as pernas cruzadas e dou uma passada nas fotos do celular para deletar as antigas em que apareço com o Bryce. Está mais do que na hora de fazer a faxina de que a casa tanto precisa. Ter que topar toda hora com o garoto na escola já é terrível demais.

— Não te vi na reunião hoje.

Olho para cima, fazendo sombra aos olhos, até que a Melissa entra em foco. Ainda está usando o uniforme da Shamrocks, mas o chapéu foi enfiado na bolsa e ela trocou as botas por chinelos.

— Ah, acho que você me viu, sim. — Levanto a mão e mostro a ela o dedo médio. — Isso basta pra refrescar a sua memória?

— Ah — diz ela. — Agora sim. Não te reconheci sem a atitude escrota.

Abro um sorriso.

— Nunca saia de casa sem ela.

— Sabe, na verdade, eu sinto pena de você. — Ela abana a cabeça, uma expressão incrédula no rosto.

— Uau, é muito generoso da sua parte, mas estou ótima sem a sua piedade equivocada.

Ela continua:

— A pouca fibra moral que você tem é tão frágil, que você foi capaz de revelar os segredos mais profundos e sombrios de pessoas que um dia chamou de amigas.

— Amigas? — pergunto. — Você quer dizer, conhecidas que me deixaram levar a culpa por uma coisa que todas nós fizemos?

— Dá pra falar mais baixo? — pede ela, olhando em volta.

— Não. — Sacudo a cabeça. — E, de mais a mais, ninguém se ferrou por nada do que está na lista.

— Você não tem a menor noção. Talvez ninguém tenha se ferrado oficialmente, mas você humilhou muito algumas daquelas garotas. A Sam e a Jess estão mortas de vergonha. A Natalie, a Lara e a Addison estão com sérios problemas em casa. Você ferrou com todo mundo. Só pra dar um exemplo, a Bethany chegou à escola no dia seguinte e encontrou o armário cheio de cotonetes.

– Que horror – digo, a voz sem a menor entonação.

Ela abana a cabeça, a voz se abaixando.

– Para o seu governo, a minha irmã também tomou conhecimento daquela lista. Ela nem está falando comigo no momento. Não tenho permissão pra ir à festa de aniversário da minha própria sobrinha.

Até agora eu estava muito bem, mas tenho que admitir que isso me baqueou. Mesmo assim, estou determinada a não deixar que transpareça. Quase solto um pedido de desculpas, mas, em vez disso, continuo lá sentada, sem me mover. Nunca fui a melhor irmã do mundo, mas a ideia de Claudia e Kyla descobrirem algo feito por mim contra elas me deixa meio nauseada.

– Não importa, Callie. Você está fora da equipe, perdeu o posto de capitã e é um ser humano de merda. Acho que ter que viver com isso já é o bastante. – Ela se afasta até a pista onde a Sam e o resto da equipe esperam por ela.

No momento em que se afasta, empurro os óculos para o alto do nariz para esconder as lágrimas que ardem nos cantos dos olhos. Raiva, culpa, vergonha. Todas aflorando à superfície de uma só vez.

# MILLIE

# VINTE E CINCO

Certa noite, ao sair do trabalho, arrasto a Callie até a Crafty Corner para buscar o tecido que minha mãe encomendou para refazer as nossas cortinas no verão.

Ela vem se arrastando atrás de mim, o nariz colado ao celular.

– O que está olhando? – pergunto ao puxá-la para o lado no exato instante em que ia dar uma trombada num display de alfineteiros.

Ela abana a cabeça e solta um bufo.

– Só esperando pra ver a droga do resultado do campeonato de dança estadual.

– Ah. – Lá vem a culpa de novo, grudando nos pulmões como a umidade de agosto. – Como elas estão indo?

– Ainda não sei. Esse site é superlento. – Sua voz muda e ela observa o local em que estamos.

Uma parede inteira da Crafty Corner é dedicada à lã, enquanto o andar principal exibe fileiras e mais fileiras de todos os tipos de tecidos imagináveis, e do outro lado da loja tem de tudo, desde miniaturas para casas de bonecas em madeira não envernizada até tinta com glitter e tesouras para scrapbooks.

– Este lugar é um pouco intenso – diz ela.

Não consigo esconder meu deslumbramento.

– Sabe aquela cena em *A Bela e a Fera* em que a Bela vê a biblioteca pela primeira vez?

– Aham.

– É assim que eu me sinto quando entro neste lugar. Como se as possibilidades fossem infinitas.

– É mesmo? – pergunta ela. – Porque este lugar só me dá a sensação de que as possibilidades são muito, muito perturbadoras.

Solto um muxoxo.

– Ainda vou te transformar numa arteira, nem que seja a última coisa que eu faça na vida.

Ela revira os olhos.

– E aí, por falar em você tentar administrar a minha vida por mim agressivamente, será que você, hum, viu o Mitch por aí? Tipo, na academia?

Levanto as sobrancelhas mas fico de boca fechada, porque, ah, meu Deus, acho que ela está totalmente vidrada no Mitch Lewis, e, se for esse o caso, meus instintos não poderiam estar mais certos.

Callie brande o dedo na minha cara.

– Se criar um caso em cima disso, juro que nunca mais falo com você sobre garotos. Ou faço qualquer trabalho manual esquisito que você pense que pode me obrigar a fazer!

– Olá! – exclama a voz de Flora dos fundos da loja, onde está cortando retalhos de tecidos para o cesto de promoções. Flora é uma espécie de guru dos trabalhos manuais para mim e minha mãe. Ela usa o mesmo vestido azul-marinho com o nome bordado sobre o peito todos os dias, e está sempre munida das tesouras vermelhas e da miniesferográfica que ficam penduradas numa longa correntinha de ouro no pescoço. Ela me ensinou a tecer com o meu primeiro bilro e é dona de uma certa fama no circuito das exposições de trabalhos manuais do oeste do Texas.

— Oi, Flora! – respondo. – Estou aqui para buscar a encomenda de minha mãe.

Ela estala os dedos.

— Já volto!

Eu me viro para a Callie.

— Sim, o Mitch. Tá. O Mitch tem ido à academia de manhã bem cedo, antes da aula. – Me calo por um momento, esperando sua resposta. – Eu poderia, claro, dar a ele a dica de que talvez devesse aparecer por lá uma tarde dessas.

— Não – diz ela, em tom desafiador. – De jeito nenhum. Nada de interferir. Me promete.

Dou um suspiro.

— E se eu, você, o Mitch e o Malik saíssemos num encontro duplo?

Os olhos dela se apertam.

— Nada de interferir.

Como essa é uma promessa que não posso cumprir, mudo de assunto.

— Já teve alguma notícia do campeonato de dança?

Ela tira o celular do bolso e espera um momento para que se atualize. Todo o seu comportamento muda num instante, e ela arria o corpo contra os rolos de tecidos.

— Elas venceram – diz, sem entonação. – Vão para o nacional. – Abana a cabeça. – Aquelas escrotas sortudas. Como é possível que eu me sinta tão feliz e tão decepcionada ao mesmo tempo?

— Quem vai para o nacional? – pergunta Flora, a voz cheia de expectativa, mas, pela expressão da Callie, qualquer um imaginaria que ela perguntou quem morreu.

— A Shamrocks – digo a ela. – A equipe de dança da escola.

Flora bate as mãos.

— Ah, que maravilha! Vou ter que fazer uns cartazes para a vitrine!

Callie suspira e enfia o celular no bolso.

— Já acabamos aqui?

— Assim que eu pagar.

— Vou te esperar lá fora. – Sua voz falha na última palavra.

Estou me sentindo péssima por ela não ter podido estar lá com a equipe.

Depois de pagar, passo o resto do percurso com uma Callie muito calada e pensativa, enquanto tento encontrar maneiras de melhorar o seu humor. No instante em que ela está saindo do carro, me ocorre – o remédio perfeito.

– Seu aniversário! – exclamo tão alto que ela se assusta e quase tropeça ao sair do carro.

– Sim – diz ela. – Eu tenho um desses. Uma vez por ano. Igual a todo mundo.

– Me deixa dar uma festa pra você – peço.

Ela fica parada diante da porta aberta do carona e abana a cabeça.

– De jeito nenhum. Vou pra casa do meu pai esse fim de semana.

– Ah. Então, talvez a gente possa comemorar no próximo.

Ela me observa por um momento.

– Acho que eu prefiro uma coisa mais simples, se não se importar, mas obrigada pela carona, Millie.

---

À noite, depois que o Malik e eu revisamos as dissertações um do outro para a aula de psicologia do AP, abro o caderno para retocar novamente a minha carta de motivação para o curso de telejornalismo. Como ruído de fundo, coloco *O Diário da Princesa*. Nunca me canso do modo como a Julie Andrews diz *Genovia*.

– Genovia. – Arrasto cada sílaba, tentando pronunciá-las tão majestosamente como ela.

O que a Julie Andrews escreveria? No instante em que pego a caneta, pronta para sintonizar a única e inimitável Srta. Andrews, meu celular começa a vibrar.

**CALLIE: Acho que de repente vocês poderiam dar um pulo na casa do meu pai.**
**CALLIE: É longe.**
**CALLIE: Provavelmente não vale a viagem.**

Rio comigo mesma. É claro que a essa altura Callie já deve saber que uma viagem a outra cidade não é páreo para a minha determinação. Ainda mais diante de um aniversário iminente.

**MILLIE:** Você está falando com a garota que uma vez passou horas na estrada numa noite da semana pra ir assistir a um show de drags imitando a Dolly Parton. A casa do seu pai fica a uma hora daqui, se tanto. Estaremos lá.
**CALLIE:** Uau. Dolly. Parton. Show. Drags. Eis aí quatro palavras que eu nunca imaginei que você diria numa mesma frase.
**MILLIE:** Não conta pra minha mãe, mas foi uma lição de vida mais importante do que qualquer sermão que eu já ouvi.
**CALLIE:** Millie, Millie, Millie. Sempre quebrando as regras da sua mãe.

Largo o celular na escrivaninha e solto uma exclamação.
– É isso aí! – Um verdadeiro momento *eureca*.
Pego o lápis PODEROSA CHEFONA e começo a escrever.

Às vezes, temos que quebrar as regras para conseguir o que queremos.
Mas agora, acho que já está na hora de mudá-las.

# CALLIE

# VINTE E SEIS

A casa da minha abuela é um pequeno bangalô de três quartos em meio a acres de terra. Pouco depois de meus pais se divorciarem, meu abuelo morreu numa tarde de domingo enquanto cochilava diante da tevê. Eu não me lembro dele tão bem quanto a Claudia. A minha bisavó, que ainda era viva na época, disse no enterro que ele saiu deste mundo muito mais pacificamente do que entrou. E acho que, já que a pessoa tem mesmo que morrer (porque, mais cedo ou mais tarde, ninguém escapa), essa é uma boa maneira de partir.

Mas, depois que ele morreu, a abuela não conseguiu se desfazer da casa onde tinha passado quase a vida inteira de casada; portanto, em vez de forçá-la a fazer algo que não queria, meu pai voltou a morar aqui para cuidar da casa e do terreno – e da abuela também, embora ela jure que não precisa.

Meu pai pega minha bolsa na traseira da caminhonete, e eu o sigo pela porta da cozinha na lateral da casa.

— Ela chegou! — avisa ao entrar.

A abuela passa batido por ele e então aperta minhas bochechas e depois quase todas as partes apertáveis do meu corpo. Às vezes, acho que a sua memória está toda nas mãos, e, quando ela não pode tocar numa coisa, nunca chega realmente a reconhecê-la.

— Faça o favor de me dizer por que não me ligou para dar notícias sobre a sua vida. Tudo que recebo são notícias de terceiros. A Callie terminou com o namorado. A Callie arranjou outro emprego. A Callie fez novas amigas.

Levanto os olhos para ela.

— De repente, porque eu sou uma pessoa horrível. E cheia de sentimento de culpa.

A abuela faz um gesto, desprezando a gravidade da minha declaração, e então me abraça.

— Se você tem algo de horrível em si, isso vem do lado da família do seu avô.

Rio baixinho. Acho que ela e minha bisavó foram as *ini-amigas* originais.

É fácil me dissolver no abraço da abuela. É uma mulher de estatura imponente, com ombros largos e mãos tão grandes que é capaz de equilibrar uma pizza em cada uma. Mamãe a chama de reencarnação mexicano-americana de Katharine Hepburn, e é verdade. Sua voz grave, com um leve sotaque, demanda atenção. Seu estilo é totalmente utilitário, mas ao mesmo tempo consegue parecer sereno e, de algum modo, etéreo. E, embora seus cabelos, que no passado foram cor de caramelo, estejam mais grisalhos do que antes, as ondas naturais que caem até os ombros ainda emolduram com perfeição o rosto fino e anguloso.

Meu pai, no entanto, carrega os genes do vô, com cabelos e a pele um pouco mais escuros, além de um físico mais atarracado e robusto. Ele é a prova viva de que não é preciso ser alto para conquistar uma mulher. O que lhe falta em altura, sobra em charme. É um tremendo paquerador. Precisa só ver o galã com a moça do balcão de atendimento ao cliente do mercado. É muito divertido, até eu lembrar que ele é meu pai.

Dou uma olhada por cima do ombro da abuela e vejo uma frigideira de migas, minhas favoritas, e sua máquina de fazer waffles no formato do Texas esquentando na bancada. Café da manhã no jantar é quase tão bom quanto sobremesa no jantar.

— Ah, meu Deus. Me dá alguma coisa pra comer, antes que eu comece a definhar.

— Esse é o plano — diz ela.

Depois que me instalo no meu quarto, eu, meu pai e a abuela jantamos à pequena mesa da cozinha, onde só cabemos nós três. A abuela tem uma bem maior e mais comprida, que fica na varanda telada nos fundos da casa, mas eu gosto quando comemos aqui, nessa pequena cozinha atulhada. Gosto do ambiente aconchegante. Há algo de especial em compartilhar um pequeno espaço com as pessoas que a gente ama.

Meu pai contorna a mesa, segurando a frigideira com uma luva térmica, e serve porções generosas para cada um de nós. Existem mil maneiras diferentes de se servirem migas, mas a especialidade da abuela é a variedade tex-mex, com chips de tortilla de milho azul, ovos, queijo, pico, jalapeños e linguiças moídas acompanhando waffles no formato do Texas.

Minha abuela dá tapinhas na boca com o guardanapo antes de falar.

— No fim de semana passado, eu estava na casa da Aurelia para ajudá-la a fazer a pesquisa para o seu artigo mais recente, sobre as mulheres do Álamo. Parece que ela está entrando em alguns becos sem saída, mas... — Ela se vira para o meu pai. — Disse que o divórcio da filha foi homologado no mês passado.

Papai abana a cabeça e brande o dedo diante do rosto dela.

— Fique com a política e a história, mãe. Bancar o cupido não faz mesmo o seu estilo. — Ele olha para mim. — Ela tentou me aproximar da Cindy.

Sinto ânsias de vômito.

— A Cindy não é sua prima de segundo grau?

— Eu esqueci! — exclama a abuela, a mão sobre a boca. — Tá? Foi um acidente! — Ela agita uma garfada de waffle em direção a papai. — E você tem que admitir que, se não fossem parentes, vocês formariam um belo par.

A abuela nem sempre foi apenas mãe ou avó. Até dois anos atrás, ela lecionava ciências políticas e história do Texas em tempo integral na Universidade do Texas da Bacia Permiana, ou UTPB. Agora, dedica seus dias às publicações acadêmicas com a melhor amiga, Aurelia, o que na verdade serve de fachada para as duas ficarem tentando casar os filhos entre si.

– Com o que tem preenchido seu tempo ultimamente? – ela me pergunta. – Agora que não está mais ocupada com a equipe de dança.

Meus ombros se curvam, e, antes que eu possa dizer qualquer coisa, papai vem em meu socorro.

– É um fim de semana para comemorarmos, mãe. Não vamos...

– Deixa a menina falar – diz ela.

– Bem, no momento, estou só trabalhando de graça – respondo.

Ela balança a cabeça.

– Isso não vai durar para sempre.

– Estou fora da equipe de dança definitivamente. – Solto um profundo suspiro que sopra do rosto os fios soltos caídos do meu rabo de cavalo. – Acho que eu poderia arranjar um emprego e começar a economizar para comprar um carro.

Papai faz que sim.

– Gostei da ideia.

A abuela solta um som de desaprovação.

– Um objetivo de curto prazo – diz. – O que você quer fazer? – Sua voz enfatiza ao máximo cada palavra, e eu me lembro de que ela estava habituada a se dirigir a jovens desorientados todos os dias nos seus tempos de professora.

– Não sei – respondo finalmente. – Estou trabalhando para quitar minha dívida com a academia, e... e é como se a coisa pela qual todo mundo me conhece tivesse acabado.

– Isso não é totalmente verdade – diz papai. – Sua petulância é pública e notória.

A abuela aponta a faca para ele, brincalhona.

Relembro os últimos dois meses e tudo que aconteceu. Estou me sentindo uma cebola gigante, todos os dias descascando uma nova camada de mim mesma. A equipe de dança e o Bryce definiam a antiga Callie. O Bryce está definitivamente descartado, mas e a dança? Será que estou acabada? Para sempre?

– Não sei – admito, por fim, enchendo cada quadrado do waffle com manteiga e xarope. – É meio como acordar e não se lembrar de que comidas a gente gosta. Então, talvez eu tenha que experimentar um pouco de tudo, não?

Ela afasta uma mecha solta do meu cabelo para trás da orelha.

– Descobrir as coisas que você ama e fazê-las todos os dias, mesmo que isso signifique fracassar. Esse é o segredo.

Dou de ombros.

– Eu era boa como integrante da equipe de dança. E se não for tão boa assim em mais nada?

– Se você só ama o que vem fácil para você, vai descobrir que não tem muito para amar. Vá à luta, garota.

Meu pai revira os olhos. (Será que foi a ele que puxei?)

– Você faz com que pareça muito fácil, mãe. Mas a vida não é tão certinha como as suas pérolas de sabedoria.

Ela cruza os braços.

– Seu pai vai sentir saudades das minhas pérolas de sabedoria quando eu não estiver mais aqui para oferecê-las.

– Tudo bem, tudo bem – diz ele. – Já chega de me fazer sentir culpado pela sua morte. Na semana passada, ela me disse que o seu último desejo era me ver casado de novo.

– Mas ela não está morrendo – observo.

– Estamos todos morrendo – diz a abuela. – É apenas um processo lento.

Caio na risada, e nós três terminamos de jantar. Empilhamos os pratos na pia e os deixamos lá até a manhã seguinte, porque estamos empanturrados demais para nos mexermos.

Nós nos aconchegamos no sofá para falar com a Claudia pelo FaceTime.

– Minha Claudia! – grita a abuela, como se a minha irmã não pudesse ouvi-la.

– Nem acredito que conseguimos te encontrar tão tarde – diz meu pai.

O rosto da Claudia está iluminado pelo brilho do celular. Ela boceja, sem se dar ao trabalho de cobrir a boca.

– Eu estava terminando aqui, arrumando o palco de novo para a matinê de amanhã. Callie, é você?

Aceno.

– A própria.

– Mamãe já te devolveu o celular? – pergunta ela.

– Finalmente.

– E você não me ligou? – cobra ela.

– Também não te vejo tão apressada assim pra retornar as minhas chamadas não atendidas.

Ela faz que sim.

– É justo.

– Mostra a ópera para a gente – pede a abuela.

– Tem que ser rapidinho. Sou uma das últimas pessoas aqui, e esse lugar com certeza é mal-assombrado. Eu prometi a Rachel que ligaria para ela antes de ir dormir.

– Quando vamos conhecer essa Rachel? – pergunta meu pai.

– É – digo. – Tenho que investigar a primeira namorada séria da minha irmã.

Claudia ri.

– Não, com esse ar atrevido, não.

Ela dá uma voltinha para nos mostrar a Semperoper e conta um pouco sobre a história da arquitetura, o que é um tédio sem fim, mas papai está prestando a maior atenção. Tenho que admitir que, com o interior todo ornamentado em ouro, as pinturas rebuscadas e as poltronas de veludo, provavelmente ela não errou ao dizer que o lugar é mal-assombrado.

Depois que nos despedimos da Claudia e desligamos, meu pai pega no sono quase no mesmo instante em que puxa a alavanca da poltrona reclinável. Eu me esparramo no sofá com a cabeça no colo da abuela e assistimos à reprise de uma das suas telenovelas favoritas, *Corazón Salvaje*. Consigo entender o bastante dos diálogos para poder acompanhá-los, mas logo nós três estamos cochilando, e durante horas não nos damos ao trabalho de ir para a cama.

Passo a manhã e a tarde ajudando meu pai a pintar o celeiro que ele e a abuela usam como armazém. Ela experimentou todos os tons de turquesa antes de se decidir pelo verde-menta. Quando perguntei por que o escolhera, ela respondeu que nunca tinha visto um celeiro desse tom.

Comigo sentada no chão ao seu lado, misturando tintas, ela diz:

– É bom ver você recebendo amigas aqui.

Dou de ombros.

– Elas são ok.

Ela bate com o pedaço de madeira na lateral da lata e a coloca no chão antes de despejá-la na bandeja de tinta.

– O que isso quer dizer? Não falo *adolescentês*.

– Sei lá. Acho que, quanto mais penso no assunto, mais me dou conta de que não levo muito jeito para fazer amigas mulheres.

Ela solta um muxoxo.

– Não caia nessa armadilha.

– Elas são legais. Eu é que... não sou.

– Meninas não precisam ser legais – diz ela simplesmente. – Mas devem se manter unidas. – Abana a cabeça. – A maioria das pessoas quer que você acredite que as outras mulheres são dramáticas... ou venenosas. Mas isso é porque, quando trabalhamos juntas, ninguém nos segura.

– Mas você tem a Aurelia. Ela é, tipo, sua amiga incondicional. Eu não tenho uma BFF há uma vida inteira.

– Terá. Um dia você vai acordar e descobrir que há uma mulher, ou talvez várias, que estiveram ao seu lado durante cada mudança de estação na sua vida.

---

À noite, as garotas chegam na minivan da Millie. Estou quase esperando para ver que a Willowdean não veio, e, consequentemente, a Ellen, mas elas provam que estou errada quando as cinco saem de dentro da minivan como se fosse um carro de palhaço. Bem, agora não dá para voltar atrás.

Amanda despeja pela goela adentro um saco de Corn Nuts que já está pela metade, e, com a boca cheia, diz:

– Melhor petisco que tem pra comer numa viagem de carro. *Imbatível*.

– O trajeto não leva nem uma hora – digo a ela.

Ela abre um sorriso, mostrando os pedacinhos de milho meio mastigados.

– Qualquer pretexto serve pra comer Corn Nuts.

Millie se vira para mim, o rosto corado de descarregar sacolas e travesseiros, mas ainda transbordando de animação.

– Mostra o caminho!

Hannah, Amanda, Millie, Willowdean e Ellen me seguem até o meu quarto, onde deixam suas coisas em cima da minha cama. Por um minuto, a Willowdean parece ter entrado no fosso do leão, até que encontra a Ellen sorrindo para ela. "Não vou roubar a sua melhor amiga", quase chego a dizer. *Acredita em mim, ela não quer ser roubada.*

Na varanda telada, a abuela colocou sobre uma mesa batatas fritas, salsa mexicana caseira, guacamole e tudo que se poderia desejar, inclusive espigas de milho cozidas e tortilhas de farinha. A porta telada bate e meu pai entra carregando uma enorme peça de fraldinha numa base de pimentas e cebolas para cortar em fajitas.

– Noite das damas! – exclama.

– Pai. – Abano a cabeça.

– Exagerei? – pergunta ele.

Millie dá uma risadinha, e a Ellen também.

– Bancar o pai descolado dá muito trabalho.

Faço um grande esforço para esconder um sorriso.

– É, dá pra notar. – Apresento todo mundo rapidamente, e nos sentamos à longa mesa da abuela.

No começo ficamos em silêncio, devorando a comida. Estou sentada entre a Millie e a Ellen, e à frente do meu pai e da abuela.

Millie, com seu inesgotável talento para puxar o saco dos pais, diz:

– Muito obrigada por nos convidarem para vir aqui hoje e nos receberem na sua casa, Sra. Reyes.

A abuela faz um gesto, indicando que não foi nada de mais.

– A Callie não traz amigas para cá há anos.

Papai concorda.

– Trazia toda hora, quando cursava o ensino fundamental. Mas já faz um bom tempo.

Por um momento, uma onda de culpa me atinge. Nunca quereria que eles pensassem que sinto vergonha deles. A verdade é que o tempo que eu passo aqui é preciso para mim. Vir para cá é uma chance de ser outra pessoa, sem todo o drama de Clover City na minha casa. Mesmo que seja apenas por um fim de semana.

– Papai montava barracas lá fora – conto. – Quando tinha festa do pijama. As amigas da Claudia ficavam numa barraca e as minhas em outra. – Um largo sorriso se abre no meu rosto. – E eu lembro, abuela, que você tinha umas barracas imensas, que pareciam verdadeiras mansões.

Os olhos da abuela se iluminam com as lembranças.

— O terreno é mesmo maravilhoso. — Ela suspira. — E também é meio famoso pela quantidade de fósseis. No verão, os garotos da cidade vêm para cá com baldes e pás, e ficam doidos. Principalmente perto do riacho.

— Uau — diz Amanda. — Tipo, ossos de dinossauro?

— Acreditamos ter descoberto alguns. Ou, pelo menos, os ossos de alguém.

Amanda abana a cabeça, de olhos arregalados.

— Parece até *Jurassic Park*. A senhora conhece o Jeff Goldblum?

A abuela ri baixinho.

— Não, mas aquele filme acertou em relação a uma coisa.

— E qual foi? — pergunto.

Ela abre um sorriso.

— Deus cria os dinossauros. Deus destrói os dinossauros. Deus cria o homem. O homem destrói Deus. O homem cria os dinossauros. Os dinossauros comem o homem. A mulher herda a terra.

Todos caem na gargalhada.

A Hannah e eu gritamos "amém!" em uníssono.

— É o que eu sempre digo! — exclama Willowdean.

Quando nossos risos se silenciam, Ellen comenta:

— Nunca acampei na vida.

— Não está perdendo nada — diz Hannah a ela.

— A gente devia ir acampar numa das festas do pijama — diz Millie.

— Eu só me animo para acampar se tiver os confortos da civilização moderna — declara Willowdean. — Tipo, com eletricidade e água corrente.

Reviro os olhos. Falou a diva do glamping.

— Por que não agora à noite? — propõe papai.

Todas nós, pegas meio desprevenidas pela sugestão, nos calamos por um momento. Por um lado, insetos, umidade e todas as coisas nojentas que a natureza tem. Mas, por outro... a casa da abuela é minúscula, e oito pessoas debaixo do mesmo teto (sendo que a maioria no meu quarto!) não é mole não.

— A gente pode mesmo? — pergunta Ellen, rompendo o silêncio.

Papai olha para a abuela.

— Todas as minhas barracas ainda estão no celeiro. Até tenho algumas lanternas e colchonetes — responde ela.

— Não quero acampaaaar — geme Willowdean.

— É aniversário da Callie – diz Millie – e, se ela quiser acampar, nós vamos acampar.

— Por favor. – Ouço Ellen sussurrar. – Vai ser divertido.

Amanda dá um gritinho e assovia.

— Mas primeiro – exclamo –, o bolo!

A abuela joga as mãos para o alto.

— Sim! Já volto.

Papai apaga as luzes quando ela volta trazendo um lindo bolo decorado com chantilly branco-amarelado e flores multicoloridas por cima, com velas-estrelinhas que chiam e estalam.

— "Feliz aniversário, Ashley Cheeseburger"? – pergunta Ellen, lendo o que está escrito no bolo por cima do meu ombro.

— Ah, meu Deus. – Cubro o rosto com as mãos. – Pai, qual é?

Ele ri.

— Quando a Callie era pequena – conta –, ela se sentia muito chateada por não ter podido decidir qual seria o seu nome, por isso exigiu que todo mundo a chamasse de Ashley, o nome que escolheu.

— E Cheeseburger? – pergunta Millie.

A abuela solta uma gargalhada homérica.

— Bem, nós dissemos a ela que também teria que escolher um novo sobrenome.

Eu me viro para meu pai, agitando as mãos no ar.

— Você me deu o nome de Calista porque mamãe era fã de *Ally McBeal*. Ninguém nem conhece mais esse seriado!

— Calista Alejandra Reyes – diz a abuela.

— E aí você escolheu Ashley Cheeseburger? – Hannah abana a cabeça. – Isso é o máximo.

Dou de ombros.

— As outras crianças na minha turma de jardim de infância não achavam exatamente fácil pronunciar Calista, tá legal?

— E o segundo nome é Pudim – completa meu pai. – Esse foi o apelido escolhido pela avó. A materna.

Millie solta um bufo, com ar cúmplice.

— Ah, essa é boa. Ashley Pudim Cheeseburger.

— Tanto faz – digo. – Anda, gente, canta pra mim antes que essas velas derretam em cima do bolo.

Todos obedecem à minha ordem, mas definitivamente não em uníssono.

– Parabéns pra você! Nessa data querida! Muitas felicidades! Muitos anos de vida! É big! É big! É hora, é hora, é hora! Ra-tim-bum! Ashley Cheeseburger, Ashley Cheeseburger! – concluem todos.

– Ha, ha – faço eu. Mas não consigo conter o sorriso.

– Faz um pedido! – grita Amanda.

Respiro fundo e sopro cada uma das minhas dezessete velinhas. Não faço nenhum pedido, porque não acredito nessas coisas.

Ou acredito? Porque, no momento, minha vida é ir à escola, trabalhar de graça e voltar para casa, e às vezes a cabeça se distrai e começa a pensar no Mitch e em qual era o jogo dele quando me rejeitou debaixo da arquibancada. Portanto, talvez não custasse fazer um pedidinho bem pequenininho. Mas, sentada aqui com todas as velas apagadas, acho que é tarde demais para me dar a esse trabalho.

Meu pai contorna a mesa e me envolve num abraço apertado antes de quebrar uma coisa na minha cabeça. Rios de confete escorrem pelo meu rosto, ficando presos no meu cabelo e salpicando o chão.

Dou um grito, soltando uma gargalhada, levo os dedos ao alto da cabeça e encontro uma casca de ovo quebrada.

– Pai! Seu palhaço! Cê tá morto, velhote!

Todos ficam em silêncio, menos a Willowdean, que abafa uma exclamação como se estivesse assistindo ao melhor programa de baixarias, daqueles que a gente se sente culpada por curtir. (Que, obviamente, é *The Bachelor*, só para constar.)

A abuela coloca na mesa duas embalagens de ovos cheias de *cascarónes*, que são cascas secas de ovos pintadas em cores vibrantes, depois preenchidas com confete.

– Não precisa esperar pela vingança! – diz ela.

*Cascarónes* são a minha tradição favorita da Páscoa mexicana, e, como meu aniversário sempre cai perto da Páscoa, eles se tornaram itens obrigatórios nas minhas festas. Além disso, desafio qualquer um a encontrar alguma coisa que dê mais prazer do que quebrar um ovo na cabeça de alguém que nem suspeita.

Papai recua em passos lentos.

– Respeite os mais velhos – relembra, pulando nas pontas dos pés.

Pego dois *cascarónes* e me levanto, a cadeira caindo atrás de mim.

– Clemência negada – digo a ele, e corro em volta da mesa. Exatamente como quando eu era pequena, ele deixa que eu o alcance, e eu quebro cada um dos cascarónes nas laterais da sua cabeça.

As garotas continuam sentadas, imóveis, menos a Hannah, que pega um *cascarón* quando ninguém está olhando e o quebra na cabeça da Amanda.

Amanda solta um gritinho e se vira para Hannah, que está sorrindo de orelha a orelha, exultante.

Amanda pega um *cascarón* e, logo em seguida, a Willowdean e a Ellen fazem o mesmo. Acerto um na Millie, e até a abuela quebra um nas minhas costas.

Mas é como uma batalha com balões cheios de água, e, embora seja furiosa, os *cascarónes* acabam em questão de minutos.

Despencamos nas nossas cadeiras, as embalagens de isopor vazias e mil confetes sujando a mesa e o chão.

– Que tal uma fatia daquele bolo? – pergunta Willowdean, um pouco ofegante.

– Guarda uma para mim – pede papai. – Vou com o quadriciclo até o celeiro buscar uns artigos de camping para vocês.

Levanto uma faca.

– Quero uma fatia lateral. Pedi primeiro.

Depois de comer bolo, com os cabelos cheios de confete, e de ajudar a limpar a bagunça que fizemos, passamos spray de repelente no corpo enquanto a abuela pega suas lanternonas para criar um "clima de camping" para nós.

Quebramos a cara várias vezes até finalmente conseguirmos montar as barracas, e, quando as duas finalmente estão de pé, todos os colchonetes desdobrados, nós de roupa trocada e prontinhas para curtir a nossa noite em contato com a natureza, já passa da meia-noite.

Ficamos as seis deitadas num cobertor enorme durante um tempo, contemplando as estrelas, enquanto papai e a abuela entram e se preparam para ir dormir.

– Ah, olha lá, Callie! – exclama Millie, sacudindo meu ombro. – Acho que aquilo é uma estrela cadente.

Willowdean se inclina sobre o cotovelo.

– Não sei. Pode ser só um aviãozinho.
– Pela primeira vez na vida, concordo plenamente com você – digo.
Millie me dá uma cotovelada nas costelas.
–Você devia fazer um pedido, por via das dúvidas.

Olho para a luzinha tremeluzente no céu e tenho 99,9% de certeza de que Willowdean está certa, mas, para os 0,10% de chance de não estar, suspendo o meu ceticismo em relação a pedidos e fecho os olhos.

*Quero me sentir assim o tempo todo.* Que encontrei o meu lugar, e que o meu lugar não é só uma coordenada geográfica, mas uma coisa viva, respirante, que carrego dentro de mim. Esse é o meu desejo de 0,10%.

Abro os olhos.

– Feito – digo. – Por via das dúvidas.

Pouco a pouco, o pessoal vai entrando numa das barracas – Willowdean, Ellen e Hannah –, até ficarmos eu, Amanda e Millie deitadas no cobertor ao ar livre. Só que Amanda ferrou no sono, e, quando não está dormindo, tem que fazer um esforço para ficar acordada.

– Amanda, você devia ir se deitar dentro da barraca – diz Millie.

– Eu estou acordada, tá? – rebate Amanda, os lábios mal se movendo. – Me deixa em paz.

Millie dá de ombros.

– E aí, Ashley Cheeseburger – diz ela. – Como é ter oficialmente dezessete anos de idade?

– Hum. Já passa da meia-noite, por isso acho que a sensação é praticamente a mesma de ter dezesseis ontem.

– Mas agora você pode ver sozinha os filmes que exigem a companhia de um adulto – intromete-se Amanda, com voz arrastada.

Millie balança a cabeça.

– Bem lembrado. – Ela se vira para mim. – Aliás, a sua avó é simplesmente sensacional.

– É mesmo. – Cruzo os braços atrás da cabeça. – Sinto uma inveja estranha dela. Tipo assim, quero ser equilibrada como ela e saber que diabos eu vou fazer com a minha vida.

– Callie, você tem tempo de sobra.

– É, acho que sim – digo. – Mas e se eu morrer amanhã? Minha lápide só vai dizer: "Ela foi expulsa da equipe de dança, mas pelo menos elas se classificaram para o campeonato nacional." Sinto como se de repente houvesse uma pressão enorme pra eu saber o que vou fazer, agora que já não sou mais uma Shamrock. E, honestamente, eu não sei. Talvez não queira ir pra faculdade. Ou talvez até queira, mas pra estudar em alguma, tipo assim, na Espanha. Ou... sei lá, de repente pode me dar na telha de virar caminhoneira, ou...

Millie ri.

– Será que você não entende?

– O quê?

– Não tem que haver pressão pra você encontrar alguma coisa nova ou ser outra pessoa, assim, de repente. Talvez você decida mesmo voltar a dançar. Você não precisa de uma equipe pra isso. Ou talvez queira ser engenheira ou trabalhar como maquiadora. Não importa. Eu sei que a expulsão da Shamrocks foi horrível, mas essa nuvem escura não precisa durar pra sempre. Pode ser uma chance de você descobrir quem realmente quer ser.

Fico em silêncio por um momento, assimilando tudo que ela disse. Os únicos sons entre nós são um coro de grilos e os leves roncos da Amanda.

– Faz sentido. Faz mesmo. Mas só quero saber quem eu vou ser pra poder começar a ser essa pessoa.

– Às vezes, até a direção errada pode ser melhor do que nenhuma.

– Sim! – digo. – Isso. Exatamente isso.

Millie dá um meio sorriso.

– Mas não conserta nada. Às vezes, vale a pena esperar pelas melhores coisas. Não tenha medo de esperar sem pressa.

Alguma coisa no que ela disse parece verdade, mas ainda me deixa de estômago embrulhado. Parte de mim não se importa com quem eu sou ou o que faço, desde que eu seja a melhor, mas talvez não seja assim que deva ser.

– Esse lugar me lembra um pouco aquele spa pra onde eu ia por minha mãe não aceitar que eu fosse gorda. Era tipo um acampamento, e supersilencioso à noite – diz Millie, interrompendo meus pensamentos.

– Bem, acho que isso quer dizer que você vai ter que voltar a acampar aqui, já que esse acampamento e essa "obsessão gorda" são coisa do passado. – Pela primeira vez, dizer a palavra "gorda" não faz com que eu sinta nada. É só uma palavra. Não faz com que eu me sinta como se a estivesse usando contra alguém para debochar da pessoa, ou sendo grosseira.

Millie sorri.

— Sim. — A palavra sai como um suspiro. — Eu gostaria disso.

— E aí, já mandou o formulário de inscrição para o curso de telejornalismo? — pergunto.

— Estou dando os últimos retoques no formulário. E também já fiz o vídeo de apresentação.

— Tá zoando! Quero ver. — Assim que as palavras saem, eu me arrependo um pouco. Nunca levei muito jeito para esconder meus sentimentos e posso ser uma escrota, mas não quero magoar a Millie.

Ela dá uma olhada atrás de nós para ter certeza de que todo mundo está dormindo, inclusive a Amanda.

— Tá, mas não pode rir. A única pessoa que já viu é o Malik, porque foi ele quem me ajudou a editar o troço.

Nós nos sentamos, e ela tira o celular do bolso do casaco de moletom lilás e passa os itens de um álbum até chegar a um vídeo.

Tiro o celular da sua mão e aperto o play. Vejo a Millie, num tailleur azul vibrante, sentada atrás de uma bancada de telejornal. Os cachos estão um pouco duros demais, e, no começo, ela me passa um ar de cervo hipnotizado pelos faróis de um carro. Mas acho que isso é porque conheço a Millie do dia a dia. Ela anuncia notícias sobre a nossa escola, e até aparecem gráficos elaborados. E algumas das suas piadas são ótimas — melhores que as do nosso apresentador da previsão do tempo local, que aparece usando uma capa de chuva amarela e roda a manivela de uma máquina de vento toda vez que vai anunciar uma tempestade. Eu chegaria mesmo a dizer que ela está encantadora. Seus trocadilhos são fofos e o timing deles é perfeito. E o batom que ela está usando! Eu conheço esse batom.

O vídeo corta para algumas tomadas em que Millie está transmitindo "ao vivo", e em seguida chega ao fim, com créditos curtos onde aparecem seu nome e o do Malik.

Devolvo o celular, e ela espera em silêncio pela minha resposta.

— Você. Nasceu. Pra. Isso — digo finalmente, e, para o meu horror, ouço minha voz falhar. Meu Deus. Quando foi que eu me tornei uma perdedora sentimental?

— Ah, meu Deus — diz Millie, tocando minha perna. — Você está bem?

Faço que sim e rio, inclinando a cabeça para trás, como se isso pudesse prender as lágrimas.

— Estou ótima. Sei lá. Ou talvez não esteja. — Secando os olhos, eu me viro para ela. — Mas você estava maravilhosa. Tipo, se não te aceitarem, eles têm merda no lugar do cérebro. Quer dizer, como você pode ser tão boa nisso? Acho que eu seria um fiasco diante de uma câmera.

— Bem — diz ela. — Não sei se sou tão boa assim, mas quero melhorar, e essa é a razão pela qual preciso entrar nesse curso de telejornalismo. Porque eu quero ir em frente sem que nada me segure. Quero que não haja nenhum motivo para as pessoas me rejeitarem. Quero ser tão perfeita que, se elas me rejeitarem por causa disso — faz um gesto indicando o corpo —, então vai ter que ser em voz alta, na minha cara.

— Uau! — Solto uma exclamação. Quando foi que o jogo virou? Minha vida está em cacos, e a de Millie Michalchuk, cem por cento nos eixos. Em todos os aspectos. Ou talvez eu sempre tenha sido um desastre. — E o seu batom!

— Certainly Red 740, da Revlon. Graças à sua mãe.

— Juro que aquele batom é mágico.

— Alguma coisa nele fez com que eu me sentisse... empoderada. Não sabia que uma coisa tão boba como lábios vermelhos podia me dar essa sensação.

— Foi isso mesmo — concordo. — Você parecia estar no comando. Como se estivesse dando as cartas.

— Quer saber o que a minha amizade com todas aquelas garotas me ensinou? — Ela indica uma das barracas com o queixo.

— O quê? — pergunto.

— Que às vezes você tem que fingir até conseguir. Se eu quiser dar as cartas, vou ter que começar a agir como se já desse. E, quando aquela câmera liga, é como se alguém apertasse um interruptor em mim que me dá permissão para ser a versão de mim mesma que eu só vivo nos meus sonhos.

Tornamos a nos deitar.

— Então — digo —, segundo você, se eu quiser que as pessoas me tratem como uma lagosta, devo agir como uma lagosta?

— Não. — Ela ri. — Mas sim, de certo modo. Sim.

Fico pensando nisso por um tempo. Não restam dúvidas de que agir como uma abelha-rainha me ajudou a ascender na hierarquia social, mas agora está mais óbvio do que nunca para mim que eu era uma fraude completa.

Portanto, depois de passar todo esse tempo fingindo, eu deveria refletir com cuidado sobre a pessoa que quero ser. Talvez, entre ela e a minha chance de 0,10%, ainda haja esperança para o futuro de Callie Reyes.

# MILLIE

## VINTE E SETE

Depois da aula na terça, Callie e eu damos uma rápida parada nos correios antes de nos dirigirmos à Sonic e à academia.

Estaciono o carro diante da porta e tiro da mochila o largo envelope de papel pardo. Escrevi o endereço com o pilô de glitter verde-azulado e decidi usar os selos do Harry Potter de edição limitada que estava guardando para uma ocasião especial.

— Selos maneiros — diz Callie.

— Não precisa debochar de mim.

Ela ri.

— Não, são mesmo, eu estou falando sério. Gostei principalmente do da Luna Lovegood. Na verdade, se o Neville Longbottom e a Luna Lovegood tivessem um filho, seria você.

Aperto os olhos.

– Não sei se você teve a intenção de me fazer um elogio, mas vou interpretar como um, porque, vamos combinar, Luna e Neville para sempre!

– Foi um elogio totalmente sincero – ela me garante.

– Talvez, se eu fizer de conta que essa carta vai para Hogwarts, consiga criar coragem para entrar e postar a porcaria logo de uma vez. – Despachar esse troço na vida real parece assustadoramente irreversível.

Callie põe a mão na minha perna.

– Calma – diz ela, a voz não mais alta do que um sussurro. – Você já fez a parte difícil. Escreveu a dissertação. Fez o vídeo. Poxa, Millie, você até o enviou online. Agora só precisa entrar lá e postar de uma vez. – Ela acrescenta depressa: – E depois dar a notícia à sua mãe.

Olho de relance para ela.

– Bem, de repente isso deixou de ser a coisa mais difícil que eu tenho para fazer hoje.

– Você não precisou da assinatura dela para o formulário? – pergunta Callie.

– Digamos que eu tenha o hábito de falsificar a assinatura da minha mãe. Aliás, é mais um vício, para ser exata.

– Millicent Michalchuk! – Ela solta um urro. – Isso é a coisa mais fodona que já saiu da sua boca.

– Todos nós temos um lado podre – digo, abrindo a porta com o envelope apertado contra o peito.

Entro e entrego o envelope a Lucius, que trabalha como atendente desde que minha mãe era pequena.

– Gostaria que fosse com um aviso de recebimento, por favor.

– Sim, senhora – diz ele.

Ele calcula o valor da carta registrada e pronto, fim da história. Adeus, Fazenda Margarida. Olá, Curso Intensivo de Telejornalismo da Universidade do Texas.

---

Callie e eu entramos apressadas na academia, e a Inga olha para nós com os olhos franzidos, já preparando uma bronca, mas então digo:

– Me perdoe. A culpa pelo atraso foi minha.

Ela faz que sim.

– Seu cheque está no escritório.

–Vai receber o salário? – resmunga Callie. – Qual é a sensação?

Dou uma cotovelada nela.

– Obrigada, Inga. Dá um beijo no Luka e no Nikolai por mim.

– São uns monstros – diz ela, pegando as chaves e suas coisas. – Dois monstros carecas que só comem e fazem cocô. Comem e fazem cocô. Eu digo ao seu tio todos os dias que, se os homens pudessem ter filhos, as pessoas estariam sendo feitas em laboratórios, não em barrigas.

Callie balança a cabeça.

– Sim, e se tivessem que aguentar a menstruação, pode crer que os absorventes íntimos seriam gratuitos.

Inga meneia a cabeça em direção a Callie.

– Ela entende.

Callie mantém a expressão imperturbável, mas noto que a leve aprovação da Inga não lhe passou despercebida.

Depois que pego meu cheque, Callie e eu nos sentamos atrás do balcão para ver o que ainda falta na lista de afazeres diários.

Callie dá uma arfada.

Levanto os olhos a tempo de ver o Mitch abrindo a porta. Não está usando roupas de malhar, nem carrega uma sacola de academia.

– Hum, oi – cumprimenta ele.

– Oi – Callie e eu respondemos em uníssono.

Eu me encolho um pouco ao sentir Callie ficando tensa ao meu lado.

Callie estende a prancheta para ele.

– Pode assinar.

Mitch pigarreia.

– Eu, hum, na verdade não vim aqui hoje pra malhar.

– Tá – diz Callie.

Mitch estala as juntas dos dedos nervosamente, até elas não estalarem mais.

Estou louca para me intrometer e intermediar a situação, mas me esforço ao máximo para me controlar.

– Será que a gente poderia conversar? – pergunta ele.

– Com certeza! – respondo.

Os dois olham para mim com as sobrancelhas arqueadas.

Dou um sorriso amarelo.

Mitch se vira para a Callie.

— Talvez em particular?

É a minha deixa.

— Tenho mil coisas para fazer — digo, pegando a lista de tarefas. Tentando ao máximo não parecer constrangida, viro para a Callie e acrescento: — Callie, será que podia ficar de olho aqui no balcão enquanto eu trabalho na minha lista superlonga?

Os olhos dela estão arregalados de pânico e o rosto começa a ficar rosa-choque, mas ela responde:

— Hum, posso. Vai nessa.

Saio andando pela academia, tentando parecer ocupada. Não chego a ficar de ouvido na conversa dos dois, mas esse lugar não é lá muito grande.

Depois de um tempo, ouço Mitch perguntar:

— E no sábado?

— Nos sábados não seria uma boa — responde Callie.

— No sábado é uma boa sim! — digo antes que possa me conter.

Callie gira o corpo e me encontra limpando os espelhos que ficam acima dos pesos de mão. Nossos olhares se encontram no reflexo de um deles.

— Eu achei que fosse rolar aquele nosso lance — diz ela entre os dentes. — Você sabe, o nosso *lance*.

Eu me viro e dou de ombros.

— Esse fim de semana é o da Páscoa, por isso nós vamos pular. Além disso, a Hannah diz que a Courtney está exigindo uma noite de sábado só para as duas.

— Claro, faz muito sentido eu planejar a minha vida em função da namorada da Hannah — resmunga ela.

Sorrio e dou de ombros.

Ela se vira e levanta um pouco as mãos, mas logo as solta ao longo do corpo.

— Tudo bem, então — diz para Mitch. — Ainda estou de castigo, por isso vou ter que falar com a minha mãe, mas talvez no sábado.

Mitch infla as bochechas rosadas.

— Talvez no sábado.

Callie faz que sim.

— Talvez. Mas provavelmente não. Você precisa saber que eu sou do tipo de pessoa para quem o copo está meio vazio.

Mitch reflete sobre isso por um minuto.

— Então esse "talvez" é o de um copo meio vazio? — Ele estende a mão num gesto encabulado, como se quisesse apertar a da Callie, mas apenas bate com o punho no dela antes de ir embora.

Espero que a porta se feche inteiramente antes de perguntar em voz alta:

— Isso é um encontro?

Quando a Callie se vira, espero encontrar a sua expressão normalmente rabugenta de quem fareja um mau cheiro, mas é óbvio que ela está transbordando de animação, embora se esforce ao máximo para não demonstrar.

— Talvez — responde. — É um talvez encontro. Um copo meio vazio, talvez.

Corro até ela, que também vem ao meu encontro, e damos as mãos enquanto gritamos aproximadamente no mesmo nível de estridência de um apito de cachorro.

Depois do trabalho e de deixar a Callie em casa, continuo dentro da minivan na entrada da casa por um minuto para dar uma olhada nas mensagens.

**MALIK: Já mandou o formulário?**

**MILLIE: Mandei! Foi a sua estreia como diretor!**

**MALIK: Bem, isso pede uma celebração. Sexta à noite?**

**MILLIE: É um encontro.**

Uma maré de animação me atinge o estômago. Um encontro! Não só a Callie tem um encontro nesse fim de semana, como agora eu também. O que posso dizer? O amor está no ar.

Já em casa, encontro meus pais se preparando para jantar. *Agora*, penso. É o momento perfeito para contar a eles. Com meu pai presente para amenizar o golpe.

Minha mãe contorna a bancada central da cozinha enquanto meu pai sapeca um grande beijo babado na sua bochecha.

— Seu pai trouxe brisket, macarronada, feijão verde, bisnaguinhas e a tarte de maçã da Melba B's Barbecue, por isso acho que é noite de todo mundo sair da dieta. – Ela cantarola "Go Tell It on the Mountain" para si mesma enquanto corre de volta à cozinha em busca de colheres para servir a comida.

Melba B's é a marca favorita da minha mãe – uma comida tão boa que ela chega a cantarolar! –, e, se dependesse só dela, sem dúvida alguma seria a sua última refeição, mas ela a come raramente e, em geral, meu pai é o único que consegue convencê-la a abrir exceções.

Um suspiro baixo escapa de mim.

Não posso contar a ela que não vou voltar para a Fazenda Margarida. Não agora. Não vou estragar essa noite perfeita para ela.

Na noite de sexta, o Malik vem me buscar para o nosso encontro. Bem, se perguntarem aos meus pais, eles dirão que é um encontro de estudos e que o Malik vem me apanhar para irmos à casa da Amanda, mas isso é porque não sei ao certo qual é a opinião dos dois sobre namoros. Se tivesse que dar um palpite, acho que eles prefeririam que eu não namorasse.

Depois de quebrar a cabeça, escolhi um vestido de algodão verde-menta com botões de margaridinhas pregados em volta da gola – meu toque pessoal, obviamente – e um par de sapatilhas amarelas.

Quando entro no carro do Malik, ele me entrega um par de meias novinho.

– Você vai precisar disso – diz ele.

– Para quê? – pergunto. – Vamos jogar boliche?

Seus lábios se retorcem por um segundo, como se ele estivesse se criticando pela escolha.

– Teria algum problema se a gente fosse?

Faço que não.

– Só se você se importar de perder pra uma garota.

– Ah, então você é do tipo que canta vitória pra intimidar o adversário? – pergunta ele. – Bem... – O toque do celular o interrompe. Ele dá uma olhada no telefone, que está no porta-copos. – É melhor eu atender – diz, parando o carro numa rua residencial. – Alô? – diz ele no fone.

Fico escutando atentamente, mas não consigo entender o que diz a voz do outro lado, por isso só tenho sua parte da conversa para me basear.

— Bem, ele já experimentou tomar algum remédio?... Ele só precisa ficar sentado numa sala escura e trocar os rolos. Não pode ser tão difícil assim... Ele tem certeza de que não consegue?... Tudo bem. Tá. Me dá vinte minutos.

Malik desliga o celular e se vira para mim.

— Está tudo bem? – pergunto.

— Sim. Não – responde ele. – Tenho que cancelar o nosso encontro.

— Ah. – Tento esconder minha decepção, mas não adianta.

— É que somos só três no meu emprego que sabemos trocar os rolos dos filmes nas salas de projeção, e normalmente isso não teria a menor importância, mas um dos caras está no Novo México visitando a namorada que conheceu pela internet e o outro está de ressaca. Ou talvez bêbado ainda. Não sei.

Malik trabalha no único cinema da cidade, o Estrela Solitária, se não contarmos o drive-in. Também é um dos prédios mais antigos de Clover City, por isso acho que não é de surpreender que também não esteja equipado para exibir filmes digitais. É chato não ir ao boliche, mas detesto ainda mais que a nossa noite tenha que terminar antes mesmo de ter começado. De repente, tenho uma ideia.

— E se eu for com você? Tipo assim, como sua assistente.

— Não queira fazer isso – diz ele. – Você vai morrer de tédio.

— Não se a gente estiver juntos.

Ele enrubesce.

— Acho que você vai ter direito a uma quantidade ilimitada de pipoca.

— Inclui aí uns Milk Duds no pacote, e o acordo está fechado – respondo.

— Feito. – Ele estende a mão para que eu a aperte.

Malik dá a volta ao cinema e estaciona nos fundos, perto da entrada dos funcionários, e subimos por uma escada escura e estreita, que fica logo ao lado da porta.

Já estive nesse cinema inúmeras vezes, com seu velho e empoeirado foyer art déco e poltronas forradas em veludo azul-rei, mas, já há alguns anos, o drive-in na periferia da cidade foi reinaugurado, e esse lugar já não fica mais tão lotado como antes.

— Ok – diz Malik. – Parece que o Cameron já iniciou todas as sessões, por isso só tenho que ficar aqui para trocar os rolos e fazer as sessões da madrugada. Tem certeza de que você não liga?

— Nem um pouquinho – digo a ele.

– Vamos pegar os Milk Duds que eu te prometi.

Sigo-o por um escritório minúsculo até um elevador ainda menor que nos deixa direto no foyer, com seu cheiro de pipoca e anos de xarope de refrigerante entranhados no carpete dourado, vermelho e azul.

– Não tem ninguém aqui – digo.

– Todo mundo está vendo seus filmes – explica ele. – A calmaria entre as tempestades.

– Pode crer – diz uma mulher negra mignon de meia-idade atrás do balcão. – Esse lugar vira uma zona de guerra entre as sessões. E nem queira saber em que estado encontramos o chão das salas quando acendemos as luzes. – Ela usa uma calça preta, uma camisa social branca, um colete de cetim azul e uma gravata-borboleta representando a bandeira do Texas.

– Cynthia – diz Malik, segurando minha mão –, essa é a...

– Millie! – ela termina para ele. – Meu bem, há meses que ele não para de falar de você.

Um gritinho que sai mais como uma risada escapa de mim e ecoa pelo foyer.

– Meses, é?

Malik morde os lábios até desaparecerem e seu rosto adquire um tom escuro de rosa-choque.

– A Cynthia é minha colega de trabalho.

– E amiga – acrescenta ela.

Ele se vira para mim.

– E terminadora de frases em geral.

Malik enche um balde grande de pipocas, pega um copo de refrigerante para cada um de nós e tira a caixinha de Milk Duds do mostrador. Sei que não é assim que o nosso encontro deveria ser e que esses são só belisquetes de bomboniére, mas há algo neles que me parece o suprassumo do luxo. Minha mãe nunca compra esses petiscos no cinema. Em vez deles, ela traz na bolsa saquinhos de maçãs fatiadas, ou, quando está a fim de fazer uma extravagância, uma barra de biscoito da SlimFast.

Pegamos de novo o elevador para o segundo andar e nos acomodamos em um pequeno sofá numa das salas de projeção.

– E aí, preciso me preocupar com você e a Cynthia? – pergunto, enquanto o nono filme de uma franquia que combina ação, aventura e perseguição de carros passa ao fundo atrás de nós.

Ele abre um sorriso.

— Acho que não somos pessoas que se esperaria que ficassem amigas, mas é impossível passar meio verão aqui sem fazer amizade com o primeiro par de pulmões que a gente encontra. — Ele enfia um punhado de pipocas na boca e dá um gole em seu Dr Pepper. — Mas prefiro pensar que eu e a Cynthia teríamos arrumado um jeito de ficarmos amigos mesmo que eu não trabalhasse aqui.

— Ela é casada? — pergunto. — Tem filhos?

— Dois. Uma filha em Houston e um filho em Fort Worth. Ela arranjou um emprego aqui depois que o marido faleceu.

Não sei se isso faz com que eu me sinta melhor ou pior. Saber que ela tem família e mesmo assim está sozinha.

— Mas então, por que ela fica aqui? Poderia ir morar com um dos filhos. E tenho certeza de que Houston e Fort Worth têm cinemas muito melhores. Sem querer ofender.

— Ah, mas ofendeu — diz ele. — Assistir a um filme em trinta e cinco milímetros é a experiência cinemática mais pura que existe. Mesmo que você tenha que sentar numa poltrona quebrada e ficar com os pés grudados no chão. Mas, na verdade, a Cynthia e o marido tiveram o primeiro encontro deles aqui, por isso ela leva a sério a manutenção desse lugar.

— Que lindo — replico. — Mas não fazia ideia de que você é um hipster esnobe em relação às suas preferências cinemáticas.

— Se a gente vivesse numa cidade grande, eu seria um hipster esnobe de carteirinha, mas aqui, sou só um garoto esquisitão que trabalha num cinema e é entediante o bastante para confiarem a ele as chaves da escola.

Pego algumas pipocas e as jogo na boca com um Milk Dud, porque sou um gênio iluminado.

— Não acho você entediante. Poxa, eu nem sabia que você curte esse lance de cinema...

— E nem sempre curti, mas trabalhar aqui e assistir a faroestes antigos com o meu pai teve uma certa influência sobre mim.

— Eu tinha certeza de que você queria ser político.

Ele põe o refrigerante no chão ao lado dos pés e vira todo o corpo na minha direção.

— E queria. Quero. — Ele mantém os lábios apertados numa linha firme por um momento. — Eu sempre quis mudar o mundo. Sei que isso é cafona. É claro que todas as pessoas querem mudar o mundo.

Pouso a mão sobre a dele.

— Não — digo, a voz muito séria. — Nem todas as pessoas querem mudar o mundo.

— Sempre achei que o único jeito de poder fazer isso seria me tornando senador, prefeito ou coisa do tipo, mas há algo especial nos filmes e histórias. Eu quero ajudar a mudar as regras, entende? Ajudar a tornar o mundo mais justo. E ninguém se importa em lutar pela igualdade ou mudar as regras, a menos que tenham algum tipo de conexão. Acho que... bem, é isso que as histórias fazem. Elas conectam as pessoas. As histórias mudam os corações, e os corações mudam o mundo.

Não achei que pudesse ficar ainda mais apaixonada. Mas estou. Sei que muita gente olha para pessoas como eu e o Malik e pensa que não passamos de idealistas bobos que querem mais do que têm o direito de conquistar. Pois que pensem o que quiserem.

— Aposto que você pode fazer as duas coisas — digo a ele. — Aposto que pode mudar as regras e os corações.

Ele se inclina para a frente e nossos lábios se roçam — no instante em que os créditos no cinema começam a passar.

— Tudo que eu vou mudar esta noite — diz ele — são esses rolos de filmes.

Quanto a isso, não há solução. De repente, quem solta um *soluço* sou eu.

— Você está bem? — pergunta ele, contendo o riso.

Faço que sim, apenas um pouco envergonhada.

— Refrigerante demais.

Ele segura minha mão e me puxa de pé. Sigo-o até cada uma das salas de projeção e fico olhando enquanto ele troca com todo o cuidado o filme para as sessões das 9:00, 9:10, 9:20 e 9:30, que é exatamente quando os soluços passam.

Ficamos um pouco em cada sala e dou uma espiada em cada filme: ação e aventura com perseguição de carros, um desenho animado com gatos, um romance ambientado durante a Segunda Guerra Mundial e um filme de terror B sobre um acampamento de verão de cheerleaders.

No fim da noite, a Cynthia fecha a bombonière e a bilheteria, enquanto o Malik e eu varremos as quatro salas.

— Desculpe se a noite não saiu exatamente conforme o planejado — pede ele.

— Ora, pelo menos eu descolei um par de meias grátis.

— E Milk Duds — relembra ele.

Cynthia enfia a cabeça na sala 4.

— Já acabei aqui — avisa.

— Pode ir pra casa — diz Malik. — Só tranca a entrada, que a gente vai sair pela porta dos fundos.

— Deixa comigo — replica ela, antes de se virar para mim. — Millie, foi um prazer.

Quando ela vai embora, Malik pergunta:

— Você tem que voltar cedo pra casa?

Dou uma olhada no celular e encontro uma mensagem da minha mãe perguntando quanto tempo vou demorar. Mando uma resposta rápida dizendo que vamos estudar até tarde na casa da Amanda. Isso deve me garantir mais algumas horas.

— Não, estou livre!

— Qual é o seu gênero favorito de filme?

— Promete não rir? — pergunto.

— Depende.

Chapo as mãos sobre o rosto.

— Comédias românticas.

Por entre os dedos, vejo-o encostar a vassoura numa poltrona e dar um passo em minha direção. Um dedo de cada vez, ele afasta minhas mãos do rosto.

— As comédias românticas — diz — não têm o seu valor devidamente reconhecido.

— Não é mesmo? — Sinto meu rosto se iluminar. — Tipo, só porque são voltadas para o público feminino e terminam com os protagonistas vivendo felizes para sempre, não quer dizer que sejam bobas ou frívolas.

— Eu sempre curto um FPS.

Suspiro. Ele até conhece o jargão.

— Fica aqui — diz ele. — Senta na poltrona que quiser.

Enquanto ele dispara pelo corredor, sento numa fileira no meio do cinema e até escolho o centro exato. Espremo os quadris entre os braços da poltroninha velha. Não cheguei a ficar propriamente apertada, mas o espaço é na conta certa. Numa placa dourada em formato de estrela sobre o braço de madeira está escrito 13P, e, na do lado, 13Q. É só um pequeno detalhe, mas quero me lembrar dos números dessas poltronas para sempre. Penso na Cynthia e no marido, e fico imaginando em que poltronas se sentaram no seu primeiro encontro.

As luzes se apagam, e acho que o lugar ficou meio fantasmagórico, agora que estou aqui sozinha. Então, a tela se anima com o prefixo musical do estúdio. Malik volta disparado pelo corredor e se joga na 13Q.

— Que filme você escolheu? — sussurro. Na mesma hora me sinto boba, porque estamos a sós e posso falar tão alto quanto quiser.

— Bem, quase escolhi o meu preferido — diz ele —, *A Noiva Prometida*, que nós mantemos à mão para as sessões de aniversário, mas aí achei que de repente a gente devia assistir a um que eu nunca tivesse visto. Para expandir a minha educação.

— Da próxima vez, temos que assistir ao seu preferido — digo a ele.

— Em que categoria? Ficção científica? Horror? Suspense? Bollywood? Comédia?

— Você curte Bollywood? — pergunto. Só vi alguns na tevê, mas dizer que gostei do que vi seria um eufemismo.

— Estritamente os clássicos — diz ele. — Não aceito remakes.

E então a cena inicial começa antes que eu possa pedir mais detalhes. Vemos a parte de trás da cabeça de Drew Barrymore e a câmera vai descendo até revelar que ela está em cima de um monte de beisebol, enquanto faz a narração.

— Sabe aqueles filmes que têm uma sequência onírica, só que não te dizem que é tudo um sonho? Isso está longe de ser um sonho.

— Ah, meu Deus! — grito. — *Nunca Fui Beijada!* Drew Barrymore faz uma jornalista... bem, tecnicamente, uma revisora... que vai trabalhar, sem revelar a profissão, na escola em que tinha cursado o ensino médio. Você vai adorar.

— Veremos — diz ele. — Sou uma companhia meio chata durante um filme. Pelo menos, segundo a minha irmã. Ela diz que eu boto defeito em tudo. Mas nós tínhamos esse à mão para um festival da Drew Barrymore.

– Só assiste – digo a ele.

Já demos as mãos. Já nos beijamos. E o meu estômago ainda está dando mil voltas quando pouso a mão no braço da poltrona com a palma voltada para cima – o sinal universal de "por favor, segura já a minha mão!"

Demora tanto quanto a Drew Barrymore para aparecer na escola com a maquiagem recém-feita e o extravagante conjuntinho com boás brancos até a mão do Malik se aproximar da minha e os nossos dedos finalmente se entrelaçarem.

Ficamos lá sentados assistindo ao filme – inteirinho. Cito junto algumas falas sem conseguir me controlar, e nem me levanto para ir fazer xixi, porque tenho medo de estragar esse momento e ele não ser o mesmo quando eu voltar.

Depois que passam os créditos, solto um longo bocejo incontrolável.

– Só uma última coisa – diz Malik. – Só tenho que te mostrar mais uma coisa antes de você se transformar numa abóbora.

Torno a bocejar, mas aceito.

– Tá.

Ele me conduz de novo pela escada dos funcionários por onde subimos ao chegar, e depois para uma escada ainda mais estreita. Antes de abrir a pesada porta de metal, retira um tijolo que fica no alto da soleira.

Ele solta um grunhido ao empurrar a porta e a mantém aberta para mim enquanto entro no terraço. Com cuidado, torna a encaixar o tijolo no lugar, para impedir que a porta bata.

– A melhor vista de Clover City – anuncia.

Dou alguns passos em direção à beira do terraço, diante do qual se ergue o letreiro CINEMA ESTRELA SOLITÁRIA. Algumas das letras têm ninhos de passarinhos no interior, e duas lâmpadas precisam ser trocadas.

Mas ele tem razão. A vista é maravilhosa. A essa hora, apenas alguns prédios ainda estão com as luzes acesas, mas é possível avistar até a periferia da cidade, e dali em diante é como se o resto do mundo fosse engolido pela escuridão. Como se essa cidadezinha existisse num planeta à parte.

Malik puxa duas velhas cadeiras de escritório.

– Cameron e os outros caras vêm fumar aqui durante os intervalos – explica.

Nós dois nos sentamos, e por alguns minutos apenas vivemos aqui, neste momento, sem uma palavra entre nós.

Finalmente, rompo o silêncio.

— Como é possível que eu tenha passado a minha vida inteira aqui e só agora esteja conhecendo essa vista de Clover City?

Um sorriso suave se insinua nos lábios do Malik.

— Você pensa que conhece um lugar — diz ele. — Pensa que está por dentro de todos os detalhes, mas é como a angulação da câmera. Você ajusta a posição, ainda que ligeiramente, e de repente está contando uma história diferente. Vendo um novo mundo.

E, por mais engraçado que possa parecer, isso me faz pensar na Callie. Eu achava que sabia que tipo de pessoa era alguém como ela. Achava que já tinha sacado qual era a dela. Garota bonita, capitã assistente de uma equipe de dança, com o namorado dos sonhos e esperta o bastante para intimidar as pessoas. Mas essa era apenas a versão de si mesma que ela queria que eu visse e não a Callie que aprendi a conhecer.

— Perspectiva — digo. — A perspectiva é tudo. — Minha vontade é ficar aqui para sempre, mas não consigo conter mais um bocejo. Dou uma olhada no celular e vejo que já passa, e muito, das duas da manhã.

— É melhor eu te levar pra casa. — Malik se levanta e me oferece a mão.

— Só se você prometer não ser egoísta com essa vista. — Seguro sua mão e me levanto.

— Mas nós não podemos contar a muita gente — diz ele. — Não podemos deixar que todo mundo tente roubar o nosso cantinho.

Minha boca fica um pouco seca. Estou esperando por outra chance de beijá-lo desde que fomos interrompidos pelo filme chegando ao fim. Não nos beijamos, não pra valer, desde que filmamos o meu vídeo de apresentação. Achei que beijá-lo de novo se tornaria mais fácil, mas vai dizer isso aos meus nervos.

Se o Malik está nervoso, não deixa transparecer. A cabeça se inclina para o lado quando ele me puxa para si, me abraçando com força. Está fazendo muito calor para eu ficar arrepiada desse jeito, mas o meu corpo desafia a ciência quando os lábios dele encontram os meus. Quase me esqueço de respirar pelo nariz quando ele aprofunda o beijo e passa os dedos pelos meus cabelos.

Eu posso ter tudo. É o que decido neste momento. Tudo que eu quero pode ser obtido.

# CALLIE

# VINTE E OITO

Quando veio à academia para falar comigo, Mitch me pegou completamente desprevenida. Depois que a Millie me deixou sozinha com ele – preciso ensinar aquela garota a bancar o cupido direito –, o Mitch disparou: "Desculpe por ter me comportado de um jeito tão esquisito na reunião."

Fiz que sim. "Coisas da vida." O instinto me disse para bancar a indiferente, mas por algum motivo não achei que o Mitch fosse do tipo de cara que reage bem a essa tática.

"Olha", disse ele, "eu ficaria muito feliz se você me desse outra chance."

Foi nessa hora que a Millie meteu o bedelho, estragando de vez qualquer chance que eu tivesse de fingir que não estava nem aí.

Portanto, estou dando uma chance a ele. Em parte porque, afinal, que diabos eu tenho a perder? E também porque, fora do círculo da Millie e das amigas, não tem muita gente a fim de sair comigo. E há alguma coisa no garoto que me faz querer conhecê-lo melhor.

O verdadeiro obstáculo agora é conseguir fazer com que a minha mãe concorde em suspender o castigo por tempo o bastante para permitir que eu me encontre com um membro do sexo oposto.

Decido que a melhor hora de atacar é a manhã de sábado. Acordo e encontro uma enxurrada de mensagens da Millie. Ela me incluiu de madrugada num grupo de mensagens com a Amanda.

**MILLIE:** Se tudo for horrível todos os dias pelo resto da minha vida, me lembra que essa noite de abril foi perfeita.

**MILLIE:** É bobagem achar que se pode encontrar o amor verdadeiro no ensino médio?

**MILLIE:** Já pensaram como é estranho que os pássaros sejam apenas dinossaurozinhos emplumados?

**MILLIE:** Tá, essa última mensagem não foi relevante. Mas acho que estou apaixonada. Amor de verdade.

**MILLIE:** amor de comédia romântica com felizes para sempre # FPS

**EU:** O que é FPS?

**MILLIE:** Oi?! Felizes para sempre!

Rio comigo mesma. Acho que é seguro dizer que o encontro dela com o Malik foi um sucesso. Eu não entendo como ela consegue *sentir* tudo com tanta intensidade. Isso deve exigir uma boa dose de energia.

O aroma das omeletes da mamãe chega até a minha cama, onde estou sentada. A porta se entreabre, a Kyla enfia a cabeça e então grita, descendo a escada: "Ela tá acordada! A gente já pode comer?"

Trato de me arrastar para fora da cama.

— Você não precisava ter esperado por mim — digo, puxando o seu rabo de cavalo enquanto passo correndo por ela na escada.

— Mamãe disse que sim. Ela disse que era pra te deixar dormir até mais tarde.

Isso me anima. Talvez seja a manhã perfeita para pedir um indulto. Talvez eu mereça mesmo dormir até mais tarde e até sair para ter um encontro.

No andar de baixo, vejo a minha mãe pondo a mesa, enquanto a Kyla examina cada omelete para ter certeza de que vai ficar com a melhor.

– O Keith teve que dar um pulo no trabalho – diz ela. – Por isso, somos só nós três.

Nós nos sentamos e a minha mãe enche dois copos de suco de laranja, para si e para mim, enquanto a Kyla faz questão de encher o dela. Penso que é a primeira vez em semanas que nos sentamos juntas para fazer uma refeição. Mamãe está sempre ocupada com o trabalho e levando a Kyla para as aulas de dança e futebol americano, e o Keith tem feito turnos extras a fim de economizar para as férias de família que há anos ele e minha mãe vêm falando em tirar.

– Não quero mais ter aulas de dança – anuncia a Kyla com a boca cheia de ovos e queijo.

– Como disse? – pergunta mamãe. – Engole a comida e tenta de novo.

Kyla dá um gole no suco e se senta sobre os joelhos, para que os olhos fiquem no mesmo nível dos nossos.

– Quero parar de dançar.

Eu me retraio um pouco. A culpa só pode ser minha.

– Você vai se arrepender, ursinha Kyla – digo a ela.

– E o que provocou isso? – pergunta mamãe. Dá para perceber pela sua voz que ela está tentando não fazer um escândalo. Mas, na verdade, ela é desse tipo de mãe de dançarina obcecada pelo progresso da filha. Até têm os adesivos de para-choque que não a deixam mentir.

Kyla dá de ombros, alheia à tensão que cresce ao seu redor.

– A Callie não dança mais.

Ótimo. Mais uma culpa para mamãe jogar nas minhas costas.

– Bem, eu não diria exatamente que ela parou por livre e espontânea vontade – mamãe relembra a ela.

– Afinal, não foi por minha escolha – relembro.

Kyla olha para mim.

– Mas você não parece sentir muita falta.

Balanço a cabeça. A garota não deixa nada passar em branco.

– Tudo bem – diz mamãe –, depois do recital da primavera, vamos pensar em dar um tempo na dança. Mas você já assumiu um compromisso, e nós sempre honramos os compromissos. Não honramos?

– Só porque você obriga a gente – responde Kyla.

Mamãe crava um olhar nela que a obriga a ceder.

Ela solta um bufo.

– Tá bem. – Depois de mais algumas garfadas, salta da cadeira e anuncia que tem que ficar em dia com seus programas na tevê.

– Não assiste *Tiny House Hunters* sem mim! – digo de longe.

– Põe o seu prato na pia – mamãe ordena a ela.

Com a Kyla na sala de estar e o volume da tevê um pouco alto demais, fico vendo minha mãe rabiscar o prato com o garfo, sem chegar a comer nada.

– Vou falar com a Kyla – digo a ela.

Ela não olha para mim.

– Acho que você já causou estragos demais.

Isso dói. Respiro fundo.

– Você não pode ficar zangada comigo para sempre.

– Não – diz ela –, mas posso ficar decepcionada com você durante muito, muito tempo.

Afundo na cadeira. Por que não podemos ter uma conversa sem que ela atire culpas em mim de todas as direções?

Ela está com um humor do cão (ou do porco, segundo a Inga), mas essa é a minha única chance. No momento em que se levanta e se dirige à pia, digo:

– Tem uma pessoa que quer sair comigo.

– É aquela gracinha da Millie? Ela é bem-vinda aqui a qualquer hora.

Pigarreio.

– É um garoto.

– Ah, meu Deus.

Empurro o copo de suco para o lado e tento falar da maneira mais natural possível.

– Nem é um encontro de verdade, mãe. A gente só queria se ver.

– Qual é o nome dele? – pergunta.

– Mitch Lewis.

Ela se cala por um momento, os braços mergulhados até os cotovelos na pia cheia de espuma. Posso vê-la folheando seus arquivos mentais de cada aluno com quem já interagiu.

– É aquele garoto grande e bochechudo? – Ela olha para mim. – Ele é muito bonzinho... e não é alguém em cuja companhia eu esperaria te ver.

Decido não interpretar isso como um insulto.

— É, eu ando cheia de surpresas ultimamente.

— Anda mesmo. — Mamãe avalia suas opções sem a menor pressa. — Tá — diz, por fim. — Vocês podem se ver aqui hoje à noite. Dentro de casa.

— Mas... — Seguro a onda. — Sim, senhora.

Mitch chega às sete e meia em ponto. A campainha toca e a Kyla sai correndo da cozinha, onde está pintando ovos com a minha mãe e o Keith. Dá uma espiada pela janela ao lado da porta e grita:

— Ele chegou! Ele chegou! Ele chegou!

— Eu ouvi da primeira vez! — grito do meu quarto. — E tenho certeza de que ele também! — Dou uma última olhada no espelho pendurado atrás da porta. Faz semanas que não me esforço tanto para ficar com uma aparência razoável, mas, com o Mitch vindo aqui em casa, não queria que parecesse que me esforcei demais, por isso optei por um visual simples: um short jeans e uma camiseta cinza justinha com o contorno do Texas na frente. Enrolei o cabelo e pintei as unhas das mãos e dos pés com o tom de vermelho que minha mãe jura que combina à perfeição com o seu batom.

Desço a escada correndo, mas o Keith chega à porta antes. Ele se vira para mim.

— Vocês duas e a sua mãe só me deixam abrir a porta quando é algum sujeito vendendo carne ou é uma Testemunha de Jeová. É a minha vez. — Ele abre a porta. — Uau, mas você é grandão, hein? — diz ele.

— Keith! — Dou um tapa no seu braço e o empurro para o lado.

Mitch retira o boné de beisebol manchado de suor e o enfia no bolso traseiro do short cáqui.

— Mitch Lewis, senhor.

— Você é da família Lewis — diz Keith. — Theresa — eleva a voz, virando-se para trás —, nós não fomos colegas de um Lewis no ensino médio?

Mamãe sai da cozinha com o avental todo sujo de corante.

— Acho que seu pai estava alguns anos à nossa frente — diz ela.

— Turma de 89, senhora.

— Ei! — digo, interrompendo a sessão nostalgia dos dois.

Mitch abre um sorriso.

– Obrigado por me receberem aqui. Minha mãe mandou uns muffins de laranja e cranberry para a manhã de Páscoa, ou quando bater aquela vontade.

Mamãe estala a língua.

– Ah, mas foi muita gentileza da parte dela. Vamos entrar! Nós acabamos de pedir uma pizza e estamos pintando ovos, mas tenho certeza de que vocês preferem...

Kyla segura a mão de Mitch.

– Você devia vir pintar ovos com a gente. Vem, por favor?

Os ombros largos do Mitch se curvam um pouco e ele diz:

– Claro.

Solto um gemido. Resposta errada.

– Na verdade – diz mamãe –, por que vocês não vão dar uma voltinha? A pizza ainda vai demorar um pouco para chegar.

Aperto os olhos para ela, tentando decifrar se a pergunta é uma espécie de teste.

– Podem ir – insiste ela. – Saiam daqui antes que eu mude de ideia.

Keith levanta as sobrancelhas, e toda a sua expressão me diz que ele está tão surpreso quanto eu.

Enfio os pés nas botas e visto o agasalho que deixei pendurado no corrimão da escada.

Lá fora, o céu do crepúsculo já está quase escuro o bastante para ser noite, mas a luz do dia ainda arde na beira do horizonte, que só é visível porque tudo por essas bandas é de uma planura absurda.

– Sua mãe foi muito legal por me deixar vir aqui – diz Mitch, quando já estamos a uma distância segura da minha casa.

– Teria sido ainda mais legal se tivesse me deixado ir a qualquer lugar.

– Você já não esteve em tudo quanto é canto dessa cidade? – pergunta ele.

– Claro – digo –, mas não é esse o objetivo de um encontro, você poder me mostrar um cantinho de Clover City tão especial quanto uma joia e que eu nunca tenha visto?

– Seria muito brega da minha parte se eu dissesse que talvez a joia especial de Clover City seja você?

– Superbrega – respondo, mas desvio os olhos e faço aquele lance de projetar a mandíbula para conter o sorriso.

– Bom, então não vou dizer isso. – Ele morde os lábios até desaparecerem.

– Tá, tudo bem – digo. – Afinal, no mínimo a gente poderia ter se pegado no banco traseiro do seu carro.

Ele pigarreia, e o rosto fica tão vermelho que está praticamente escarlate.

– Eu... hum... não foi por isso que eu te convidei pra sair. Claro, não é que não queira fazer isso. É que... não é... não acho que você seja algum tipo de...

Dou uma risada um pouco forte demais e toco no seu braço. Quase dá para sentir seu coração batendo no bíceps.

– Ei, eu só tava te zoando. Relaxa.

Ele solta um suspiro que parecia estar prendendo há muito tempo.

Chegamos ao fim da minha rua e eu o levo até a antiga fonte artificial no centro do meu loteamento que imita um lago com dezenas de chafarizes, mas eles não são ligados há anos.

Alguns patos chapinham na água e correm atrás um do outro até o gramado, voltando em seguida para o lago.

– Quer sentar um pouco aqui? – pergunta Mitch.

– Claro. Minha tornozeleira eletrônica vai me eletrocutar se eu for mais longe.

– Uma piada – diz ele. – Essa eu entendi.

Inclino a cabeça para o lado e quase lhe digo que até que ele é fofo, mas tenho medo de que volte a ficar confuso.

Ele tira o agasalho do time de futebol americano e o estende sobre o gramado para nos sentarmos.

– Não precisa fazer isso – digo a ele.

– Esse troço não serve mais pra muita coisa mesmo – diz ele. – Eu finalmente saí do time.

– Uau. É sério? Mas só falta um ano pra você se formar. Quer dizer, você poderia nem ir pra faculdade e trabalhar como representante de uma das concessionárias do pai do Bryce pelo resto da vida. É por isso que eu não tenho te visto muito na academia?

– Em parte. – Ele se cala por um momento. – Mas essa não foi a única razão.

– Não tenho muita paciência com pessoas evasivas – digo a ele.

– Bem, eu saí do time. E aí as coisas ficaram estranhas entre mim e você.

– Por sua culpa – digo a ele. – E afinal, por que isso aconteceu?

– Não quero que você fique zangada – diz ele.

– Ah, não se preocupe com isso. – Dou uma risada. – Eu sempre estou um pouquinho zangada com alguma coisa.

Ele pigarreia.

– Eu tive uma espécie de desentendimento com o Patrick e os outros caras. Eles estavam planejando um trote horrível para os calouros no treino de primavera. Isso não estava certo. Eu já sabia há muito tempo que não gostava do tipo de gente que eles tinham se tornado e a maneira como tratavam os outros, entende? Mas é constrangedor pensar em como eu demorei pra tomar uma atitude. Já fazia muito tempo que estava de saco cheio das babaquices deles, mas participava, porque sentia medo de ficar sem amigos. De não ter um lugar pra me sentar, sei lá. E aí você me disse pra começar a procurar novos amigos, e isso me fez pensar a sério no assunto.

– Que bom pra você – digo. – Esses caras são uns imbecis. Principalmente o Bryce. Não que eu esteja sendo parcial. Mas o que isso tem a ver com o fora que você me deu?

– Enfim... tá. Bem, foi você que me deu um fora da primeira vez que eu te convidei pra sair, e não tem problema nenhum. Mas aí eu comecei a pensar naquela piada... provavelmente você nem lembra, mas foi uma piada que você fez com a Millie.

– No seu primeiro dia na academia – digo a ele. Solto um suspiro pesado. – Ah, eu me lembro. – E me sinto ao mesmo tempo culpada e na defensiva.

– E aí...

– Ah, que ótimo, tem mais?

Seus lábios formam um leve meio sorriso.

– E aí teve aquele dia na escola em que o corredor apareceu coberto com aqueles folhetos verdes revelando mil e um segredos, e eu deduzi que tinha sido você. Mas talvez não?

Giro a bota na grama até arrancar um torrão de terra.

– Não, aquilo fui eu, sim.

Ele suspira.

– Aí eu... comecei a pensar que, se eu ia me dar ao trabalho de cortar todos aqueles caras da minha vida, talvez sair com você não fosse exatamente a melhor coisa a fazer. Tipo, foi bacana o jeito como você bateu de frente com o Patrick outro dia. Mas... cara, não quero que você entenda mal o que eu estou dizendo.

— Você já está a meio caminho andado – digo a ele. – Já pode me dar um pé na bunda de uma vez.

— A gente se conhece há muito tempo, Callie. Talvez nunca tenhamos sido muito próximos. Mas fomos colegas no ensino fundamental e no ensino médio, e você nunca foi...

— Uma pessoa muito legal – digo.

Ele pigarreia.

— Você sempre disse e fez tudo que queria. A qualquer pessoa que quisesse. E em parte eu realmente admiro isso, mas, por outro lado, nem sempre me parece certo.

Fico em silêncio.

— Você está zangada, não está?

Continuo calada por um longo momento.

— Não – respondo. – Sim. Mas comigo mesma. E também com você. Só um pouquinho. Mesmo que não faça sentido.

— Eu decidi voltar à academia e ver de novo se você queria se encontrar comigo porque comecei a pensar o que aconteceria se as pessoas me julgassem em função do pouco que viram de mim e das companhias com quem eu andava. Você é engraçada e inteligente. E bonita também. Mas eu gostava principalmente do seu senso de humor e da sua inteligência.

— Elogios operam milagres – digo, e dessa vez não consigo conter um sorriso. – Continue, continue.

— Eu sabia que você estava passando por uma situação um pouco parecida com a minha, e aí achei que talvez te conhecer fosse uma boa ideia, afinal. – Ele para por um momento, e o único som é o dos patos resmungando de um lado para outro. – Diz alguma coisa. Por favor.

— Olha, tudo isso é meio chato – digo. – Mas não posso te culpar, sinceramente.

— Sério?

— E, pelo menos, você não está mais andando com aqueles cretinos.

— Isso é verdade.

— Mas por que o futebol americano? – pergunto. – Por que você tinha que sair do time?

— Não tem nada na sua vida que você só faz porque sempre fez?

— Hum, tá me zoando? — pergunto. — Eu nasci usando um uniforme da Clover City Shamrocks.

— Exatamente! — exclama ele. — Você entendeu. O futebol americano sempre foi isso pra mim. Eu terminei a última temporada, e ia voltar e jogar no meu último ano do ensino médio pra deixar o meu pai feliz e, quem sabe, até descolar algumas ofertas de bolsas de estudos. Mas, se fizesse isso, ficaria preso por mais quatro anos, no mínimo.

— Mas estudar de graça... — digo a ele. — E você não curte? Nem que seja um pouquinho?

— Quando não me machuco — responde ele. — Acho que era gostoso vencer. Mas eu me pergunto como será amar tanto uma coisa que a gente se sinta feliz até mesmo fracassando nela.

Abano a cabeça.

— Parece muito bom. Mas não sei como é possível.

Ele dá de ombros.

— Acho que vou ter que te contar quando souber. E eu sempre me perguntei o que faria com um ano inteiro do ensino médio se pudesse ser dono do meu nariz. Tipo assim, já parou pra imaginar o que vai fazer com o seu tempo quando sair do castigo? Nenhum compromisso com a equipe de dança pra se preocupar?

— Já pensei nisso — respondo. — Um pouco. — Mas não a fundo. Talvez tenha aulas particulares de dança. Ou escreva para o jornal da escola. Ou entre para o time de vôlei. Sei lá.

— Designer de videogames. — Ele balança a cabeça para si. — É o que eu sempre quis tentar, mas nem sei como se faz isso. E, enfim, meu pai encheria os meus ouvidos. Já quase posso ouvir o velho dizendo: "Que tipo de emprego de merda é designer de videogames?"

Penso por um minuto no que poderia fazer, se pudesse fazer qualquer coisa. Fico imaginando se a Claudia já se sentiu assim e, caso tivesse liberdade para escolher quem seria hoje, se ainda escolheria a ópera.

Assim que o sol se põe completamente, Mitch e eu nos levantamos para voltar. Ele me oferece o braço como um verdadeiro sulista, e eu passo o meu pelo seu. Por um momento, até encosto a cabeça no seu ombro.

— É melhor eu ir pra casa — diz ele, assim que chegamos à minha.

De repente, eu sinto como se tivesse desperdiçado a minha noite inteira.

Tipo, e se ele decidir que não quer me ver de novo depois disso? Sem fôlego, fico na ponta dos pés e dou um beijo no seu rosto.

Quando recuo, ele leva a mão ao local que acabei de beijar. Suas bochechas estão vermelhas de tão coradas.

O calor se espalha pelo meu pescoço, e sou obrigada a recorrer a toda a minha força de vontade para não fazer coisas que, aí sim, o deixariam vermelhíssimo.

Poderíamos ir mais longe. Poderíamos ir para o banco traseiro do seu Bronco, ou voltar para o lago e deitar e rolar no seu agasalho do time de futebol americano. E tudo isso seria ótimo. Seria até mesmo divertido. Porque não há nada como um bom rala e rola no escuro com alguém de quem a gente gosta.

Mas eu me sinto como se estivesse saindo de casa pela primeira vez depois de uma tempestade colossal. E quero fazer as coisas sem pressa. Investigar a minha nova realidade. Mas, principalmente, quero saboreá-la. Quero ir me deitar hoje à noite e sonhar com o jeito como um simples beijo no rosto deixou o meu corpo formigando até os dedos dos pés.

# MILLIE

# VINTE E NOVE

Duas semanas se passaram desde o meu encontro histórico com o Malik, e é novamente a minha vez de receber as meninas para a festa do pijama. Dá para notar que a minha amizade com a Callie deixa meus pais um pouco chocados. Na manhã seguinte, ouço a mamãe cochichar com o papai que a Callie é uma *criminosa*, mas comigo nenhum dos dois dá uma palavra. Willowdean promete nos receber na sua casa assim que fizer uma faxina no quarto (embora diga que não possa fazer promessas em relação a quando isso acontecerá), e a Hannah jura que nos receberá daqui a algumas semanas, assim que a mãe der todos os gatinhos da ninhada que a sua gata deu à luz. Argumento que essa é a melhor ocasião para irmos, agora que vamos ter gatinhos para pôr no colo, mas a mãe da Hannah pensa diferente.

Portanto, essa semana é a vez da Callie nos receber, e, sem querer bancar a nerd, estou estranhamente animada para que a Sra. Bradley veja que ela fez amigas.

Começo a me vestir sem pressa para ir trabalhar na manhã de segunda. Dormi até um pouco mais tarde do que o normal e gostaria de ter dormido mais, só que ainda estou a mil por conta da noite passada, que foi a terceira sexta seguida que passei com o Malik enquanto ele trabalhava no Estrela Solitária.

Ontem à noite, ao parar o carro na frente da minha casa, ele disse:

— Sei que você vai passar a maior parte do verão em outra cidade e eu também, visitando parentes, mas quero que saiba que não aceito que a gente dê um tempo.

— E do que exatamente estaríamos dando um tempo? – pergunto.

Ele tossiu no punho e se remexeu um pouco no banco.

— De nós.

— E o que nós somos? – perguntei.

Ele olhou para mim, com ar de interrogação.

— Um casal de namorados?

— Muito bem – digo, dando um gritinho.

Ao repassar o diálogo diversas vezes na minha cabeça enquanto termino de comer o cereal, mal percebo minha mãe chegando da mercearia.

Levanto da cadeira em um salto.

— Deixa eu te ajudar.

— Ah, não precisa – diz ela –, e a senhorita pode voltar a colocar esse traseiro na cadeira.

— Hum, ok. Está tudo bem?

Mamãe coloca os picolés de frutas diet no freezer e o leite de amêndoas na geladeira antes de responder:

— Não senhora, nada está bem.

— Eu fiz alguma coisa errada? – Começo a entrar em pânico. Ela descobriu sobre o curso de telejornalismo. Não sei como, mas descobriu.

Ela cruza os braços e se encosta na bancada da cozinha.

— É a senhorita quem tem que me dizer. Onde esteve nas três últimas noites de sexta?

*Ah, que droga.*

— Na casa da Amanda — minto. *Burra, burra, burra.* Devia ter contado a verdade. Se ela está perguntando, é porque já sabe que tem alguma coisa acontecendo. — Estudando com o Malik. Você sabe disso.

— É mesmo? — pergunta ela. — Quer um minutinho para pensar melhor no assunto?

Não digo nada. Minha mãe não se importa que eu tenha uma vida social, mas se importaria, e muito, se soubesse que eu tenho ido sozinha a encontros com um garoto. Os pais de ninguém, sem exceção, se importam com isso, mas tenho certeza de que os meus esperam que eu me abstenha de namorar até os trinta anos de idade.

— Pois bem — diz ela, a voz afiada como uma navalha —, eu esbarrei com o pai da Amanda, e agradeci a ele por te receber nas *três* últimas noites de sexta. E quer saber o que ele disse?

Abano a cabeça, porque não, não quero mesmo saber.

— Ele disse que você não esteve lá uma única noite de sexta no mês passado, Millicent. Portanto, não só a minha filha, sangue do meu sangue, que eu sustento e de quem cuido, tem mentido deslavadamente para mim, como eu ainda tive que me humilhar e descobrir pelo pai de uma amiga sua.

— Me perdoa — sussurro.

— Pedir perdão não basta, querida. Você vai ter que me dizer onde foi que se enfiou nas três últimas noites de sexta.

Empurro o cereal para o lado e me levanto.

— Estive com o Malik. Essa parte é verdade. Mas a Amanda não estava presente e também não estudamos.

— Então, o que os dois ficaram fazendo?

Sorrio. Não posso pensar nas últimas noites de sexta sem sorrir.

— Eu gosto dele, mãe. Muito. Nós gostamos um do outro.

Ela arqueja.

— Está me dizendo que anda namorando um garoto debaixo do meu nariz? Sem sequer se dar ao trabalho de pedir permissão ao seu pai e a mim, ou mesmo nos apresentar a ele? E que tipo de cavalheiro faz a corte a uma moça sem primeiro conhecer os pais dela?

— Mãe. — Minha voz despenca uma oitava. — Você conheceu o papai num estacionamento e saiu um milhão de vezes com ele antes de apresentá-lo à família.

— Eu era uma adulta – rebate ela.

— Recém-saída da adolescência! – Respiro fundo. – Eu quero que você o conheça – digo. – Ele é inteligente, emotivo e bom ouvinte, mas fiquei com medo de que você proibisse. E eu gosto demais dele.

Todo o seu rosto se endurece.

— Pois eu estou proibindo. Você mentiu para mim. Agiu pelas minhas costas. Deus sabe quantas outras mentiras anda me contando.

Uma coisa me ocorre, e me faz estremecer.

— Mãe, tudo isso é porque o Malik não é branco?

Ela arqueja de novo.

— Claro que não.

Observo-a por um longo tempo. Mesmo que a cor da pele do Malik tenha alguma coisa a ver com isso, ela nunca diria. E eu sei, sem a menor sombra de dúvida, que namorar qualquer garoto bastaria para fazê-la entrar em parafuso, mas me recuso a ficar calada em relação a um preconceito desses, mesmo que não seja intencional.

Respiro fundo. É melhor acabar com isso logo de uma vez.

— Não é exatamente uma mentira, mas acho que está na hora de você saber que eu não vou voltar para a Fazenda Margarida – declaro.

— O quê?! – Agora é que ela ficou chocada pra valer. Um namorado não era algo tão surpreendente assim, mas isso quase a derruba. Ela se apoia na bancada. – De onde está vindo isso? É alguma tentativa de se rebelar? Sabia que isso aconteceria. Eu disse ao seu pai. Criar você sempre foi fácil demais. Isso é coisa do seu tio? É ele que está influenciando você? Não. É esse garoto, não é?

Abano a cabeça.

— Não, mãe. Me ouve. Até o fim.

— Isso é coisa daquela Willowdean, não é? Filha, você ama a Fazenda Margarida. E os amigos que tem lá?

Agora estou uma fera. Só quero dois míseros segundos para contar o meu lado da história, para ser ouvida pela primeira vez na vida.

— Não vou voltar. Sou grata a ambos, a você e ao papai, por sempre tentarem fazer o que achavam ser o melhor para mim. Mas esse verão eu mandei um formulário para tentar me inscrever num curso de telejornalismo na Universidade do Texas, em Austin. Um curso de um mês e meio. Escrevi uma dissertação. Paguei do meu bolso a taxa de inscrição e até filmei um vídeo de apresentação.

Ela se joga numa das cadeiras em volta da mesa da cozinha, sacudindo a cabeça.

— Perca peso primeiro. É o que nós sempre dissemos.

Sento de frente para ela.

— Mãe, eu tenho esperado perder peso desde que me entendo por gente.

— Filha, eu quero que você vá para esse curso de telejornalismo ou qualquer outro lugar aonde o seu coração deseje ir, mas sei que você vai apreciá-lo muito mais se puder perder uns quilinhos antes. Tem uma garota magra dentro de você querendo sair.

Abano a cabeça.

— Não. Não. — Minha voz é suave, mas firme. — Não tem nenhuma magricela presa dentro de mim, mãe. Assim como também não tem uma dentro de você. Isso... — Aperto minhas coxas e braços grossos. — Isso sou eu. E estou cansada de ficar esperando para ser outra pessoa. Sei o que quero fazer da minha vida. Não é incrível? Algumas pessoas esperam a vida inteira, tentando descobrir quem ou o quê elas querem ser. Mas eu sei.

— Você perdeu dois quilos e meio no ano passado — diz ela. — Talvez nesse verão sejam dez. E você sabe que manter o peso em casa é a parte mais difícil, mas vale a pena.

Meus olhos ardem, mas engulo as lágrimas. Não é hora de chorar.

— Eu aceito plenamente o meu corpo, qualquer que seja o formato dele. Gostaria que você também se sentisse assim em relação ao seu.

— Benzinho, você sabe que eu te amo exatamente como você é, mas sempre quero o melhor para você. É por isso que você vai para a Fazenda Margarida nesse verão. Já coloquei o formulário no correio.

— Mãe! Era eu quem tinha que preenchê-lo.

— Ah, não finja que você é a única nessa família que pode fazer as coisas escondido.

Levanto e agarro as chaves na bancada.

— Não vou voltar para o spa. Vou fazer o curso de telejornalismo. E quer saber do que mais? Eu tenho um namorado. O nome dele é Malik. E a gente se beija. Com. A. Língua. — Sinto o rosto ficar vermelho de vergonha, mas isso não me impede de sair marchando.

Quando chego à academia, empurro a porta e despenco no banquinho atrás do balcão sem sequer cumprimentar a Callie.

– Opa, opa, opa – diz ela. – Que bicho te mordeu?

– Contei à minha mãe – digo. – Sobre esse verão. E o Malik. E os beijos da gente.

– E deduzo que a reação dela não foi muito boa.

Fecho os olhos, inspirando e expirando pelo nariz, para tentar me acalmar. Sacudo a cabeça após um momento.

– Foi ainda mais desastrosa do que você possa imaginar.

Ela passa o braço pelos meus ombros.

– Puxa, sinto muito, Millie.

– Tudo bem – digo. – Porque ontem à noite Malik e eu finalmente chegamos a D.N.R.

– D.N.R.? – pergunta ela. – Isso tem alguma coisa a ver com genética?

Dou uma risada.

– Não, nós Definimos Nosso Relacionamento.

– Ahhhhh. Então isso quer dizer que você é namorada de alguém?

– Não de um alguém qualquer. – Mas, em vez de euforia, uma nuvem de decepção paira sobre mim ao lembrar a reação da minha mãe pela manhã. – E quanto a você e o Mitch? – pergunto. – Preferi ficar na minha quando vi vocês dois no cinema ontem à noite, mas AH MEU DEUS! Sua mãe te deixou sair de casa.

– Afff. Finalmente! – diz ela, girando o corpo em minha direção até nossos joelhos se roçarem. – Foi a minha primeira noite de volta à civilização depois de uns dois meses.

– E você estava linda com aquele macaquinho amarelo – digo a ela. Malik e eu esbarramos com os dois entre uma sessão e outra, e a Callie estava usando um romântico macaquinho de renda amarela e os longos cabelos soltos, com as pontas encaracoladas. Uma deusa. Ela e o Mitch estavam de braços dados, talvez o casal mais fofo de todos os tempos.

– Vocês finalmente se beijaram? Tipo, nos lábios?

Ela dá um sorrisinho encapetado.

— Ainda não. Estou planejando pra semana que vem.

— Não custa fazer o garoto esperar — digo.

Os sininhos acima da porta tilintam, e eu abro a boca para recitar o meu cumprimento, mas é só o tio Vernon. Seguido pelo xerife Bell alguns passos atrás.

— Oi? — Não me dou ao trabalho de esconder a minha surpresa. — O que você está fazendo aqui num sábado?

Vernon me dá uma piscadinha.

— Um assunto aí pra resolver.

— Callie — diz o xerife Bell. — Se importa de nos acompanhar até o escritório?

— Não é possível que eu esteja encrencada — diz ela. — Meu castigo tem sido rígido demais para que eu possa fazer qualquer coisa de interessante.

O xerife Bell ri baixinho.

— Não acho que tenham restado muitas encrencas para você se meter.

Seguro o pulso da Callie quando ela se levanta.

— Está tudo bem — sussurra ela.

Balanço a cabeça e a solto. Provavelmente é algo a ver com o pagamento dos danos causados. Talvez ela não tenha mais que trabalhar. Eu poderia falar com o tio Vernon e com a Inga sobre a possibilidade de contratá-la em regime de meio expediente. Nem me importaria se o meu salário tivesse que ser reduzido.

Sorrio comigo mesma enquanto Vernon fecha a porta do escritório atrás deles. Agora a Callie e eu somos amigas. Eu diria mesmo que quase melhores amigas. Não precisamos trabalhar juntas para continuarmos nos vendo. Minha mãe pode estar decepcionada comigo, mas eu tenho um namorado maravilhoso — Eu! Tenho! Um! Namorado! — e um grupo de amigas que poderiam se entrosar com a melhor das panelinhas de meninas que há por aí.

Só preciso manter o pensamento positivo. É como diz uma das almofadas de crochê da minha mãe: COPO MEIO CHEIO, COPO MEIO VAZIO. SINTA-SE GRATO POR PELO MENOS TER UM COPO.

# CALLIE

# TRINTA

O xerife Bell se senta atrás da mesa enquanto Vernon fecha a porta, e em seguida se encosta em uma pilha de caixas amontoadas de maneira particularmente precária.

Estou com a mesma dor na boca do estômago que senti no momento em que vi o xerife Bell na minha cozinha há meses, no dia em que todo esse rolo começou.

– Senta aí – diz Vernon.

– Eu estou encrencada de algum jeito? – pergunto, tirando a pilha de fichários de cima da cadeira em frente à mesa e me sentando. – Juro por Deus que tenho vivido como uma freira desde que vim trabalhar aqui. – Algumas lembranças me assaltam. Especificamente da Melissa. E do corredor principal da escola coberto de papel verde. – Quer dizer, praticamente.

O xerife Bell dá uma risada que sai mais parecida com um resmungo.

– Dessa vez, não.

Vernon tosse no punho.

– A Inga fez, hum, as contas, e parece que, se estivéssemos pagando a você o mesmo salário que pagamos a Millie, você já teria quitado o valor da franquia do seguro e qualquer dano que ele não tenha coberto.

– É mesmo? – Um otimismo cauteloso começa a formigar nos dedos dos pés. – E o que isso significa para mim?

– Bem – diz o xerife Bell –, você é uma mulher livre.

– Não vamos prestar queixa – confirma Vernon.

– Então, minha vida está de volta ao normal? – pergunto, totalmente incapaz de esconder a euforia.

O xerife Bell aperta os lábios, o que me parece ser a sua versão de um sorriso.

– A decisão da diretoria da escola de afastá-la da Shamrocks ainda está valendo, portanto você não vai poder retornar à equipe no seu último ano, mas, tirando isso, você é dona do seu tempo livre.

Salto da cadeira e dou um gritinho.

– A partir, tipo, de agora?

Vernon faz que sim.

– Bem, daqui a dez minutos, portanto, sim. – Ele tira um papel do bolso. – Só preciso que você assine isso, dizendo que entende que não foi remunerada pelo seu trabalho porque ele foi realizado em troca da franquia do seguro e de danos sortidos.

Já estou assinando na linha pontilhada antes mesmo que ele possa terminar a frase.

– Posso te perguntar uma coisa?

– Manda – responde Vernon.

– Você não precisava realmente da minha ajuda aqui, precisava?

Ele fica em silêncio por um momento.

– Digamos que temos tido pouco movimento.

– Então, por que concordou com isso? Você não economizou nem um centavo com uma mão de obra de que nem precisava.

Vernon dá de ombros.

– Havia muitas garotas com você. Não me pareceu justo que só uma de vocês fosse fichada por isso. Acho que eu gostaria que alguém tivesse me dado uma segunda chance quando eu tinha a sua idade.

— Diabos — diz o xerife Bell —, se não fosse pelo olho de lince da sua Millie, nós não teríamos apanhado nenhuma de vocês.

Viro a cabeça bruscamente para ele como a nossa cachorrinha Shipley quando ouve os chiados do bacon sendo frito pela minha mãe.

— O que foi que você disse?

— Foi só um lapso — responde ele. — Não se preocupe com isso, garotinha.

*Garotinha*. A palavra cai como um carvão em brasa numa fogueira quase morta. E reacende a raiva que está sempre sussurrando dentro de mim, mesmo sendo bem baixinho.

Saio do escritório atrás de Vernon e do xerife Bell, e os dois vão direto para a porta.

— Callie — diz Vernon —, deixa a sua plaquinha com a Millie.

Antes que a porta possa se fechar completamente, a Millie se vira para mim com aquele olhar de pânico de um cervo diante de um par de faróis.

— Você vai embora?

De repente, eu não caio mais nessa. Não engulo mais essa palhaçada de amizade especial fora da escola que ela tem tentado me empurrar goela abaixo.

— *Você* — digo. Nem preciso ter todos os detalhes ou fatos, pois conheço a Millie bem o bastante para saber que ela vai vomitar tudo no momento em que souber que o seu segredo foi revelado. — Você é a razão por eu estar fora da equipe de dança. E por eu ser obrigada a trabalhar nessa pocilga fedendo a cecê. E por que o Bryce terminou comigo! Eu humilhei a Melissa! E a Sam! E a maior parte da equipe! Lembra? E você me deixou fazer isso. Nem sequer me disse que tinha sido você a reconhecer que tinha sido eu, depois de eu vazar os segredos delas. Eu... eu... — De repente, o peso exato do que fiz com as Shamrocks me atinge. — Minha mãe nunca vai me perdoar por isso, Millie. Eu traí a confiança dela. A confiança de todas elas!

Seus olhos se enchem de lágrimas na mesma hora.

— Eu não sabia como te contar — confessa sem rodeios.

Não sinto a menor pena dela. Na verdade, vê-la chorar só faz aumentar a minha raiva. Sou eu que deveria estar abalada! Não sei como nem quando. Mas foi a Millie quem me dedurou.

— Seu colar — diz ela, o rosto todo coberto de manchas vermelhas. — Eu vi no vídeo. Queria te contar, mas aí nós ficamos amigas e eu tive muito medo de te perder.

Arranco a plaquinha da blusa e bato com ela no balcão, fazendo trepidar o tampo de vidro.

– Pois era pra ter medo mesmo – digo. – Porque eu já estou de saco cheio, Millie. Dessa academia. Das festas do pijama. De você. Acabou. – Caminho em passos furiosos até a porta. Estava muito bem antes da Millie, e agora vou ficar ótima sem ela.

– Como você vai pra casa? – pergunta ela. – Deixa eu te dar uma carona.

– Tenho duas pernas – rebato, ríspida. – Eu posso andar.

Pego a minha bolsa e enfio o celular no bolso traseiro do short jeans ao sair pela porta afora e atravessar o estacionamento. Millie me observa o tempo todo. Chega mesmo a sair para a calçada e a chamar meu nome.

Algumas cabeças se viram no estacionamento, mas não paro. Apenas continuo caminhando.

Mas, sinceramente, está fazendo um calor infernal aqui fora, e até a minha casa é uma caminhada de quase dez quilômetros. Continuo andando até saber que estou fora de vista. Millicent Maquiavélica Manipuladora Michalchuk nunca mais vai voltar a ver uma gota de vulnerabilidade em mim.

Finalmente paro de caminhar ao me ver diante do Harpy's Burgers and Dogs. Por um momento penso em entrar, mas logo me lembro de que a Willowdean trabalha aqui. Não, obrigada.

Olho para os dois lados antes de atravessar a rua entre os carros em direção ao PicanChili – talvez o único restaurante de Clover City onde nunca experimentei comer.

Lá dentro, um cara com ar entediado atrás do balcão diz:

– Em que posso servi-la? Nossa promoção de verão é duas tigelas de chili branco pelo preço de uma.

Chili em maio, quando a temperatura já está quase alcançando os três dígitos? Não, obrigada.

– Só um refrigerante grande da máquina – digo.

Dou a ele $1,27 em troca de um copo vazio, que encho até a borda com Dr Pepper – possivelmente a única coisa boa que ainda resta no mundo.

Vou me sentar na cabine que fica mais perto da janela para aproveitar um pouco o ar-condicionado antes de decidir meu próximo passo. Poderia ligar para minha mãe, mas aí teria que explicar todo esse drama, e é óbvio que ela joga no Millie Futebol Clube.

Do outro lado da rua, vejo o namorado da Willowdean, o Bo, agachado no meio-fio com um refrigerante. Minutos depois, a Willowdean vai ao seu encontro, de uniforme, um vestido vermelho e branco, os cachos louros saindo por baixo do boné de beisebol.

Os dois dividem o refrigerante e fazem uma espécie de concurso, dando beijos no rosto um do outro, até que os narizes esbarram e o Bo solta uma gargalhada escandalosa.

Ficar vendo os dois é como assistir à cena mais brega de uma das comédias românticas da Millie.

O que só me deixa mais zangada ainda.

A única pessoa que eu achei que fosse diferente de todos os babacas que só ocupam espaço nessa cidade, e eis que se revelou tão podre quanto eles. Pego o porta-guardanapos na mesa e tento conter as lágrimas que brotam nos olhos. Mas, quando começam a cair, não param mais. Viro o corpo até ficar de costas para o cara do balcão — não que ele esteja prestando atenção a alguma coisa além do celular — e deixo que as lágrimas escorram pelo rosto.

Minha vida não era perfeita antes. E é verdade que o Bryce era um idiota. Mas quem pode saber o que eu perdi, além dos campeonatos estadual e nacional, quando fui expulsa da equipe de dança? Viagens, bolsas de estudos, prêmios para incrementar o currículo ao tentar uma vaga nas universidades. E acho que a Melissa e a Sam não eram tão más assim. Não eram grandes amigas, mas eram amigas. E a Millie me tirou tudo isso num piscar de olhos, sem pensar por um segundo no tipo de consequências que poderia causar. Racionalmente, eu sei que depredei a academia e a culpa é minha. Mas tinha que ser logo ela a pessoa que me identificou? Há qualquer coisa de insuportável nisso.

Mas o que mais me dói é que ela nunca deu um pio sobre o assunto. Passamos horas a fio na academia, conversando no pátio da Amanda e no gramado da casa da abuela, e ela não disse nada. Nunca levei nem a Sam, a Melissa ou o Bryce para conhecer a minha abuela. Nem mesmo depois que a Millie soube o que eu tinha feito com as Shamrocks para a escola inteira ver! Isso me mata. Gosto de uma boa vingança como qualquer pessoa, mas só quando é bem merecida.

Fico vendo a Willowdean e o Bo compartilharem o seu refrigerante antes de voltarem para o trabalho. Tento trazer à tona a antiga Callie e pensar em alguma coisa cruel e venenosa para dizer, tipo como uma garota com o físico da Willowdean não tem nada que se engraçar com um cara com o físico do Bo, mas a verdade é que eu acho os dois um casal tão fofo que chega a me dar náuseas. E só essa impressão já parece uma traição à minha antiga personalidade. Como se eu tivesse trocado a pele da pessoa que fui um dia, o que talvez até seja bom. Mas, pelo contrário, eu me sinto como se tivesse perdido a camada que me protege e mantém a salvo do resto do mundo. Meu corpo inteiro parece um joelho esfolado com uma pele ainda muito nova exposta aos elementos – tanto, que até uma brisa inocente faz arder.

O sol pouco a pouco mergulha abaixo do horizonte, e ainda tenho uma longa caminhada pela frente. Não preciso da minha mãe patrulhando as ruas à minha procura. Encho o copo com Dr Pepper mais uma vez, e o cara atrás do balcão nem levanta os olhos no instante em que os sininhos acima da porta tilintam quando saio e vou para o estacionamento.

Aperto as alças da mochila e sigo para casa. Chego a caminhar por quatro quarteirões, quando o ronco de um Ford Bronco diminui a marcha ao meu lado.

A janela do carona desce com um zumbido e outro carro passa buzinando em alta velocidade.

– Oi! – grita Mitch, imperturbável. – Está na rua treinando para algum reality de sobrevivência, ou o quê? – Aponta para o meu copo do PicanChili. – Vejo que veio preparada com suprimentos.

– Pois é – digo, caminhando ao lado do carro pela calçada. – Dr Pepper diet é o meu elixir de sobrevivencialista. Minha seiva vital, por assim dizer.

– Ah – diz ele. – Bem, não quero interferir na sua comunhão com a natureza. – Outro carro impaciente passa voando, enquanto o motorista praticamente senta na buzina.

Não posso deixar de rir.

– Você pode acabar provocando o primeiro engarrafamento oficial de Clover City.

— Finalmente, alguma coisa de que meu pai vai poder se orgulhar – diz ele. – Deixa eu te dar uma carona.

Paro. E ele também. Caminhar quase dez quilômetros, ou aceitar uma carona da única pessoa nesta cidade que não me atirou aos lobos em algum momento? (Ainda.) Fico com a carona.

— Acho que talvez você e o Dr Pepper sejam as únicas coisas dignas de confiança que restaram na minha vida. Você não se importa?

— Sem querer te tratar como um objeto, eu gosto de te ver caminhar, se é o que prefere. Mas a sua companhia também é ótima!

Sinto um quase sorriso se formar nos lábios.

Ele estende o braço por cima do painel central para abrir a porta, e eu entro.

Jogo a mochila no banco traseiro, e ela se choca com pilhas de copos vazios e roupas.

— Caraca. Mas quanta merda.

— Olha – diz ele –, minha mãe não brinca em serviço com a limpeza da nossa casa. Inclusive a do meu quarto. O banco traseiro desse bebê é a minha roupa suja secreta. Suja e enxovalhada, aliás.

Dou de ombros.

— Então você é como uma daquelas pessoas que sofrem de transtorno de acumulação, mas só no banco traseiro.

— Prefiro pensar nele como uma gaveta de cacarecos.

— Uma gavetona de cacarecos.

Ele dá um risinho.

— Pra sua casa?

Balanço a cabeça.

— Isso aí.

— Vai me contar por que estava caminhando, ou vai bancar a indiferente e misteriosa?

— Indiferente e misteriosa – respondo. – Com certeza.

Mitch balança a cabeça para si e aumenta o volume do rádio. Temos passado mais tempo juntos, mas no momento não confio em mim mesma o bastante para não abrir um berreiro. E talvez uma parte de mim esteja com medo de que ele diga que estou sendo ridícula.

Quando ele para diante da minha casa, abaixa o rádio até um murmúrio.

– Olha, hum, não sei exatamente o que aconteceu hoje, e você não precisa me dizer. A menos que queira, em algum momento – acrescenta. – Mas, hum, sei que você não tem muita gente com quem contar no momento, e só quero que saiba que eu posso ser essa pessoa. – Tosse no punho.

Fico olhando para ele por um longo momento. Sinto o corpo inteiro virar uma geleia. Como se bastasse eu balançar a cabeça e deixar que essa vida com o Mitch acontecesse comigo do mesmo jeito como foi com o Bryce. Gosto muito do Mitch. Mas também gostava da Millie, e olha só aonde isso me levou.

– Preciso de um tempo pra pensar – digo a ele. – Mas obrigada. Porque eu realmente não tenho ninguém. Não mais. Será que a gente pode continuar indo devagar?

Ele abaixa o queixo em minha direção.

– Tão devagar quanto uma corrida de tartarugas, se você quiser.

# MILLIE

# TRINTA E UM

Não digo que a minha vida seja perfeita ou desprovida de drama, mas costumo saber em que pé estou, e, pela primeira vez, não sei se deveria estar exigindo um pedido de desculpas ou me desculpando. Durante os primeiros dias, tentei mandar mensagens. Tentei até abordar a garota na escola. Juro, ela fingiu que eu não existia com tanto talento, que acho que poderia até ser atriz. Devo ter experimentado todas as formas de contato possíveis e imagináveis, só faltando pedir à sua mãe para trancá-la comigo dentro do armário.

Três dias depois do incidente, resolvi desistir das mensagens e ligar para ela, mas fui logo recebida por uma mensagem dizendo que a pessoa com quem eu estava tentando falar tinha bloqueado o meu número. Uma coisa que posso dizer sobre a Callie é que, quando ela cisma com uma coisa, vai fundo. Ela me cortou da sua vida com a mesma eficiência rápida com que a minha mãe transforma velhas camisetas de spa numa colcha de verão. (Ainda tenho a minha colcha de retalhos da Fazenda Margarida que não me deixa mentir.)

Não tive milhões de amigos ao longo da vida, mas nunca falhei como amiga de maneira tão completa. Sei que a Callie errou ao vandalizar a academia, e que eu não fiz nada de mau ao identificar o seu colar no vídeo.

Poxa, nós nem teríamos nos tornado amigas de outra maneira. Mas, depois que vi o que ela fez com a equipe de dança e como isso teve consequências devastadoras, eu devia ter dito alguma coisa. Fiquei com muito medo de perder o que tínhamos, porque não era uma amizade que houvesse sido testada ou que se baseasse num mínimo de convívio. O equilíbrio com a Callie sempre pareceu frágil, como se alguma coisa aleatória pudesse dar um clique algum dia fazendo com que ela voltasse a ser a pessoa que me humilhou no oitavo ano, ou a garota que fez de tudo para atormentar a Willowdean no outono.

Não acho que essa versão da Callie seja uma pessoa diferente, como uma espécie de gêmea maligna. Acredito que a nossa parte negativa esteja sempre dentro de nós. E só depende de nós transformar esses defeitos em alguma coisa boa. Tive medo de perdê-la, por isso não fui honesta com ela. E perdi a sua amizade do mesmo jeito.

Ah, e como tudo está um caos, mamãe também resolveu me dar um gelo. Ela chega ao ponto de falar comigo através de papai. *Quer pedir a Millie para passar a margarina? Por favor, lembre a Millie de esvaziar a lava-louça. A Millie já terminou o dever de casa?* E ainda consegue me espionar o bastante para cortar todas as minhas oportunidades de ficar a sós com o Malik.

Quando chego em casa do trabalho, esperando por mim em cima da mesa de cabeceira está um único envelope da Universidade do Texas. Quando entrei pela porta da garagem, minha mãe nem se deu ao trabalho de me dizer nada ou dar qualquer sinal de que o destino do meu verão me aguardava no quarto.

O envelope é grande. Procuro não fazer muitas deduções, mas sei que a regra das cartas de admissão das universidades é essa: envelope grande = bom, envelope pequeno = mau. Sento na grande poltrona de vime e respiro fundo algumas vezes. Talvez devesse começar a praticar meditação.

E então, eu rasgo o envelope. Faz meses que venho imaginando esse momento, do mesmo jeito como mil garotas imaginam seu noivado ou casamento. Na minha cabeça, estou cercada por amigas, e elas têm tanta certeza de que eu vou entrar nesse curso que, depois que leio a carta de aceitação e derramamos lágrimas de alegria, há uma festa surpresa inspirada num luau à nossa espera no pátio. O Malik está lá. Os meus pais estão eufóricos.

Em vez disso, estou sozinha no quarto. Puxo a única folha de papel de dentro do envelope.

*Prezada Srta. Millicent Michalchuk,*
*Agradecemos por se candidatar a uma vaga no nosso curso de verão de telejornalismo para alunos do ensino médio. A cada ano que passa, o desempenho dos candidatos é mais impressionante, o que torna a competição por uma vaga ainda mais acirrada.*
*Lamentamos informar que a senhorita não foi selecionada para o curso deste verão; não obstante, nós a encorajamos a se candidatar novamente no futuro e*

Meus olhos são um borrão de lágrimas e a página se solta dos meus dedos para o carpete.

*Lamentamos informar. Lamentamos informar. Lamentamos informar.* As palavras de rejeição se gravam a fogo no meu coração. Sei que deveria recorrer a algum livro, postagem ou vídeo motivacional, de eficácia comprovada, que já tenha me ajudado a enfrentar momentos difíceis no passado. Sei que deveria transformar a dor em motivação.

Mas, por ora – neste exato momento –, só preciso sofrer. Só preciso sentir pena de mim mesma e lamber minhas feridas. Estou me sentindo uma idiota por ter acreditado que eles me aceitariam. É isso que eu ganho por dar duro e exigir muito.

Não sei quando comecei, mas estou chorando e não posso parar.

Depois de um tempo, minha mãe bate à porta e fala comigo pela primeira vez em semanas.

— O jantar está servido, florzinha.

— Estou sem fome. – Minha voz treme. – Mas obrigada.

Passados alguns momentos, ouço o assoalho ranger quando ela volta para a cozinha. Ouço alguns sussurros trocados entre ela e meu pai, e por fim ele dizendo em voz mais alta: *Deixa ela ficar sozinha um pouco.*

Continuo sentada, sem me mover, nem me importar que as lágrimas escorram pela frente do vestido. O sol afunda atrás dos telhados da vizinhança e eu deveria acender a luz, mas acho que meu corpo inteiro está paralisado.

O celular bipa algumas vezes e também ouço alguns alertas no computador. Provavelmente mensagens da Amanda e do Malik sobre coisas bobas. Nenhum deles faz a menor ideia de que o objetivo atrás do qual tenho corrido nos últimos meses acaba de ser arrancado das minhas mãos. Isso quase me lembra das esteiras ergométricas da Fazenda Margarida. Havia um telão na frente da sala para dar a impressão de que a gente estava percorrendo alguma trilha pitoresca da Nova Inglaterra. Você subia por uma colina, depois outra, e mais outra, esperando alcançar o seu objetivo. Mas o cenário nunca mudava. Você só conquistava uma colina para depois fazer exatamente a mesma coisa, uma vez atrás da outra.

Quando já está quase escuro como breu no quarto, minha mãe entra silenciosamente e acende o abajur na mesa de cabeceira. Até essa pouca luz arde nos meus olhos.

Ela se senta na cama e espera que eu fale. Mas não estou pronta. Nem mesmo sei o que dizer.

– Você abriu a sua carta? – pergunta ela.

Faço que sim.

– Imagino que a notícia não tenha sido a que esperava receber.

– Não – murmuro. – Não foi.

Ela pressiona minhas costas com a palma da mão e as esfrega em movimentos circulares, como sempre faz quando estou doente. Após uma longa pausa, diz:

– Eu falei com a Srta. Georgia da Fazenda Margarida. Ela disse que já passou bastante do prazo de inscrição, mas que estão guardando um lugar na sua cabana, na esperança de que você mude de ideia.

Eu chego a ver o meu leito de baixo no beliche do spa como uma extensão da minha própria casa. Minha placa de madeira acima da cama, pintada de cor-de-rosa com PUDIM escrito em azul-claro. Sempre vou ser essa garota. Passei os últimos nove meses fugindo dela, tentando ser outra pessoa.

Uma miss. Uma aspirante a âncora de telejornal. Até mesmo uma namorada. Mas sempre vou ser essa garota que aparece por lá todo verão, na esperança de que esse seja o ano em que tudo vai mudar.

Parece uma derrota. E o mais difícil é que estou ressentida comigo mesma, mas, ainda mais do que isso, estou ressentida com a minha mãe. Ressentida por ela não acreditar que eu posso ser mais. Ressentida por medo de que tenha razão.

— É muito gentil da parte da Srta. Georgia — digo, por fim.

— Então, posso avisá-la que você vai voltar esse verão?

Faço que sim.

— Pode.

— Vou fazer o seu depósito ainda essa semana. — Minha mãe dá um tapinha na minha perna e se levanta para sair do quarto, mas então para e se vira. — Não quero que esse seja um momento do tipo "eu não disse?", mas você sabe que seu pai e eu somos rigorosos por um bom motivo. Esse é exatamente o tipo de sofrimento do qual tentamos te proteger. Fico feliz que o concurso tenha sido uma... experiência positiva para você. Mas, filha, o mundo não funciona assim na vida real. As pessoas são grosseiras e cheias de ódio, e eu não quero isso para você. Não quero que o mundo deixe de te dar uma chance por permitir que julgamentos tolos influenciem o modo como ele te vê. Você sabe disso, não sabe? É por isso que seu pai e eu pagamos para te mandar à Fazenda Margarida. Nós só queremos que o mundo veja a garota que sabemos que sempre esteve dentro de você.

Meus olhos se enchem de lágrimas. Mas, dessa vez, são de raiva. Pura raiva. Porque minha mãe pensa que há uma garota magra vivendo dentro de mim, quando a verdade é que eu estou bem aqui. Sou a mesma Millie por dentro e por fora. Quero acreditar nisso. Quero desesperadamente que isso seja verdade. Mas tenho que enfrentar a possibilidade de minha mãe estar certa. Talvez mudar o mundo exija um esforço excessivo. Talvez o único jeito de sobreviver seja mudando a mim mesma.

Sinto um gosto horrível na boca ao pensar nisso.

Minha mãe interpreta minhas lágrimas de raiva como sendo de resignação, e, quando me abraça, sou obrigada a recorrer a toda a minha força de vontade para não mandá-la se afastar de mim aos berros.

No fim das contas, ela estava certa e eu errada.

# CALLIE

# TRINTA E DOIS

Eu estou em São Francisco. A equipe inteira esbanja energia. Claro que todas queremos ganhar o grande prêmio, mas a essa altura só o fato de termos chegado ao campeonato nacional já é um sonho tão surreal, que nenhuma de nós consegue acreditar.

Solto um gemido no carpete.

Só que não estou em São Francisco. Estou deitada de bruços no chão do meu quarto, contando as fibras do carpete com os meus cílios. Não tenho literalmente nada agendado para um futuro próximo. Nenhum ensaio de dança. Nenhuma festa do pijama patética ou que diabos aquilo fosse. Nenhum emprego.

Cheguei ao ponto de estudar. PARA AS PROVAS FINAIS QUE SÓ VÃO COMEÇAR DAQUI A DUAS SEMANAS. Tinha até a semana que vem para entregar um trabalho de pesquisa sobre seleção natural, e entreguei o troço nove dias antes. O professor perguntou se eu estava zoando com a cara dele. Tive que garantir a ele que não.

– Callie! – chama minha mãe do andar de baixo. – Visita pra você!

– Não tenho amigos – respondo, mas a voz é abafada pelo carpete.

Após um momento, ouço uma batidinha tímida à porta.

– Entra.

A porta se entreabre.

– Nossa – diz Mitch. – Que situação temos aqui.

Viro de costas.

Estou com uma camiseta esburacada, meu sutiã esportivo mais esgarçado e um shortinho jeans todo salpicado de tinta do dia em que minha mãe resolveu repintar o banheiro e experimentou nove tons de azul até chegar ao perfeito. Basicamente, eu dei um gelo no Mitch desde que ele me deu aquela carona para casa, porque não tenho a menor vontade de estar com ninguém no momento.

– Bom, eu vi que vão passar o campeonato nacional das equipes de dança na ESPN-2. Você não estava respondendo às minhas mensagens... e achei que talvez gostasse de ter companhia. – Ele mostra a sacola que a porta estava escondendo. – E tantos salgadinhos de sabores duvidosos quantos eu pudesse encontrar.

Vou logo me sentando. Ainda não estou nem um pouco a fim de companhia, mas não vou mandá-lo para casa e estragar a única amizade decente/romance não categorizado que tenho no momento.

– Tem Flamin' Hot Cheetos aí?

– Se vendem no Grab N' Go, eu trouxe.

Aperto os olhos para ele por um longo momento.

– O que acha da ideia de assistir a esse campeonato só pra falar mal das concorrentes?

– Você está olhando pra um humilhador profissional, um esculhambador de programas de tevê pra ninguém botar defeito.

– Tomara que a gente consiga pegar a ESPN-2. – Levanto de um pulo, arranco a sacola da sua mão, desço a escada correndo e ele me segue.

Paro abruptamente no meio da escada e me viro. Ele para a um passo de mim, e meu nariz praticamente se enfia no seu peito.

– Desculpe – peço. – Só queria te agradecer por ter vindo.

– Por que ficarmos na bad sozinhos, quando podemos ficar na bad juntos? E com salgadinhos?

Sorrio.

– Filhota – chama minha mãe da cozinha. – A Kyla e eu temos que sair para resolver umas coisas. Vocês vão ficar bem sozinhos?

Olho para o Mitch, nossos corpos se pressionando a cada respiração.

– Vamos – respondo. – Estamos ótimos.

Se a gente não se beijar muito em breve, vou explodir.

E é por isso que não faz sentido quando nós dois nos sentamos em lados opostos do sofá, quase tão longe um do outro quanto conseguimos suportar. Minhas primeiras interações físicas com o Bryce geralmente foram lubrificadas com álcool, por isso essa sensação de borboletas ariscas que estou tendo no momento não é algo que eu saiba combater.

Passo os canais até chegar à ESPN-2, que não faz parte do nosso pacote básico de canais a cabo, mas o Keith deve tê-lo enfiado disfarçadamente quando minha mãe não estava prestando atenção.

Remexo no saco de batatas e tiro umas com sabor de presunto com abacaxi.

– Quero que esse seja o meu emprego — digo. — Inventar sabores ridículos de batata frita.

Mitch cai na risada.

– Não acredito que alguém seja pago pra fazer isso. Eu iria querer, tipo assim, batatas com temas de feriados. Por exemplo, jantar do Dia de Ação de Graças, ou cachorro-quente com todos aqueles recheios do Quatro de Julho.

– Ahhh! Ou batatas com sabor de abóbora para o Halloween.

– Eca, que nojo. Tô fora!

Atiro a sacola do Grab N' Go para ele.

– Quer dizer que você pode bolar batatas com sabor de jantar do Dia de Ação de Graças, mas com sabor de abóbora já é levar a imaginação longe demais?

Ele dá de ombros.

– Só não agrada ao meu paladar.

Sacudo a cabeça.

– Pois então, me aguarde. Quando eu for uma batatóloga famosa, as batatas com sabor de abóbora tomarão conta do mercado.

Aumento um pouco o volume quando os locutores falam das concorrentes favoritas ao primeiro lugar. Uma equipe do Harlem, outra da Carolina do Sul, uma de Miami e a atual detentora do título, uma equipe de Savannah, Georgia. Extraio a máxima satisfação do fato de que Clover City não recebe nem uma breve menção quando eles discutem as possíveis zebras.

— Quer dizer que elas só dançam? — pergunta o Mitch. — Como se julga uma coisa dessas?

— Bem, há duas categorias principais: habilidade técnica e apresentação artística. E em cada uma dessas categorias, eles julgam quesitos como técnica, dificuldade, precisão, criatividade, uso do espaço e aquela energia que é difícil de definir, a garra, o carisma. É uma chatice só.

Assistimos a algumas coreografias em silêncio. Dou uma espiada e vejo o olhar do Mitch vagando até uma pintura nada interessante de uma paisagem deserta acima da tevê. Pois é, até para quem curte dança, o troço é sacal.

Arrasto o traseiro por cima da almofada que nos separa até ficar bem do seu lado.

— Ok — digo, fazendo com que sua atenção volte para mim. — Está vendo o jeito como elas jogam as pernas em série para o alto? Na verdade é superdifícil, porque aposto que todas vão aterrissar num espacate, como um efeito dominó, mas tem sempre uma garota que se embanana e estraga tudo.

Ficamos assistindo à equipe na tevê, com seus cintilantes uniformes em cores cítricas, levantarem as pernas uma última vez, antes de cada dançarina cair num espacate, uma após outra.

— Ai, isso não parece confortável.

— Qualquer um pode fazer um espacate — digo. — É só alongar os músculos certos. — Aponto para a garota no meio que está fazendo o seu espacate. — Olha lá. Foi ela que tirou a equipe do páreo. Adeus, nota dez.

— Mas foi um errinho de nada! — diz Mitch.

— Não importa. Quando as outras equipes são perfeitas, a menor mancada sai caríssimo.

— Quer dizer que qualquer um pode fazer um espacate, não é?

Rio baixinho e salto do sofá, deslizando para o chão num espacate e então girando os quadris sem esforço.

— *Voilà!*

— Nossa. Se a equipe inteira tiver metade da sua flexibilidade, acho que as Shamrocks são capazes de ser mais atléticas do que os times de basquete e futebol americano juntos.

Jogo as mãos para o alto.

— É o que eu venho dizendo há anos.

Ele balança a cabeça.

— Me ensina alguma coisa.

— Sério?

— Claro! — Ele se levanta e estende a mão para mim, me erguendo do espacate com um puxão rápido.

— Tá. Vou te ensinar a jogar a perna lá no alto — digo.

Ele abana a cabeça.

— Nem pensar. Não consigo levantá-la tão alto assim.

— Levar a perna às alturas impressiona, mas o desafio é fazer isso junto com outras pessoas. — Começo a empurrar a mesa de centro. — Vamos tirar isso da frente.

Ele vem para o meu lado e me ajuda e empurrar a mesa até a parede.

— Muito bem! — Pego seu braço e o passo pela minha cintura. Sua mão contorna a minha barriga. Sinto a respiração travar.

— É assim? — pergunta ele.

— Perfeito. — Cruzo o braço atrás do seu.

Ele solta um arquejo.

— Eu sou coceguento. Vergonhosamente coceguento, pra ser franco.

— Não me esquecerei. — Dou um risinho. — Tá, agora dá um chute reto, desde os quadris. Vamos deixar os chutes mais complicados pra depois.

Ele dá um chute desajeitado.

— Mantém a perna reta — digo. — Mas a perna de apoio tem que se curvar um pouco.

Ele tenta de novo.

— Melhorou!

Levanto a perna com ele algumas vezes, os dois se revezando. Ele cheira a desodorante masculino e batatas com sabor de sour cream. E, por algum motivo, eu adoro. Garotos são pura feitiçaria.

— Pronto, você já sabe dar chutes retos — digo. — Vamos tentar mudar de direção. É só uma questão de girar os quadris.

Mitch se enrola um pouco ao tentar mudar de direção sem se equilibrar ou dar mais um passo.

Depois de um tempo, ele despenca no sofá, um pouco ofegante, e eu desabo ao seu lado.

– Não foi tão ruim assim! – digo.

– Bom, se esquecer completamente pra que servem os pés conta como "não ruim", acho que eu me saí direitinho.

– Vamos dar um tempo do mundo da dança. – Pego o controle e passo os canais até escolher um festival de reprises de *Shark Tank*.

– Esse programa é fim de carreira. – Mitch abana a cabeça. – As pessoas vão pra lá com uma ideia horrível em que investiram cada centavo que já ganharam, e aí aquele careca horroroso vem e fura o balão de sonhos delas.

– Eu adoro esse programa. E, para sermos justos – digo –, nem sempre é o que acontece. Algumas delas se tornam milionárias!

– Mas a maioria sai de lá rejeitada e sabendo que desperdiçou rios de dinheiro e de energia numa ideia idiota, tipo maiôs para gatos.

– Sabe – digo a ele –, a ideia de que os gatos odeiam água é um estereótipo muito prejudicial aos felinos, e eu a rejeito.

Ele ri.

– É que eu detesto ver gente ser humilhada ou sair perdendo numa coisa em que mergulhou de cabeça.

– Eu não desgosto. Ver os outros fracassarem tem lá o seu encanto.

Ele se vira para mim, mas não diz nada.

– Você está me olhando como se eu fosse um monstro. Eu não sou um monstro, juro! Mas todos nós temos medo do fracasso, não temos? Não é reconfortante saber que acontece com todo mundo?

– E, com alguns, num programa que é transmitido para o país inteiro.

Sorrio.

– Bem, o risco é deles. Não meu.

– Risco, é? – pergunta ele, agora com a voz mais baixa e o olhar fixo em mim.

Engulo em seco, mas sai mais como um engasgo alto.

Ele se inclina para mim, sem tirar os olhos dos meus.

– Quais seriam as chances de um cara se ele pedisse pra te beijar?

Respiro fundo.

– Não posso fazer promessas. Mas acho que seriam boas.

Seu corpo se aproxima do meu e ele estende o braço ao longo do encosto do sofá.

– Ainda são boas? – pergunta.

Eu deveria deixar o momento se esticar um pouco mais. Mas estou a fim de beijar o garoto desde aquele dia debaixo da arquibancada, e já fui paciente por tempo bastante. Não espero que ele se incline mais. Eu o beijo.

O beijo vai de zero a sessenta em questão de segundos. Fico de joelhos no sofá e puxo o seu rosto ao encontro do meu. No começo, ele me deixa ficar no comando e espera que eu tome a iniciativa de cada toque ou aprofunde o beijo, mas logo deixa o cavalheirismo de lado e me puxa para si.

Meu corpo inteiro está pegando fogo, e eu me perco no momento. É por isso que abafo um grito e dou um pulo para trás de quase meio metro quando minha mãe e minha irmã entram pela porta dos fundos.

– Chegamos! – avisa mamãe.

Mitch e eu nos entreolhamos e compartilhamos um momento de pânico excitado. Faces vermelhas. Lábios inchados.

Kyla se joga entre nós.

– Por que vocês estão sem fôlego? – pergunta. – Andaram correndo?

– Exatamente – respondo. Meus olhos estão fixos nos do Mitch acima da cabeça dela. – Fomos dar uma corridinha rápida.

Ela pega o controle remoto no chão.

– A mamãe falou que as Shamrocks vão se apresentar daqui a pouco.

– A qualquer minuto – diz mamãe, acomodando-se na poltrona reclinável do Keith. Ela se vira para mim. – O primo do Keith e a esposa estão na cidade hoje.

– O primo animador de rodeios ou o primo contador? – pergunto.

Ela suspira, esfregando os olhos.

– O primo animador de rodeios. O Keith queria que eles viessem aqui, mas achei que talvez ele e eu pudéssemos sair com os dois, se você ficasse em casa tomando conta da Kyla.

Kyla cruza os braços.

– Não preciso que tomem conta de mim.

Abano a cabeça e passo as mãos pelos seus cabelos, despenteando-os.

– Não me importo de tomar conta da Kyla.

— Noite romântica! – exclama Mitch.

Mamãe ri.

— Com um animador de rodeios e sua quarta esposa! Que sorte, a minha. – Ela se vira para mim. – Obrigada, filhota.

Balanço a cabeça.

— Sem problemas.

Kyla passa para o canal certo, e nós quatro nos recostamos para assistir. Apoio a cabeça no encosto do sofá atrás da minha irmã, e o Mitch recatadamente estende o braço atrás do meu, traçando círculos na manga da minha camiseta. Vai deixando uma trilha de arrepios nos pontos em que sua pele toca a minha.

Meu celular vibra e encontro uma foto da Claudia com a namorada, Rachel, tentando surfar com remo, só que a Claudia está levando um senhor tombo e puxando a Rachel consigo. Minha irmã mais velha supersária, que nunca reservou tempo para fazer nada que não a aproximasse um pouco mais do sonho de se tornar cantora de ópera, está praticando surfe com remo em algum lugar da Alemanha com a garota que ela ama.

**Uau,** respondo, **o que possuiu o seu corpo e te forçou a praticar uma atividade ao ar livre?**

**CLAUDIA: Digamos que estou diversificando os meus interesses. E você poderia se levantar e fazer o mesmo.** 🐕

Sorrio comigo mesma e ponho o celular no bolso.

Ficamos vendo as Shamrocks apresentarem a sua coreografia – a mesma que passei tantas horas aperfeiçoando. Elas não são perfeitas. Não vão se classificar. Mas, mesmo assim, são boas. Não parecem deslocadas, como se tivessem ido parar lá por um golpe de sorte. Volto a sentir toda a raiva por ver como a equipe foi subestimada e ainda é. E então, parte de mim se entristece pela oportunidade perdida. Olho para mamãe e vejo o mesmo sentimento nos seus olhos. Ela teria feito tudo que fosse preciso para voar a São Francisco e assistir a mim e às outras garotas. Mas, em vez disso, estamos as duas aqui, nessa sala, vendo outras pessoas viverem a vida em que ambas apostamos.

Mesmo assim, eu me sinto um pouco surpresa. Estar sentada aqui, vendo toda a minha equipe no campeonato nacional sem mim, não é tão doloroso quanto pensei que seria. Estou feliz por dividir o sofá com Mitch, nosso beijo ainda fresco nos meus lábios.

Na tevê, o cameraman focaliza um cartaz confeccionado à perfeição, feito para incentivar uma das equipes. As letras fluorescentes estão cheias de glitter e dizem: POR QUE NÃO NÓS? LARGA O OSSO, BATON ROUGE! Um artesanato que a Millie teria apreciado.

Se estou sentindo saudades no momento, não é da dança, de ter um namorado ou de ser uma das garotas mais populares da escola. É de uma garota gorda que me surpreendeu de maneiras como eu nunca esperaria, e que acho que, de algum modo, pode ter se tornado a minha melhor amiga.

# MILLIE

## TRINTA E TRÊS

Mamãe não está mais me dando gelo, o que é conveniente, porque ela impôs uma nova regra que me proíbe de ir a qualquer lugar com qualquer um a menos que ela confirme meus planos com os pais da pessoa. Basicamente, se você está tentando ler nas entrelinhas, o que isso significa é que eu não posso mais me encontrar à noite com o Malik.

Não tive coragem de dizer a ele que acho que o nosso namoro não vai mais dar certo, por isso fiz uma das piores coisas que posso imaginar e menti, dizendo que tenho andado ocupada com assuntos familiares e trabalhos escolares. Há noites em que ele me manda mensagens online e eu só deixo a caixa de mensagens aberta por horas, piscando para mim. Durante o dia, na escola, às vezes ele me pergunta se está tudo bem, mas eu faço a expressão positiva e animada de sempre, só que dessa vez não é nada além de um disfarce. "Sim! Claro!", digo a ele. "Estou ótima. Só tenho andado superocupada."

Desde que a Callie se afastou e eu recebi a carta de rejeição, não tenho sentido muita vontade de reunir o grupo todo para uma festa do pijama. Passei muito tempo nos últimos dias me perguntando por que ainda me dou a esse trabalho. Claro, eu adoro a Willowdean, a Amanda, a Hannah e a Ellen, mas, quanto mais penso no assunto, mais me dou conta de que sou a única que está tentando fazer o círculo da amizade acontecer. Talvez seja melhor que eu deixe as garotas voltarem às suas vidas normais e a tradição da festa do pijama morrer, como minha breve amizade com a Callie.

Mas a boa notícia é que as aulas já estão quase no fim, e, embora a Fazenda Margarida não seja o que eu estava planejando para esse verão, talvez me dê uma chance de me resetar e me lembrar das coisas que são mais importantes para mim.

Depois de concluir as atividades iniciais na academia, paro a minivan diante da casa da Amanda, para irmos juntas à escola. Estamos no fim de maio, o que significa que o fim do ano letivo está tão perto, que já quase sinto o gosto do protetor solar.

Aumento o volume do rádio quando tocam um pop dançante que com certeza ela vai adorar. Posso me forçar a sorrir até a escola, desde que não tenha que falar.

Amanda senta no banco do carona, e berra mais alto do que a música:

— Meus pais finalmente concordaram em me deixar passar duas semanas num acampamento de futebol americano! Eu, as planícies do Kansas e milhões de bolas! — Ela se cala. — Bolas de futebol americano! Não, tipo, bolas de verdade.

Levanto os polegares e abro um sorriso quilométrico para ela antes de sair dirigindo pela rua onde ela mora. Estou feliz por ela, juro. Há anos que a Amanda quer ir para esse acampamento, e não é nada barato. Mas sou obrigada a piscar os olhos furiosamente até passar a ardência das lágrimas que começaram a brotar. Já contei a Amanda sobre a situação com a Callie, mas não tenho coragem de contar sobre a carta de rejeição. Algo no ato de falar sobre ela em voz alta a torna real demais.

Quando finalmente chegamos à escola e eu estaciono a minivan, a Amanda desliga o rádio, envolvendo-nos em silêncio.

– É melhor eu entrar para fazer os comunicados – digo.

Ela aperta a trava na porta.

– Não antes de conversarmos.

– Não posso deixar de fazer isso. É uma obrigação.

– Millie, não sei o que anda acontecendo com você. É como se algum alienígena tivesse possuído o seu corpo e aprendido a imitar você, mas está fracassando em grande estilo, PORQUE ELE É UMA PORCARIA DE UM ALIENÍGENA.

Junto as mãos, as palmas pegajosas de suor, mas não digo nada.

– Qual é a parada? – pergunta ela.

Dou de ombros.

– Eu tenho mesmo que ir.

– Tudo bem, ouve só, você é minha melhor amiga. Você é literalmente a única pessoa a quem eu daria a minha última fatia de pizza de presunto com abacaxi, mesmo que não curtisse nenhum dos outros sabores que nós tivéssemos pedido. Já me esforcei demais pra não estranhar esse lance da Callie.

– Lance da Callie? – pergunto. Ela está zangada comigo também? Acho que, num certo sentido, a Amanda também perdeu uma amiga quando a Callie parou de se encontrar com a gente.

– Veja – diz ela –, basicamente você me substituiu por uma ex-Shamrock que é uma bad girl supersexy. Achei que de repente podia ser só uma fase bizarra, ou que assim que vocês tivessem sido amigas por um tempo... não pareceria tão intenso, mas... e eu lamento por vocês terem brigado, mas, tipo, oi?! Ainda estou aqui. – Ela aponta para si repetidamente, como um pisca-pisca. – Sua antiga BFF ainda está totalmente disponível pra você, embora você a tenha tratado como uma amizade secundária e de pouco valor durante alguns meses.

No começo, fico chocada. Substituir a Amanda? Eu nunca poderia substituir a Amanda. Ela é única. Não poderia encontrar alguém igual a ela nem que procurasse em cada canto da Terra. Por outro lado, começo a ver a situação da sua perspectiva... e ah, meu Deus. Tenho sido uma amiga horrível.

– Amanda – digo, finalmente. – Não, não, não. Eu nunca poderia te substituir. Nunca tive a intenção de fazer com que você se sentisse desse jeito.

Ela dá de ombros e esboça um meio sorriso triste para mim.

— Entendo que você não teve a intenção, mas mesmo assim foi como eu me senti. E a Hannah também concorda.

— A Hannah também? — Isso me perturba.

Ela faz que sim.

— Foi como ver você me trocar por um modelo mais novo que não tinha uma DCC. — Ela indica a perna mais curta. Em seguida, faz uma pausa. — Nem era assexual.

Solto um arquejo.

— Eu nunca faria isso.

— Aí eu achei que, indo para o seu curso de telejornalismo superbadalado e com a sua nova BFF, você não precisava de mim, e eu não quero isso. Portanto, eu preciso que você comece a prestar atenção nas amigas que tem. As que não se zangam com você por uma coisa que seja culpa delas mesmas.

O jeito como ela diz isso, que a responsável pelo incidente na academia foi a própria Callie, alivia a culpa que tenho carregado. Devia ter dito a Callie que fora eu que a identificara, mas isso não significa que ela não seja culpada. Só que agora nada disso importa. A Amanda está comigo, e a Callie não. A Amanda sempre esteve comigo.

— Tem razão — digo. — Eu adorei ser amiga da Callie. Ela é divertida e totalmente diferente do que eu tinha imaginado, mas, se aprendi alguma coisa, foi que não se pode forçar uma pessoa a ser sua amiga.

Amanda suspira.

— Eu gostava muito da Callie. Mesmo que ela tivesse meio que roubado a minha melhor amiga.

— Não vou a lugar algum — digo a ela. — E quanto ao curso de telejornalismo... — Respiro fundo. — Eu não fui aprovada.

Amanda suspira, surpresa.

— O quê?! Como isso é possível? Você é literalmente a pessoa mais qualificada do mundo para fazer tudo.

Abano a cabeça.

— Não sei, mas eles não estavam interessados em Millie Michalchuk. — Embora, lá no fundo, eu saiba que eles deram uma olhada no vídeo de apresentação e foi o quanto bastou. Não viram meu talento ou carisma. Viram o tamanho e o formato do meu corpo.

As narinas da Amanda se dilatam e ela solta um grunhido.

— Bem, não sei se posso dar um jeito no curso de telejornalismo, mas posso tentar consertar pelo menos uma coisa que deu errado. — Ela tira o celular do bolso frontal da mochila.

— O que está fazendo? — pergunto.

— Convocando as tropas.

---

Sentada para a aula de psicologia do AP, esperando a última campainha tocar, releio uma última vez a carta que escrevi para o Malik. Já faz mais de uma semana que a carrego na mochila, mas tenho que entregá-la, e tem que ser hoje. Esperar mais tempo parece egoísmo da minha parte, ainda mais depois de falar com a Amanda e saber que ela se sente como se eu tivesse lhe dado um fora. Sei que vai doer, mas vai doer ainda mais se eu esperar.

> Malik,
>
> Em primeiro lugar, quero que você saiba que eu te considero uma das pessoas mais importantes da minha vida. O tempo que passamos juntos foi como um sonho que nunca pensei que se realizaria.
>
> Mas, infelizmente, minha mãe não acha que estou pronta para ter o tipo de relacionamento que temos. Tentei agir às escondidas e não é algo que eu possa continuar fazendo.
>
> E também não consegui entrar no Curso Intensivo de Telejornalismo da Universidade do Texas. Não sei dizer ao certo por que razão, mas tenho um palpite, e a culpa certamente não foi do seu fantástico talento como diretor. Você me fez parecer melhor do que eu jamais poderia ter imaginado. Acho que isso quer dizer que vou voltar para o spa esse verão.
>
> Mas espero que ainda possamos ser amigos, e que você continue entrando em contato comigo enquanto estiver visitando seus parentes. Você é uma das pessoas que eu mais adoro.
>
> Sempre,
> Millie

Quando ele entra correndo segundos antes da última campainha, coloco a carta na sua metade da nossa carteira. Ele sorri ao ver o pedaço de papel dobrado e minha letra arredondada. Assim que o Sr. Prater apaga a luz e liga o projetor, Malik abre a carta. Acho que isso me caracteriza como covarde, mas não tenho coragem de olhar para ele enquanto a lê.

Talvez trabalhar duro e querer uma carreira de sonhos e aquela história de amor enjoativa de tão doce das comédias românticas não baste.

Fico me lembrando dos brinquedos de madeira que minha mãe comprou para o Luka e o Nikolai. São daquele tipo com formas geométricas que devem ser encaixadas em buracos do mesmo formato. O triângulo entra no buraco triangular, e assim por diante. No domingo passado, fiquei a tarde inteira com os meninos, hipnotizada pelos bloquinhos geométricos, e como eles se encaixavam em buracos de praticamente qualquer tamanho. Mas os formatos maiores, como o círculo, só entravam no formato correspondente. Por mais que o Luka e o Nikolai tentassem, o círculo não se encaixava na estrela, nem no triângulo, nem no octógono. E isso me lembrou de que não importa o que eu queira ser; para o resto do mundo, eu sempre vou ser um círculo.

Durante a aula inteira, o Malik fica totalmente em silêncio e não faz o menor esforço para reconhecer a existência da carta. Acho que ele a leu em alto e bom som. Sinto a culpa pesar no peito só de pensar na hipótese de magoá-lo.

Quando a aula termina, espero que ele saia primeiro. Devia lhe dar espaço por um tempo, antes de tentar correr atrás de uma amizade. Mas, depois que me despeço do Sr. Prater, vou para o corredor e encontro o Malik esperando. Seu cabelo está um pouco mais despenteado do que o normal, como se tivesse passado os dedos por ele. Tirando isso, está totalmente tranquilo, do colete em tricô verde-floresta sobre a camisa em algodão xadrez e o jeans vincado até os mocassins. Sem dar uma palavra, ele segura a minha mão.

É a primeira vez que damos as mãos na escola. Tento não ficar eufórica demais, porque está longe de ser como eu tinha imaginado que essa primeira vez seria, mas mesmo assim uma pequena centelha de prazer se prolonga no meu peito.

– Preciso que você venha comigo – diz ele.

– Tá...

Malik me leva pela mão até o estúdio com o equipamento de audiovisual, onde filmamos o meu vídeo de apresentação.

Depois de entrarmos, ele me deixa no centro da sala enquanto acende algumas luzes, e então começa a andar de um lado para o outro. Nunca o vi assim, tão intenso, tão profundamente pensativo.

Fico olhando enquanto ele caminha por mais alguns momentos, e então para bruscamente e tira do bolso a carta que lhe dei. Não sei o que esperar. Talvez ele vá lê-la para mim? Ou tentar devolvê-la? Mas, em vez disso, Malik, sempre gentil, sempre de fala mansa, rasga a carta em um milhão de pedaços furiosos.

Meus olhos se arregalam.

– O que... o que você está...

– Não – diz ele. – Essa não é uma situação em que uma carta seja apropriada. É uma conversa. Puxa, Millie, você sabe que eu não levo o menor jeito para confrontos. Viu o quanto eu precisei me preparar psicologicamente? Preciso, tipo, de uma injeção de esteroides.

– Malik – digo, de repente me sentindo um pouco irritada ao ver que ele se zangou por eu ter lhe dado uma carta em vez de falar com ele. – Tudo que eu fiz foi expor os fatos para você. Minha mãe não quer que eu namore. Não posso continuar fazendo isso escondido. Não entrei no curso de telejornalismo e nem ela queria mesmo que eu fosse, por isso vou voltar para a Fazenda Margarida.

– Um spa de verão para perder peso – diz ele.

– É.

– O spa que você jurou de pés juntos que não aguentava mais?

Continuo em silêncio por um momento e então faço que sim, estudando meus tênis com a máxima atenção.

– Millie, você adora regras. É uma das coisas de que eu mais gosto em você. O modo como você encontra conforto na ordem. Mas de quem são as regras que você está seguindo?

Jogo as mãos para o alto.

– Está dizendo que eu devo mentir pra minha mãe? E continuar namorando você em segredo?

Ele abana a cabeça.

— Não é essa a questão. Quer dizer, sim, você é minha namorada, eu quero te ver, mas você não deveria passar outro verão na Fazenda Margarida, se não é o que quer fazer.

— Bom, mas então, que diabos eu devo fazer, Malik?

Ele recomeça a andar de um lado para o outro.

— Protestar contra a sua rejeição no curso de telejornalismo. Ou simplesmente não ir para o spa! Ficar em casa nesse verão. Ajudar na academia.

Ele não sabe como as suas sugestões são impossíveis.

— E o que eu devo fazer em relação a nós? — pergunto.

Sua voz sai muito baixa, mas as palavras falam alto.

— Lutar por nós? Me deixa conhecer a sua mãe. Eu faço o que for preciso. Mas nós já estamos quase no último ano, Millie. Ela não pode esperar mandar na sua vida eternamente.

Ele tem razão. Esse último ano foi marcado pelo equilíbrio precário entre tentar ser a garotinha dela para sempre e me tornar uma adulta funcional. Mas não sei. Minha vida inteira parece impossível no momento. Uma gigantesca escalada numa montanha sem fim.

— Não posso prometer nada — digo a ele.

— Pois eu posso — responde ele. — Prometo não desistir de você e nunca te deixar desistir de si mesma, Millie. E isso inclui os seus maiores sonhos. Mas você tem que enfrentar a sua mãe. É aí que tudo começa.

Ele avança um passo e me beija nos lábios. É um pedido silencioso. Passa um braço pela minha cintura, mas se afasta logo em seguida, tão ofegante como eu. E sai da sala, me deixando sozinha no estúdio com o equipamento de audiovisual.

# CALLIE

# TRINTA E QUATRO

Se minha mãe fosse se descrever essa tarde, ela diria que estava à beira de um chilique! Depois da aula, eu a encontro no escritório principal. Ela me pega pelo braço, e eu praticamente tenho que correr para acompanhar seus passos.

– Tudo bem – diz ela, tirando o carro do estacionamento. – Tenho que ir pegar a Kyla e depois buscar na casa da Rosie Dickson os trajes dela para o recital. Ela fez as alterações com urgência pra gente. Depois tenho que dar um jeito de começar a preparar o jantar e levar a Kyla para a prova de figurino. – Ela solta um muxoxo. – Detesto ter que deixá-la lá, mas o Keith não come sozinho. Quer dizer, até come, mas vai ser uma pizza pedida pelo telefone. E ele nem sabe escolher uma que preste.

Mamãe e eu não temos nos falado muito ultimamente, a não ser sobre questões de logística. Quem vai me dar carona para onde. Se o Mitch pode ou não ir lá em casa. Se eu já terminei as minhas tarefas ou se posso ficar em casa com a Kyla. Não é que eu ache que ainda está zangada comigo. Só um pouco decepcionada, e viver com isso se revelou mais difícil do que eu tinha imaginado.

Ela olha irritada para o sinal de trânsito, louca para que mude, enquanto dá tapas impacientes no volante.

– Eu posso fazer o jantar – digo, surpreendendo até a mim mesma. A Claudia sempre ajudava com tarefas como preparar o jantar e embalar os lanches, mas nunca fui tão doméstica assim.

– Afff. Vai dar tudo certo. Só vou ter que ficar de olho no relógio, para levar a Kyla à prova enquanto o empadão estiver no forno. – Ela olha para mim. – Talvez, com tanto tempo livre nesse verão, você consiga finalmente fazer o seu teste de direção.

– Sério, mãe, basta deixar as instruções pra mim. Você vai estar superocupada hoje à noite.

O sinal fica verde e ela avança. Após um momento de reflexão, diz:

– Vou escrever cada passo em detalhes. É só um empadão King Ranch. Você deve tirar de letra. – Ela dá uma olhada em mim. – Tem certeza de que não se importa?

– Não teria me oferecido se me importasse.

Mamãe me leva correndo para casa e escreve instruções detalhadas para cada minuto e medida do empadão. Quando está voltando ao carro para ir buscar a Kyla, ela se vira por um momento e diz:

– O Keith ainda vai demorar mais umas duas horas. – Faz uma pausa. – Callie, eu te agradeço de coração pela ajuda.

Balanço a cabeça com firmeza.

– Sem problemas.

Vivo esperando pelo grande momento em que ela não vai mais estar decepcionada comigo, mas talvez não seja assim que a gente recupere a confiança de alguém na vida real. Talvez seja um processo lento, frustrante, que exige muitos empadões King Ranch, portanto acho que esse já é um começo.

Minha relação com a mamãe tem melhorado pouco a pouco. Como não estou mais me sentando com a Millie e com a Amanda na hora do almoço, voltei a passá-la no escritório dela. Ela disse que não me expulsaria, desde que eu a ajudasse a arquivar papéis e atender ao telefone, o que me parece justo. Acho que ela sabe que há alguma coisa errada entre mim e a Millie, mas não investigou. (Ainda.)

Hoje, durante o almoço, eu estava sentada à mesa quando a mamãe deu um pulo na cantina para pegar mais um copo de chá doce.

A porta do escritório se abriu e alguém disse:

– Eu, hum, trouxe esse atestado médico de ontem, Sra. Bradley.

Fui logo me levantando e vi o Bryce se aproximando da mesa de frequência.

– Ah – disse eu. – Oi. – Nós já tínhamos nos visto nos corredores algumas vezes, e eu tinha até deixado uma caixa com os seus casacos, algumas fotos e presentes dados por ele na porta da sua casa. Mas essa era a primeira vez que nós chegávamos a nos falar.

Seu rosto ficou branco feito papel.

– Hum. Eu só ia entregar esse atestado à sua mãe.

Tirei o atestado da sua mão. Queria dizer alguma coisa ríspida ou mordaz, mas qualquer ódio que já tivesse sentido pelo Bryce estava no passado e não valia a pena ser ressuscitado.

– Eu entrego a ela.

Ele fez que sim.

– Legal. Valeu. – Ficou em silêncio por um momento. – Você está bonita.

– Eu sei – respondi sem titubear. Ficar com a última palavra satisfez o meu ego de uma maneira deliciosa, mas eu ainda tinha uma coisa a acrescentar. – A propósito, desculpe pelo seu celular.

Ele soltou um resmungo.

– Já estava mesmo na hora de trocar por outro melhor.

Depois de cozinhar e desfiar o frango para o empadão da minha mãe – vamos combinar que frango cru é uma das coisas mais nojentas que existem, né não? –, a campainha da sala toca. Para mim, as campainhas são tão inúteis quanto os telefones fixos. Quer dizer, se você vem à minha casa, não basta me mandar uma mensagem? E, se não tem o meu número para me mandar uma mensagem, será que eu quero que você venha à minha casa?

Essa lógica impecável é a exata razão por que deixo a campainha tocar oito vezes antes de finalmente berrar:

– Que é? Não tem ninguém em casa!

Em seguida, soam três pancadas rápidas e fortes à porta.

– Puta que pariu – resmungo, indo me certificar de que não estou saindo da cozinha por causa de um incêndio que pode destruir a casa inteira.

Corro até a porta usando o avental vermelho de poás brancos e babadinhos da minha mãe e abro a porta.

– Ah, era só o que me faltava – digo no instante em que vejo o que está à minha espera, e torno a fechar a porta, passando o ferrolho e a corrente.

– Callie – diz a Ellen, do outro lado da porta. – Nós viemos em paz.

– Não sei nada disso de paz – diz a Willowdean. – Mas será que não pode pelo menos fingir que tem uma gota de educação e deixar a gente entrar?

– O que vocês querem? – berro de volta.

– Diz a ela – escuto a Willowdean cochichar.

Ellen fala alguma coisa baixo demais para eu ouvir.

– Estamos aqui numa missão – berra a Amanda.

– Não por você – esclarece a Willowdean.

– Estamos aqui pela Millie – diz a Hannah.

– Que Millie?

– Já chega – diz a Willowdean. – Callie Reyes, juro pela Dolly Parton que se você não abrir essa porta, vou sentar a minha bunda aqui até a sua mãe chegar em casa, e, se ela for parecida com a minha, tenho certeza de que vai adorar meter o bedelho nos seus assuntos pessoais.

Solto um bufo pelo nariz e abro uma tranca de cada vez antes de finalmente afastar a porta alguns centímetros.

– Muito bem – digo, sem fazer menção de convidá-las a entrar. – Vamos acabar com isso logo de uma vez.

Abro a porta e encontro as quatro paradas com uma expressão severa e os braços cruzados.

Hannah revira os olhos.

– Isso é pura perda de tempo – diz ela em voz baixa.

– Concordo – resmungo, enquanto elas entram em fila.

Na cozinha, sentamos em volta da mesa, mas não há cadeiras suficientes.

– Prefiro ficar de pé – diz a Amanda.

Dou de ombros e me jogo na cadeira que tinha puxado para ela.

– Isso é algum tipo de intervenção militar?

Willowdean olha para a Ellen com os olhos arregalados, dizendo a ela para falar primeiro, mas a Ellen a manda ir em frente meneando o queixo, do mesmo jeito como a minha mãe faz quando tenta se comunicar comigo numa sala cheia de gente.

— Nunca achei que você fizesse o tipo doméstico — diz a Willowdean finalmente.

— Vocês vieram aqui para me oferecer dicas de culinária ou por alguma outra razão ordenada por Deus? — rebato.

Hannah tamborila com as unhas, que foram pintadas com marcador permanente preto.

— Não, mas se quiser me fazer o favor de completar a minha prova final de habilidades básicas preparando um empadão enquanto está com a mão na massa, eu não me zangaria.

Amanda fareja o ar.

— O cheiro está uma delícia.

Willowdean cruza os braços e olha para a Ellen mais uma vez.

— Nós não te achamos uma pessoa horrível. E isso pra nós foi uma grande surpresa.

Ellen revira os olhos.

— O que a minha amiga está tentando dizer é que a gente te conheceu um pouco melhor nos últimos meses, graças a Millie. E, enfim... a Amanda pôs a gente por dentro de tudo que aconteceu.

Amanda se recosta na bancada, cruzando os tornozelos. Ela revira a cesta de frutas e pega uma maçã.

— Tipo, até o seu colar no vídeo da academia. — Ela aponta para mim, os olhos franzidos enquanto dá uma mordida na maçã, e, com a boca cheia, acrescenta: — Aliás, eu tinha certeza de que tinha sido você que empapelou o corredor principal com aquela lista de sujeiras das Shamrocks ou fosse lá o que fosse.

— Tá — diz Hannah —, mas aquilo foi, tipo, superóbvio.

— O que vocês querem? — pergunto num tom exasperado. — Tenho uma porrada de coisas pra fazer.

Ellen se remexe na cadeira, cruzando as pernas ora para um lado, ora para o outro.

— O que nós estamos querendo dizer é que de algum modo começamos a te considerar uma amiga.

— Uma conhecida que era dublê de amiga — corrige a Willowdean.

Ellen estapeia a sua coxa antes de continuar:

— E amigas dizem a amigas quando elas estão sendo ridículas.

Meus olhos vão de uma outra, feito uma bola de pingue-pongue.

— Amigas? — pergunto. — Ha! Vocês estão delirando? — Sei que estou bancando a durona, mas já começo a me sentir amolecendo um pouco. Talvez sejam as semanas que passei sem a Millie, mas essa súbita, minúscula pitada de... não é bondade... mas também não é maldade... enfim, está apelando para o meu lado sensível.

— Eu não abusaria da sorte se fosse você — Willowdean me diz. E faz uma pausa antes de acrescentar: — No começo, nós...

Ellen dá uma cotovelada nela.

— Eu — continua a Willowdean. — No começo, *eu* não entendi o que a Millie tinha visto em você.

— Não — diz Hannah. — Essa declaração indiscutivelmente exige um *nós*. Assinada por todas.

Um sorriso profundamente satisfeito se espalha no rosto da Willowdean.

— Você é meio egoísta, grosseira e não é lá muito divertida. Mas aí você começou a aparecer mais vezes, e... enfim, acabou se tornando razoavelmente divertida.

Amanda levanta a maçã como se fosse um cinzel.

— Para o seu governo, eu te acho divertidíssima.

— E inteligente — diz a Ellen. — E leal — acrescenta.

— Eis aí uma coisa com que você não tem muita experiência — rebato.

Ellen engole em seco.

— Tem razão. Depois que a Willowdean e eu fizemos as pazes, eu certamente não fui leal.

— Você me deu um fora — digo a ela, a voz sem emoção nenhuma, porque não posso correr o risco de deixá-la saber como isso fez com que eu me sentisse péssima.

Ela balança a cabeça.

— Sim. Sim, eu dei. Mas poxa, Callie, você também precisa saber que nem sempre foi uma pessoa de quem tenha sido fácil ser amiga. Putz, se alguém ia dar um jeito em você, seria a Millie. Por isso, desculpe por ter te abandonado depois do concurso, mas também fico feliz por ter tido uma chance de conhecer essa sua versão nova e melhorada de si mesma.

— Eu entendo por que você está zangada – diz a Willowdean. – Pelo fato de a Millie não ter te contado que foi ela quem te reconheceu no vídeo. Digamos que eu também tenho um pouco de gênio. Mas isso teria mudado alguma coisa?

— Eu poderia não ter feito aquela lista – digo a elas. – Com todos os segredos. Ou passado tanto tempo com ódio das Shamrocks, garotas que eram minhas amigas.

— Garotas que te deixaram levar a culpa sozinha – corrige a Ellen com voz suave. – Olha, não acho que adiante apontar a sua raiva numa ou noutra direção. A situação toda foi desastrosa, mas aconteceu.

Meus braços caem ao longo do corpo. Não tinha me dado conta de que esse tempo todo estavam cruzados com tanta força.

Willowdean pigarreia.

— E você tem que superar isso. Não faz sentido jogar fora uma amizade maravilhosa por causa de uma história que já passou.

— E a Millie precisa de você. – Amanda joga o talo da maçã na lata de lixo do outro lado da cozinha. – Ela não conseguiu entrar no curso da UT, e agora vai voltar para a Fazenda Margarida. Você entende a gravidade disso, não entende?

E essa notícia é como um soco no estômago. Sacudo a cabeça.

— Ah, meu Deus. Como puderam não aceitá-la? E ela jurou que não voltaria para o spa!

Amanda balança a cabeça.

— Exatamente. Tentei fazer com que ela caísse em si, mas, se você realmente se importa com a Millie, talvez devesse tentar, também.

Ellen e Hannah se levantam e se juntam a Amanda.

— Olha – diz a Ellen –, se algum dia quiser...

— Eu sou, tipo assim, superciumenta – exclama a Willowdean, ainda sentada firmemente na cadeira. – Sabe o dia em que a gente aprendeu a compartilhar no ensino fundamental? Provavelmente eu faltei. Mas o que a Ellen está tentando dizer é que se algum dia você quiser sair...

– A gente não se importa de ter um "estepe" – conclui Ellen. – Ou dois, três, quatro, ou seja lá quantos forem.

Fico observando as quatro com ar desconfiado.

– Obrigada por tocarem a campainha sem parar.

Depois que elas vão embora, deslizo pela porta até o chão, ainda usando o avental da minha mãe. Shipley me fareja, à procura de sobras, antes de se sentar ao meu lado, e eu faço carinho nas suas orelhas macias.

Não consigo calar o meu cérebro. A equipe de dança e a culpa por eu ter sido pega, seja lá de quem tiver sido. A Millie sendo rejeitada pelo curso de telejornalismo. A Ellen. A Willowdean. Droga, até a Amanda e a Hannah. Tudo isso fica girando na minha cabeça e eu mal consigo assimilar, portanto faço o que faria nos tempos de crise da Shamrocks. Estabeleço prioridades.

Qual é a única coisa que eu posso realmente consertar? Não sei se ainda resta algo a ser salvo com a Sam e com a Melissa. E a Millie... bom, eu sei que preciso ir até ela. Tenho que dar um jeito de consertar as coisas. Não só por causa das patadas que dei nela, mas porque não posso deixar que volte para a Fazenda Margarida. Não depois do jeito como ela falou de todos os verões que passou lá e de como esse seria o ano em que tudo mudaria. Ela estava tão positiva e determinada. Muita gente aguenta que cortem as suas asas, mas a Millie não é uma dessas pessoas.

Levanto com esforço do chão e volto à cozinha para terminar de fazer o jantar. Depois que o Keith e eu comemos, guardo o que sobrou para a mamãe e a Kyla.

Quando estou sentada à escrivaninha do quarto com uma caneta na mão e um bloco diante de mim, a mamãe bate à porta já entreaberta.

– Nada mau para uma primeira tentativa de fazer o meu empadão King Ranch.

Sorrio.

– O Keith disse que nem notou a diferença.

Ela revira os olhos.

– Ele tem as papilas gustativas tão refinadas quanto as de um porco. – Ela se encosta à porta e cruza os braços. – Agradeço muito por ter quebrado o galho para mim hoje.

Balanço a cabeça.

– Não deu trabalho.

– Está fazendo o dever de casa?

Deslizo o braço sobre o papel e minto.

– Sim, senhora.

– Boa menina – diz ela. – Boa noite, filhota.

– Boa noite, mãe – sussurro, e ela fecha a porta.

Com a casa ficando em silêncio pelo resto da noite, mando uma mensagem para o Mitch pedindo um favor antes de reler uma última vez o que escrevi.

Mãe,

Primeiro, eu não fugi. Não entre em pânico. Gosto demais da sua comida. Mas fui fazer uma coisa importante, e vou ficar fora durante um ou dois dias. Sei que tenho causado todos os tipos de problemas ultimamente, mas quero que você saiba que essa coisa que eu tenho que fazer não é para mim. É para a Millie. Ela ficou ao meu lado quando eu não nem ao menos sabia que precisava dela, por isso agora é a minha vez de dar o meu apoio.

Pode ficar zangada comigo. Pode me botar de castigo quando eu voltar. Passo o verão inteiro preparando todos os pratos que você quiser para o jantar se esse for o preço, mas preciso fazer essa coisa.

Prometo te mandar mensagens pra você saber que estou bem.

Beijinhos e abraços,

Callie

# MILLIE

# TRINTA E CINCO

Continuo deitada totalmente imóvel na cama, prendendo a respiração. Os arranhões leves na vidraça não param. Isso já está acontecendo há uns cinco minutos. Alguém está diante da janela do meu quarto.

Vou morrer. Vou morrer nas mãos de um assassino arranhador de vidraças.

– Millie – chama uma voz num sussurro gritado.

Em seguida, vem uma batida leve à vidraça.

– Millie! – a voz torna a me chamar.

Dessa vez eu me levanto e vou na ponta dos pés até a janela, antes de puxar as cortinas para os lados e saltar para trás num movimento ligeiro, adotando uma postura de boxe. O que vou fazer? Lutar boxe com o assassino arranhador de vidraças de dentro do quarto? Bem, talvez pelo menos o tio Vernon fique orgulhoso de mim.

Meus olhos se acostumam ao luar enquanto a figura no meu quintal entra em foco.

Ela faz um gesto indicando a janela, e eu dou um passo e levanto a vidraça.

– O que você tá fazendo? Como chegou aqui?

– O Mitch me trouxe – responde ela.

Abafo um arquejo.

– Então vocês dois são, tipo, um casal? Ah, meu Deus, quanta coisa eu perdi.

Ela sorri só um pouco.

– Vai me deixar entrar ou não?

Dou um passo atrás e ela engatinha pela janela graciosamente.

– Você é boa nisso.

Ela dá de ombros.

– Se a Shamrocks me deu alguma coisa, foram equilíbrio e collants. – Ela se senta na minha cama. – Precisamos conversar.

Visto o penhoar cor-de-rosa felpudo e me sento ao seu lado.

– Estou tão feliz por te ver – digo. – E me perdoe por não ter chegado a...

Ela abana a cabeça, me interrompendo.

– Em primeiro lugar, você não tem nada por que se desculpar. Em segundo, vamos ter que deixar a reconciliação comovente pra mais tarde, porque temos pouco tempo.

– Como assim?

– De carro até Austin são sete horas. – Ela dá uma olhada no celular. – Já passa da meia-noite. Assim que você arrumar uma sacola e a gente cair na estrada, já vão ser quinze pra uma. Com as paradas, vamos chegar lá por volta das nove.

Meus olhos se arregalam. Será que ela bateu com a cabeça?

– Austin? Do que está falando?

Ela segura minhas mãos entre as suas.

– Nós vamos dar um jeito de você entrar naquele maldito curso de telejornalismo, Millicent Michalchuk.

– Eles já me rejeitaram – conto a ela.

– Não – rebate. – Eu rejeito a rejeição deles!

– Mas o que eu poderia dizer?

– Que tal "Meu nome é Millicent Fodona Michalchuk, e vocês cometeram um erro. Mas têm sorte por eu estar aqui para ajudar a consertar o dito-cujo"?

Sorrio.

– Bem, talvez sem o palavrão.

– A gente decide os detalhes no caminho. A questão é que eu cheguei na internet e os candidatos que foram aceitos têm até amanhã para responder, por isso acho que, se conseguirmos chegar até lá, ainda vamos ter uma chance.

– Não sei. – Abano a cabeça. – Minha mãe já pagou o depósito da Fazenda Margarida, e ela me mataria se soubesse que eu fugi para Austin de madrugada.

Callie volta a segurar minhas mãos.

– Millie, você é a pessoa mais fodona que eu conheço. Sua mãe ficaria decepcionada com você por fazer tudo que ela não planejou em detalhes para o seu futuro. Mas você tem que viver a vida que você quer. Não a que ela acha que você deveria viver. – Ela fecha os olhos por um momento e morde os lábios antes de continuar: – Nunca levei muita fé na religião, na escola, nem mesmo nas pessoas. Mas Millie, eu levo fé em você. As pessoas nem sempre vão acertar na primeira tentativa. Nem sempre vão dizer sim quando deveriam. E, às vezes, você tem que engolir o sapo e seguir em frente, mas outras vezes tem que se recusar a aceitar um "não" como resposta. Durante as próximas vinte e quatro horas, a palavra "não" vai deixar de fazer parte do nosso vocabulário.

Solto um suspiro trêmulo.

– Me dá um minuto para arrumar uma sacola e pegar as chaves. Acho que vamos de carro para Austin, não?

– Prometo te manter acordada o tempo todo e cantar a música que você escolher com a voz mais alta e odiosa possível.

– Feito – digo. – Austin ou nada?

– Austin ou nada.

---

Depois de arrumar minha sacola de viagem lilás, saio de fininho pela garagem, cuja porta abro manualmente para fazer menos barulho, e encontro a Callie na entrada de carros. Ela carrega uma mochila e dois sacos de batatas fritas.

– Eu devia pegar uma garrafa de água pra gente – sussurro ao abrir a porta da minivan para ela.

Dou um rápido pulo em casa e pego uma braçada de garrafas de água e algumas bananas, porque, se vou mesmo fazer isso, não custa levar uma dose extra de potássio.

Quando nos acomodamos no carro, verifico cada espelho duas vezes e ligo a ignição. Os faróis se acendem, iluminando a figura parada diante do capô. Não sei se é por causa da adrenalina, mas meus nervos desembestam.

– Millie? – chama meu pai.

Abafo um grito. *Droga.*

– Vamos nessa – diz Callie. – A gente explica depois.

Papai está lá parado, com uma calça de pijama e a camiseta de PAI DO ANO que fiz para ele quando estava no sexto ano com letras termocolantes. Não posso me imaginar deixando-o ali sem sequer uma breve explicação.

– Me dá um minuto – peço a ela.

Ela segura meu ombro.

– Você está fazendo isso pelos motivos certos, Millie. Não se esqueça.

Desligo o carro e desço.

Papai esfrega os olhos.

– Aonde vai a essa hora?

– Contestar a minha rejeição no curso de telejornalismo da UT.

– Você vai... você vai para Austin? De madrugada? Millie, é uma viagem de seis horas!

– Quase sete horas – corrijo-o.

– O que leva sete horas? – Minha mãe aparece atrás do meu pai, emoldurada pela porta da nossa casa. Ela puxa o penhoar – no mesmo estilo do meu – com força sobre o peito. Dá para ver o ar confuso e sonolento nos seus olhos, que passam do meu pai para mim, a minivan e a Callie sentada no banco do carona. – O que está acontecendo aqui? E por que essa garota está na nossa van? Millie, o que está fazendo? – A cada palavra, o pânico na sua voz aumenta.

– A viagem até Austin – respondo. – Leva sete horas. Vou para Austin com a Callie para protestar contra a decisão do curso de telejornalismo.

Mamãe dá um passo em minha direção.

— Ah, querida, nós já conversamos sobre isso. Você vai voltar para a Fazenda Margarida. — Ela olha para meu pai em busca de apoio. — Esse é o verão. Eu sinto isso. Não é verdade, Todd?

Mas meu pai não diz nada. E se recusa a olhá-la nos olhos.

Eu me preparo.

— Eu vou, sim — digo a ela. — Não vou conseguir me olhar no espelho se ao menos não tentar.

Ela avança mais um passo e dessa vez passa o braço ao meu redor, mas meus ombros estão rígidos e inflexíveis.

— Minha Millie, minha doce Millie. Eles assistiram ao seu vídeo de apresentação. E recusaram você por algum motivo.

Dou um passo atrás, saindo do seu alcance.

— Então, no mínimo, eu mereço saber qual foi.

Sua expressão endurece.

— Eu te proíbo — diz ela. — Eu te proíbo de ir para Austin com essa garota, a mesma que destruiu o estabelecimento do seu tio, e de madrugada, ainda por cima.

Fecho os olhos. Não quero magoar minha mãe, mas não sei mais o que fazer para que ela entenda.

— O problema não sou eu — digo a ela. — Não é por isso que você está tentando me impedir. O problema é você e a sua obsessão em me transformar na pessoa que sempre quis que eu fosse. Mas eu não sou você. Eu te amo. Mas não sou você. Não posso passar o resto da minha vida obcecada com dietas, em busca da solução milagrosa.

Minha mãe está chocada. Pela sua expressão, é como se eu tivesse acertado uma frigideira na sua cara.

— Mãe — digo. — Pense em toda a energia que você gastou tentando perder peso. É quem você é. É toda a sua identidade. Mas não precisa ser. Papai te ama. E eu também. E certamente não é por causa da sua lasanha com baixo teor de carboidratos.

O rosto dela parece prestes a entrar em erupção de tanta raiva ou desfazer-se em lágrimas.

— Essa discussão acabou — diz, dizendo cada sílaba exageradamente por entre os dentes. — Já para dentro. Seu pai leva a Callie para casa. E nós certamente vamos ter uma conversa com os pais dela.

— Não. — Minha voz está firme. — Não posso viver com a pessoa que você quer que eu seja. Principalmente quando sei exatamente quem eu quero ser.

— Millicent. Ranea. Michalchuk — diz ela, agora em meio a lágrimas furiosas.

— Millie — chama meu pai.

Quase já tinha me esquecido de que ele está aqui.

— Tem dinheiro para a gasolina? — pergunta. — Para as refeições?

Faço que sim, tentando ao máximo esconder a euforia. Mamãe pode estar errada, mas não adianta esfregar isso na sua cara.

— Sim, senhor.

— Então, vai nessa. Pare se ficar cansada. Não me importo se tiver que pagar um quarto de hotel com o cartão de crédito de emergência. Quero receber um telefonema de hora em hora. Não me importo que horas sejam.

Faço que sim, eternamente grata a ele por esse momento. Papai nunca foi de contrariar uma decisão de mamãe ou de minar a sua autoridade, mas, já que resolveu pisar nos calos dela, fico muito feliz que tenha escolhido esse momento para fazer isso.

Minha mãe solta uma gargalhada.

— Todd, você não pode estar falando sério.

Ele se vira para ela.

— Tão sério como no dia em que me casei com você.

Ah, hoje ele vai dormir no sofá, não tem nem talvez.

Abraço meu pai.

— Obrigada — sussurro.

Minha mãe fica lá parada, os lábios rigidamente franzidos e os braços cruzados.

Dou um abraço nela. É como abraçar um pilar de pedra, mas mesmo assim eu a abraço.

— Te amo, mãe.

Ela não responde.

Entro na minivan e saio do jardim, sempre tendo o cuidado de observar os espelhos.

— Põe o cinto de segurança — digo a Callie.

— Você está bem? — pergunta ela.

Aceno para os meus pais enquanto ele fecha a porta da garagem. No momento em que não posso mais vê-los, piso no acelerador.

– Sim. – Seco as últimas lágrimas. – Estou bem.

Ela abaixa o vidro da janela.

– Austin ou nada! – berra.

Abaixo o vidro da minha também e tiro uma das mãos do volante, coisa que raramente faço. Meu braço se pendura na janela, cortando o ar quente, e eu saio da cidade com a Callie Reyes sob o disfarce da noite. Eu estou bem.

# CALLIE

# TRINTA E SEIS

Nas duas primeiras horas de viagem, a energia pulsando entre nós duas é absolutamente tangível. Faço o papel de copiloto e de DJ, enquanto a Millie mete o pé na tábua ao som de velhos hits da Britney Spears, do Destiny's Child e até alguns da Dolly Parton, que ela jura que a ajuda a sintonizar seu lado mais corajoso.

Por volta da terceira hora, paramos para abastecer o tanque e comprar uns petiscos, inclusive um daqueles buquês de pirulitos Tootsie Pops. Já fiz essa viagem com a minha família algumas vezes, por isso sei que não tem muito mais do que planície e uma ou outra montanha na periferia de Austin, mas a sensação de fazer esse percurso à noite é a de atravessar um buraco negro de veludo. Por essas bandas, não há nada além de uma cidadezinha aleatória de vez em quando, e motoristas esporádicos fazendo a longa viagem de ponta a ponta do Texas.

Quando estamos voltando para a estrada, Millie põe a mão no botão do rádio para aumentar de novo o volume da música, mas eu o desligo. Não quero distraí-la da missão que tem pela frente, mas também preciso dizer uma coisa.

— Não devia ter estourado com você como estourei — digo a ela.

— Mas eu devia ter te contado. Logo no começo. Podia ter tirado essa pedra do caminho de uma vez.

— Mas eu entendo como te deixaria nervosa fazer isso. Não sou uma pessoa que se pode considerar tranquila.

Ela ri.

— Isso é verdade. Mas é exatamente do que eu gosto na sua personalidade. Você é intensa, e não se importa que saibam disso.

Caio na risada.

— Não sei se muitas pessoas considerariam essas qualidades desejáveis.

Millie faz que não, resoluta.

— Sabe quanta gente passa a vida inteira fingindo que não se importa? Você não é assim.

Suspiro.

— Bem, acho que eu me importo um pouco. Gostaria de não ter divulgado aquela lista de segredos.

Os lábios da Millie se curvam para baixo.

— Eu também. Me sinto muito mal por aquilo, sinceramente.

— Não que aquelas garotas não tenham me ferrado. Elas me deixaram pagar o pato pela equipe inteira. Mas... sei lá. O que eu fiz... foi errado.

— Talvez você pudesse fazer alguma coisa para recompensá-las — diz Millie.

Dou uma risada.

— Tipo o quê? Levar água pra elas durante os ensaios?

— Acho que você seria uma levadora de água muito fofa, mas não, estou falando de outra coisa. Tipo, é uma droga que a academia tenha sido obrigada a suspender o patrocínio e que vocês tenham reagido como reagiram, mas nada disso é o verdadeiro problema.

— Experimenta dizer isso pra Inga — resmungo.

— O verdadeiro problema é que a administração da escola reserva uma parte enorme do orçamento para o time de futebol americano, e o que sobra para as outras equipes é uma merreca! A Shamrocks tem o melhor recorde em competições de todas as equipes da CCHS. Vocês deviam ter recebido uma verba muito maior. Francamente, isso é pu...

— ...taria! — grito. — É uma putaria! — Ela tem razão. Esse é o verdadeiro problema. Venho dizendo isso há anos. E a equipe inteira também. Mas ninguém quis ouvir.

— Bem, eu ia dizer "pura injustiça", mas também é pu-et cetera.

— E o que eu posso fazer em relação a isso?

— Se há uma coisa que eu aprendi, de observar a política local, é que as decisões são tomadas por aqueles que marcam presença.

— Ah, é?

— E ninguém marca presença nas reuniões da administração da escola — arremata Millie.

Passamos as horas seguintes discutindo tópicos, para o caso de eu decidir falar diante da administração da escola. Mas tenho as minhas dúvidas. Para eles, sou só a garota que depredou um estabelecimento comercial da região. Por que me ouviriam? Quando mudo de assunto e pergunto a Millie sobre a sua mãe, ela se cala, o que é bastante atípico, mas não forço a barra.

Logo estamos abaixando os visores e pegando os óculos de sol enquanto avançamos rumo ao amanhecer e ao nosso destino.

———— ★ ————

O tráfego em Austin é horrível, e não estou dizendo isso só porque vivo numa cidade onde os maiores engarrafamentos são causados nas áreas escolares e, mais raramente, em alguma rua onde se acumularam os carros de uma pista lotada de drive-thru.

A mamãe diz que Austin foi feita para ser uma minicidade grande, mas agora está tentando ser uma grande cidade grande ainda usando calças de minicidade grande, coisa que faz um estranho sentido.

Millie é uma motorista exemplar, claro, e abaixa o volume da música. Suas mãos apertam o volante com tanta força que os nós dos dedos começam a ficar brancos.

Quando finalmente chegamos à universidade, a Millie e eu ficamos maravilhadas com o tamanho do campus.

— Acho que esse lugar é do tamanho de Clover City inteira – digo.

— É capaz de você ter razão.

Erramos o caminho algumas vezes antes de finalmente encontrarmos a Faculdade de Jornalismo, mas estacionar são outros quinhentos. O estacionamento mais próximo fica a quase um quilômetro e meio do prédio onde ela funciona.

— Uau – exclama Millie. – Se ter um carro na universidade dá esse trabalhão, acho que vou trocar a minivan por uma scooter.

Por um breve momento, visualizo uma futura versão da Millie voando pelas ruas de Austin numa Vespa azul-celeste.

— Você ficaria um espetáculo – digo a ela.

Ela manobra o carro para uma vaga e puxa o freio para estacionar.

— Bem, antes que isso aconteça, tenho que ficar apresentável. – Ela olha ao redor do estacionamento. – Fica de olho enquanto eu troco de roupa na traseira?

— Pra que mais servem os amigos?

Enquanto ela se vira e revira na traseira, dou uma olhada no celular. Só tenho uma mensagem.

**MAMÃE: Li a sua carta. Conversaremos quando você chegar em casa. Falei com os pais da Millie. Por favor, tome cuidado. Isso não significa que você não está em maus lençóis.**

Solto um suspiro de alívio. Não foi tão horrível assim. Certamente estou de castigo outra vez, mas posso viver com isso.

— Pronto! – diz Millie. – Vamos nessa.

Ao descer da minivan, a Millie está usando o batom vermelho da minha mãe e um vestido preto todo estampado com margaridas.

— Uau – digo. – Acho que nunca tinha te visto de preto.

Ela balança a cabeça, séria.

— Eu queria uma roupa que transmitisse seriedade, sem perder a leveza.

— Leveza séria.

— Exatamente. E as margaridas me pareceram ser a dose certa de ironia. – Ela respira fundo. – Temos que ir antes que eu perca a coragem.

Atravessamos o campus, encontramos o caminho de volta ao prédio de jornalismo e, enquanto estamos paradas nos degraus, estudantes passam por nós, sem nos perceber. Estão muito próximos de nós em idade, mas por algum motivo parecem bem mais velhos.

Aperto a mão da Millie.

Ela balança a cabeça e entramos, ombro a ombro, indo direto para os escritórios do corpo docente.

Paramos diante do escritório da Dra. Michelle Coffinder.

Millie endireita os ombros e desfere três batidas fortes na porta.

Após um momento, uma asiática mais jovem e rechonchuda abre a porta. Está usando uma saia justa com xadrez preto e branco e uma blusa de um amarelo cítrico com estampa de abacaxis. O cabelo encaracolado com mechas turquesa emoldura seu rosto, conseguindo ser rebelde e chique ao mesmo tempo.

Fico observando o rosto da Millie se transformar naquele emoji dos corações no lugar dos olhos. Se essa é a Dra. Coffinder, é a gêmea mais estilosa da Millie de quem ela foi separada ao nascer.

— Dra. Coffinder? — pergunta Millie, num tom entre confuso e maravilhado.

A mulher solta uma gargalhada homérica.

— Não, imagina. Sou a assistente de ensino dela.

— Ah, sim — diz Millie. — Claro. Bem, estou aqui para falar com a Dra. Coffinder.

A porta se abre, revelando um sujeito alto, magro mas musculoso, com cabelos louro-escuros. Se esse cara já não está em algum noticiário, vai estar algum dia.

— Vocês têm hora marcada? — pergunta ele.

— N-n-não — diz Millie, amarelando de repente.

— Mas isso é uma emergência — me intrometo.

O cara lança um olhar irônico de mim para a Millie.

— Qual? — pergunta. — O papai vai deixar vocês de castigo o verão inteiro por levarem pau em comunicação de massa?

— Na verdade, nós não somos alunas — responde Millie. — Estou aqui para falar com a Dra. Coffinder sobre o intensivo de telejornalismo para alunos do ensino médio. Ela é a diretora do curso.

A ficha parece cair para os dois, como se de repente a estivessem reconhecendo.

– Grant, Iris, eu vou almoçar mais cedo – chama uma voz imponente, desprovida de qualquer sotaque, antes de uma mulher mignon com uma cabeleira quintessencialmente texana sair de um escritório ao lado. – Nossa, isso é que é engarrafamento – diz ela, indicando nós quatro parados diante da porta.

– Dra. Coffinder – diz a garota que presumo ser a Iris. – Essas meninas estão aqui para ver a senhora, mas não têm hora marcada.

A Dra. Coffinder se vira para nós. Os cachos de seus cabelos louros são tão perfeitos que sou capaz de jurar que ela dorme com latas de Coca-Cola como bobs. Está usando uma saia justa bege com uma bainha fúcsia, e a regata de seda vinho deixa à mostra seus braços bem definidos. Até eu fico um pouco intimidada ao ver como ela é perfeita.

– Meninas – diz ela –, não há nada que eu possa fazer depois que as notas são postadas. Dei chances de sobra a vocês com trabalhos para melhorarem a média. Se reprovaram, vão ter que passar outro semestre comigo.

– Não – diz Millie. – É sobre o curso de verão que a senhora dirige para os alunos do ensino médio. Por favor. – Sua voz é equilibrada, mas urgente. – Só preciso de um momento do seu tempo.

A Dra. Coffinder:

– E você?

Todos os olhos se fixam em mim.

– Apoio emocional.

A Dra. Coffinder reflete por um momento.

– Vocês vão ter que ser breves. Tem uma van de tacos chamando o meu nome, e, quando a *barbacoa* acaba, já era. Eles encerram as atividades pelo resto do dia.

Millie balança a cabeça.

– Sim, senhora.

# MILLIE

# TRINTA E SETE

Deixo a Callie no escritório principal onde trabalham os professores assistentes e sigo a Dra. Coffinder até seu escritório. Preferiria não ter que fazer essa parte sozinha, mas sigo em frente mesmo assim.

Paro um momento para absorver a sala, com seus painéis de madeira escura e janelas caras. Cada superfície está coberta por pastas e pilhas de papéis. Quase cada centímetro de espaço na parede está coberto por algum tipo de certificado, diploma, prêmio ou retrato com uma das minhas heroínas de todos os tempos.

Suspiro, maravilhada.

– A senhora é amiga da... Christiane Amanpour? – Um retrato das duas no deque de uma casa de praia se encaixa entre um artigo emoldurado e um prêmio da Associated Press.

– Chris é uma velha amiga – diz ela, com um sorriso afetuoso.

A Dra. Michelle Coffinder consegue ser ainda mais bonita na vida real do que a sua foto no website da universidade me fez crer. Porém, mais do que isso, ela dirige um dos cursos de jornalismo mais concorridos do país.

– Em que posso ajudá-la...

– Millie – digo. – Millie Michalchuk.

Ela sorri.

– Millie. Em que posso ajudá-la, Millie?

– Eu fui rejeitada para o curso de verão, e vim saber por quê.

Ela faz que sim.

– Bem, normalmente esse não é um pedido a que atendamos. – Ela solta uma respiração forte, soprando os cachos para cima. – Nossas decisões referentes à admissão dos candidatos são irrevogáveis, mas você pode se candidatar novamente no próximo verão.

Abano a cabeça.

– Não, senhora. Tem que ser esse verão.

– Você está morrendo? – pergunta a Dra. Coffinder.

Reflito por um momento.

– Quem não está?

– Resposta certa. – Ela ri baixinho. – Boa menina.

– Senhora, com o devido respeito, sou a pessoa mais trabalhadora e esforçada que a senhora conhecerá. Sou inteligente, íntegra e... e... vim dirigindo de muito longe.

– Quão longe?

– Clover City, senhora.

– Minha nossa, isso fica para as bandas de Marfa.

– Exatamente – concordo.

Ela abana a cabeça.

– Mas lamento muito, Tillie...

– Millie – corrijo-a.

Ela sorri, como que se desculpando.

– Sim, lamento muito, Millie, mas nossas decisões são irrevogáveis.

– A senhora chegou pelo menos a ver o meu vídeo de apresentação? – pergunto, e minha voz sai num tom de acusação um pouco intenso demais.

A Dra. Coffinder se afasta da mesa, como se estivesse prestes a se levantar e me despachar.

— Na verdade, não. Não até o fim.

— O quê? Sério?

— Bem, não é o nosso processo — explica ela. — Iris e Grant, meus professores assistentes, avaliam as inscrições, e eu dou o voto de Minerva.

— A senhora quer dizer que me rejeitou sem sequer avaliar o meu formulário na íntegra? — Penso no nervosismo horrível que senti no dia em que mandei o formulário. Que grande acontecimento representou para mim. Quanto esforço eu investi nele. E quão sumariamente deve ter sido descartado.

Ela torna a sorrir, mas dessa vez de um jeito um pouco mais azedo.

— Bem-vinda ao mundo acadêmico.

— A senhora não pode pelo menos ver o meu vídeo? Depois de eu vir dirigindo de tão longe, pode fazer pelo menos isso? — Gostaria de poder sintonizar a Callie nesse momento. Ela saberia exatamente o que dizer e o que fazer. A Callie é o tipo de pessoa que não pensa na resposta perfeita cinco minutos tarde demais: já está na ponta da sua língua antes que a última sílaba saia da boca da outra pessoa.

Respiro fundo para me equilibrar. *Uma coisa de cada vez, Millie.*

— Por favor. — Insisto mais uma vez. — Significaria muito para mim pelo menos ter a sua opinião.

Ela dá uma olhada no relógio fininho de prata no pulso.

— Bem, até eu chegar lá e ficar mofando na fila, a *barbacoa* na certa já vai ter acabado. Tudo bem. Vamos ver.

Frenética, reviro a mochila e entrego a ela o celular com o vídeo de apresentação já no ponto.

Ela suspira e aperta o play, afundando na poltrona.

Prendo a respiração, estudando cada movimento no seu rosto, mas ela permanece totalmente impassível.

Depois que me despeço ao fim da apresentação no vídeo, ela joga o celular para mim e eu o pego desajeitadamente.

— Bem, certamente já vi piores. Seus trocadilhos são infames, mas sem deixar de ser... fofos? — Ela me analisa por um momento. — Fui eu que dei o voto de Minerva em relação à sua inscrição, Millie.

— Ah. — Não sei por quê, mas não estava esperando por isso. Ela tinha sido supersimpática e receptiva, embora eu a tivesse impedido de ir almoçar. Mas foi ela. Foi ela quem me rejeitou.

Ela se levanta e senta na beira da mesa, cruzando os braços.

— Grant — diz ela —, o professor assistente parecido com o boneco Ken que está lá fora, votou contra você, e Iris a favor. — Ela sorri ao pronunciar o nome de Iris, e percebo que tem um carinho especial por ela. — Os dois defenderam suas opiniões sobre você, e eu concordei com uma delas.

— As opiniões deles sobre mim?

— Grant disse que você ficaria melhor atrás das câmeras ou no rádio. Iris discordou. — Seu cenho se franze, e vejo que, pela primeira vez, ela se sente um pouco desconfortável. — Veja, Millie... e quero que saiba que não concordo com isso... há uma certa aparência que se espera que os repórteres tenham. É arcaico, mas é o que vende. Aparecer na tevê está em função do ibope, o ibope em função dos comerciais, e os comerciais em função do dinheiro.

Não respondo. Não sei exatamente como responder. Estou me sentindo como se tivesse dado com a cara numa parede de tijolos.

A Dra. Coffinder deve perceber o quanto estou atordoada.

— Quando eu era menina, a única coisa que eu levava a sério era o balé. Eu o amava. Eu o respirava. Meus pais gastaram muito dinheiro e tempo me levando a aulas e me mandando para oficinas e cursos prestigiosos, renomados, mas, no fim das contas, quando chegou a hora de eu me profissionalizar, ninguém me quis. Pés inadequados. Baixa estatura. — Ela diz isso com a maior simplicidade, como se já lhe tivesse sido repetido tantas vezes, que chega a ouvir quando dorme.

Sinto um aperto no coração por ela.

— Isso é horrível.

Ela assente de um jeito agressivo.

— Sim, exatamente. Foi horrível. Alguém poderia ter me poupado anos de dor e sofrimento. Eu poderia ter passado todos aqueles anos me concentrando em alguma coisa que realmente fosse capaz de realizar. Entende agora?

— Não — respondo em voz baixa. — De forma alguma. O que é horrível é que a pessoa tenha que ter uma certa altura ou um certo tipo de pés para ser uma bailarina. Mas, quanto a sua altura e seus pés, nenhum deles é horrível.

— Vai dizer isso para o meu podólogo – resmunga ela. – Millie, talvez você me agradeça um dia. Você é uma menina inteligente. Há mil coisas que pode fazer. Entenda, metade dos apresentadores de telejornais são só leitores de notícias. Alguns são verdadeiros jornalistas, mas é uma raça em extinção. Estou realmente te fazendo um favor. Poupando um tempo valioso da sua vida.

— Eu sei o que a senhora está tentando fazer – digo a ela. – Mas já tomei uma decisão em relação ao telejornalismo. – Levanto e ponho a mochila nas costas. – Não sei se alguém tem uma verdadeira vocação. Não posso afirmar que a senhora estava destinada a ser bailarina, jornalista, cientista social ou o que for, mas o que *posso* dizer é que uma pessoa deveria ter o direito de ser qualquer uma dessas coisas, independentemente da altura ou dos pés. – Faço um gesto indicando meu corpo de alto a baixo. – Ou do peso.

— Eu não disse que isso era certo – admite ela, a voz mais tímida do que eu esperava.

— Pense em todas as ocasiões em que tentou se tornar uma bailarina profissional e alguém lhe disse não. Como a sua vida teria sido com um único sim? Não há como saber. – Aponto para a sua mesa, como se o meu formulário pudesse aparecer ali num passe de mágica. – A senhora sabe que eu tenho talento. Pois se até eu sei que tenho talento! Só preciso que diga sim. Alguém fechou a porta para a senhora, mas a senhora tem a chance de abri-la para mim.

Seu interfone toca, rompendo o silêncio carregado entre nós. Ela se inclina para trás e aperta um botão.

— Sim?

— Dean Gomez está na linha três – diz Iris pelo alto-falante.

— Obrigada – agradece a Dra. Coffinder. – Já vou atender. – Ela torna a olhar para mim. – Millie, tenho que lhe pedir para ir embora. Lamento informar que mantenho a minha decisão. Mesmo que quisesse mudar de ideia, já atingimos a nossa capacidade. Tente se inscrever em algum outro curso do programa no ano que vem.

Balanço a cabeça. *Não vou chorar. Não vou chorar. Não vou chorar.* Vou continuar aqui com o meu vestido de humor sério e o meu batom que é do tom perfeito de vermelho e endireitar os ombros e dizer:

— Obrigada pelo seu tempo, Dra. Coffinder. Essa não será a última vez que a senhora ouvirá falar em Millie Michalchuk.

A Dra. Coffinder me dá um sorriso cerimonioso e indica a porta.

Volto para o escritório principal, onde a Callie está à minha espera. Estendo a mão para ela segurar, porque acho que o único modo de conseguir suportar essa decepção é me sentindo fisicamente conectada a ela, para sentir que está suportando a dor ao meu lado. Não olho para a Iris ou para o Grant. Apenas me dirijo à saída e aperto a mão de Callie com todas as minhas forças.

– E aí? – sussurra ela.

Abano a cabeça, e, quando a porta se fecha às nossas costas, a primeira lágrima cai.

– Não. Foi um não.

Ela também aperta a minha mão, saímos em silêncio do prédio e atravessamos um dossel de árvores em direção à minivan.

Conto as lágrimas que caem. Vinte e oito, até os olhos finalmente secarem. Eu as conto porque quero lembrar qual foi o preço dessa desilusão. Torço e rezo para que algum dia, quando contar todas as minhas lágrimas, qualquer que seja a vida que eu esteja levando, tenha valido a pena.

– Esperem! – grita uma voz atrás de nós. Nenhuma das duas se vira. O campus está lotado de gente. Não há a menor possibilidade de aquela única voz se dirigir a nós.

– Esperem! – torna a gritar a voz. – Millie!

Callie para antes de mim. Quando nos viramos, vemos a Iris correndo pela colina acima em nossa direção. Seus óculos gatinho com glitter brilham suavemente na luz do sol filtrada pelas árvores. Se eu estivesse mais bem--humorada, seria capaz de lhe perguntar onde os comprou.

Quando ela chega a nós, empurra os óculos para o alto dos cachos e aperta um longo envelope branco contra o peito. Levanta a mão por um momento para pedir que esperemos enquanto recupera o fôlego.

– Aqui – diz ela, me estendendo o envelope. – Uma lição pra vocês, meninas: saias justas não foram feitas pra correr.

– O quê? – Abro o envelope, retirando os papéis. – O que é isso?

Ela põe as mãos nos quadris.

– É o seu pacote de boas-vindas – diz, com a maior naturalidade.

– Mas eu acabei de... A Dra. Coffinder acabou de...

Iris engole em seco, ainda recuperando o fôlego.

– Eu estava ouvindo atrás da porta o tempo todo, e tenho que abrir um parêntesis para dizer que você é tão poderosa quanto o seu vídeo de apresentação me fez acreditar. Então, depois que você saiu, eu entrei lá e disse à Dra. C que um aluno tinha recusado a vaga. E ela é minha orientadora de doutorado, por isso eu não queria me meter demais nem nada, mas disse a ela muito educadamente que achava que tinha se enganado em relação a você.

– Ah, meu Deus, você não precisava ter feito isso.

– Mas fiz. Millie, eu votei em você porque você mandou bem. Não só porque é gordinha como eu. – Ela levanta um punho. – Mas não me entenda mal. Orgulho gordo! Rebeldia, diga não a dietas, et cetera e tal.

– Rebeldia, diga não a dietas? Gostei. – Lembrete: acrescentar a frase à minha lista de futuros bordados.

Iris continua:

– A Dra. C sempre foi muito legal comigo, e isso provavelmente porque eu me concentro mais nos bastidores com a produção, mas ela estava enganada em relação a você. E ela também sabia disso. Ela me mandou sair do escritório e me chamou de volta uns cinco minutos depois, antes de concordar em te dar a vaga. – Ela revira os olhos. – Olha, a Dra. C não vai admitir que cometeu um erro tão cedo. Provavelmente vai passar o verão inteiro te tratando como se você tivesse algo a provar, mas acho que você está à altura do desafio, não?

Aperto o envelope contra o peito como se fosse feito de ouro. Agora, nem me dou ao trabalho de secar as lágrimas.

– Obrigada. Muito obrigada!

– Não tem pelo que agradecer – diz ela. – Basta provar que estou certa no verão.

Balanço a cabeça febrilmente.

– Juro que vou.

Ela indica o envelope.

– E é melhor correr com essa papelada. Assinatura dos pais e todo o resto.

Engulo em seco.

– Ela vai te enviar o mais depressa possível – afirma Callie.

Eu já quase tinha esquecido que ela está aqui.

Agradeço a Iris mais uma vez e pergunto se posso dar um abraço nela, antes de apertá-la até quase sufocar.

Quando estamos voltando para o carro, de braços dados, eu me viro para a Callie.

– Tenho que convencer os dois a concordar.

– Você vai – garante ela. Mas nem Callie parece ter certeza disso.

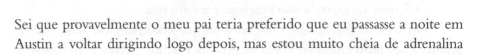

Sei que provavelmente o meu pai teria preferido que eu passasse a noite em Austin a voltar dirigindo logo depois, mas estou muito cheia de adrenalina para sequer pensar em dormir. E, com a assinatura dos dois me assombrando feito um fantasma, só voltar para casa já me deixa nervosa.

Callie e eu paramos para comer em South Congress num lugar chamado Home Slice Pizza. É a primeira vez que estaciono a minivan fazendo baliza numa rua movimentada, o que infla um pouco o meu ego. Antes de sair da cidade, paramos na Amy's Ice Cream, onde pedimos duas casquinhas de nata, a minha misturada com Oreos e a de Callie com morangos.

Quando voltamos para Clover City, deixo a Callie em casa primeiro.

– Sua mãe vai ficar superzangada – digo.

– Valeu a pena – diz ela. – Além disso, você é, tipo, a queridinha dela, por isso ela é capaz de apoiar a causa.

Não sei como agradecer. Fico tentando encontrar a maneira perfeita. Estacionando o carro, eu me viro para ela.

– Eu te adoro, Callie, e me sinto muito feliz por você ser minha amiga. – Abano a cabeça, incrédula, me lembrando dos arranhões na minha janela ontem à noite. – Eu nunca teria conseguido sem você. Passo muito tempo dizendo a mim mesma para ser corajosa, mas é você que me dá coragem.

Ela ri, e o riso sai quase como um soluço.

– Sua cretina. Está me fazendo chorar. Também te adoro, Millie. Não é ridículo que nós tenhamos vivido juntas nessa cidade por tanto tempo e demorado tanto pra ficarmos amigas? – Ela seca uma lágrima com o nó de um dedo. – Você também me dá coragem. Você me dá coragem o bastante pra ser a pessoa que eu sou e não a que penso que devo ser.

Eu a puxo para um abraço antes de ela entrar em casa.

Como me mantive em contato com papai de hora em hora, conforme prometido, meus pais sabiam que eu chegaria logo. Estão esperando por mim na cozinha quando chego.

– Oi – digo, antes de largar o envelope de boas-vindas em cima da mesa, na esperança de que ele fale por mim.

Meu pai faz um gesto para que eu me sente, e minha mãe parece não ter tomado banho, dormido ou penteado o cabelo desde que saí. Ela está sentada de braços cruzados, mas não parece zangada como quando a porta da garagem se fechou de madrugada. Mais confusa do que qualquer outra coisa.

– Eles me aceitaram. – As palavras irrompem de mim como um segredo impossível de guardar.

– Puxa... uau – diz meu pai, as palavras saindo como um grito contido. – Fizeram um grande favor a si mesmos.

– Obrigada, pai. – Olho para minha mãe. – Mas não posso fazer isso sem vocês. Preciso da sua permissão, é claro. E aí nós teríamos que ver se conseguimos que a Fazenda Margarida devolva o depósito. E isso também conta como crédito na universidade. Só para constar.

Meu pai pega o envelope e dá uma olhada por alto nos papéis, incluindo o plano de pagamento da matrícula.

– Parece bem razoável – diz ele. – Certamente não é tão caro quanto spa. – Ele ri baixinho e dá uma cutucada na minha mãe para que entre no espírito do comentário, mas ela se mantém apática.

Sou grata pela boa vontade do meu pai. Muito grata. Mas ele não é o único que eu quero ouvir.

– Mãe? – pergunto. – O que você acha?

Ela olha para o meu rosto pela primeira vez desde que entrei.

– Acho que você é uma pessoa diferente da menina que eu criei. – Sua voz sai sem entonação.

Isso me deixa sem fôlego. Sinto as palavras até os ossos.

Ela passa as mãos pelo rosto sem maquiagem.

– Mas talvez isso não seja tão horrível assim. – Meu pai aperta seu ombro antes que ela continue. – Não sei o que pensar de tudo que você disse hoje e, para ser honesta, de coisas que disse semanas atrás, mas, se é o que realmente quer... – Ela faz uma pausa. – Eu te apoio, Millie.

Levanto e corro até o outro lado da mesa para abraçá-la. Aperto-a com força e, após um momento, ela retribui. Como estou sempre tentando me antecipar, é difícil não pensar num futuro comigo e a mamãe saindo para fazer compras e ela se divertindo sem se preocupar com o tamanho do jeans ou o pneu na barriga. Talvez ainda vá demorar muito, ou talvez ela nunca chegue lá, mas o fato de ter concordado em me apoiar é tudo que eu sempre quis.

Afasto-me alguns passos. Tenho uma última coisa a dizer.

— E vocês precisam saber que eu tenho um namorado. O nome dele é Malik e ele não é negociável.

Mamãe me olha com desconfiança. Talvez eu esteja abusando da minha sorte.

— Bem, sobre isso eu não sei. Há certas regras básicas a considerar.

— Que tal começarmos convidando o rapaz para jantar, e depois vemos como fica? — pergunta papai, e então se vira para mamãe. — O que acha?

— Bem, acho que é melhor conhecermos oficialmente esse homem misterioso.

Dou um gritinho eufórico antes de ir para o meu quarto e mandar uma mensagem para o Malik. Temos mil coisas para pôr em dia nas nossas poucas e últimas semanas juntos antes de eu viajar. E é claro que eu tenho um bota-fora para planejar!

Despenco na minha cama, vendo o ventilador de teto girar na velocidade mínima. Por muito tempo, pensei que o poder do pensamento positivo me sustentaria. E ajuda, com toda a certeza. Mas é preciso mais do que pensamentos, esperanças, desejos e orações. É preciso uma dose cavalar de ação.

# CALLIE

# TRINTA E OITO

Passada a primeira semana de junho e dois dias após o início das férias de verão, a mamãe estaciona diante da prefeitura numa vaga de duas horas.

Ponho a mão na maçaneta da porta.

– Achei que você só ia me deixar aqui.

Ela ri baixinho.

– Se a minha filhota vai falar com a administração da escola, quero estar presente para assistir.

Ela checa o batom no espelho retrovisor e estende o tubo para mim.

– Quer passar um pouquinho?

– Claro. – Não sei se o batom vai ajudar a fazer com que aqueles velhotes me escutem, mas a essa altura estou topando experimentar qualquer coisa. Puxo o meu espelho para baixo e aplico cuidadosamente.

Mamãe afofa os cabelos para dar volume e desliga o motor.

– Hora do show.

Quando a Millie me deixou em casa depois da nossa histórica viagem de carro, a mamãe estava lavando a louça antes de ir dormir. Ela tirou um prato da geladeira etiquetado com o meu nome e se sentou comigo enquanto eu comia. Finalmente, quando eu estava terminando, ela me perguntou aonde eu tinha ido e por quê. Quando expliquei, ela ficou calada por um longo momento, e então disse: "Duas semanas de castigo."

E ponto final. Esse foi o preço de entrar em ação.

Então, decidi seguir o exemplo da Millie e deixar que as minhas roupas falassem um pouco por mim, e é por essa razão que estou usando meu uniforme branco da Shamrocks com as botas brancas combinando. Mas deixei o chapéu em casa, porque algumas cabeças foram feitas para usar chapéus e a minha não é uma delas, então optei por só usar o coque que normalmente uso por baixo do chapéu.

Mas eu precisava de mais do que roupas. Precisava de fatos. Para obtê-los, procurei uma pessoa que ainda mal consigo acreditar que tenha me respondido.

**EU: Sei que provavelmente você nunca esperou me ver aparecer no seu celular de novo, mas preciso da sua ajuda. Primeiro, eu tenho que dizer que sinto muito. Nunca devia ter espalhado os segredos das garotas como eu fiz. Estava zangada e me sentindo traída, mas o que fiz foi errado.**

Ela me deixou esperando por um bom tempo antes de responder.

**MELISSA: Por que eu deveria considerar a possibilidade de te ajudar?**

**EU: É pela Shamrocks. Juro.**

**MELISSA: Continue falando.**

Durante o resto das nossas interações, o tom da Melissa foi estritamente prático. Ela nem mencionou minhas desculpas, mas me ajudou a reunir os fatos e a fazer a pesquisa de que eu precisava.

Na sala de reuniões da prefeitura, sentadas na fila do meio, encontro a Millie, a Amanda, a Hannah, a Ellen e a Willowdean.

– O que estão fazendo aqui? – pergunto.

– A gente não podia te deixar pagar mico sozinha – diz Willowdean.

Ellen dá uma cotovelada nas costelas da amiga.

Hannah tosse.

— Millie obrigou a gente a vir.

— Nós quisemos — diz Amanda. — Portanto, aqui estamos!

— Você vai arrasar — diz Millie, levantando os polegares para mim.

Olho para as cinco. Essas garotas nunca foram as amigas que pedi, mas não restam dúvidas de que são as amigas de que eu precisava.

— Uniforme maneiro! — diz Hannah bem alto quando estou atravessando o corredor.

Sem a minha mãe notar, levanto o dedo médio para ela pelas costas. E então me viro e lhe dou um sorriso.

Mamãe e eu nos sentamos na primeira fila, nas poltronas marcadas para os membros do público que gostariam de falar durante o fórum aberto.

A reunião para discutir o orçamento é longa e tediosa. Quem adivinharia que custa tanto manter uma cantina? E por que está todo mundo sempre tentando desviar a verba das bibliotecas? Os livros não são parte da razão por que frequentamos uma escola, afinal de contas?

Finalmente, Laurel Crocker, um homem branco e idoso que sempre combina os chapéus de caubói com as botas, usa blazers caros com jeans engomados, nunca lecionou um único dia na vida e por acaso vem a ser o presidente da administração da escola, bate com o martelete na mesa.

— E agora, usaremos os vinte minutos regulamentares para ouvir as propostas dos cidadãos de Clover City.

A única outra pessoa que está aqui para falar se levanta, uma mulher baixinha e grisalha que teve a ideia horrível de usar um suéter de gola alta em junho no oeste do Texas.

— Gostaria de propor a inclusão das aulas de abstinência sexual total no currículo escolar.

Alguém atrás de mim solta um gemido. Aposto que foi a Willowdean ou a Hannah.

Pego mamãe discretamente revirando os olhos. Como alguém que já foi obrigada a ter aulas de educação sexual em Clover City, posso atestar que não precisamos torná-las piores do que já são. Para dar uma ideia, o professor trata os diagramas como se fossem um jogo de Pictionary, porque não tem coragem de dizer a palavra "vagina" em voz alta.

A mulher solta o verbo por mais cinco minutos, citando estatísticas obviamente inventadas e alguns versículos da Bíblia antes de tornar a se sentar ao lado da minha mãe.

– Temos mais alguém antes de suspendermos a reunião? Talvez alguém que queira falar sobre algo relevante ao tema aqui em pauta? – pergunta o Sr. Crocker.

Fico de pé, e minhas botas fazem *toc toc* no piso de linóleo enquanto caminho até o centro da sala. Eu me firmo no pódio e reposiciono o microfone.

– Meu nome é Callie Rey...

O guincho da microfonia ecoa, me interrompendo. Todo mundo geme ao ouvir o ruído intrusivo.

– Experimente dar um passo atrás, meu bem – sugere o Sr. Crocker.

"Não sou seu bem", quase me pego dizendo em voz alta. Mas recuo um passo e recomeço.

– Meu nome é Callie Reyes, e sou ex-integrante da Shamrocks. Uma integrante com um passado histórico, na verdade. Minha mãe estava na equipe que venceu o campeonato nacional de 1992. O senhor talvez já tenha ouvido falar de mim. Por bons e maus motivos. Hum...

Perco o fio da meada por um momento e dou uma espiada em mim mesma. Estou ridícula com esse uniforme. E provavelmente com batom nos dentes. Por um segundo, olho para trás e vejo mamãe, que pisca para mim. Duas fileiras atrás, a Millie sorri e levanta os polegares.

Torno a me virar para o microfone.

– Você ainda tem aproximadamente seis minutos – diz o Sr. Crocker.

Que ótimo. Não só tenho que ser eloquente, como ainda por cima estou sendo cronometrada. Millie saberia exatamente o que dizer. Diria algo significativo e importante. Algo que quase soaria emocionalmente manipulador se viesse de outra pessoa, mas dela seria totalmente sincero.

Suspiro no microfone. Por mais que adore a Millie, não sou ela. Sou a Callie. Dona de um pavio curto e desconfortavelmente honesta.

Tento de novo.

– Estou aqui hoje porque, até onde posso me lembrar, a Shamrocks sempre teve que buscar patrocínio fora da escola para tudo, dos trajes às viagens.

Entendo que o distrito escolar não é uma árvore de dinheiro, mas, quando nós perdemos o nosso patrocinador meses atrás, ficamos muito putas.

— Olhe o linguajar — adverte o Sr. Crocker.

— Perdão, senhor. — Pigarreio. — Ficamos muito zangadas. Eu era capitã coassistente na época, e tinha dedicado a minha vida inteira àquela equipe. Por isso, fiquei zangada, sim. E, por estar tão zangada, fiz coisas das quais me arrependo, como vandalizar uma academia local, como tenho certeza de que o senhor já sabe. Vocês e o vice-diretor Benavidez tomaram a decisão de me tirar da equipe, e não posso culpá-los. O que eu fiz foi errado. Mas o que posso fazer agora é ajudar a resolver o verdadeiro problema.

O Sr. Crocker dá uma risadinha.

— O verdadeiro problema?

*Não, senhor. O senhor vai me levar a sério.*

— Sim — digo, em tom desafiador. — O verdadeiro problema. O verdadeiro problema é que a Shamrocks é a equipe com o maior número de vitórias de Clover City em todos os tempos. Temos o maior número de títulos distritais e estaduais. E temos o único título nacional da cidade inteira. Na verdade, somos a única equipe que já esteve no campeonato nacional. E... estivemos quatro vezes! — Minhas botas ressoam quando volto à minha poltrona vazia e pego a pasta que trouxe comigo, com os papéis que a Millie me ajudou a compilar às pressas.

— Trouxe todas as estatísticas aqui comigo para o senhor ver.

— Bem — diz ele —, devo admitir que isso é bem impressionante.

— Mas, senhor — digo —, o que não é impressionante é a nossa parte no orçamento. Sou cem por cento a favor de arregaçar as mangas e organizar eventos para angariar fundos à moda antiga, mas o Rams, nosso time de futebol americano, recebe uma parte do orçamento doze vezes maior do que a nossa, e vocês estão até construindo um centro de treinamento para eles.

Atrás de mim algumas pessoas aplaudem, e acho que sei exatamente quem são.

— Portanto, Sr. Crocker, hoje venho à sua presença usando o meu uniforme da Shamrocks pela última vez para lhe pedir que considere onde o senhor gasta os seus dólares de contribuinte. Ouso dizer que as Shamrocks já deram mostras mais do que suficientes do seu valor. — Meneio a cabeça para ele e os outros membros da administração. – Obrigada pelo seu tempo. – Avanço um passo e coloco à sua frente a pasta, que não apenas inclui as estatísticas da Shamrocks, como também as necessidades orçamentárias da equipe, graças a Melissa.

– Nós é que lhe agradecemos por ter se pronunciado, Srta. Reyes, e certamente consideraremos isso ao finalizarmos o projeto do ano que vem. – Ele bate com o martelete. – A reunião está suspensa.

Giro nos dedos dos pés, e mamãe já está bem ali para me abraçar. Segura o meu rosto como fazia quando eu era pequena e ela apertava as minhas bochechas, só que dessa vez sem o apertão.

– Callie Alejandra Reyes, estou fervilhando de orgulho de você.

Há muitas coisas entre nós que ainda não foram ditas, mas esse parece ser um bom primeiro passo.

———✦———

Só se passaram duas semanas desde o fim das aulas, e já está na hora de nos despedirmos da Millie. Amanda dá uma festa em volta da piscina no pátio da sua casa na noite da véspera.

Millie está usando um biquíni amarelo vibrante com calça de cintura alta e top de babadinhos. Está deitada numa espreguiçadeira ao lado do Malik, com enormes óculos vermelhos em formato de coração no alto do nariz. Willowdean, com o maiô de bolinhas vermelho-cheguei, está dando um amasso em Bo no pequeno banco de alvenaria construído na parte funda da piscina, enquanto a Hannah, sentada nos ombros da namorada Courtney, trava uma batalha com a Ellen, que carrega o Tim nos ombros, numa partida de quem derruba quem primeiro.

Estou sentada nos degraus da parte rasa com o Mitch (cujo calção genial, aliás, parece a bandeira do Texas) nos degraus acima de mim, de modo que me recosto entre as suas pernas.

Na verdade, estou combinando cem por cento com a Millie hoje e usando exatamente o mesmo estilo e cor de biquíni que ela. Ideia sua, é claro. Ela tentou convencer todas as garotas a entrarem na dança, mas fui a única que topou. E entrei de cabeça nessa brincadeira de gêmeas. Digamos que estou tão acostumada a usar conjuntos idênticos aos de vinte garotas (no mínimo), que a ideia de combinar os biquínis me pareceu normal. O que mais surpreendeu a Millie foi o fato de ter encontrado o mesmo modelo tanto no seu tamanho como no meu.

Amanda desce os degraus da piscina ao nosso lado, entregando a mim e ao Mitch colares de contas plásticas multicoloridas e óculos persiana fluorescentes.

— Melhorou muito – diz ela.

— Vocês não estavam com um ar lá muito festivo! – grita a Millie do outro lado do pátio.

Mitch troca seus óculos fluorescentes verdes pelo meu par amarelo.

— Agora estou me sentindo superfestivo!

— Amanda – digo –, não é que eu só goste de você por causa da sua piscina, mas também espero que você me convide toda hora esse verão pra vir nadar.

— Seu desejo é uma ordem! Desde que consiga lidar com os meus irmãos.

— Aliás, cadê eles? – pergunto.

— Mamãe comprou um videogame novo pra eles deixarem a gente em paz.

— É uma boa mulher – digo.

— Ela vai precisar de mil e um intervalos pra cair na piscina, com o novo horário de trabalho! – exclama Millie bem alto.

Ponho as mãos em volta da boca.

— Ou vem pra cá e participa da conversa, ou fica aí e flerta com o seu namorado.

O rosto dela fica quase vermelho o bastante para combinar com o colar.

— Ela é craque em fazer várias coisas ao mesmo tempo! – diz Malik. – Tipo flertar comigo e meter o bedelho na sua conversa.

Ela dá um tapa brincalhão nele.

— Eu aprovo! – digo.

Tim despenca dentro d'água, caindo dos ombros da Ellen, enquanto a Hannah e a Courtney soltam gritos vitoriosos.

— Mal posso acreditar que a arredia Courtney finalmente deu as caras – diz Willowdean, enquanto o Tim volta à superfície e dá um caldo na Ellen.

Hannah está pendurada no braço da Courtney feito um coala, os queixos das duas rentes à água enquanto se dirigem à parte funda. É a maior demonstração de afeto que qualquer uma de nós já viu a Hannah dar. Em qualquer ocasião.

— Ah — diz Courtney. — Não se engane. — Seu cabelo oxigenado quase branco se espalha na água como tentáculos. — A Hannah tenta manter os seus círculos sociais do mesmo jeito como faz com a comida: separados e sem nunca se encostarem.

— Não teve graça! — exclama Hannah.

Courtney se vira para ela.

— Obrigada!

Hannah revira os olhos, mas não consegue deixar de sorrir.

Amanhã é o meu primeiro dia de volta à academia. Vernon concordou em me deixar ficar no lugar da Millie, e, o mais surpreendente disso tudo — a ideia foi da Inga. Já comecei a dar mil sugestões para eles sobre descontos para estudantes e outras coisas que podemos fazer para aumentar o número de inscrições no verão, de modo que talvez eu vá poder continuar no outono.

Millie resolve ir para casa cedo, já que ela e os pais vão sair da cidade antes do amanhecer, e, embora eu não esteja mais de castigo, tenho hora pra chegar, até segunda ordem da minha mãe. Quando estamos nos despedindo, corro para dentro e pego na minha sacola a lembrancinha de despedida que fiz para ela. Sim, *fiz* para ela.

Quando estou prestes a sair, meu celular toca.

Imagino que seja uma mensagem da minha mãe, perguntando a que horas vou estar em casa, mas, em vez disso, encontro um e-mail.

**Para: CallieHeyyyes@zmail.com**
**De: ShamrockCapt@zmail.com**

**Andam dizendo que o distrito vai aumentar a nossa parte no orçamento no ano que vem. Não vai ser muito, mas é mais do que recebíamos. Obrigada pelo que disse na reunião orçamentária.**
**Melissa**
**Capitã da Equipe de Dança Clover City High School Shamrocks**

Rio um pouco comigo mesma. Posso entender o fato de ela ter feito questão de usar o e-mail de capitã oficial do time. Grande passo de fêmea alfa. Talvez acabe sendo uma boa capitã, afinal.

Não sei se a Melissa e eu voltaremos a ser amigas algum dia. É difícil dizer se o que tínhamos era forte o bastante para ser salvo, mas, depois dos últimos meses, nada mais me surpreende.

Saio correndo descalça pela porta em direção ao jardim da Amanda, onde o Mitch espera por mim. Paro à sua frente, com seus braços ao redor do meu corpo.

– Trouxe? – pergunta ele, espiando minha sacola.

Eu me recosto no seu ombro.

– Trouxe.

Millie circula pelo pátio, despedindo-se de todos, inclusive da Amanda – elas trocam uma espécie de aperto de mão secreto e um abraço apertado –, até só restar eu.

Hesitante, enfio a mão na sacola. Esse presente em particular não é o que eu chamaria de meu melhor trabalho.

– Acho bom não rir. Estende a mão. Fecha os olhos.

Ela faz o que mando com um largo sorriso.

Foram precisos seis horas, três idas à Crafty Corner e uma overdose dos primeiros episódios de *Parks and Recreation* a conselho da própria Millie. (Ela jura que eu sou a Ann para a sua Leslie.) Mas, no final, confeccionei o bordado em ponto de cruz mais hediondo do mundo. Não é maior do que a palma da minha mão, e em linha preta simples, com os dizeres AUSTIN OU NADA.

Millie abre os olhos e abafa um gritinho, passando o braço pelo meu pescoço.

– Ah, meu Deus! É perfeito! Você fez sozinha?

Faço que sim.

– Eu testemunhei o doloroso processo do começo ao fim – diz Mitch.

Millie dá uma risadinha e bate as mãos.

– Adorei!

Sorrio de orelha a orelha, piscando para afastar uma nova leva de lágrimas. Não faz muito tempo, era eu quem estava cantando "SAN FRAN OU

NADA!" com todas as Shamrocks. Vou conhecer São Francisco um dia, sei que vou. Mas, por ora, sinto o mesmo prazer em ver a Millie indo para Austin.

Seguro suas mãos.

– Me manda mensagens todos os dias. Promete?

– Pelo menos duas por dia – jura ela. – E quero fotos dos meus sobrinhos quando você estiver com os garotos.

– Se eu conseguir chegar perto dos dois sem que eles me mordam.

Ela ri antes de me puxar para um abraço. Ficamos lá, com nossos biquínis combinando, duas garotas cuja amizade não era para ser, mas foi. E é cem por cento.

Fico vendo a Millie e o Malik entrarem na minivan e irem para a casa dele, onde vão ter a sua própria despedida particular. Espero sinceramente que inclua muitos beijos.

Eu me encosto no peito do Mitch. Algo me diz que a minha noite também vai terminar em beijos. Não sei se vou acabar com um FPS, como nas comédias românticas da Millie, mas, por ora, não há a menor dúvida de que estou feliz. E a sensação é boa demais, se você quer mesmo saber.

# AGRADECIMENTOS

São muitas as pessoas a quem eu gostaria de expressar meus agradecimentos, e, no estilo da Millie, faço-o na forma de uma lista.

A LISTA DOS AGRADECIMENTOS DA JULIE

Alessandra Balzer, minha editora e gateira mor, você sabe quando me desafiar e quando me deixar rolando no chão, fazendo manha, até estar pronta para ir em frente. Obrigada por tudo, mas, principalmente, por nunca me desencaminhar, sobretudo no terreno da gastronomia, das rações para pets e das máscaras faciais.

John Cusick, meu agente, que trabalha por mim de maneira incansável e bem-humorada, e sou igualmente grata por ambas as coisas. Obrigada por injetar vida nova na minha carreira e por organizar minha vida por cores.

Molly Cusick, minha ex-agente e amiga, obrigada por todos os anos que passou cultivando minha carreira literária e por me deixar em mãos muito competentes.

Donna Spector, minha agente de cinema, que é absolutamente feroz.

Caroline Sun, minha assessora de imprensa, que está sempre fazendo mágica nos bastidores. Corre o boato de que ela consegue estar em dois lugares ao mesmo tempo.

Aurora Parlagreco, Alison Donalty e Daniel Stolle, que criam minhas capas verdadeiramente divinas. O trabalho de vocês me inspira. Obrigada.

Minha imensa família na Harper, cuja paixão absolutamente me revigora, mas principalmente: Donna Bray, Bess Braswell, Audrey Diestelkamp, Patty Rosati, Molly Motch, Stephanie Macy, Kelsey Murphy, Gina Rizzo, Maggie Searcy, Bethany Reis, Laaren Brown, Veronica Ambrose, Andrea Pappenheimer, Kathleen Faber, Kerry Moynagh, Heather Doss, Caitlin Garing, a equipe da Harper360, Kate Jackson e Suzanne Murphy.

A equipe da HarperCollins do Canadá, cujo entusiasmo e hospitalidade são incomparáveis.

Meus leitores de sensibilidade por sua consideração e cuidado.

Nathalie C. Parker, obrigada por sempre atender quando entro em contato com você pelo FaceTime, por ler um rascunho quando o livro ainda estava muito no começo e por detectar mil problemas.

Bethany Hagen, obrigada por sempre ficar acordada até altas horas comigo e nunca fazer com que eu me sinta culpada por dormir até tarde. E obrigada também por todas as leituras, insights e aqueles bons segredos.

Preeti Chhibber, Sona Charaipotra e Amy Spalding, cujo feedback se revelou inestimável. (E que também são mulheres muito divertidas e fodonas.)

Sem ordem específica, gostaria de agradecer às seguintes pessoas, que melhoraram minha vida e meus livros por meramente existirem: Kristin Treviño, Veronica Treviño, Tessa Gratton, Jessica Taylor, Dhonielle Clayton, Jeramey Kraatz, Jenny Martin, Angie Thomas, Corey Whaley, Adam Silvera, Brendan Kiely, Justina Ireland, Becky Albertalli, Katie Cotugno, Zoraida Córdova, Jason Reynolds, Tara Hudson, Robin Murphy, Nic Stone, Jennifer Mathieu,

Ashley Lindemann, Laura Rahimi Barnes e Heidi Heilig.

As seguintes gordas, cuja literatura e trabalho na comunidade gorda mudaram a maneira como encaro e falo do meu corpo e vivo a minha vida em geral. Não posso recomendar o trabalho delas o bastante: Lesley Kinzel, Marianne Kirby, Roxane Gay, Jes Baker, @yrfatfriend, Bethany Rutter, Sarai Walker, Stacy Bias, Gabi Gregg e Nicolette Mason.

Obrigada à minha família, mãe, pai, Jill, Bob, Liz, Emma, Roger, Vivienne e Aurelia, por todo o apoio e amor.

Dexter, Opie e Rufus. Sim, gostaria de agradecer a meus dois gatos e a meu cachorro por todo o chamego, mesmo que não tenham participado voluntariamente. E ao meu doce Stevenson, o gato que esteve comigo desde meu último ano do ensino médio. Sempre vou sentir saudades suas, meu bichano rabugento favorito.

Ian, meu parceiro e amor, obrigada por me acompanhar de um lado para outro do país, pelas viagens noturnas de carro com o banco aquecido e por me deixar ser a versão de mim mesma que poucas pessoas conseguem ver porque "ela é bagunceira e chata". Eu te amo.

Se a mensagem de *Dumplin'* foi a de aceitar o próprio corpo, a de *Pudim* é a de exigir que o mundo faça o mesmo. Escrevi este livro para todas as jovens gordas que esperaram tempo demais para que o mundo as aceitasse. Parem de esperar. A revolução começa com vocês e pertence a vocês.

# JULIE MURPHY

Vive no norte do Texas com o marido que a ama, o cachorro que a adora e os gatos que a toleram. Quando não está recordando deliciosos momentos de sua vida como bibliotecária, escrevendo ou mesmo tentando recolher animais abandonados, Julie pode ser encontrada assistindo a filmes feitos para a TV, caçando a perfeita fatia de pizza caprichada no queijo e planejando sua próxima grande aventura turística.

Após abandonar a profissão de bibliotecária (quanta saudade!), Julie agora é escritora em tempo integral. Seu aclamado romance de estreia se chama *Side Effects May Vary*.

Visite Julie em www.juliemurphywrites.com

**Papel:** Pólen soft 70g
**Tipo:** Bembo
**www.editoravalentina.com.br**